U0107444

河南大学文学院学术著作出版基金资助

河南大学教材建设基金资助项目

建安文人与文学

张亚军　王利锁
马予静　王宏林　亓晴
著

Long Song of Chaotic Times
Jian'an Literati
and Literature

中国社会科学出版社

图书在版编目(CIP)数据

乱世长歌:建安文人与文学/张亚军等著. —北京:中国社会科学
出版社,2023.11
ISBN 978-7-5227-2187-3

Ⅰ.①乱… Ⅱ.①张… Ⅲ.①建安文学—古典文学研究
Ⅳ.①I209.342

中国国家版本馆 CIP 数据核字(2023)第 123005 号

出 版 人	赵剑英
责任编辑	郭晓鸿
特约编辑	杜若佳
责任校对	师敏革
责任印制	戴 宽

出 版	中国社会科学出版社
社 址	北京鼓楼西大街甲 158 号
邮 编	100720
网 址	http://www.csspw.cn
发 行 部	010-84083685
门 市 部	010-84029450
经 销	新华书店及其他书店

印 刷	北京明恒达印务有限公司
装 订	廊坊市广阳区广增装订厂
版 次	2023 年 11 月第 1 版
印 次	2023 年 11 月第 1 次印刷

开 本	710×1000 1/16
印 张	20.75
插 页	2
字 数	302 千字
定 价	109.00 元

凡购买中国社会科学出版社图书,如有质量问题请与本社营销中心联系调换
电话:010-84083683

目　录

序

　　河南大学文学院古代文学教研室汉魏六朝文学教学团队的五位老师，在完成慕课《乱世长歌——建安文人与文学》的录制后，又再接再厉，同心协力，在原讲稿的基础上，丰富补充，增益细化，精心结撰了这部书稿。这是教学与科研相辅相成、相互促进、相得益彰的成果。在书稿付梓之际，作为这个教学团队的一员，几位老师希望我能写几句话，于情于理，我都不能推辞。

　　今年九月，河南大学刚刚举行过 110 周年的校庆庆典；明年三月，作为河南大学最早设置的院系之一——文学院也将迎来百年华诞。在这百年的风雨历程中，河南大学文学院非常重视教学质量的提升和教师队伍的建设，曾延揽过众多名师在此执教。人才培养是高等教育的核心，教学实施是人才培养的重要手段。不论是学科建设，还是一个专业或时段的教学，教学质量的提升都是以具体的课程建设为支撑的，而教师则是落实教学质量的主体。河南大学文学院汉魏六朝文学教学团队和其他团队一样非常强调教学的重要性，重视教学对科研的促进作用，并形成了传承有序的教学传统。20 世纪五六十年代，李嘉言先生即受教育部邀请参加全国古典文学教学大纲的编审。李嘉言先生以唐诗、楚辞研究享誉海内外，殊不知李嘉言先生对汉魏六朝文学也有精深的研究，也是河南大学汉魏六朝文学教学的重要奠基者。《李嘉言古典文学论文集》即汇集了李嘉言先生有关汉魏六朝文学研究的重要成果，他的遗著《汉魏六朝文学史》也将由河南大学出版社出版。20世纪六七十年代，王梦隐、王宽行两位先生是河南大学文学院汉魏六朝文学教学的重要担纲者。他们或理性透视，鞭辟入里，鉴赏精到，启人心智；或细读文本，注重体验，洞见深微，情感洋溢。他们的课堂精益求精，讲解丰富生动，深得学生好评，被誉为响当当的"铁塔牌"。80年代初，我和张家顺、陈江风两位老师留校任教，接替我们的老师王梦隐先生、王宽行先生承担汉魏六朝文学的教学工作，在教师队伍新老交替、青黄不接的关口，承续了汉魏六朝文学的教学传统。80年代后期，马予静、王利锁两位年轻老师留校任教，逐渐成为汉魏六朝文学教学的生力军。90年代以后，张亚军、王宏林两位青年老师又充实进来，为汉魏六朝文学教学团队增添了活力。之后，就是新生代亓晴的加入。

从王梦隐、王宽行两位先生至今，河南大学文学院汉魏六朝文学教学团队已更新了五代。虽然代际在变，但团队始终秉持的团结勤奋、严谨朴实的教学科研精神是不变的。这个团队特别重视新老教师的传、帮、带。有新成员加入，老教师会为年轻教师制定科研教学规划，尽心指导备课，认真组织听课，解决疑惑，提升教学水平，让新教师很快适应课堂，站稳讲台；年轻教师都能够尊师重道，敬业乐群，虚心求教，认真揣摩教学，落实科研规划。这个团队富有大局意识和合作精神，教学科研上相互支持，转益多师，取长补短，高效优质地完成教学任务，深得学生的好评。马予静、王利锁、张亚军、王宏林几位老师不仅科研能力强，成果丰富，也都曾多次荣获河南大学教学质量工程特等奖、一等奖。还值得一提的是，汉魏六朝文学教学团队不仅重视自身的教学科研，而且也擅长教学管理。张家顺老师、江风老师都曾任中文系的副主任，又先后担任河南大学的教务处处长，教学管理经验丰富，两个人后来都是厅级干部；王宏林老师也曾任文学院负责教学的副院长，后来又担任过文学院院长。通达的人生态度营造了愉快的合作氛围，良好的人文环境促进了教学科研的良性发展。他们能够通力合作完成《乱世长歌——建安文人与文学》这一成果，与团队经年累月积淀的合作意识和敬业精神是密不可分的。

建安文学是我国古代文学演进发展的一个重要时段，既是汉魏六朝文学教学的重点，也是古代文学研究的热点。关于建安文人与文学，学界已有比较深入的探讨，成果显著。他们在充分吸收学界已有成果的基础上，从具体教学实际出发，融入自己的研究心得，既考虑学生的阅读兴趣与知识结构，又注重话题论述的学理品位，对建安文人的心路历程和建安文学的创作特色进行了细致讨论。粗读书稿，印象有三。一是系统完整，重点突出。建安文学尽管只有三四十年的时间，但成就辉煌，名家辈出，特色鲜明。书稿采用以人立章的方式，在充分把握建安文学的发展历程与时代特色的基础上，分别对"三曹""七子"等重要的建安文人的创作进行了细致梳理与分析，尤其是对他们在文学史上有重要地位和影响的代表作品进行了深入讲解，使学生在了解建安文学一般特色的同时能够对具体作品有更真切可感的认识。这种撰写方式既考虑到了建安文学面上的问题，又注意到了人的问题，更关注到了具体作品问题；既保持了教学风格，适宜阅读，又系统完整，重点突出，很值得肯定。二是分析细密，合情合理。书稿在具体讨论建安文学现象时，能够融入撰写者的研究心得，分析到位，有理有据。如对曹操人格精神的剖析、曹丕政治胸襟的认知、曹植情感世界丰富性的理解、王粲人生心态的勾勒、邯郸淳之于建安文坛的别类意义等，都提出了自己的看法，关注了以往建安文学研究中不太关注的问题，这也是难能可贵的。三是严谨规范，可读性与学术性兼顾。《乱世长歌——建安文人与文学》既是一部拓展学生视野的通识性教材，也是一部写作态度严谨的学术著作。书稿无论是文献引用、材料注释，还是观点说明、概括分析，都能够遵守学术规范，而在行文过程中，又照顾到了学生的阅读习惯和兴趣，兼顾了书稿的可读性与学术性。这也是值得赞赏的。总之，《乱世长歌——建安文人与文学》不同于一般的通识性教材，具有自己鲜明的特色。

河南大学文学院汉魏六朝文学教学团队五位老师群策群力完成

"乱世长歌——建安文人与文学"这一课题，这是他们深化教学内涵、改革教学方式的新尝试、新收获，也是他们通力合作的团队精神的体现，更是给河南大学文学院百年华诞的一份珍贵礼物，可喜可贺。我为这个团队取得的新成绩而高兴。希望他们今后继续发扬团队力量和合作精神，在教学科研上取得更大的成就。

王立群

二〇二二年十月

绪　　论

在我国古代文学发展史上，建安文学是一个重要的历史阶段。尽管建安文学持续的时间不长，但它铸就的"建安风骨"和"邺下风流"的时代文学精神，对后世文学创作、审美观念以及文学批评范式都产生了深远影响，在我国古代文学史和文学理论批评史上均具有重要的地位。建安文学是在汉末社会乱离背景下产生的具有鲜明时代特色的乱世长歌，是一种典型的乱世文学，但建安文人大都具有浓郁的人文情怀和昂扬进取的人生精神，面对社会的动荡苦难、人生的悲苦遭际，他们敢于直面社会，直视人生，鹰扬个性，悲歌慷慨，意气风发，这又使建安文学的创作呈现出浓郁的盛世文学景象①。建安文学为我们探寻文学与时代的关系、文人对时代的感知、文人遭际的变化与文学精神的凝结、文学创作精神与审美观念批评范式的确立等诸多文学理论关注的话题提供了绝好的案例。因此，探讨建安文学不仅需要深刻把握建安时代的社会特点、建安文学的演进过程、建安文人的特殊经历与文学创作题材的变化，还要特别关注"邺下风流"的精神实质和"建安风骨"丰富深刻的审美内涵。关于这些问题，我们在具体讨论建安文人与文学时，都会不同程度涉及。这里，主要围绕建安文学的起讫与作家队伍、建安文人

---

① 参看徐公持《魏晋文学史》（第一章"三国文学概说"），人民文学出版社 1999 年版，第 1—25 页。

的离散聚合与建安文学的演进发展、"邺下风流"与"建安风骨"三个话题对建安文学的基本状态进行大体的勾勒。

第一节 建安文学的起讫与作家队伍

讨论建安文学，首先遇到的问题就是建安文学的起讫时间与作家队伍构成。时间起讫关乎建安文学的研究范围与流变，作家队伍则关乎建安文学的研究对象与内涵。其实，关于建安文学的起讫与作家队伍，学界已有大致明晰的认识，但我们在讨论建安文学之前，还是有必要说明我们的基本看法。

一 建安文学的起讫

建安是东汉最后一个皇帝汉献帝刘协的年号，起止时间为公元196年到公元220年，前后共25年。但文学史上所说的建安文学，时间跨度实际要比建安的年号长，通常是指从汉献帝建安元年（196）到魏明帝太和六年（232）这一时段的文学。学界这样界定建安文学的起讫当然有充分的理由。不过，我们认为，建安文学的起始从汉献帝即位的初平元年（190）算起可能更符合历史实际，也更能体现建安文学发生的深刻动因。其理由有三。

第一，从汉末社会政治情势看。汉灵帝中平六年（189），34岁的汉灵帝刘宏去世，由其子刘辩继位。何太后之兄、大将军何进因外戚身份执掌朝政。何进即秉朝政，就与袁绍等密谋欲诛宦官，但何太后却不支持。袁绍就给何进出主意，希望"多召四方猛将及诸豪杰，使并引兵向京城，以胁太后"①，迫使何太后就范，于是，何进乃援引西北军阀董卓进京。结果何进阴谋败露，没有杀掉宦官，

---

① （南朝宋）范晔撰，（唐）李贤等注：《后汉书》卷六十九，中华书局1965年版，第2249页。

反而被宦官先发制人所杀。而董卓进京后，不是忠心报国，匡扶汉室，而是专权擅政，以武力控制京师，以私欲独断朝纲，废少帝刘辩，立献帝刘协，欲通过废立树威固权，贪婪残暴，肆意妄为。对此，范晔《后汉书·何进传》评论说："何进藉元舅之资，据辅政之权，内倚太后临朝之威，外迎群英乘风之势，卒而事败阉竖，身死功颓，为世所悲，岂智不足而权有余乎？"又说："董卓遂废帝，又迫杀太后，杀舞阳君，何氏遂亡，而汉室亦自此败乱。"① 董卓的行暴政、祸民生、失民心，开启了我国历史上地方军阀豪强依靠武力控制朝政的先河，这不仅摧毁了东汉帝国统治的政治基础，更成为此后军阀混战的直接诱因。可以说，东汉帝国的天常失统以及后来的军阀混战都是由董卓之乱引起的，这是建安文学发生的具体背景和深刻动因。

第二，从建安文人的生活感受和创作实际看。汉末文人对时局的认识基本形成了共识，即他们均认为汉末社会政局的动荡是从董卓之乱开始的。如孔融《六言诗》其一说："汉家中叶道微，董卓作乱乘衰，僭上虐下专威。万官惶怖莫违，百姓惨惨心悲。"② 曹操《薤露行》写道："贼臣持国柄，杀主灭宇京。荡覆帝基业，宗庙以燔丧。"③ 贼臣指的就是董卓。蔡琰在《悲愤诗》中也说："汉季失权柄，董卓乱天常。"④ 可见，建安文人都是将董卓之乱作为社会发生震荡巨变的历史性标志事件。建安文人对时代的感知是符合当时社会的历史实际的。如果说黄巾大起义暴露了东汉王朝的矛盾重重、危机四伏，那么，"董卓乱天常"则真正敲响了东汉帝国走向灭亡的丧钟，自然也是建安文人生活环境发生巨变的根本原因。

---

① （南朝宋）范晔撰，（唐）李贤等注：《后汉书》卷六十九，中华书局1965年版，第2253页。

② 俞绍初辑校：《建安七子集》（修订本），中华书局2016年版，第4页。

③ 中华书局编辑部：《曹操集》，中华书局2018年版，第3页。

④ 逯钦立：《先秦汉魏晋南北朝诗》上册，中华书局1983年版，第199页。

第三，汉献帝是在风雨飘摇中被董卓强拉上皇位的，他在位共31年，使用过初平、兴平、建安三个年号①。如果以建安元年（196）为建安文学的起始，这就人为地将汉献帝时代切割成了两个不同的历史单元，显然，这与汉献帝时代的政治形势是不太吻合的。另外，历史学家多将桓、灵之世作为汉末时期，而把汉献帝时期作为魏世的前奏。所以，我们认为，倒不如将汉献帝时代作为一个整体来看待更好。正是出于以上的考虑，我们把建安文学的起始确定为汉献帝即位的初平元年即公元190年。

当然，文学历史的发展未必与社会政治的波动同步，其自身的演进过程有时候也未必是如此的井然有序、界限分明，不一定要进行如此精确的定量分析。但在界定一个时段的文学发展过程时，我们除了考虑文人生活环境的变化、心态的变化、描写内容的变化、书写体式的变化外，更应该考虑造成这些变化的具体的社会政治情境，因为这种种变化毕竟都是果，而促使这些变化发生的具体社会政治情境才是因。要之，董卓之乱—军阀混战—曹操异军突起，这是一个历史演进的因果连续过程，它是建安文学发生的大背景，也是我们确定建安文学起始的主要理由。

建安元年八月，曹操迎汉献帝迁都许昌。从此，曹操挟天子以令诸侯，在董卓擅政专权昙花一现之后，真正开启了东汉末期社会政治舞台上的曹操时代。此后，又经过十多年的军阀混战和势力组合，逐渐定型为三个强大的军事集团，即大家熟悉的控制北方的曹操集团、掌控西南的刘备集团和把持江东的孙权集团，并最终形成魏、蜀、吴三国鼎立的政治格局。在这一历史演进过程中，掌控西南的刘备集团和把持江东的孙权集团虽然也不乏英明之士、文华之才，但并没有形成文学繁荣的局面，而控制北方的曹操集团则会聚了许多天下著名的文学之士，出现了一个短暂的文学创作繁盛时期。

---

① 汉献帝刚即位时，曾一度使用过"永汉"的年号，后废除，又恢复为"中平六年"。所以，汉献帝真正的年号是从"初平"开始的。

就此而言，不仅建安时代的政治、经济、军事、文化皆与曹操密不可分，而且建安文人的离散聚合、忧苦喜乐，建安文学的云蒸霞蔚、辉煌灿烂，也与曹操密切相关。

建安二十五年（220）正月，曹操在洛阳去世，其子曹丕继任丞相、魏王。十月，曹丕胁迫汉献帝禅位，代汉称帝，建立魏朝。曹丕在位七年而亡，由其子曹叡继位，是为魏明帝。魏明帝太和六年（232）十一月，作为建安时代文学创作成就最高的作家，也是建安文学的最后一位作家，被誉为"建安之杰"的曹植，在屡求自试无果的情况下，"怅然绝望"①，抑郁而终。至此，活跃在建安时期的重要作家已全部退出历史舞台。曹植的去世，也就标志着建安文学时代的结束。因此，建安文学的终结就定格在魏明帝的太和六年。

总之，我们讨论的建安文学，是指从汉献帝即位的初平元年（190）开始，至魏明帝太和六年曹植去世结束，前后约40年的文学。

从政治沿革和文学演进的角度看，建安文学实际包括汉末和魏初两个时段，从这个意义上说，建安文学亦可称为汉末魏初文学或汉魏之际文学。尽管建安文学包括汉末建安和魏初两个时段，但建安文人重要的文学活动和创作大都集中在建安年间，而建安时期又是汉魏之际社会政治文化的剧变期，所以，文学史家往往以"建安"来指称这一时期的文学创作和文学风貌。因此，"建安文学"也就成了文学史上的一个固定称呼。

二 建安文学的作家队伍

建安文学虽然持续的时间不长，但在我国文学发展史上却是一个极其重要的历史阶段。这是一个俊才云蒸、意气风发的时代，是一个风流俊爽、慷慨任气的时代，也是一个雅爱诗章、妙善辞赋的

---

① （晋）陈寿撰，（南朝宋）裴松之注：《三国志》卷十九，中华书局1982年版，第576页。

时代。

关于建安时期的作家队伍和人才盛况，建安文学的当事人曹丕、曹植都对活跃在当时文坛的文人有过评论，陈寿《三国志》及后世评论家也都有概括性的说明。曹丕《典论·论文》是我国文学理论批评史上第一篇文学专论，提出了"文气""四科八体"等重要的文学理论问题，在作家论方面，他主要对建安文学的代表人物即后世所谓的"建安七子"孔融、陈琳、王粲、徐干、阮瑀、应玚、刘桢的创作进行了评论，概括了他们的创作特点和不足；曹植的《与杨德祖书》也提到了上述建安时期的重要作家，与曹丕稍异的是，他没有提到孔融和阮瑀，但增加了杨修和丁廙。陈寿《三国志》卷二十一《王卫二刘傅传》分别记述了王粲、卫觊、刘廙、刘劭、傅嘏的生平事迹，同时附记了"建安七子"中除孔融之外的其他六人以及邯郸淳、繁钦、路粹、丁仪、丁廙、杨修、荀纬、应璩、应贞、阮籍、嵇康、桓威、吴质、潘勖、王象、缪袭、仲长统、苏林、韦诞、夏侯惠、孙该、杜挚等人的事迹，荟萃了曹魏时期的重要文人，可称为曹魏文人传记的大本营，实际具有曹魏"文苑传"的性质，其中许多人物如王粲、徐干、陈琳、阮瑀、应玚、刘桢、邯郸淳、繁钦、路粹、丁仪、丁廙、杨修、吴质、仲长统等都活跃在建安时期，是建安文学的重要作家。六朝著名诗论家钟嵘在《诗品序》中对建安时期的代表作家也有概括：

　　降及建安，曹公父子，笃好斯文；平原兄弟，郁为文栋；刘桢王粲，为其羽翼。次有攀龙托凤，自致于属车者，盖将百计。彬彬之盛，大备于时矣。①

这里提到的建安作家有曹公父子、平原兄弟、刘桢、王粲等。六朝杰出文论家刘勰《文心雕龙·时序》篇中提到的建安文学作家

---

① （南朝梁）钟嵘著，曹旭笺注：《诗品笺注》，人民文学出版社2009年版，第12页。

队伍名单就更加详细了，他说：

> 魏武以相王之尊，雅爱诗章；文帝以副君之重，妙善辞赋；陈思以公子之豪，下笔琳琅，并体貌英逸，故俊才云蒸。仲宣委质于汉南，孔璋归命于河北，伟长从宦于青土，公干徇质于海隅；德琏综其斐然之思，元瑜展其翩翩之乐；文蔚休伯之俦，子叔德祖之侣。①

其中涉及的建安作家有王粲、陈琳、徐干、刘桢、应场、阮瑀、路粹、繁钦、邯郸淳、杨修等。以上这些先唐史料对建安文学人才盛况的概括，大体体现了建安文学作家队伍的实际情况。

综合这些材料并结合建安文人的实际创作活动，我们可以确定建安时期基本的作家队伍有："三曹"——即曹操、曹丕、曹植父子；"七子"——即孔融、陈琳、王粲、徐干、阮瑀、应场、刘桢；此外，还有蔡琰、繁钦、路粹、邯郸淳、杨修、丁仪、丁廙、吴质、仲长统等。

作为建安时期的重要文人，他们或参与了当时重要的文学活动，或创作了脍炙人口的名篇佳作，或提出了重要的文学主张，为建安文学的繁荣做出了各自独特的贡献，共同勾画了我国文学史上"邺下风流"这一亮丽的风景线。在建安众多的文人作家队伍中，"三曹""七子"及蔡琰等无疑是其中彪炳史册的最优秀的代表，也是讨论建安文学时最值得关注的主要作家。

第二节　建安文人的离散聚合与建安文学的演进发展

汉末建安时期是中国古代社会在经过近四百年秦汉大一统的政

---

① （南朝梁）刘勰著，范文澜注：《文心雕龙注》卷九，人民文学出版社 1958 年版，第 673 页。

治格局之后，又一次陷入乱离纷争的时代，开启了此后近四百年的魏晋南北朝的分裂期。刘勰《文心雕龙·时序》以"世积乱离，风衰俗怨"八个字来概括此一时期最基本的社会文化特征，可谓精确恰当，简约凝练。

在此"世积乱离，风衰俗怨"的大背景下，建安文人和当时一般的社会民众一样都饱尝了战争的苦难和战火的洗礼。为了保全性命，躲避祸患，他们大都选择逃离中原，流散他乡，以避免兵燹战火，都经历了人生中一段悲苦的背井离乡、漂泊流亡的生活，而最后又都回归中原，会聚在曹操麾下。因此，建安文人的离散聚合过程，实际就是建安文学的发展演进过程，建安文学的发展应该在社会动荡和生活变迁这样动态的过程中来考察。大体而言，建安文学的演进发展可以划分为三个历史阶段。

一　形成期

从汉献帝初平元年（190）董卓之乱至建安十三年（208）赤壁之战前后，这是建安文人由星散各地到逐渐聚合邺城的时期，是邺下文人集团的形成期。

建安文人最初都是星散各地，或各自为主，或独自飘零的。如陈琳，先是任何进主簿，何进被杀后又投奔冀州，依附袁绍，成为袁绍幕府重要的文人，官渡之战前夕袁绍发布的著名的《为袁绍檄豫州》即出自他手；又如王粲，少年时随家人西迁长安，后西京扰乱，他又流寓到荆州，依附刘表，赤壁之战前夕归附曹操；再如徐干，先是在京师洛阳求学，后遇军阀混战，就离开洛阳回到了家乡临淄，栖身海滨，继续读书。有的甚至在军阀混战的乱离中身遭凄惨，命运坎坷，在自己内心留下终生不可磨灭的伤痛。如建安著名女作家蔡琰，在"汉季失权柄，董卓乱天常"之后，她的家乡陈留遭遇胡兵的侵扰，在军阀混战中，她被胡兵掳掠，"长驱西入关"，流落到南匈奴，不仅经历了"迥路险且阻"的艰辛困苦，而且还饱受无穷的精神折磨和屈辱的身心摧残。她的《悲愤诗》叙说的就是她人生中的这一悲惨经历。可以说,汉末的社会动荡不啻是广大民众百姓饱尝了社会的苦难、生死的折磨,也使建安文人经历了生活的丕变,留下了人生的终极之痛。

建安元年(196),曹操迎汉献帝迁都许昌,从此挟天子以令诸侯,取得政治上的优势,尤其是建安五年(200)曹操和袁绍官渡之战以后,曹操在政治军事上的优势地位更加明显,于是,星散各地的建安文人开始逐渐归拢于曹操的麾下。

在建安七子中,阮瑀、应玚、刘桢应该是比较早进入曹操幕府的。之后,陈琳、徐干也先后归附曹操。建安十三年(208)赤壁之战发生,流寓在荆州的王粲说服刘表之子刘琮归降曹操,王粲也北归进入曹操幕府。至此,建安文人的核心成员,除孔融外,皆会聚邺城。邺城即现在的河北临漳县,原是袁绍的大本营,建安九年(204)曹操攻克邺城后,这里又成了曹操的政治活动中心。随着王粲的北归,邺下文人集团也最终形成。关于建安文人这一时期的流寓生活和聚拢过程,曹植在《与杨德祖书》中有简练的概括:"昔仲宣(王粲)独步于汉南,孔璋(陈琳)鹰扬于河朔,伟长(徐干)擅名于青土,公干(刘桢)振藻于海隅,德琏(应玚)发迹于北魏,足下(杨修)高视于上京。当此之时,人人自谓握灵蛇之珠,家家自谓抱荆山之玉。吾王于是设天网以该之,顿八纮以掩之,今悉集兹国矣!"①曹植的话虽然不免有炫耀的成分,但他说的却是事实。

由于这一时期的建安文人都曾经饱尝流离之苦,漂泊不定的人生经历使他们更多地了解到社会下层民众生活的悲惨,所以,他们创作了大量反映社会现实的诗篇,抒发了他们对民众生活和现实政治的关切,显示了他们悲天悯人的文人情怀。曹操的《蒿里行》《薤露行》、孔融的《杂诗》《六言诗》其二、王粲的《七哀诗》、陈琳

---

① (三国魏)曹植著,赵幼文校注:《曹植集校注》,中华书局2016年版,第226页。

的《饮马长城窟行》、阮瑀的《驾出北郭门行》等，都是此时期的经典名作。

这一时期，建安文人的创作也表现出鲜明的时代特色。刘勰《文心雕龙·时序》概括其总体特征说："观其时文，雅好慷慨，良由世积乱离，风衰俗怨，并志深而笔长，故梗概而多气也。"① 具体而言，这个时期建安文人的创作特点可以归纳为如下几句话：世积乱离是其写作的社会现实背景；民生疾苦是其关注的重要题材内涵；抒发感慨是其创作的共同情感指向；慷慨悲凉是其突出的艺术审美特征。

二 繁荣期

从赤壁之战后的建安十四年（209）至建安二十五年（220）曹操去世，这是邺下文人集团的重要活动期，也是邺下文人集团的创作繁荣期。

建安九年（204）九月，曹操攻克袁绍的政治中心邺城，从此，邺城作为曹操的大本营，成为他军事征伐活动之外重要的生活中心。建安文人的主要成员也都集聚在邺下形成邺下文人集团，与曹操父子日夜相伴。这时，北方基本处于曹操的掌控之中，大规模的军事行动日渐减少，生活环境渐趋稳定，邺下文人的日常生活方式也开始悄然发生变化。其突出的特点就是，以曹丕兄弟为核心的群体性的文化娱乐和宴游活动日渐增多。生活处境的变化，使建安文人渐渐从前期"羁旅无终极，忧思壮难任"②（王粲《七哀诗》）的悲苦心境中走出来，在游宴活动中，他们或斗鸡走马，射猎游宴，或诗酒高会，"辩论释郁结，援笔兴文章"③（应玚《公宴诗》），以诗酒

---

① （南朝梁）刘勰著，范文澜注：《文心雕龙注》卷九，人民文学出版社 1958 年版，第674 页。

② 俞绍初辑校：《建安七子集》（修订本），中华书局 2016 年版，第97 页。

③ 俞绍初辑校：《建安七子集》（修订本），中华书局 2016 年版，第198 页。

风流尽情展示自己的个性风采。邺下时期是建安文人游娱活动和文化活动最为活跃的时期，也是他们文学创作最为繁盛的时期，无论是日常生活还是精神面貌，无论是才华展现还是个性挥洒，建安文人都发挥到了极致。

在日常生活中，他们如刘勰《文心雕龙·时序》篇所言，常常"傲雅觞豆之前，雍容衽席之上，洒笔以成酣歌，和墨以藉谈笑"①，觥筹交错，兴高采烈，激扬文字，意气风发；在文学创作时，他们又常常如刘勰《文心雕龙·明诗》篇里说的"慷慨以任气，磊落以使才。造怀指事，不求纤密之巧；驱辞逐貌，唯取昭晰之能"②，乐观自信，气扬采飞，挥洒自如，酣畅淋漓。建安文人的才情个性、气质风流可以说在邺下时期得到了淋漓尽致的表现，铸就了令后人钦羡不已的"邺下风流"。

与第一阶段相比，邺下时期建安文人的创作有四个突出的变化与特点。

第一，对社会苦难、民生疾苦的关注慢慢淡出他们的视野，对自我生活情志的表现逐渐成为抒写的重要内容，创作题材呈现出明显的由社会民生向自我人生潜转的倾向。

第二，伴随群体性文化游娱活动的日渐增多，邺下文人同题共作的创作现象特别突出。建安十五年（210）冬，邺城铜雀台始成，曹操曾率诸子登台，命各自作诗赋，曹植初露才华，得到曹操的格外赏识。建安十六年（211），曹丕为五官中郎将之后，时常与曹植、陈琳、徐干、王粲、刘桢、应场等在邺中宴集，而且还与吴质、阮瑀、陈琳、徐干、王粲、曹真、曹休等人有大规模的南皮之游。建安十七年（212）春，曹操又率诸子登铜雀台，命各作《登台赋》。建安十八年（213），曹操曾率曹丕、陈琳、王粲、应场、刘桢等参

---

① （南朝梁）刘勰著，范文澜注：《文心雕龙注》卷九，人民文学出版社1958年版，第673页。

② （南朝梁）刘勰著，范文澜注：《文心雕龙注》卷二，人民文学出版社1958年版，第66页。

加校猎，命随从并作辞赋。群体性大规模的游娱活动不仅丰富了邺下文人的生活内涵，也给邺下文人提供了展示自我的机会。邺下文人的群体性游娱活动形式多样，内容丰富，除宴饮、弹棋、斗鸡、射猎、六博等生活娱乐活动外，他们还研读儒家经典，讨论诸子百家，举行富有文化内涵的雅集活动。对此，曹丕在此后的《与吴质书》中曾有过满怀深情的追忆：

> 每念昔日南皮之游，诚不可忘。既妙思六经，逍遥百氏，弹棋间设，终以六博，高谈娱心，哀筝顺耳。驰骛北场，旅食南馆，浮甘瓜于清泉，沈朱李于寒水。白日既匿，继以朗月。同乘并载，以游后园。舆轮徐动，宾从无声。清风夜起，悲笳微吟。乐往哀来，怆然伤怀。①

随着生活环境和生活方式的新变化，建安文人的创作题材得到了进一步的拓展和深化，日常生活中的物质需要、花月观赏、友情交往、节气变化都成了他们描写的对象，所以，这一时期邺下文人的创作呈现出明显的题材趋同性特点。刘勰《文心雕龙·明诗》曾概括邺下文人创作的主要题材为"怜风月，狎池苑，述恩荣，叙酣宴"②。所谓风月池苑，诗酒酣宴，都与他们群体性的游娱活动有密切联系。我们今天看到的邺下文人许多同题共作的诗赋作品，如曹植、陈琳、王粲、刘桢、应玚、阮瑀的《公宴诗》，曹植、刘桢、应玚的《斗鸡诗》，陈琳、王粲、刘桢、曹植、杨修的《大暑赋》，曹丕、曹植、王粲、应玚的《愁霖赋》，陈琳、王粲、阮瑀、应玚、曹植的《鹦鹉赋》，曹丕、王粲、徐干、应玚的《车渠碗赋》，等等，均创作于这一时期。透过这些作品，我们可以想见当年邺下文人集团游宴活动的盛况和创作场面的热闹。这说明，建安文人的游宴活

---

① 魏宏灿：《曹丕集校注》，安徽大学出版社 2009 年版，第 255 页。
② （南朝梁）刘勰著，范文澜注：《文心雕龙注》卷二，人民文学出版社 1958 年版，第 66 页。

动与他们的文学活动是同步的，它们相辅相成，互为表里，共同给建安文人的生活创作注入了活力。

第三，文人之间私人化交游活动频繁，个性化的赠答作品逐渐增多。如果说群体性游娱活动表现出建安文人生活和创作具有鲜明的集体性群体性特征的话，那么，文人之间相互赠答作品的大量出现，又体现出建安文人的创作生活具有明显的私人化特点。就诗歌而言，如刘桢有《赠徐干诗》《又赠徐干诗》《赠五官中郎将诗》，徐干有《答刘桢诗》，王粲有《赠杨德祖诗》，应瑒有《侍五官中郎将建章台集诗》，曹植有《赠王粲诗》《赠徐干诗》《赠丁廙》《赠丁廙王粲》《侍太子坐》，等等。除诗歌外，他们之间还有许多书信往来，如孔融有《与曹公书荐边让》《与曹公论盛孝章书》《报曹公书》，曹丕有《答繁钦书》《答杨修书》《与吴质书》《又与吴质书》《借廓落带嘲刘桢书》，曹植有《与吴季重书》《与杨德祖书》《与陈琳书》，陈琳有《答东阿王笺》，刘桢有《谏曹植书》《与曹植书》《与临淄侯书》《答曹丕借廓落带书》，等等。文人之间交游赠答的增多，不仅加强了他们的生活互动和思想交流，而且也说明他们的生活具有很高的私人化和具体化特点，这是前期建安文人所不具备的生活环境，也是邺下时期建安文人日常生活情状的新变化。

第四，尽管邺下时期建安文人的创作题材普遍存在由社会民生向自我人生的潜转，慷慨悲凉之气日渐减弱，但与第一阶段相比，建安文人意气风发、慷慨多气的精神气质并没有丧失，他们的创作依然保持着前期的慷慨昂扬之态。从此意义上讲，邺下文人的文学创作在精神实质上与前一时期是血脉相通的，他们创作内容的变化不过是随着生活环境的变化对建安文学创作题材的进一步深化和拓展。所以，如果仅仅关注建安文人前期作品对社会现实的深刻反映，而忽略他们邺下时期对自我心态和生活风貌的描写，是不能全面深刻地把握建安文学的时代精神特质的。

总之，邺下时期是建安文人创作激情最旺盛的时期，也是建安文学创作最繁荣的时期，无论是创作心理机制，还是创作题材表现，都呈现出盛世文学的景象。可惜的是这美好的时光毕竟太短，前后也不过八九年时间。建安十三年（208），王粲归附曹操麾下之前，孔融已因屡屡嘲戏曹操，被曹操以"违天反道，败伦乱理"之罪处死。建安十七年（212），建安七子之一的阮瑀又因病去世。建安二十一年（216），魏郡因大暑引发一场大规模的社会瘟疫。建安二十二年（217），建安七子中的徐干、陈琳、应玚、刘桢，皆在这场瘟疫中离世，王粲也于此年病亡。至此，轰轰烈烈的邺下文人集团的核心成员凋零殆尽，建安文人期盼已久的聚合过程，同时又成了他们无可奈何的离散过程。建安二十五年（220），曹操去世，同年，曹丕代汉称帝，建立魏朝。建安文学盛极一时的邺下辉煌就在这多重的无可奈何中落下帷幕。

三　深化期

从曹丕代汉称帝至曹植去世，这是建安文学创作的深化期。

公元 220 年，曹丕代汉称帝，建立魏朝，史称魏文帝。此时，作为建安文人集团主要成员的建安七子已先后谢世，曹操也撒手人寰。建安文人的核心骨干成员只剩下曹丕、曹植兄弟。但曹丕因位居帝王之尊，所作多是事关军国大事的诏令之文，真正的诗赋创作日渐减少，而曹植则因处境悲苦创作了大量反映自我遭际与生活处境的诗赋，情真意切、悲慨淋漓、感人至深。所以，在评论曹丕、曹植此一时期的创作时，文评家有"文帝以位尊减才，思王以势窘益价"的说法，对此，刘勰《文心雕龙·才略》篇认为"未为笃论"[1]。在刘勰看来，生活处境、政治地位的变化决定了曹丕、曹植创作内涵的变化，这不是才与不才的问题，而是生活处境与创作指向的选择问题，刘勰的认识无疑是深刻且符合实际的。

---

① （南朝梁）刘勰著，范文澜注：《文心雕龙注》卷十，人民文学出版社 1958 年版，第700 页。

曹丕、曹植由于在建安年间围绕接班人问题而发生过长期的夺嫡之争，于是，昔日朝夕相处的文友兄弟，变成了权力倾轧的政治敌人，导致兄弟二人产生深深的心理隔阂。曹丕即位之后，不仅处处提防曹植，而且有意刁难和迫害曹植，使曹植处在强大的心理重压之下，在生活和精神上受到极大摧残。而生活处境和心态的变化也影响了他们各自的创作。此阶段的曹丕位居帝王之尊，号令天下，志得意满，留下的更多的是诏令等政治性的应用文；而曹植虽有侯王之名，实则已沦为阶下之囚，成为"圈牢之养物"①（《求自试表》），生活战战兢兢，如临深渊，心存畏惧，哀伤不已，所以，展示自己生活的苦痛和内心的悲哀成了曹植后期的创作核心。曹植前期的创作大多采用铺陈直抒的方式书写贵游公子的奢华生活、豪情壮志、浪漫情怀，而其后期的创作则多用比兴象征的方法寄寓他的生活处境和郁闷心情，如《七哀诗》：

> 明月照高楼，流光正徘徊。上有愁思妇，悲叹有余哀。借问叹者谁？言是宕子妻。君行逾十年，孤妾常独栖。君若清路尘，妾若浊水泥。浮沉各异势，会合何时谐？愿为西南风，长逝入君怀，君怀良不开，贱妾当何依！②

这首诗即采用古代诗歌常用的以夫妻喻君臣的比兴手法，形象描写了他此一时期的生活际遇和内心悲哀。曹丕去世后，魏明帝曹叡即位，尽管曹叡碍于叔侄之礼对曹植曾给以体恤，但他依然是曹叡政治上防范的主要对象，生活处境实质上没有丝毫改变。在不断的希望与失望的交织中，曹植最终"怅然绝望"③，抑郁而亡，时年41岁。随着曹植的去世，建安文学也悲壮地落下了帷幕。

---

① （三国魏）曹植著，赵幼文校注：《曹植集校注》，中华书局2016年版，第586页。
② （三国魏）曹植著，赵幼文校注：《曹植集校注》，中华书局2016年版，第464—465页。
③ （晋）陈寿撰，（南朝宋）裴松之注：《三国志》卷十九，中华书局1982年版，第576页。

第三阶段的建安文学，虽然仅有曹丕、曹植兄弟苦撑文坛，作家队伍相对凋零，但曹植因生活遭际发生巨大变化，其创作无论在思想性还是艺术性方面均达到了极致，将建安文学的创作内涵向前大大推进了一步。就此而言，第三阶段的建安文学尽管没有邺下时期那么热热闹闹、轰轰烈烈，但在艺术精神和审美风格上则得到了升华和丰富，不妨视为建安文学创作的深化期。

总之，建安文学的发展大体经历了这三个阶段，每个阶段都有自己鲜明的特色。把握建安文人与文学创作，应该结合建安文学的这一演进过程来认识。

第三节 "邺下风流"与"建安风骨"

阅读建安文学，讨论建安文人，有两个关键词特别重要，这就是"邺下风流"和"建安风骨"。如果说"建安风骨"是后世诗论家对建安诗歌审美风格特征的精要概括，那么，"邺下风流"则是文学史家对建安文人生活情态和精神风采的形象凝练。"建安风骨"和"邺下风流"是理解和把握建安文学时代精神特征的两把钥匙，建安文人与文学的精神特质就体现在"建安风骨"和"邺下风流"这两个关键词里。所以，要深刻理解建安文学的时代特色，深入认识建安文人的精神风貌，就必须深入理解"建安风骨"和"邺下风流"丰富的精神内涵。

关于"建安风骨"的基本内涵，文学理论批评史上有过比较深入的讨论，当然也存在很大的争论。关于如何理解"建安风骨"的丰富审美内涵，在讨论建安文学观念时会对此进行专题分析，这里不再赘述。下面仅围绕"邺下风流"谈一些初步的看法，以期对建安文人的精神风貌有初步的了解。

众所周知，魏晋时期在我国文化史上是被人津津乐道的名士风流时代，而最集中体现魏晋名士风流的经典著作就是刘义庆的《世说新语》。《世说新语》真实、形象、生动地记录了魏晋士人的生活风貌和精神风采，被冯友兰先生称为魏晋名士的"风流宝鉴"①。《世说新语》是按门类收录故事的，共分36门，收录一千余则故事，其每门的首条故事不仅是对故事本身的记载，而且往往还具有发凡起例的意义，旨在说明此类风气的原发时代与代表人物。如果考察《世说新语》36门的首条故事，我们可以发现，属于汉末桓灵时期的有10门，西晋时期的有9门，建安时期的有8门，正始时期的有5门，东晋时期的有2门。这说明在《世说新语》编撰者看来，汉末桓灵时期是魏晋名士风流的萌发期和突变期，而建安时期则是魏晋名士风流演进的重要关键期之一②。正是在这个层面上，后代诗论家如金代的元好问在《论诗三十首》中提出了"邺下风流在晋多"③的著名论断。

那么，"邺下风流"的精神特征是什么呢？其实，在之前介绍邺下文人集团及其创作时已经涉及这个话题，"邺下风流"是建安文人慷慨任气、磊落使才的个性表现，其特征主要表现在以下三个方面。

一　诗酒高会，风流高雅的游娱生活

古代士人群体性的游娱活动并不是从建安文人开始的，两汉文人已有许多群体性的游娱活动。如《西京杂记》记载：

> 梁孝王好营宫室苑囿之乐，作曜华宫，筑兔园。园中有百灵山，山有肤寸石、落猿岩、栖龙岫。又有雁池，池间有鹤洲凫渚。其诸宫观相连，延亘数十里，奇果异树，瑰禽怪兽毕备。王日与宫人宾客弋钓其中。④

> 梁孝王游于忘忧之馆，集诸游士，各使为赋。枚乘为《柳赋》……路乔如为《鹤赋》……公孙诡为《文鹿赋》……邹阳

---

① 冯友兰：《三松堂学术文集》，北京大学出版社1984年版，第610页。
② 参阅王利锁《〈世说新语〉三曹故事辩议》，《汉语言文学研究》2019年第1期。
③ 吴世常：《论诗绝句二十种辑注》，陕西人民出版社1984年版，第51页。
④ 成林、程章灿：《西京杂记全译》，贵州人民出版社1993年版，第82页。

为《酒赋》……公孙乘为《月赋》……羊胜为《屏风赋》……韩安国作《几赋》，不成，邹阳代作。①

　　这说明，在西汉初年，梁孝王藩国文人群体的枚乘、路乔如、公孙诡、邹阳等即有群体性的文化游娱活动。但在两汉，这种大规模的、经常性的文人群体性的文化游娱活动毕竟不多，而且也没有完全将逞才扬气的文学创作作为游娱活动的核心内涵。邺下文人集团则不一样，他们的文化游娱活动无论是活动的次数、规模、人数、规格，还是内涵的丰富多彩均是以前的文人群体不可比拟的。正如我们在前面已经说明的那样，在这些大规模的群体性的文化游娱活动中，他们尽情挥洒自己的文华才情，自觉围绕共同的话题题材进行文学创作，表现出鲜明的逞才竞赛的特点。建安文人诗酒高会、风流高雅的文化游娱生活，在他们的诗文中时常被提及。他们"清夜游西园，飞盖相追随"②（曹植《公宴诗》），"辇车飞素盖，从者盈路傍"③（刘桢《公宴诗》），"斗鸡东郊道，走马长楸间"④（曹植《名都篇》），射猎遨游，斗鸡走马，日复一日，"云散还城邑，清晨复来还"⑤（曹植《名都篇》），极尽娱乐之能事，酣畅淋漓地释放着自我。他们还常常置酒高会，"良友招我游，高会宴中闱"⑥（陈琳《宴会诗》），"开馆延群士，置酒于新堂"⑦（应玚《公宴诗》），在诗酒高会中，群情激昂，丝竹乱耳，酒酣耳热，高谈阔论，"妙思六经，逍遥百氏"⑧（曹丕《与吴质书》），激发出无限的创作激情，"赋诗连篇章，极夜不知归。君侯多壮思，文雅纵横飞"⑨（刘桢

① 成林、程章灿：《西京杂记全译》，贵州人民出版社1993年版，第134—146页。
② （三国魏）曹植著，赵幼文校注：《曹植集校注》，中华书局2016年版，第72页。
③ 俞绍初辑校：《建安七子集》（修订本），中华书局2016年版，第217页。
④ （三国魏）曹植著，赵幼文校注：《曹植集校注》，中华书局2016年版，第721页。
⑤ （三国魏）曹植著，赵幼文校注：《曹植集校注》，中华书局2016年版，第721页。
⑥ 俞绍初辑校：《建安七子集》（修订本），中华书局2016年版，第40页。
⑦ 俞绍初辑校：《建安七子集》（修订本），中华书局2016年版，第198页。
⑧ 魏宏灿：《曹丕集校注》，安徽大学出版社2009年版，第255页。
⑨ 俞绍初辑校：《建安七子集》（修订本），中华书局2016年版，第219页。

《赠五官中郎将诗其四》），形成"四坐同休赞，宾主怀悦欣"①（应场《斗鸡诗》）的游娱效果。刘勰《文心雕龙·明诗》篇所说的"怜风月，狎池苑，述恩荣，叙酣宴"，概括的即是邺下文人游娱生活的这一基本特点。可以说，建安文人的群体性文化游娱生活不单单是一种感官刺激的形式，更是一种特殊的文化体验方式，一种自我心灵的释放方式，一种才情自由挥洒的手段，它们构成了建安文人生活情愫的重要内涵。这种充满玄思浪漫的群体性文化游娱活动，对魏晋士人的生活方式产生了深刻影响，此后的竹林七贤的竹林之游，西晋士人的金谷宴集，东晋名士的兰亭雅集，尽管时代不同，表现有异，但在精神底蕴上都与此息息相通。

二　意气俊爽，风流自赏的人生情怀

如果说风雅高会的游娱活动是邺下文人生活的外在表现，那么，意气俊爽、雅好慷慨、风流自赏的人生情怀则构成邺下文人突出的精神特质。邺下文人尽管每个人的生活性格各有不同，但他们大都具有使气逞才的傲物态度、乐观自信的人生情调、豪爽浪漫的生活气质和雅好慷慨的个性情怀。邺下文士大都意气俊爽，充满自信，诚如曹植《与杨德祖书》所说的，"人人自谓握灵蛇之珠，家家自谓抱荆山之玉"，具有天下之才和舍我其谁的恃才傲物之心。宋代敖器之《敖陶孙诗评》评论曹植说："曹子建如三河少年，风流自赏。"②其实，"风流自赏"的又何止曹植一个，可以说邺下文人多有此种气质。如陈琳，他善于章表书记的写作，而不善于辞赋，但他却到处对人炫耀他的辞赋可以和司马相如媲美。再如刘桢，钟嵘评价说他的诗歌"贞骨凌霜，高风跨俗"③，其实又何止是他的诗，刘桢个人

---

① 俞绍初辑校：《建安七子集》（修订本），中华书局 2016 年版，第 200 页。

② 河北师范学院中文系古典文学教研组编：《三曹资料汇编》，中华书局 1980 年版，第 115 页。

③ （南朝梁）钟嵘著，曹旭笺注：《诗品笺注》，人民文学出版社 2009 年版，第 63 页。

的生活气质本身就具有这一特性。建安文人这种意气俊爽、风流自赏的人生情怀，表现在创作情态上，自然就呈现出如刘勰《文心雕龙·时序》所说的"傲雅觞豆之前，雍容衽席之上，洒笔以成酣歌，和墨以藉谈笑"的特点了。邺城时期建安文人的文学创作风貌说到底是与邺下文人这一独特的人生情怀分不开的。

三　率性通脱，个性张扬的生活态度

西晋著名文人傅玄在谈到建安世风与士风时曾说："近者魏武好法术，而天下贵刑名；魏文慕通达，而天下贱守节。"① (《晋书·傅玄传》) 傅玄所说的魏武、魏文时期，正是文学史上的建安文学时期。作为建安文学的领袖人物，曹操本来就是一个不拘生活小节的通脱之人。据《三国志·武帝纪》裴松之注引《曹瞒传》，曹操"为人佻易无威重，好音乐，倡优在侧，常以日达夕。被服轻绡，身自佩小鞶囊，以盛手巾细物，时或冠帢帽以见宾客。每与人谈论，戏弄言诵，尽无所隐，及欢悦大笑，至以头没杯案中，肴膳皆沾污巾帻，其轻易如此"②。这里所说的佻易、轻易，亦即通脱的意思，指的就是曹操日常生活状态不端庄严肃，轻松随便。曹丕在生活中虽然有"矫情自饰"③的一面，但也不乏通脱的个性气质。曹丕《典论·自叙》曾记，有一次，他游乐高兴，与奋威将军邓展交流剑术，"时酒酣耳热，方食甘蔗，便以为杖，下殿数交，三中其臂，左右大笑"④。《典略》也记载，曹丕有一次和邺下诸子宴饮，酒喝到兴头上，竟然让自己的夫人甄氏出来与大家相见。其他人都赶快伏地拜见，唯有刘桢不拜，直接平视甄夫人。结果被曹操罚去输作。

① (唐) 房玄龄等撰：《晋书》卷四十七，中华书局 1974 年版，第 1317 页。
② (晋) 陈寿撰，(南朝宋) 裴松之注：《三国志》卷一，中华书局 1982 年版，第 54 页。
③ (晋) 陈寿撰，(南朝宋) 裴松之注：《三国志》卷十九，中华书局 1982 年版，第557 页。
④ 魏宏灿：《曹丕集校注》，安徽大学出版社 2009 年版，第 302 页。

《世说新语·伤逝》也记载，王粲去世后，曹丕率领大家去送葬，竟让参加葬礼的人，每人都学一声驴鸣以表悲痛，与王粲告别。这些都是大家耳熟能详的故事，背后蕴含的无不是曹丕生活中的通脱之性。至于曹植自然就更不用多说了。《三国志·魏书·曹植传》说他"性简易，不治威仪"，"任性而行，不自雕励，饮酒不节"①，这更是通脱的典型表现。而最能体现曹植通脱之性的是他与邯郸淳的初次相见，据《三国志·王粲传附邯郸淳传》注引《魏略》记载：

　　　　植初得淳甚喜，延入坐，不先与谈。时天暑热，植因呼常从取水自澡讫，傅粉。遂科头拍袒，胡舞五椎锻，跳丸击剑，诵俳优小说数千言讫，谓淳曰："邯郸生何如邪？"于是乃更著衣帻，整仪容，与淳评说混元造化之端，品物区别之意，然后论羲皇以来贤圣名臣烈士优劣之差，次颂古今文章赋诔及当官政事宜所先后，又论用武行兵倚伏之势。乃命厨宰，酒炙交至，坐席默然，无与伉者。及暮，淳归，对其所知叹植之材，谓之天人。②

　　在这个故事里，曹植风流倜傥、任性通脱的个性表现得淋漓尽致。甚至在一定意义上看，他与曹丕夺嫡之争的失败，与他的通脱性格也不无关系。要之，曹操父子都具有通脱的个性，而通脱的生活其实就是个性的张扬。在曹操父子通脱的生活态度影响下，邺下士人的生活自然都具有浓郁的通脱之风。邺下士人通脱、通达的生活态度直接冲击了汉代以来恪守严谨的儒家礼法，自然也就导致"贱守节"的社会风气的流行。后来竹林士人"越名教而任自然"的放诞生活无不是在此基础上的变本加厉。

---

　　① （晋）陈寿撰，（南朝宋）裴松之注：《三国志》卷十九，中华书局1982年版，第557页。
　　② （晋）陈寿撰，（南朝宋）裴松之注：《三国志》卷二十一，中华书局1982年版，第603页。

　　总之，邺下文人的通脱之风是汉末以来社会风气变化的重要体现，也是魏晋世风与士风的重要转型，研究魏晋世风与士风的演进嬗变，"邺下风流"是不能忽略的重要一环，而建安文人的通脱之风也给建安文学的创作内涵和表现风格涂抹上了鲜明而独特的时代特色。

第一章　曹操

　　建安文学是以曹操为领袖，以曹丕、曹植兄弟为核心，以建安七子等为骨干构成的邺下文人群体共同促进发展的。建安文学能够在战火频仍、政局动荡的汉末乱离之世呈现出短暂的繁荣景象，与曹操的关系甚大。如果没有曹操对文学的热爱，对文人的赏识重用，并为他们提供宽松的生活创作环境，建安文人就不可能被激发出高昂的创作热情，建安文学也就不可能出现迅速繁荣的局面。因此，讨论建安文学，探讨建安文学发生发展的深刻的历史动因，首先必须要从对曹操的了解开始。

　　作为一代枭雄的曹操，可以讨论的话题很多。如果从文学视域来观照，我们主要围绕曹操的身世生平、人格精神特征、诗歌创作、散文创作以及曹操对建安文学的贡献五个方面来概括介绍。

第一节　曹操的身世生平

　　曹操一生基本是在戎马倥偬的军旅生活中度过的，也与汉末社会政治纠缠在一起，是汉魏政权鼎革的关键人物；曹操又是汉末建安时代的文坛领袖，是建安文学繁荣的有力参与者、支持者和保障者。这是把握曹操人生的关键，也是理解曹操与建安文人和文学的前提。

　　曹操活了 66 岁，根据他人生事业的发展过程，大体可分三个阶段：建安元年（196）即 42 岁之前，为曹操逐鹿中原的青年时期；建安元年至建安十五年（210）即 42—56 岁，为曹操挟天子以令诸侯，逐步统一巩固北方的中年时期；建安十六年（211）至去世即 57—66 岁，为曹操经营曹氏天下的暮年时期。

一 家庭出身与身份叛逆

曹操字孟德，一名吉利，小字阿瞒，沛国谯（今安徽亳州）人。汉桓帝永寿元年（155）出生于一个具有宦官背景的家庭。他的祖父曹腾，安帝时入选为小黄门，历仕安帝、顺帝、冲帝、质帝、桓帝五帝。顺帝时曾任中常侍大长秋即宦官总管，后因拥立桓帝有功，被封为费亭侯。《三国志·武帝纪》裴松之注引司马彪《续汉书》说，曹腾“在省闼三十余年，历事四帝，未尝有过。好进达贤能，终无所毁伤。其所称荐，若陈留虞放、边韶、南阳延固、张温、弘农张奂、颍川堂溪典等，皆致位公卿，而不伐其善”①。魏明帝太和三年（229），被追尊为高皇帝。汉末宦官集团是一个坏事做尽、恶贯满盈、臭名昭著的政治毒瘤，后世对汉末阉宦集团是深恶痛绝的，但在如此的社会政治背景下，作为宦官大头目的曹腾能得到如此的评价，实属不易。曹操的父亲曹嵩是曹腾的养子，桓帝时官至太尉，黄初元年（220）曹丕代汉称帝后，被追尊为太皇帝。关于曹嵩的身世，《三国志·魏书·武帝纪》说“莫能审其生出本末”②，即不知道曹嵩出身的本家，但吴人所作的《曹瞒传》和郭颁的《魏晋世语》都说曹嵩乃是“夏侯氏之子，夏侯惇之叔父”③。结合夏侯氏一族人物后来在曹操军事集团中的地位和作用以及《三国志》将夏侯氏与曹氏同传并列的事实看，这一说法应该是有一定根据的。不管怎么说，按今天的说法，曹操在当时也是属于一个“官二代”，只不过曹操家的这

---

① （晋）陈寿撰，（南朝宋）裴松之注：《三国志》卷一，中华书局 1982 年版，第 1 页。
② （晋）陈寿撰，（南朝宋）裴松之注：《三国志》卷一，中华书局 1982 年版，第 1 页。
③ （晋）陈寿撰，（南朝宋）裴松之注：《三国志》卷一，中华书局 1982 年版，第 2 页。

个"官",不是当时士人推崇的清流士大夫官僚的"官",如袁绍那样的"四世五公"的官僚世家,而是大家深恶痛绝的祸国殃民的宦官的"官"。

这样一个不光彩的家庭出身背景,不仅给曹操平添了许多恶名,而且也成了以后他的政敌时常拿来嘲戏和诟病他的理由。如官渡之战时,陈琳还在袁绍幕府,曾为袁绍写作《为袁绍檄豫州》①,就辱骂曹操出自"乞丐携养",为"赘阉遗丑","本无懿德""好乱乐祸",认定他天生就不是一个好人;即使曹操后来达到"挟天子以令诸侯"的位高权重的政治地位,他的政敌周瑜也还认为他是"托名汉相,其实汉贼"②。这些言语的背后除政治立场外,都不排除有对曹操家庭出身的先入为主的定见。可以说,曹操的家庭出身背景实实在在给他贴上的身份标签,不仅是曹操一生挥之不去的心理阴影,而且对其人格心理发展也产生了深刻影响。

《三国志·武帝纪》说:"太祖(曹操)少机警,有权数,而任侠放荡。"③ 少年曹操的机警权数许多史籍都有记载,如《曹瞒传》即记载有一个他欺哄父亲的故事:

> 太祖少好飞鹰走狗,游荡无度,其叔父数言之于嵩。太祖患之。后逢叔父于路,乃阳败面喝口;叔父怪而问其故,太祖曰:"卒中恶风。"叔父以告嵩。嵩惊愕,呼太祖,太祖口貌如故。嵩问曰:"叔父言汝中风,已差乎?"太祖曰:"初不中风,但失爱于叔父,故见罔耳。"嵩乃疑焉。自后叔父有所告,嵩终不复信,太祖于是益得肆意矣。④

---

① 俞绍初辑校:《建安七子集》(修订本),中华书局2016年版,第65页。
② (晋)陈寿撰,(南朝宋)裴松之注:《三国志》卷五十四,中华书局1982年版,第1261页。
③ (晋)陈寿撰,(南朝宋)裴松之注:《三国志》卷一,中华书局1982年版,第2页。
④ (晋)陈寿撰,(南朝宋)裴松之注:《三国志》卷一,中华书局1982年版,第2页。

由于曹操叔父经常向他父亲打小报告诬陷曹操，曹操忌恨叔父的作为，就设诡计欺哄父亲，同时向父亲暗示叔父对自己有偏见。曹操小计略施，效果满满，既矫正了自己在父亲心里的形象，又摧毁了叔父对自己的恶语中伤，可谓一举两得，一箭双雕，四两拨千斤。《世说新语·假谲》也记载曹操少时的一个故事：

> 魏武少时，尝与袁绍好为游侠。观人新婚，因潜入主人园中，夜呼叫云："有偷儿贼！"青庐中人皆出观，魏武乃入，抽刃劫新妇与绍还出。失道，坠枳棘中，绍不能得动。复大叫云："偷儿在此！"绍遑迫自掷出，遂以俱免。①

曹操与袁绍少年时为好朋友，都非常淘气，喜欢恶作剧。这个故事主要凸显了少年曹操的聪明鬼机灵。这些故事都说明，少年时期的曹操即表现出许多与众不同的地方。所以，在曹操还没有出名之时，当时名士桥玄就认为曹操具有"命世之才"②。

曹操自少即有政治理想和抱负，渴望"建立名誉，使世士明知之"③。所以，他入仕之后，深知自己的出身为当时的清流士人所不齿，为了改变人们的看法，曹操就做了许多与他的家庭背景格格不入的事情。如在担任洛阳北部尉、顿丘令和议郎期间，曹操执法如山，《三国志·武帝纪》注引《曹瞒传》言其下令"有犯禁者，不避豪强，皆棒杀之"④，不仅公然杖杀当时臭名昭著的宦官小黄门蹇硕的叔父，而且公开上书朝廷，为因谋诛宦官而被害的清流士人窦武、陈蕃鸣冤叫屈。青年曹操的这些所作所为，可以说是自觉地对其家庭出身的叛逆，迎合时代的崇尚。如果深究还可以发现，曹操

---

① （南朝宋）刘义庆撰，（南朝梁）刘孝标注，余嘉锡笺疏：《世说新语笺疏》，上海古籍出版社 1993 年版，第 851 页。
② （晋）陈寿撰，（南朝宋）裴松之注：《三国志》卷一，中华书局 1982 年版，第 2 页。
③ 中华书局编辑部编：《曹操集》，中华书局 2018 年版，第 45 页。
④ （晋）陈寿撰，（南朝宋）裴松之注：《三国志》卷一，中华书局 1982 年版，第 3 页。

的叛逆也与他本人的修养和生活的时代有密切关系。曹操自少即"明古学"①，深受儒家精神的熏染，他的青少年时期又恰好生活在清流党人激扬名节士风、激烈抨击朝政的桓灵时代，清流党人的耿直风范和倡正直、恶奸邪，以挽救"政教日乱"颓局的理想都是曹操所仰慕的。曹操对家庭出身的叛逆，其实是在自觉地顺应这个时代潮流，因为曹操深知欲摆脱自己家庭背景这个可恶的标签，只有以更加鲜明的反宦官姿态，更加同情清流党人的言行，才能博得清流士人的认可。这说明从踏入仕途开始，曹操对自己的生活处境就具有非常清醒的认识，在激扬名节、注重名声的现实环境下，他只有重塑自身，建立名誉，才能在将来有更大更好的发展空间。曹操强逼汝南月旦评名家许劭来评论自己也是此心态的典型表现。尽管曹操的这些付出最后未必完全为世人所认可，但他的努力则是自觉的，他试图以一种全新的个人面貌被社会接受。就此而言，青年时期的曹操对自己的人生规划一开始就是比较清晰明确、具有实践理性的。

二　意气风发、逐鹿中原的青年时期

曹操 20 岁时被举孝廉，后担任洛阳北部尉，23 岁任顿丘（今河南清丰）令，后又被朝廷征为议郎。汉灵帝中平元年（184），黄巾起义爆发，30 岁的曹操被任命为骑都尉，参与平定黄巾起义。34 岁时又被任命为典军校尉，成为当时著名的"西园八校尉"之一。次年，汉灵帝去世，皇子刘辩即位。秉政的大将军、外戚何进谋诛宦官，但新执政的何太后不接受何进的建议。于是何进乃欲援引西北猛将董卓进京以胁迫何太后，结果密谋败露，何进反为宦官所杀。董卓进京后，不仅没有匡扶汉室之心，反而充分暴露出残忍的本性，

---

① （晋）陈寿撰，（南朝宋）裴松之注：《三国志》卷一，《武帝纪》注引《魏书》，中华书局 1982 年版，第 3 页。

废少帝刘辩为弘农王，立陈留王刘协为帝即后来的汉献帝，树威固权，独断专行，倒行逆施，肆无忌惮，无恶不作。《后汉书·董卓传》记载：

> 是时洛中贵戚室第相望，金帛财产，家家殷积。卓纵放兵士，突其庐舍，淫掠妇女，剽虏资物，谓之"搜牢"。人情崩恐，不保朝夕。及何后葬，开文陵，卓悉取藏中珍物。又奸乱公主，妻略宫人，虐刑滥罚，睚眦必死，群僚内外莫能自固。卓尝遣军至阳城，时人会于社下，悉令就斩之，驾其车重，载其妇女，以头系车辕，歌呼而还。又坏五铢钱，更铸小钱，悉取洛阳及长安铜人、钟虡、飞廉、铜马之属，以充铸焉。故货贱物贵，谷石数万。[①]

面对董卓的强梁跋扈，朝廷上下人人自危。曹操为了躲避祸害，只身逃出京师洛阳，到陈留募兵，得兵五千人，这成为曹操后来左冲右突、驰骋中原的重要资本。

汉献帝初平元年（190），关东豪杰因不满董卓的暴政，推举袁绍为盟主讨伐董卓，36 岁的曹操以奋武将军的身份参加了讨伐董卓的军事行动。但因关东豪杰各怀鬼胎，私欲膨胀，董卓还未被灭，参战的军阀豪杰就开始发生了火并。初平二年（191），董卓迫于形势压力，劫持汉献帝逃到长安。次年，被王允、吕布所杀。而此时的关东中原地区正处于军阀之间为了地盘的相互争夺和黄巾军狼烟四起的兵燹之下，朝廷宗庙燔丧，百姓流离失所。曹操听从鲍信"可规大河之南，以待其变"[②] 的建议，入东郡击破黄巾黑山军，袁绍就表荐曹操为东郡太守。初平三年（192），青州黄巾进攻兖州，

---

① （南朝宋）范晔撰，（唐）李贤等注：《后汉书》卷七十二，中华书局 1965 年版，第 2325 页。

② （晋）陈寿撰，（南朝宋）裴松之注：《三国志》卷十二，《鲍勋传》注引《魏书》，中华书局 1982 年版，第 384 页。

曹操又进兵兖州，自领兖州牧，击破青州黄巾，"受降卒三十余万，男女百余万口，收其精锐者，号为青州兵"①。兖州的取得和对青州黄巾的收编，不仅使曹操拥有了相对稳定的地盘，也使曹操具有了在军阀争霸中可以凭借的重要军事力量，这成为曹操在以后中原逐鹿中的最大本钱，当然也是曹操人生事业发展的重要转折，此时曹操38岁，正是意气风发的年龄。之后，曹操又南奔北投，左冲右杀，破袁术，征陶谦，战吕布，逐渐实现了"深根固本以制天下，进足以胜敌，退足以坚守，故虽有困败而终济大业"②的战略意图。

三 挟天子以令诸侯，统一北方的中年时期

如果说建安元年（196）之前，曹操在军事方面已经不断发展壮大，有了自己可以和其他军事势力周旋抗衡的重要凭借，那么，建安元年迎汉献帝迁都许昌的政治举措，则为曹操赢得了其他军阀势力不具备的政治优势。从此，曹操"自为司空，行车骑将军事，百官总己以听"③，他可以"挟天子以令诸侯"，假借天子之名以行己意。诚如《后汉书·董卓传》所言："自都许之后，权归曹氏。"④这不能不说是曹操人到中年的良好开局，此年曹操42岁。

曹操迎汉献帝都许的政治举措，对摇摇欲坠的东汉朝廷而言，不啻是捡到了一根救命稻草，因为"自天子西迁，朝廷日乱，至是宗庙社稷制度始立"⑤，又得以苟延残喘二十余年。而对曹操来说，此举不仅收买了天下人心，也博得了当时文士的好感。如孔融即写有《六言诗》三首盛赞曹操之举：

---

① （晋）陈寿撰，（南朝宋）裴松之注：《三国志》卷一，中华书局1982年版，第9页。

② （晋）陈寿撰，（南朝宋）裴松之注：《三国志》卷十，中华书局1982年版，第309页。

③ （南朝宋）范晔撰，（唐）李贤等注：《后汉书》卷九，中华书局1965年版，第380页。

④ （南朝宋）范晔撰，（唐）李贤等注：《后汉书》卷七十二，中华书局1965年版，第2343页。

⑤ （晋）陈寿撰，（南朝宋）裴松之注：《三国志》卷一，中华书局1982年版，第13页。

汉家中叶道微，董卓作乱乘衰，僭上虐下专威。万官惶怖莫违，百姓惨惨心悲。

郭李分争为非，迁都长安思归。瞻望关东可哀，梦想曹公归来。

从洛到许巍巍，曹公辅国无私。减去厨膳甘肥。群僚率从祁祁。虽得俸禄常饥。念我苦寒心悲。①

后来许多文士投奔曹操麾下并最后形成邺下文人集团，当然与曹操重视笼络人才的政策有关，但在"贼臣持国柄，杀主灭宇京。荡覆帝基业，宗庙以燔丧"②（《薤露行》）的无法无天的僭越背景下，曹操迎汉献帝都许这一政治举措无疑也给人留下了"躬奉天王"③（《短歌行》其二）的好印象，它背后的潜在感召力是不可忽视的。这说明曹操是一个具有政治远见又善于审时度势的聪明人。

伴随曹操对朝廷的控制和军阀势力的不断组合，北方逐渐形成曹操和袁绍两大军事实力集团。建安五年（200），曹操与北方最大的军事势力袁绍在官渡决战，结果曹操以少胜多，战胜袁绍。建安九年（204），曹操又攻占了袁绍的大本营邺城（今河北临漳）。随后，曹操又北征乌桓三郡，基本扫除了袁绍在北方的残余势力，取得了在北方的统治权。但曹操的政治目标是远大的，他并不想成为统治一方的诸侯，他最终要实现的是"天下归心"，统一全国。所以，在扫除后顾之忧，北方广大地区逐渐被他控制之后，他就开始着手兵发江南，试图实现统一天下的伟业了。建安十三年（208），曹操南征荆州刘表，欲统一江南，结果在赤壁（今湖北赤壁市）与孙权、刘备联军决战时，一败涂地，无奈狼狈逃回。随着曹操赤壁之战的失败，盘踞长江中下游的孙权集团、长江上游和西南地区的刘备集团的势力迅速得以巩固和发展，南北呈现出对峙的局面，最

---

① 俞绍初辑校：《建安七子集》（修订本），中华书局 2016 年版，第 4 页。
② 中华书局编辑部编：《曹操集》，中华书局 2018 年版，第 3 页。
③ 中华书局编辑部编：《曹操集》，中华书局 2018 年版，第 6 页。

终形成三国鼎立的政治格局。

四 经营曹氏天下的暮年时期

赤壁之战后，孙权、刘备两大政治集团实力不断发展壮大，对曹操来说，统一全国已经无望。于是，曹操的政治策略也适时随之进行了调整，即由对外的征伐转向对内的巩固。尽管此后曹操还不断有军事行动，但规模明显减弱，而且主要是出于巩固现有区域的目的。与此同时，随着曹操威权专断的逐渐明显，非议曹操不臣的言论也日益增多，诚如他建安十五年（210）在《让县自明本志令》中所说："或者人见孤强盛，又性不信天命之事，恐私心相评，言有不逊之志，妄相忖度，每用耿耿。"[①] 在此形势下，如何清扫异己势力、弭除朝廷谤议、巩固已有基业就成了曹操的心腹之患、头等之事。可以说，后期曹操的所作所为基本是围绕此核心展开的。

面对时下"不逊之志"的物议，曹操并没有收敛，反而更加突出对权力的控制。建安十六年（211），曹操迫使朝廷封其子曹植为平原侯、曹据为范阳侯、曹豹为饶阳侯，又"命公世子丕为五官中郎将，置官属，为丞相副"[②]，从而在政治上形成翼卫之势。张作耀《曹操传》即指出，曹操此举明显"加紧了巩固权力的步伐，扩大直接控制的地盘是其一，诸子封侯以增外援是其二，更重要的一步是用天子的名义命曹丕为五官中郎将，置官属，为丞相副，此其三。让儿子直接参与控制军政大权，成为仅次于自己地位的政要，用心非常清楚，就是谋为子孙代汉而作准备"[③]。建安十七年（212），曹操被议可晋爵为公，曹操大谋士荀彧持异议，结果曹操"心不能平"[④]，就故意刁难对其事业发展有重大贡献的荀彧，致使荀彧饮药

---

① 中华书局编辑部编：《曹操集》，中华书局 2018 年版，第 46 页。
② （晋）陈寿撰，（南朝宋）裴松之注：《三国志》卷一，中华书局 1982 年版，第 34 页。
③ 张作耀：《曹操传》，人民出版社 2000 年版，第 180 页。
④ （晋）陈寿撰，（南朝宋）裴松之注：《三国志》卷十，中华书局 1982 年版，第 317 页。

而卒。建安十八年（213），曹操"自立为魏公，加九锡"[1]，开始着手搭建魏国班子，任命王粲等人草创朝仪。建安十九年（214），曹操又迫使汉献帝聘其二女入宫为贵人，同时诛杀汉献帝皇后伏氏家族，加强对汉献帝的控制。建安二十一年（216），曹操晋爵为魏王，借口赐死不同政见者河北大名士崔琰，又封曹彰、曹彪诸子为侯。建安二十二年（217），曹操出行设天子旌旗，备天子乘舆，立曹丕为太子。至此，汉朝廷已仅剩下躯壳，徒有虚名，而曹魏天下则实至而名归。但代汉称帝的最后一步，曹操并没有踏出去。建安二十四年（219），孙权向曹操上表称臣，希望曹操顺应天命，这当然正中曹操的心怀，但曹操却没有接受孙权建议，反而说："是儿欲踞吾著炉火上邪！"[2] 夏侯惇等曹操部将也曾劝曹操"应天顺民"，代汉自立，而曹操的态度则是"若天命在吾，吾为周文王矣"[3]。

就经营曹氏天下而言，曹操面对的最大威胁当然是来自不同阵营的外在压力，所以，他一方面清除政治异己势力，一方面巩固和扩大曹氏的政治权力和地位，基本扫清了来自各方面的压力。但在曹魏政权内部是否能够顺利交接，平稳过渡，不发生变乱，对曹操而言，也是必须考虑的问题。由于曹操在选择接班人问题上长期犹豫不决，结果导致曹丕、曹植兄弟在立嫡问题上相互争夺，各树党羽，甚至最后几乎到了白热化程度。也就是说，即使曹丕已经被定为太子，但他是否能够顺利接班依然是个问题，因为拥护曹植的势力还是非常强大的，不要说曹魏的其他官员，就是曹氏家族内部也不乏心仪曹植的人。如《三国志·曹彰传》记载，曹操在洛阳弥留之际，曾召在长安的曹彰疾驰回洛阳，结果曹彰还未到洛阳，曹操就去世了。那么，曹操为什么在这关键时刻召回曹彰呢？《三国志·

---

① （南朝宋）范晔撰，（唐）李贤等注：《后汉书》卷九，中华书局1965年版，第387页。

② （晋）陈寿撰，（南朝宋）裴松之注：《三国志》卷一，《武帝纪》注引《魏略》，中华书局1982年版，第53页。

③ （晋）陈寿撰，（南朝宋）裴松之注：《三国志》卷一，《武帝纪》注引《魏氏春秋》，中华书局1982年版，第53页。

曹彰传》没有明确记载，但裴松之注引《魏略》则说："彰至，谓临淄侯植曰：'先王召我者，欲立汝也。'"① 这当然是曹彰的判断，未必是曹操的意思。又据《三国志·贾逵传》记载："太祖崩洛阳，逵典丧事。时鄢陵侯彰行越骑将军，从长安来赴，问逵先王玺绶所在。逵正色曰：'太子在邺，国有储副。先王玺绶，非君侯所宜问也。'"② 所以，《魏氏春秋》说："彰问玺绶，将有异志。"③ 这至少说明，在曹氏家族集团内部，关于接班人问题并没有形成完全的共识。对此复杂多变的政治情势，理性而聪明的曹操当然是心知肚明的。所以，深谋远虑、实用理性至上的曹操一旦决定由曹丕为太子，作为未来的接班人，他就一定要给曹丕上位扫清不必要的障碍，顺势打压曹丕对立面的曹植势力，从而保证曹丕接班时不至于发生很大的动荡和变乱。了解了曹操此时的复杂心态，也就理解了《曹植传》这段描写背后丰富的政治内涵：

> 植尝乘车行驰道中，开司马门出。太祖大怒，公车令坐死。由是重诸侯科禁，而植宠日衰。太祖既虑终始之变，以杨修颇有才策，而又袁氏之甥也，于是以罪诛修。植益内不自安。④

另外，据《三国志·崔琰传》裴注引《世语》记载，曹植的妻子崔氏乃是崔琰兄长的女儿，她因"衣绣，太祖登台见之，以违制命，还家赐死"⑤，这件事张可礼先生认为应"发生在植失宠后"⑥，其说可信。要之，在曹丕被立为太子后，曹植不仅日渐失宠，而且身边接二连三发生了许多非同寻常的事件，这绝不是偶然的，尤其

---

① （晋）陈寿撰，（南朝宋）裴松之注：《三国志》卷十九，中华书局 1982 年版，第557 页。
② （晋）陈寿撰，（南朝宋）裴松之注：《三国志》卷十五，中华书局 1982 年版，第481 页。
③ （晋）陈寿撰，（南朝宋）裴松之注：《三国志》卷十九，中华书局 1982 年版，第557 页。
④ （晋）陈寿撰，（南朝宋）裴松之注：《三国志》卷十九，中华书局 1982 年版，第558 页。
⑤ （晋）陈寿撰，（南朝宋）裴松之注：《三国志》卷十二，中华书局 1982 年版，第369 页。
⑥ 张可礼：《三曹年谱》，齐鲁书社 1983 年版，第154 页。

是建安二十四年（219）曹植的好朋友、重要谋士杨修被诛杀，所有这些都应该与曹操的"虑终始之变"有关。这说明，曹操后期基本是围绕经营曹氏天下这个核心要务来行事的，不管是谁，只要妨碍曹操的这个核心要务，他都不会心慈手软。荀彧、崔琰、杨修之死，甚至曹植妻子崔氏被赐死，都与此有甚大关系。通过以上分析，我们不难发现，《曹植传》的这段描写实际反映的正是曹植此一时段的生存处境。如果说导致曹植"宠日衰"还有曹植自身性格方面的因素，那么，让曹植"内不自安"更多的则是政治的原因，而其根源却是对他宠爱有加、另眼相看的父亲。就此而言，此时的曹植已经有一种不祥的"山雨欲来风满楼"的预感了，他后期的人生命运遭际也在此时深深地埋下了伏笔。

总之，在曹操去世之前，他已经按照自己的意愿完成了他能够完成的使命，不仅为曹丕地位的稳定清除了后患，也为最后曹丕的顺利代汉铺平了道路，汉魏鼎革已顺势而为，水到渠成。建安二十五年（220）正月，时年66岁的曹操在洛阳去世，曹丕顺利继位为丞相、魏王，领冀州牧；十月，曹丕迫逼汉献帝禅让退位，正大光明地称帝即位，建立魏朝，改延康元年为黄初元年，顺利实现了汉魏的易代革命。曹操也被追尊为魏武帝，实现了他梦寐以求的夙愿。

曹操一生著述丰富。《隋书·经籍志》著录有《魏武帝集》26卷，《魏武帝集新撰》10卷，另有《孙子注》等。目前通行的收录比较完备的曹操著作是中华书局出版的《曹操集》，注释本有黄节的《魏武帝诗注》、夏传才的《曹操集校注》、安徽亳县《曹操集》译注小组集体完成的《曹操集译注》等，河北师范学院中文系古典文学教研组编辑的《三曹资料汇编》汇辑了历代相关"三曹""七子"和建安文学的评论史料，颇方便参考。

第二节 曹操的人格精神特征

曹操在历史上是一个时代的风云人物，同时也是一个颇遭时人非议的人物。在曹操生活的时代，人们对曹操就已经有不同的评价，有褒有贬，说法不一；历代对曹操的评价更是丰富多彩，莫衷一是。那么，我们该如何认知历史上的曹操，把握其人格精神的核心特征呢？如果从人格心理结构的角度进行考察，结合曹操生活的时代和他的生平行实，我们认为，曹操最突出的人格精神特征主要呈现为五个层面，即：仁者之心、霸者之气、智者之识、权者之术和诗家之才。

一　仁者之心

我们首先必须肯定，作为一个深受儒家精神熏染的时代风云人物，曹操是有仁心的，并非天生谲诈，本性阴恶。尤其是前期的曹操，仁者之心的表现更加突出。曹操生逢乱世，经历了黄巾起义、董卓之乱、军阀混战等汉末社会最惨烈的政治军事动荡，而这些动荡最大的受害者自然是下层的普通民众。可以想象，一场战争下来，会有多少人抛尸荒野，又有多少人妻离子散、家破人亡、衣食无着、背井离乡。面对如此生灵涂炭的社会现实，曹操是有深深的悯世情怀的，这在他的诗文中都有明确的表现。如《薤露行》："贼臣持国柄，杀主灭宇京。荡覆帝基业，宗庙以燔丧。播越西迁移，号泣而且行。瞻彼洛城郭，微子为哀伤。"[1] 描写董卓之乱带来的社会震荡和京师残破景象，字里行间流露着曹操的哀痛之情。再如《蒿里行》："铠甲生虮虱，万姓以死亡。白骨露于野，千里无鸡鸣。生民百遗一，念之断人肠！"[2] 写军阀混战的残酷后果和造成的民生灾难，表达了他忧念民生的仁爱之心。他作于建安十一年（206）西征高干时的《苦寒行》，也是"念及征夫劳苦"，充满"悯劳恤下之意"的[3]。再

---

[1]　中华书局编辑部编：《曹操集》，中华书局2018年版，第3页。

[2]　中华书局编辑部编：《曹操集》，中华书局2018年版，第4页。

[3]　（元）刘履：《选诗补注》卷二，河北师范学院中文系古代文学教研组编：《三曹资料汇编》，中华书局1980年版，第9页。

如他建安七年的《军谯令》：

> 吾起义兵，为天下除暴乱。旧土人民，死丧略尽，国中终
> 日行，不见所识，使吾凄怆伤怀。其举义兵已来，将士绝无后
> 者，求其亲戚以后之。授土田，官给耕牛。置学师以教之。为
> 存者立庙，使祀其先人。魂而有灵，吾百年之后何恨哉！①

面对民生凋敝的社会现实，曹操凄怆伤怀，要求抚恤战死沙场
的兵士家属，解决他们的生计问题。这些作品中表现的对"生民"
"将士"的悲悯之心，并非曹操为了笼络人心而玩弄权术的虚饰，都
是曹操身临其境、真情实感的抒发，是他仁者之心自然而然的流露。
明代诗论家谭元春说曹操身上有"菩萨气"②，所谓"菩萨气"，其
实就是我们说的仁者之心；明代诗论家钟惺也认为，曹操"惨刻处
惨刻，厚道处厚道，各不相妨，各不相讳，而又皆不出于假，所以
为英雄"③，他作品中表现的悯世伤生情怀，都是"真心真话，不得
概以奸之一字抹杀之"④。此处所谓的"厚道"如谭元春的"菩萨
气"一样，也是指曹操有仁人之心。清人吴淇《六朝选诗定论》卷
五的评论就更能说明问题了，他说：

> 从来真英雄，虽极刻薄，亦定有几分吉凶与民同患意思；
> 其与天下贤才交游，一定有一段缱绻体恤情怀。观魏武（《短歌
> 行》）此作及后《苦寒行》，何等深，何等真！所以当时豪杰乐
> 为之用、乐为之死。今人但指魏武杀孔融、杨修辈，以为惨刻
> 极矣，不知其有厚道在。⑤

---

① 中华书局编辑部编：《曹操集》，中华书局2018年版，第35页。
② （明）钟惺、谭元春选评：《诗归》卷七，湖北人民出版社1985年版，第122页。
③ （明）钟惺、谭元春选评：《诗归》卷七，湖北人民出版社1985年版，第123页。
④ （明）钟惺、谭元春选评：《诗归》卷七，湖北人民出版社1985年版，第126页。
⑤ （清）吴淇著，汪俊、黄进德点校：《六朝选诗定论》，广陵书社2009年版，第101页。

确实如吴淇所言，如果曹操没有仁者之心，天生就是一个惨刻、谲诈、阴毒之人，"当时豪杰"怎会"乐为之用，乐为之死"呢？所以，清代史学家赵翼《廿二史札记》说，曹操初迎汉献帝都许之时，"亦未遽有觊觎神器之心也"①。另外，如建安十二年（207），在北征乌桓途中，他的重要谋士郭嘉因病去世，年仅 38 岁，曹操十分惋惜，痛不欲生，上书朝廷请追增郭嘉封邑，他在《与荀彧书追伤郭嘉》中无比沉痛地写道："郭奉孝年不满四十，相与周旋十一年，险阻艰难，皆共罹之。又以其通达，见世事无所凝滞，欲以后事属之。何意卒尔失之，悲痛伤心！今表增其子满千户，然何益亡者！追念之感深。且奉孝乃知孤者也，天下人相知者少，又以此痛惜，奈何奈何！"② 在这里，曹操不是把郭嘉作为下属看待的，而是作为朋友和知己看待的，字里行间充满对郭嘉之死的追念和痛惜，仁爱之心、朋友之谊溢于言表。总之，验诸曹操一生行实，曹操具有仁者之心是无可怀疑的，只是随着事态情势的变化，曹操个人欲望的日渐膨胀，仁者之心被其他人格精神所抑制或遮蔽，令人不易觉察罢了。如果我们仅仅强调他后期的篡逆之心，而不体察或忽视他前期的民生之爱，就不能深刻、全面地把握曹操复杂的人格精神结构特征。

二　霸者之气

自古以来，评论曹操者皆认为曹操有霸气。《三国志》作者陈寿认为曹操乃"非常之人，超世之杰"③；宋人敖陶孙《诗评》说曹操"如幽燕老将，气韵沉雄"④，所谓"气韵沉雄"即指霸气十足；明代谭元春认为曹操身上不但有"菩萨气"，更突出的还是"霸气"⑤；

---

① （清）赵翼：《廿二史札记》，上海古籍出版社 2011 年版，第 115 页。
② 中华书局编辑部编：《曹操集》，中华书局 2018 年版，第 66 页。
③ （晋）陈寿撰，（南朝宋）裴松之注：《三国志》卷一，中华书局 1982 年版，第 55 页。
④ 河北师范学院中文系古典文学教研组编：《三曹资料汇编》，中华书局 1980 年版，第 8 页。
⑤ （明）钟惺、谭元春选评：《诗归》卷七，湖北人民出版社 1985 年版，第 122 页。

清初王夫之也指出曹操有"霸心"①；黄子云《野鸿诗的》也认为曹操有"强梁跋扈之气"②；沈德潜更是明确指出曹操"沉雄俊爽，时露霸气"③。

曹操的霸气主要体现在以下三方面。

一是心胸格局之霸。曹操与同时代的风云人物如袁绍、刘备、孙权等相比，在心胸格局上要远远超过他们。他的《观沧海》描绘吞吐宇宙的沧海气象，苍茫阔大，云蒸霞蔚，是曹操精神世界的形象自喻。沧海意象最能体现曹操的心胸格局。

二是理想目标之霸。曹操具有远大的政治抱负和理想，他渴望建立一个"吏不呼门。王者贤且明，宰相股肱皆忠良。咸礼让，民无所争讼。三年耕有九年储，仓谷满盈。斑白不负戴"④（《对酒》）的太平世界，这在军阀混战、民不聊生的东汉末年是需要极大的政治勇气的。曹操也是一个非常具有政治自信的人，他常以周公自况，"山不厌高，海不厌深。周公吐哺，天下归心"⑤（《短歌行》其一），以此展露自己的政治理想，给人一种舍我其谁的霸气。刘熙载《艺概》说："曹公诗气雄力坚，足以笼罩一切，建安诸子，未有其匹也。"⑥何止是他的诗，他人生理想的霸气也同样如此。

三是政治魄力之霸。在政治军事上，曹操是一个铁腕人物，绝不容许他人忤逆自己。当有人认为他有"不逊之志"，希望他将"所典兵众以还执事，归就武平侯国"时，曹操强硬表态，正是因为我的存在，天下有非分之想的人才不能实现觊觎之心，"设使国家无有孤，不知当几人称帝，几人称王"。所以，"江湖未静，不可让位；至于邑土，可得而辞"⑦（《让县自明本志令》），表现出一种不容置

---

① 河北师范学院中文系古典文学教研组编：《三曹资料汇编》，中华书局1980年版，第25页。
② 河北师范学院中文系古典文学教研组编：《三曹资料汇编》，中华书局1980年版，第31页。
③ （清）沈德潜选：《古诗源》卷五，中华书局1963年版，第103页。
④ 中华书局编辑部编：《曹操集》，中华书局2018年版，第4页。
⑤ 中华书局编辑部编：《曹操集》，中华书局2018年版，第5页。
⑥ （清）刘熙载撰，袁津琥校注：《艺概注稿》，中华书局2009年版，第244页。
⑦ 中华书局编辑部编：《曹操集》，中华书局2018年版，第46—47页。

疑的政治魄力。

综观曹操的一生，可以说，他是一个集霸心、霸气、霸道、霸权于一身的人物。

三 智者之识

孔子曾有"知者不惑，仁者不忧，勇者不惧"[1]的评论。曹操是一个善于审时度势的人，也是一个实践理性极强的人，他对时世的发展有清醒的认知和判断，称得上是一个名副其实的"智者"。他的许多治世行事策略都体现了他的智者之识，如：曹操深知"定国之术，在于强兵足食"[2]（《置屯田令》），如此才能立于不败之地，所以，他大力推行屯田，设置屯田都尉，以解决大军粮乏之忧。曹操深知"治定之化，以礼为首；拨乱之政，以刑为先"[3]（《以高柔为理曹掾令》），所以，他严明治军，赏罚明达，崇尚法术。曹操深知"治平尚德行，有事赏功能"[4]（《论吏士行能令》），"有行之士，未必能进取；进取之士，未必能有行也"[5]（《敕有司取士毋废偏短令》），所以，他主张"唯才是举"[6]（《求贤令》），"不仁不孝而有治国用兵之术"[7]（《举贤勿拘品行令》）者均可举用。曹操深知社会风俗对人心的塑造作用，所以，每稳定一处，即置校官，修文学，整齐风俗，"庶几先王之道不废，而有以益于天下"[8]（《修学令》）。曹操深知"多兵意盛"[9]（《让县自明本志令》），枪杆子里面出政权的道理，所以，当有人要求他交出兵权时，他明确表示"实不可也。

---

[1] 杨伯峻：《论语译注》，中华书局1980年版，第95页。

[2] 中华书局编辑部编：《曹操集》，中华书局2018年版，第33页。

[3] 中华书局编辑部编：《曹操集》，中华书局2018年版，第49页。

[4] 中华书局编辑部编：《曹操集》，中华书局2018年版，第36页。

[5] 中华书局编辑部编：《曹操集》，中华书局2018年版，第51页。

[6] 中华书局编辑部编：《曹操集》，中华书局2018年版，第45页。

[7] 中华书局编辑部编：《曹操集》，中华书局2018年版，第53页。

[8] 中华书局编辑部编：《曹操集》，中华书局2018年版，第36页。

[9] 中华书局编辑部编：《曹操集》，中华书局2018年版，第46页。

何者？诚恐己离兵为人所祸也。既为子孙计，又己败则国家倾危，是以不得慕虚名而处实祸"①（《让县自明本志令》），表现出异常清醒的实用主义理性。

正是曹操的这些明识之智，使他对现实错综复杂的形势始终保持着清醒的理性认知。可以毫不夸张地说，身无尺寸之地的曹操能够从群雄争霸的汉末昏乱政局中脱颖而出，与曹操本人的智者之识是分不开的。对此，《三国志》作者陈寿有非常客观的评论，他说："汉末，天下大乱，雄豪并起，而袁绍虎视四州，强盛莫敌。太祖运筹演谋，鞭挞宇内，揽申、商之法术，该韩、白之奇策，官方授材，各因其器，矫情任算，不念旧恶，终能总御皇机，克成洪业者，惟其明略最优也。"②陈寿说的"明略"，正是我们强调的智者之识。

要之，曹操是三国时期一个具有远见卓识且能够身体力行的杰出的政治家和军事家。

四 权者之术

曹操最为后人所诟病且被无限夸大的是他的权者之术。前已指出，曹操生活性格中确有玩弄"权术"的一面，如他少年时欺哄父亲愚弄叔父就是典型的事例。验之曹操一生的生活行实，玩弄权术可以说是他的家常便饭，司空见惯，史籍多有这方面的记载。如《三国志·武帝纪》注引《曹瞒传》曰：

> 常讨贼，廪谷不足，私谓主者曰："如何？"主者曰："可以小斛以足之。"太祖曰："善。"后军中言太祖欺众，太祖谓主者曰："特当借君死以厌众，不然事不解。"乃斩之，取首题徇曰："行小斛，盗官谷，斩之军门。"③

---

① 中华书局编辑部编：《曹操集》，中华书局2018年版，第47页。
② （晋）陈寿撰，（南朝宋）裴松之注：《三国志》卷一，中华书局1982年版，第55页。
③ （晋）陈寿撰，（南朝宋）裴松之注：《三国志》卷一，中华书局1982年版，第55页。

因军中缺粮，曹操先同意主事者以小斛足之的建议，后因士兵不满哗变，曹操就将责任推给主事者，还给他戴上盗官粮的罪名加以处死，借主事者之头来稳定军心。不可否认，这"变诈"伎俩就是玩弄权术。再如《世说新语·假谲》也记载有几个他玩弄权术的故事：

> 魏武常言："人欲危己，己辄心动。"因语所亲小人曰："汝怀刃密来我侧，我必说心动。执汝使行刑，汝但勿言其使，无他，当厚相报！"执者信焉，不以为惧。遂斩之。此人至死不知也。左右以为实，谋逆者挫气矣。①
> 魏武常云："我眠中不可妄近，近便斫人，亦不自觉，左右宜深慎此！"后阳眠，所幸一人窃以被覆之，因便斫杀。自尔每眠，左右莫敢近者。②

上述这些故事无不给人一种深刻印象，那就是曹操天生谲诈成性，是个玩弄权术的专家。尤其是经过《三国演义》的形象演绎，曹操玩弄权术的故事早已深入人心、家喻户晓，几乎成了曹操人生的符号效应。

其实，如果我们考察三国史料，就会发现，曹操不仅善于玩弄权术，而且也时常表现出多疑残忍之性。如《三国志·武帝纪》注引《世语》记载，他在逃离洛阳路过成皋老朋友吕伯奢家时，"伯奢出行，五子皆在，备宾主礼。太祖自以背卓命，疑其图己，手剑夜杀八人而去"③。裴松之注引孙盛《杂记》补充此事说："太祖闻其食器声，以为图己，遂夜杀之。既而凄怆曰：'宁我负人，毋人负我。'遂行。"④ 不管出于何种原因，曹操对老朋友全家痛下杀手，

---

① （南朝宋）刘义庆著，（南朝梁）刘孝标注，余嘉锡笺疏：《世说新语笺疏》，上海古籍出版社1993年版，第852页。
② （南朝宋）刘义庆著，（南朝梁）刘孝标注，余嘉锡笺疏：《世说新语笺疏》，上海古籍出版社1993年版，第853页。
③ （晋）陈寿撰，（南朝宋）裴松之注：《三国志》卷一，中华书局1982年版，第5页。
④ （晋）陈寿撰，（南朝宋）裴松之注：《三国志》卷一，中华书局1982年版，第5页。

确实是非常残忍的。再如曹操父亲被杀后曹操的表现，《三国志·武帝纪》记载："初，太祖父嵩，去官后还谯，董卓之乱，避难琅琊，为陶谦所害，故太祖志在复仇东伐。夏，使荀彧、程昱守鄄城，复征陶谦，拔五城，遂略地至东海。还过郯，谦将曹豹与刘备屯郯东，要太祖。太祖击破之，遂攻拔襄贲，所过多所残戮。"① 如此大规模的屠城行为也充分暴露了曹操的残忍。孙盛就评论曹操此举说："夫伐罪吊民，古之令轨；罪谦之由，而残其属部，过矣。"② 所以，善于玩弄权术又具有残忍性格的一面，在曹操身上都是有实际发生的事件为证的，我们今天没有必要为其回护遮掩。只是曹操的玩弄权术除他个性原因外，也不可脱离他生活的时代来认知。如果设身处地地去想，曹操的玩弄权术也是事出有因的。在那个他不杀别人，别人即可能置他于死地的极限生存环境下，曹操的玩弄权术实际不过是一种极端的、自觉的、防身自保的特殊方式罢了。

如果我们再进一步探察又可发现，记载曹操玩弄权术并给人留下最深刻印象的故事，大多出自吴人写的《曹瞒传》和刘义庆的《世说新语》。这就很值得品味了。吴人的《曹瞒传》可能出于政治需要的考虑来丑化曹操，里面自然会有污黑曹操的成分。但《世说新语》编撰者距离曹操生活的时代已二百余年，其中还如此集中记述曹操这些故事而且将其有意放大，恐怕就很值得我们深入思考了③。

当然，曹操的玩弄权术我们也要具体问题具体分析，不可将其完全归为个性使然，有的也是出于军事谋略的需要。《孙子兵法》说："兵者，诡道也。"凡排兵布阵，用兵行事，必然有权术谋略存在。如果这些谋略都被视为权术，那所有的军事家就都成了心术不正、善于玩弄权术的权术家了。显然，这样的认知是不公平的。如官渡之战前，许攸自袁绍处投奔曹操，与曹操讨论军粮问题，曹操开始的回答不失为一种权术心理，但当许攸说透曹操心思处境时，

---

① （晋）陈寿撰，（南朝宋）裴松之注：《三国志》卷一，中华书局1982年版，第11页。
② （晋）陈寿撰，（南朝宋）裴松之注：《三国志》卷一，中华书局1982年版，第11页。
③ 参阅王利锁《〈世说新语〉三曹故事辩议》，《汉语言文学研究》2019年第1期。

曹操就开诚布公地告诉许攸实情①。这虚虚实实的背后恰可看出作为军事家的曹操用兵行事的机警谨慎、灵活善变。再如建安十六年（211），曹操西征马超、韩遂，为了瓦解马、韩军事联盟，曹操对马、韩进行了离间。《三国志·武帝纪》记载：

> 超等屯渭南，遣信求割河以西请和，公不许。九月，进军渡渭。超等数挑战，又不许；固请割地，求送任子，公用贾诩计，伪许之。韩遂请与公相见，公与遂父同岁孝廉，又与遂同时侪辈，于是交马语移时，不及军事，但说京都旧故，拊手欢笑。既罢，超等问遂："公何言?"遂曰："无所言也。"超等疑之。他日，公又与遂书，多所点窜，如遂改定者；超等逾疑遂。公乃与克日会战，先以轻兵挑之，战良久，乃纵虎骑夹击，大破之，斩成宜、李堪等。遂、超等走凉州，杨秋奔安定，关中平。②

曹操正是抓住了马超、韩遂之间的矛盾和马超多疑的心理，成功地使用了离间计，达到了不战而屈人之兵的效果。这也应视为曹操对军事谋略合理灵活的运用，不能完全看作曹操在玩弄权术伎俩。

总之，我们承认曹操是个善于玩弄权术的人，甚至不乏残忍的一面，但曹操的权术又往往与他的"明略"智慧浑融交织在一起，彼此难分。因此，讨论曹操的权者之术，切不可顾此失彼，因噎废食，一概否定。

五　诗家之才

曹操是个多才多艺之人，他擅草书、音乐、围棋，在汉末众多

---

① （晋）陈寿撰，（南朝宋）裴松之注：《三国志》卷一，中华书局1982年版，第15页。
② （晋）陈寿撰，（南朝宋）裴松之注：《三国志》卷一，中华书局1982年版，第34—35页。

军事集团的领袖人物中，曹操的文化修养和诗才是最高的。曹操之所以有如此高的文化修养和诗才，与他博览群书、"雅爱诗章"①的文化个性有很大关系。曹丕《典论·自叙》记述说："（曹操）雅好诗书文籍，虽在军旅，手不释卷。每每定省从容，常言人少好学则思专，长则善忘。长大而能勤学者，唯吾与袁伯业耳。"②《三国志·武帝纪》注引王沈《魏书》也说："（曹操）御军三十年，手不舍书，昼则讲武策，夜则思经传，登高必赋，及造新诗，被之管弦，皆成乐章。"③汉末军阀领袖人物中，不乏爱读书的人，如孙权，他自述自己的读书经历时说："少时历《诗》《书》《礼记》《左传》《国语》，惟不读《易》。至统事以来，省三史、诸家兵法，自以为大有所益。"同时，他还劝吕蒙、蒋钦二人"宜急读《孙子》《六韬》《左传》《国语》及三史"④。可见孙权也是一个喜爱读书的人，但能够达到曹操那样高的文化修养程度的却不多。读曹操的诗文可以发现，他对先代典籍史事相当熟悉，诗书成语，信手拈来，化为己用。历代评论家尽管对曹操其人看法不一，但都认可曹操的文笔诗才，曹操的诗文至今还为人们阅读传诵即是最好的证明。

以上我们概括了曹操人格精神的五大特征，即仁者之心、霸者之气、智者之识、权者之术、诗家之才。这里需要特别强调的是，曹操上述五大人格精神特征并不是齐力并发、齐头并进、恒定不变的，而是随着生活情境和政治军事处境的变化而变化的。在不同阶段、不同场合、不同行事过程中，他的某一方面的人格精神会因现实的需要被唤醒而显得特别突出，而其他方面的人格精神则会自觉不自觉地被遮蔽或掩盖。如曹操生活的前期与后期、军事生涯与日常生活、行政处世与饮酒赋诗等不同处境下，他的人格精神表现的

---

① （南朝梁）刘勰著，范文澜注：《文心雕龙注》卷九，人民文学出版社 1958 年版，第673 页。

② 魏宏灿：《曹丕集校注》，安徽大学出版社 2009 年版，第 302 页。

③ （晋）陈寿撰，（南朝宋）裴松之注：《三国志》卷一，中华书局 1982 年版，第 54 页。

④ （晋）陈寿撰，（南朝宋）裴松之注：《三国志》卷五十四，中华书局 1982 年版，第1274 页。

隐显就不同，有时豪放爽朗，有时假谲诡诈，有时真情表露，有时虚张声势，有时杂糅迸发。因此，曹操人格精神特征又呈现出鲜明的多面性、复杂性、交织性的特点。可以说，在曹操身上，理性与感性并存，仁心与刻薄浑融，霸气与权术互含，杂学与诗才交织。所以，认知曹操既不能将其某一人格精神特征无限度地夸大，也不能对某一平常的生活细节进行无边界的过度诠释，应该结合汉末社会的时代情势和曹操生活的人生行实进行全面分析，系统观照，充分认识曹操人格精神特征的复杂性、交织性和多变性，只有这样，才能真正把握和复原曹操的历史真面目。

总之，曹操是一个多才多艺、明略超世、人格心理结构极其复杂的人物，是汉末具有远见卓识和实用理性的杰出的政治家、军事家和文学家。研究汉魏之际的社会政治文化变迁，研究建安文学的繁荣发展，曹操都是一个无法绕开的关键人物。

第三节　曹操的诗歌创作

曹操诗歌现存二十余首，全部是乐府诗。按诗歌写作的题材内容，大体可以分为三大类，即描写现实社会苦难和曹操生活行实的纪实诗；表现曹操政治理想和人生感慨的述怀言志诗；描写仙境仙人生活的游仙诗。

一　纪实诗

曹操的纪实诗还可再细分为两方面内容：一是真实反映汉末社会动荡和民生苦难的作品，如《薤露行》《蒿里行》；二是真切记录曹操生活行实与感受的作品，如《苦寒行》《却东西门行》。从基本写作精神看，它们都是立足现实，表达了曹操对现实处境的深深关切。

自灵帝末年黄巾起义爆发以来，东汉社会一直处在飘摇动荡之中。先是黄巾起义风起云涌，蔓延全国，接着是董卓之乱，朝野震荡，人心惶惶，随后又是豪强混战，尸横遍野，民不聊生。这一桩桩一件件痛彻心扉之事，曹操都是亲身经历的。面对如此的惨痛现实，曹操以满含感情的诗笔记录了眼前发生的一幕幕悲剧。《薤露行》《蒿里行》是这方面的代表作：

> 惟汉廿二世，所任诚不良。沐猴而冠带，知小而谋强。犹豫不敢断，因狩执君王。白虹为贯日，己亦先受殃。贼臣持国柄，杀主灭宇京。荡覆帝基业，宗庙以燔丧。播越西迁移，号泣而且行。瞻彼洛城郭，微子为哀伤。（《薤露行》）①
>
> 关东有义士，兴兵讨群凶。初期会盟津，乃心在咸阳。军合力不齐，踌躇而雁行。势利使人争，嗣还自相戕。淮南弟称号，刻玺于北方。铠甲生虮虱，万姓以死亡。白骨露于野，千里无鸡鸣。生民百遗一，念之断人肠。（《蒿里行》）②

《薤露》《蒿里》本是汉代以来的挽歌。晋崔豹《古今注》说："《薤露》《蒿里》，并丧歌也，出田横门人。……言人命如薤上之露，易晞灭也，亦谓人死魂魄归乎蒿里。……《薤露》送王公贵人，《蒿里》送士大夫庶人。使挽柩者歌之，世呼为挽歌。"③曹操则借它们的哀婉之义来哀伤现实。《薤露行》主要描写何进谋诛宦官反为宦官所害，召董卓进京，结果导致天子被杀、宗庙燔丧、被迫西迁长安的历史事实，抒发了诗人悲愤难平的社会感慨。《蒿里行》主要概括描写从灵帝末年至建安二年（197）袁术在淮南称帝前后八九年间的历史情势。诗前四句写关东义士群力讨伐董卓，希望除暴灭乱的雄心；接下来六句，写由于关东义士各怀鬼胎，抢势夺利，结果造成自相残杀、军阀混战的动荡局面；最后六句以饱含感情的笔墨，

---

① 中华书局编辑部编：《曹操集》，中华书局 2018 年版，第 3 页。"廿二"原作"二十二"，校语曰："黄节《魏武帝诗注》谓'二十二'当作'廿二'。"可从，据改。

② 中华书局编辑部编：《曹操集》，中华书局 2018 年版，第 4 页。

③ 王根林等点校：《汉魏六朝笔记小说大观》，上海古籍出版社 1999 年版，第 238 页。

描写军阀混战的恶果和感叹：将士尸横遍野，百姓流离失所，生灵涂炭，怎不让人感慨伤怀！其中"白骨露于野，千里无鸡鸣"，概括凝练，意象突出，形象生动，成为历代传诵的名句。这两首诗歌以高度的概括力，形象地演示了汉末发生的重大历史事件，叙事视野阔大，抒情慷慨悲凉，被钟惺称为"汉末实录，真诗史也。"①

曹操是汉末军阀混战的亲历者，也是重要的参与者，他一生基本是在戎马倥偬中度过的。因此，对曹操而言，战争过程的惨烈，他有切身的体会；战争造成的灾难，他也有明确的认知。但如果我们去读曹操这些"鞍马间为文"，又可以发现，曹操创作的这些纪实诗中，既没有描写战争过程的耀武扬威，也没有描述胜利后的志得意满，相反，基本是以表现战争的酷烈和从军的艰难为主题的，大都充满无限的"闵时悼乱"②之心，字里行间流露着浓郁的人文情怀。如他作于建安十一年（206）征高干途中的《苦寒行》：

> 北上太行山，艰哉何巍巍！羊肠坂诘屈，车轮为之摧。树木何萧瑟，北风声正悲！熊罴对我蹲，虎豹夹路啼。溪谷少人民，雪落何霏霏！延颈长叹息，远行多所怀。我心何怫郁？思欲一东归。水深桥梁绝，中路正徘徊。迷惑失故路，薄暮无宿栖。行行日已远，人马同时饥。担囊行取薪，斧冰持作糜。悲彼东山诗，悠悠使我哀。③

诗歌通过对路途艰辛和居处荒寒的描写，渲染了行军打仗的艰难和路途的"怫郁"之情，透射出浓浓的厌战情绪。这是令人不可思议的。因为，曹操毕竟是一方主帅，难道他不怕将士阅后而动摇军心，影响士气吗？从这个视角出发，我们再去体会曹操诗歌创作

---

① （明）钟惺、谭元春选评：《诗归》卷七，湖北人民出版社1985年版，第124页。

② （清）朱嘉徵：《乐府广序》卷八，河北师范学院中文系古典文学教研组编：《三曹资料汇编》，中华书局1980年版，第24页。

③ 中华书局编辑部编：《曹操集》，中华书局2018年版，第6页。

时的内心世界，就可以知道，曹操并不完全是一个穷兵黩武的好战分子，战争对他而言也是不得已而为之的。这种思想情感的表达，我们认为是真切的，不能把它视为曹操的矫情和虚伪，恰恰是曹操仁者之心的自然流露。

总之，曹操的纪实诗无论是对现实社会悲惨的描写还是对从军经历的记录，都能够真切反映社会生活的真实情状，如实呈现作者的内心世界，表达他对事件处境的真实感受，抒发了他的真情实感。这些诗歌中流动的是曹操悲天悯人的淑世情怀，激荡的是曹操慷慨悲凉的壮士之心，对我们理解曹操丰富复杂的精神世界具有深刻的认识价值和意义。

二 述怀言志诗

曹操的述怀言志之作，也可以分两方面内容：一是直接表达自己政治理想的诗，如《对酒》《度关山》；二是抒发人生感慨的诗，如《短歌行》《步出夏门行》。

曹操生活在汉末儒学一统局面衰微、诸子百家之学复兴的时代文化氛围下，所以，他的思想也杂糅了各家思想，如同他人格精神一样呈现出相当复杂的特点。徐公持先生在《魏晋文学史》中曾指出，曹操思想表现出鲜明的"杂家本色，儒、法、道、墨、刑名、兵、农诸家主张，应有尽有"，他描绘的"太平盛世的蓝图"，也"颇具理想主义色彩"①。这一特点，从他的《对酒》《度关山》中可以明显地看出来。如《对酒》："对酒歌，太平时，吏不呼门。王者贤且明，宰相股肱皆忠良。咸礼让，民无所争讼。三年耕有九年储，仓谷满盈。班白不负戴。雨泽如此，百谷用成。却走马，以粪其土田。爵公侯伯子男，咸爱其民，以黜陟幽明。子养有若父与兄。犯礼法，轻重随其刑。路无拾遗之私。囹圄空虚，冬节不断。人耄耋，

---

① 徐公持：《魏晋文学史》，人民文学出版社 1999 年版，第 35 页。

皆得以寿终。恩泽广及草木昆虫。"① 全诗几乎是各家政治思想话语的堆砌，也缺乏诗的韵味，与其说是诗，不如说是曹操以诗歌形式写作的政治宣言。

真正能够代表曹操述怀诗的水平，体现其鲜明创作个性的则是他的人生感慨之作。如《步出夏门行》作于曹操建安十二年（207）北征三郡乌丸时，由"艳"和四解组成。第一解为《观沧海》：

> 东临碣石，以观沧海。水何澹澹，山岛竦峙。树木丛生，百草丰茂。秋风萧瑟，洪波涌起。日月之行，若出其中；星汉灿烂，若出其里。幸甚至哉，歌以咏志。②

诗歌描写登临碣石看到的浩渺壮观的沧海景象，整首诗歌境界阔大，气势雄浑，给人一种风起云涌、沧海茫茫的意境。沈德潜《古诗源》评论说："有吞吐宇宙气象"③，可以说准确抓住了这首诗歌的神韵。《观沧海》不仅是我国文学史上最早描绘山水景物的佳作，而且诗歌在描写沧海壮阔的背后，也时时能够让人感悟到曹操的博大胸襟，体味到曹操吞吐日月的霸气。从一定意义上讲，曹操笔下的沧海气象，其实就是曹操自我情怀的形象自况。

第四解《龟虽寿》也是曹操的名作：

> 神龟虽寿，犹有竟时。腾蛇乘雾，终为土灰。老骥伏枥，志在千里。烈士暮年，壮心不已。盈缩之期，不但在天。养怡之福，可得永年。幸甚至哉，歌以咏志。④

诗歌前四句先以神龟、腾蛇作比喻，说明人生命有限、有生必

---

① 中华书局编辑部编：《曹操集》，中华书局2018年版，第4页。
② 中华书局编辑部编：《曹操集》，中华书局2018年版，第11页。
③ （清）沈德潜选：《古诗源》卷五，中华书局1963年版，第104页。
④ 中华书局编辑部编：《曹操集》，中华书局2018年版，第11页。

有死的道理，给人一种伤感之情，但接下来四句又以"老骥"作比，说即使如此，人也应该像千里马那样，老当益壮，雄心不减。最后四句表达了他对人生的自信：尽管生命的长短，人无法改变，也无法抗拒，但如果能够合理调养身心，保持平和乐观心态，还是可以延长寿命的。这首诗歌的情调由低沉开始，以高昂作结，既阐释了曹操对生命的唯物看法，又表现了曹操的达观态度，真实地传达了曹操的人生情怀。其中"老骥伏枥"四句，因为形象贴切地表达了诗人老而弥坚的进取精神和乐观向上的人生态度，成为脍炙人口、千古传诵的名句。

不过，大家公认最能代表曹操诗歌创作成就的是《短歌行》：

> 对酒当歌，人生几何！譬如朝露，去日苦多。慨当以慷，忧思难忘。何以解忧？唯有杜康。青青子衿，悠悠我心。但为君故，沉吟至今。呦呦鹿鸣，食野之苹。我有嘉宾，鼓瑟吹笙。明明如月，何时可掇。忧从中来，不可断绝。越陌度阡，枉用相存。契阔谈宴，心念旧恩。月明星稀，乌鹊南飞。绕树三匝，何枝可依？山不厌高，海不厌深。周公吐哺，天下归心。①

诗歌前四句，以人生苦短起调，引出诗人的无限"忧思"。接着四句，写渴望以酒来排解忧思，但"举杯消愁愁更愁"，饮酒非但不能排解忧思，反而凭空增添了无限惆怅，这实是对忧思的加深抒写，巧妙地营造了一个低沉忧伤的情感氛围。但接下来四句，诗歌却笔锋一转，"青青子衿，悠悠我心。但为君故，沉吟至今"，原来，诗人忧思的不仅仅是人生苦短，更重要的是贤才难得。至此，诗歌本意才和盘托出，诗人真心才透露显现。那么，如何得到贤才呢？"呦呦鹿鸣"四句，即写对贤才的渴望，若贤才归我，我一定"鼓瑟吹笙"，热烈欢迎。但贤才又到哪里去寻找啊，所以，"明明如月"八

---

① 中华书局编辑部编：《曹操集》，中华书局 2018 年版，第 5 页。

句，又将"忧思"之情向前推进了一步，尽管贤才难得，但也要"越陌度阡"，四处寻访。诗歌至此，将诗人求贤若渴的急切心情已推至极致。但良禽择木而栖，贤臣择主而事，我渴望贤才，贤臣是否会选择我呢？所以，"月明"四句又荡开一笔，从对方写来，用"乌鹊"择枝而栖来比喻贤才择主而事。最后四句，则总写自己的胸襟与态度。假若贤才归附于我，我一定如周公一沐三握发、一饭三吐哺那样善待贤才，实现天下归心的宏愿。这首诗一唱三叹，反复沉吟，仿佛絮絮叨叨，但核心都围绕求贤得贤描写。求贤之切、得贤之乐、望贤之苦是诗歌的情感主线；沉吟忧思、慷慨悲凉、是诗歌的情感基调。陈祚明说这首诗"跌宕悠扬，极悲凉之致"①，可谓抓住了其情感意蕴表达的核心特征。

总之，曹操的述怀言志之作，既是他思想观念的集中表达，也是他人生情怀的形象展露，尤其是他的人生感慨之作，达到了诗心诗艺的完美结合，最能体现曹操诗歌的艺术成就。

三　游仙诗

神仙信仰在我国古代具有悠久的历史，祈求长生也是人人梦寐以求的愿望。战国中期以来，神仙观念已发展成熟，求仙活动也络绎不绝，游仙作为一种文学表现形式，即是与此观念相伴而生的。《庄子》《楚辞》中都有神仙生活片段的描写，尤其是传为屈原所作的《远游》更是以瑰丽生动的描绘被后人称为"游仙诗之祖"②。汉代乐府中也不乏对神仙境界描写的诗篇，如《董逃行》《王子乔》《仙人骑白鹿》等。东汉中后期道教产生以后，神仙观念广泛流传，仙人仙境更是成为人人企慕的快乐幸福世界，也是文人表达的重要

---

① （清）陈祚明评选，李金松点校：《采菽堂古诗选》卷五，上海古籍出版社 2008 年版，第 128 页。

② 河北师范学院中文系古典文学教研组编：《三曹资料汇编》，中华书局 1980 年版，第 202 页。

题材。曹操的《气出唱》《精列》《陌上桑》《秋胡行》等作品，继承了汉代以来描写仙人仙境生活的游仙诗传统，通过对"骖驾六龙饮玉浆"①（《气出唱》其一）的神仙生活描写和"金阶玉为堂，芝草生殿旁"②（《气出唱》其三）的仙境描绘，表达诗人"愿登泰华山，神人共远游。经历昆仑山，到蓬莱，飘飘八极，与神人俱。思得神药，万岁为期"③（《秋胡行》其二）的长生不死的愿望。但正如前面我们已经指出的，曹操是一个非常富有实用理性的人，他对生命有清醒的意识，曾说过"性不信天命之事"④（《让县自明本志令》）"不戚年往，忧世不治。存亡有命，虑之为蚩"⑤（《秋胡行》其二）的话，在《龟虽寿》中，他更是认为"神龟虽寿，犹有竟时。腾蛇乘雾，终为土灰"，任何事物都逃不脱生死的命运，所以，曹操是否真像秦皇汉武那样笃信神仙的存在，恐怕还不敢轻易肯定。但就个体生命存在而言，曹操希望自己长生"永年"，享尽人间富贵荣华的"养怡之福"，又是不可否认的事实。也许正因如此，曹操的游仙诗就具有了自己独特的书写特色。

从创作心态看，曹操的游仙活动描写伴有浓郁的功业意识和现世情怀，如《气出唱》其三："游君山，甚为真。崔嵬砟硌，尔自为神。乃到王母台，金阶玉为堂，芝草生殿傍。东西厢，客满堂。主人当行觞，坐者长寿遽何央。长乐甫始宜孙子。常愿主人增年，与天相守。"⑥ 表面看来是游仙生活的描写，实际却是宴乐生活的表达。在这个过程中，曹操既是游仙活动的主导者，也是众星捧月的核心人物，更是大家祝愿的目标，这与现实生活中曹操的生活是完全合辙的。

从抒情主体看，曹操的游仙描写不是游离于仙境之外，而是自

---

① 中华书局编辑部编：《曹操集》，中华书局2018年版，第1页。
② 中华书局编辑部编：《曹操集》，中华书局2018年版，第2页。
③ 中华书局编辑部编：《曹操集》，中华书局2018年版，第8页。
④ 中华书局编辑部编：《曹操集》，中华书局2018年版，第46页。
⑤ 中华书局编辑部编：《曹操集》，中华书局2018年版，第8页。
⑥ 中华书局编辑部编：《曹操集》，中华书局2018年版，第2页。

已积极参与其中，甚至是仙境生活的掌控者。如《陌上桑》："驾虹霓，乘赤云，登彼九疑历玉门。济天汉，至昆仑，见西王母谒东君。交赤松，及羡门，受要秘道爱精神。食芝英，饮醴泉，拄杖［桂］枝佩秋兰。绝人事，游浑元，若疾风游欻飘飘。景未移，行数千，寿如南山不忘愆。"① 就此而言，曹操笔下的游仙并非虚无缥缈的仙境游历，而是具有浓重的人世化色彩，仙境描绘也表现出鲜明的世俗性特点，甚至可以说，曹操的游仙诗就是他现实宴游生活的仙话化和浪漫化的艺术表现②。这是曹操游仙诗特别值得我们注意的特点。

四　曹操诗歌的艺术特色

曹操是一个不循常规、敢于创新的人。这不仅体现在他的为人处世、理政行事上，也鲜明地体现在他的文学创作中。曹操诗歌具有独特的个性和创作特色，与曹操的敢于创新是分不开的。曹操诗歌的创作特色主要体现在以下几个方面。

第一，借乐府旧题书写时事，拓展了乐府诗的表现体制。曹操的诗歌皆是乐府诗，多沿袭汉代乐府的旧题，如《秋胡行》《短歌行》《陌上桑》《蒿里行》《薤露行》等。但曹操在沿用旧题时，并非一味因袭，而是敢于创新，自铸新辞，融入时代内容，抒发现实感受。如《蒿里行》《薤露行》本是丧歌，曹操却借其哀挽之义书写时事，表达他对现实民生的哀痛之情。再如《短歌行》，崔豹《古今注》说："长歌、短歌，言人寿命长短，各有定分，不可妄求。"③可见，古辞具有鲜明的宿命论倾向。而曹操的《短歌行》尽管因袭了"人生几何"的感叹，但重点在表达对贤才的渴望，抒发他"天

<hr />

① 中华书局编辑部编：《曹操集》，中华书局 2018 年版，第 5 页。"桂"原无，据《宋书·乐志》补。

② 参阅王利锁《试论阮籍咏怀诗的游仙描写与建安游仙诗模式风格的差异》，《中州学刊》1999 年第 1 期。

③ 王根林等点校：《汉魏六朝笔记小说大观》，上海古籍出版社 1999 年版，第 238 页。

下归心"的雄心壮志，改悲沉为悲壮，富有独特的情感个性。徐公持先生指出："曹操在继承发扬汉乐府的音乐文学传统的同时，从现实创作需要出发，对乐府体制做了大胆革新，表现了他的尚实精神和通达作风。曹操的革新措施，拓宽了乐府文学的表现领域，给乐府文学注入了新的生命力。"①恰当概括了曹操革新乐府诗的贡献。

第二，形式多样，技巧纯熟。曹操诗歌有四言诗、五言诗、杂言诗，形式多样，而且皆有名作。尤其是他的四言诗，抒情与言志兼备，写景与比兴相得，善于将叙事、抒情、写景、说理相结合，营造一种自然沉雄的诗境，表现技巧相当纯熟，是继《诗经》之后又一次大放异彩的四言诗创作，为四言诗体的发展作出了重要贡献。如《观沧海》抒情与写景结合，形象生动，气象万千；《龟虽寿》说理与抒情结合，忧思深沉，感慨万端。沈德潜说："曹公四言，于三百篇外，自开奇响"②，给予曹操四言诗非常高的评价。

第三，融史化典，情感丰富。曹操具有非常高的文学修养，在诗歌写作中，他常常融入历史人物故事，如古公亶父、太伯、姬昌、周文王、齐桓、管仲、伯夷、叔齐、孔子等著名历史人物，都是曹操诗歌中经常出现的咏叹对象。曹操还善于化用《诗经》成句入诗，借用《诗经》成语抒写自己的感情，来深化诗歌情感表达的内涵。如《短歌行》化用《诗经》中《郑风·子衿》和《小雅·鹿鸣》的语句入诗，却没有斧凿的痕迹。曹操诗歌将融史化典与比兴抒情相结合，既能够浑融一体，又做到贴切生动，体现了曹操高超的语言驾驭能力，为文人乐府诗的发展成熟作出了重要贡献。

第四，曹操诗歌不是无病呻吟的应时之作，皆是情到极致的有为而发，有我、有情，有时代、有生活，情思深沉，感情充沛，气势雄健，又充满慷慨悲凉之气，形成一种独特的气韵沉雄、慷慨悲凉的艺术风格，最能体现建安时代精神和"建安风骨"的审美内涵。

---

① 徐公持：《魏晋文学史》，人民文学出版社1999年版，第32页。
② （清）沈德潜选：《古诗源》卷五，中华书局2006年版，第91页。

总之，曹操诗歌既具有深刻的思想性，又具有高超的艺术性，富有浓郁的情感穿透力。阅读曹操的诗歌，总能给人无限的遐思、生命的震撼、形象的感悟和时代的感受。

第四节 曹操的散文创作

曹操现存文章约 150 篇，基本都是实用性的表令之类的公文。这些表令公文集中体现了曹操的政治策略和治世思想，是研究曹操与汉末社会政治变迁的重要文献。曹操散文虽然都是应用性的公文，但在我国古代散文发展史上却具有重要地位，非常值得重视。概括而言，曹操的散文主要有以下几个特点。

一 清俊通脱的文风

刘师培《中国中古文学史》最早概括曹操文章写作的特点是清俊通脱。后来，鲁迅在《魏晋风度及文章与药及酒之关系》一文中对此进行了具体细致的分析，他说：

> 董卓之后，曹操专权。在他的统治之下，第一个特色便是尚刑名。……影响到文章方面，成了清俊的风格。就是文章要简约严明的意思。此外还有一个特点，就是尚通脱。他为什么要尚通脱呢？自然也与当时的风气有莫大关系。……通脱即随便之意。此种提倡影响到文坛，便产生多量想说甚么便说甚么的文章。更因思想通脱之后，废除固执，遂能充分容纳异端和外来的思想，故孔教以外的思想源源引入。总括起来，我们可以说汉末魏初的文章是清俊、通脱。在曹操本身，也是一个改造文章的祖师。①

---

① 鲁迅：《鲁迅全集》第三卷，人民文学出版社 1981 年版，第 502—503 页。

鲁迅先生认为，清俊通脱是汉末世风和士风的特点，这种风气影响及于文章，就产生了如曹操那样的清俊通脱文风。在这个过程中，曹操具有重要的贡献，成为"改造文章的祖师"。曹操的文章写作确实处处呈现出清俊通脱的特点。如建安十七年（212），在讨论是撤并西曹还是东曹机构时，有人主张应省除东曹，曹操即作《止省东曹令》："日出于东，月盛于东。凡人言方，亦复先东。何以省东曹？"① 寥寥几句，如随口而出，但却把不能省除东曹的理由讲得明明白白，既符合自然规律，也符合社会心理，令人信服。

在曹操文章中，最能体现其清俊通脱风格的，也是大家公认的曹操文章的代表作，是他建安十五年（210）写作的《让县自明本志令》。当时，有人认为曹操有"不逊之志"，希望他让出兵权，归就武平侯国。曹操为了回应政敌的攻击，写作了这篇文章。曹操结合自己的人生经历，从早年的理想抱负写到当前的现实处境，从不能让权的坚定态度说到可以让封的主要原因，娓娓道来，既巧妙回答了时下人们的物议顾虑，又开诚布公地坦露了心迹。如其中述说自己功劳的一段：

> 袁术僭号于九江，下皆称臣，名门曰建号门，衣被皆为天子之制，两妇预争为皇后。志计已定，人有劝术使遂即帝位，露布天下，答言"曹公尚在，未可也"。后孤讨禽其四将，获其人众，遂使术穷亡解沮，发病而死。及至袁绍据河北，兵势强盛，孤自度势，实不敌之，但计投死为国，以义灭身，足垂于后。幸而破绍，枭其二子。又刘表自以为宗室，包藏奸心，乍前乍却，以观世事，据有当州。孤复定之，遂平天下。身为宰相，人臣之贵已极，意望已过矣。今孤言此，若为自大，欲人言尽，故无讳耳。设使国家无有孤，不知当几人称帝，几人称王！或者人见孤强盛，又性不信天命之事，恐私心相评，言有

---

① 中华书局编辑部编：《曹操集》，中华书局2018年版，第48页。

不逊之志，妄相忖度，每用耿耿。①

文章看似漫不经心，轻松随便，但在虚虚实实、勤勤恳恳的叙述中，既表白了自己的丰功伟绩，又说明了自己定海神针的作用，让人觉得曹操似乎很坦率真诚，推心置腹，但言语的背后又没有把自己真实的想法说出来，给人一种遮遮掩掩、话里有话的掩饰。整篇文章随随便便又简约明快，畅所欲言又下笔活泛，鲜明地体现出曹操文章清俊通脱的写作特色。

二　语言质朴又富有感情

曹操反对靡丽文风，主张写作文章应该"指事造实""勿得浮华"②。这一主张也体现在他自己的文章写作中。总体看来，曹操文章的语言质朴无华，很少雕琢，散文气息颇为浓厚。但这并不是说曹操文章缺乏感染力，缺少感情，相反，曹操文章是富有感情的，甚至有的文章也可以说是以情感取胜的。如前面我们已经提到的《军谯令》，文章尽管不长，但通篇感情灌注，是典型的以情为文，在精神特质上可以说与曹操的《薤露行》《蒿里行》有异曲同工之妙。再如《存恤从军吏士家室令》述说"疫气"导致"吏士死亡不归，家室怨旷，百姓流离"的民生凋敝之状，字里行间流露着作者的伤痛之情，"仁者岂乐之哉？不得已也"③，真切表达了曹操面对残酷战争的复杂心理，无奈之意、伤感之痛跃然纸上。曹操的临终《遗令》也是非常有感情的文字，写他对身后事的安排，断断续续，琐琐碎碎，情意悱恻。陆机即是读了"魏武帝《遗令》，忾然叹息，伤怀者久之"，才写作《吊魏武帝文》这篇名作，以抒发自己"览

---

① 中华书局编辑部编：《曹操集》，中华书局 2018 年版，第 46 页。

② （南朝梁）刘勰著，范文澜注：《文心雕龙注》卷五，人民文学出版社 1958 年版，第 407 页。

③ 中华书局编辑部编：《曹操集》，中华书局 2018 年版，第 44 页。

遗籍以慷慨，献兹文而凄伤"的情怀的①。

三 辞章属对又不露痕迹

曹操文章是典型的散文，以散语为主，语气表达比较松散，很少雕琢之巧，但这不是说曹操文章写作就一点也不讲究辞章艺术。曹操反对浮华，是反对过分地使用靡丽之词。其实，曹操的文章也是讲究属对的，只是过去的研究者不太关注这一点。如《授崔琰东曹教》："君有伯夷之风，史鱼之直，贪夫慕名而清，壮士尚称而厉，斯可以率时者已。故授东曹，往践厥职。"② 基本是以对句为主。再如《请爵荀彧表》："臣闻虑为功首，谋为赏本；野绩不越庙堂，战多不逾国勋。是故曲阜之锡，不后营丘；萧何之土，先于平阳。珍策重计，古今所尚。侍中守尚书令彧，积德累行，少长无悔，遭世纷扰，怀忠念治。臣自始举义兵，周游征伐，与彧戮力同心，左右王略，发言授策，无施不效。彧之功业，臣由以济，用披浮云，显光日月。天下之定，彧之功也。宜享高爵，以彰元勋。"③ 开头几句基本是对句，此后也有大量的对词使用。其他如《以高柔为理曹掾令》中"夫治定之化，以礼为首；拨乱之政，以刑为先"④，《表刘琮令》中"心高志洁，智深虑广，轻荣重义，薄利厚德。篾万里之业，忽三军之众；笃中正之体，敦令名之誉"⑤，或偶句对，或句中对，都很讲究修辞技巧。曹操的这些属对句子是和他的散语杂糅浑融在一起使用的，而他文章的基本风格是通脱，所以，他的属对艺术就淹没在他的文章中，让人不易感知觉察了。这里不妨特别提出来，以引起曹操文章阅读者的注意。

---

① （梁）萧统编，（唐）李善注：《文选》，中华书局 1977 年版，第 833 页。
② 中华书局编辑部编：《曹操集》，中华书局 2018 年版，第 30 页。
③ 中华书局编辑部编：《曹操集》，中华书局 2018 年版，第 18 页。
④ 中华书局编辑部编：《曹操集》，中华书局 2018 年版，第 49 页。
⑤ 中华书局编辑部编：《曹操集》，中华书局 2018 年版，第 42 页。

总之，曹操的散文以公文为主，行文清俊通脱，语言质朴又富有感情，讲究辞章又不露痕迹，形成了他自己特有的写作风格。曹操散文无论在建安文学还是古代散文史上，都应该有一席之地。

第五节　曹操对建安文学的贡献

曹操对建安文学的贡献，我们重点强调三点。

第一，作为一个政治军事领袖，曹操特别重视人才，积极网罗人才，使当时著名文人如建安诸子都会集于曹操的麾下，最终形成了邺下文人集团。曹操还充分发挥他们的个性特长，为他们提供相对宽松的创作环境，共同促成了建安文学创作的繁荣。如果没有曹操的这一举措，建安时期就不可能形成相对稳定的作家队伍，自然也不会有建安文人逞才使气、争奇斗艳的创作繁荣局面。说到底，建安文学繁荣局面的形成，是由曹操的领导力决定的，这是曹操对建安文学的最大贡献。

第二，曹操培养了建安文学主将曹丕、曹植兄弟，为邺下文人集团确定了核心，为建安文学繁荣发展提供了重要的组织保证。曹操不仅自己好学，也非常重视子女的培养。正是受曹操的影响，曹丕、曹植兄弟都爱好文学，他们"优游典籍之场，休息篇章之囿。发言抗论，穷理尽微，摛藻下笔，鸾龙之文奋矣"[1]（吴质《答魏太子笺》），最终成为"博学渊识，文章绝伦"[2]的一代作手。曹丕、曹植兄弟是邺下文人集团的核心，当时许多文学活动都是围绕其兄弟二人展开的。尽管这些活动充分显示了曹丕、曹植兄弟个人的才情天分，但终究还是曹操培养的功劳。曹氏家族的重文传统和文学

---

① （清）严可均辑：《全上古三代秦汉三国六朝文·全三国文》卷三十，中华书局1958年版，第1221页。

② （晋）陈寿撰，（南朝宋）裴松之注：《三国志》卷十九，《曹植传》注引《文士传》，中华书局1982年版，第562页。

地位的确立，得到了历代评论家的认可。沈约《宋书·谢灵运传论》说："至于建安，曹氏基命，二祖、陈王，咸蓄盛藻。"① 王僧虔《乐表》说："魏氏三祖，风流可怀；京洛相高，江左弥重。"② 刘勰在《文心雕龙·时序》篇说："自献帝播迁，文学蓬转，建安之末，区宇方辑。魏武以相王之尊，雅爱诗章；文帝以副君之重，妙善辞赋；陈思以公子之豪，下笔琳琅，并体貌英逸，故俊才云蒸。"③ 张溥《魏武帝集题辞》也说："帝王之家，文章瑰玮，前有曹魏，后有萧梁，然曹氏称最矣。"④ 这些评论的背后实际都是对曹操在建安文学发展中所做的贡献的肯定。

第三，曹操身体力行的创作和创新精神，对建安邺下诸子起到了引领示范作用。曹操不仅有极高的文学修养，更重要的是他自己还积极从事创作，这在当时无疑是具有号召力的。曹操不仅自己进行创作，而且还敢于大胆创新。曹操的诗歌基本是沿袭汉代以来的乐府旧题，乐府旧题大都有基本的母题，但曹操在创作时却进行了大胆的革新。如《薤露行》《蒿里行》本是挽歌，曹操却用来描写汉末时事。沈德潜《古诗源》说："借古乐府写时事，始于曹公"⑤，充分肯定了曹操诗歌的创新精神。曹操的这一创新精神，对邺下文人写作题材的拓展和文学创新意识培养是具有感召力的。

总之，曹操不仅是建安文学的主将，更是建安文学的培育者、领导者，他为建安文学的繁荣发展提供了重要的人才保障、组织保障和生活保障，这才是曹操对建安文学作出的最杰出贡献。

---

① （梁）萧统编，（唐）李善注：《文选》，中华书局1977年版，第703页。

② （清）严可均辑：《全上古三代秦汉三国六朝文·全齐文》卷八，中华书局1958年版，第2834页。

③ （南朝梁）刘勰著，范文澜注：《文心雕龙注》卷九，人民文学出版社1980年版，第673页。

④ （明）张溥著，殷孟伦注：《汉魏六朝百三家集题辞注》，中华书局2007年版，第83页。

⑤ （清）沈德潜选：《古诗源》卷五，中华书局2006年版，第92页。

第二章　曹丕

　　曹丕与曹操、曹植并称"三曹"。三人皆爱好文学，创作成就巨大，在他们的推动之下，中国文学开启了全新的局面，并确立了"建安风骨"这一美学典范。本章试对曹丕的主要成就和文学地位加以探讨。

第一节　曹丕其人

　　曹丕（187—226），字子桓，沛国谯县（今安徽省亳州市）人。曹操第二子，曹植同母兄。建安十六年（211），任五官中郎将、副丞相。建安二十二年（217）十月，被立为魏王世子。建安二十五年（220）正月，曹操卒后继位为魏王。十月，接受汉献帝禅让，正式称帝，改元黄初，国号魏。黄初七年（226）五月，病卒，谥"文"，史称魏文帝。曹丕曾主持编撰《皇览》，此书为我国类书之祖。《隋书·经籍志》著录其集二十三卷，又《列异传》三卷，《士操》一卷，均佚。张溥《汉魏六朝百三家集》辑录遗文为《魏文帝集》。严可均《全上古三代秦汉三国六朝文》辑录其文为五卷（中含《典论》）。逯钦立《先秦汉魏晋南北朝诗》辑录其诗四十余首。当代学者夏传才、唐绍忠有《曹丕集校注》（中州古籍出版社1992年出版，河北教育出版社2013年修订再版），魏宏灿有《曹丕集校注》（安徽大学出版社 2009 年出版）。

曹丕是乱世中成长起来的政治领袖。曹丕称帝之后，便着手对一些政治制度进行改革，巩固王权。

一是严禁宦官、后宫干政。东汉衰落的原因之一是宦官与外戚专权，曹丕首先从制度上铲除了宦官和后宫干政的根源。延康元年（220），曹丕担任魏王后，随即下令："其宦人为官者不得过诸署令；为金策著令，藏之石室。"① 严禁宦官直接交接外臣，并把这条禁令镌刻在金简上，作为立国之本珍藏于石室。后戚干政也是汉代的痼疾，曹丕即位后，极力打击外戚势力，严禁后宫干政。黄初三年（222），下诏说："夫妇人与政，乱之本也，自今以后，群臣不得奏事太后，后族之家不得当辅政之任，又不得横受茅土之爵。以此诏传后世，若有背违，天下共诛之。"（《禁母后预政诏》）② 对后宫势力严加限制，有意选择出身低微的皇后，以免后族之家的势力过于庞大。

二是采用九品中正制选拔官员。汉代选拔官员采用察举征辟制，以道德品行作为评量标准，主要依据宗族乡党的评价。不过，到了东汉末年，有些地方官员出于私利而举荐自己的宗族子弟和门生故吏，导致"举秀才，不知书。察孝廉，父别居"（《后汉桓灵时谣》）③。另外，汉末动乱，人士流移，有些人的本籍甚至不在魏国境内，不可能再依据乡闾的评定，由此导致察举征辟制难以实行。如《通典》所说："魏文帝为魏王时，三方鼎立，士流播迁，四人错杂，详核无所。"④ 在这种背景下，曹丕推行九品中正制，朝廷先指定本乡之中一个适当的人来主持评定任务，再通过层层推选和考核选拔官员。九品中正制部分弥补了汉代察举征辟制的弊端，在整

---

① （晋）陈寿撰，（南朝宋）裴松之注：《三国志·魏书·文帝纪第二》，中华书局 1964 年版，第 58 页。

② 魏宏灿：《曹丕集校注》，安徽大学出版社 2009 年版，第 146 页。

③ （宋）郭茂倩：《乐府诗集》卷八十七，中华书局 1979 年版，第 1224 页。

④ （唐）杜佑撰，王文锦等点校：《通典》卷十四，中华书局 2016 年版，第 329 页。

个魏晋南北朝时期的官员任免中发挥了重要作用。只是后来随着中正官一职被世族门阀把持，这一制度逐渐沦为培植世家大族势力的工具，导致"上品无寒门，下品无势族"①。诚如唐长孺《九品中正制度试释》所说："九品中正创立时尽管有将选举权收归中央的企图，事实上却加重了大族在地方上的威权，从而巩固了门阀的统治。"②

另外，曹丕还吸取了汉代诸侯作乱的教训，很重视限制诸侯的政治权力。黄初五年（224），曹丕下诏说："先王建国，随时而制。汉祖增秦所置郡，至光武以天下损耗，并省郡县。以今比之，益不及焉。其改封诸王皆为县王。"（《改封诸王为县王诏》)③ 把曹操原来分封的藩王降为县王，大大削弱了宗室的治权与兵权。曹丕还设立监国谒者，监视限制宗室侯王的所作所为。

政治领袖之外，曹丕的另一个身份是文学大家。一方面，曹丕是邺下文人集团的真正核心。曹操因为常年在外征战，真正参与邺下文学活动的时间很少，曹植比较年轻，无论威望还是组织能力都无法与曹丕相抗衡，曹丕实际上是邺下文人集团的真正核心。曹丕与阮瑀关系甚笃，阮瑀病逝后，曹丕作《寡妇赋》表达了对故人离世的无限悲凉和怀念。王粲去世后，曹丕因为王粲生前喜欢驴鸣，特提议众人作驴鸣为故人送行。在《又与吴质书》中，曹丕感叹说："谓百年已分，可长共相保，何图数年之间，零落略尽，言之伤心。顷撰其遗文，都为一集。观其姓名，已为鬼录。"④ 对建安诸子的去世深感痛心，并亲自编撰他们的遗文作为纪念。历代帝王不乏文学爱好者，但多数帝王只是把文人视为点缀升平的御用工具或者食君之禄的臣下，很少有人能够像曹丕那样把文人视为朋友平等相待。建安乱世之中却有文学的一方净土，建安文学能够在中国古代文学史上留

---

① （唐）房玄龄等撰：《晋书》卷四十五，中华书局1974年版，第1274页。
② 唐长孺：《魏晋南北朝史论丛》，中华书局2011年版，第113页。
③ 魏宏灿：《曹丕集校注》，安徽大学出版社2009年版，第147页。
④ 魏宏灿：《曹丕集校注》，安徽大学出版社2009年版，第258页。

下浓墨重彩的一笔，与曹丕这位领袖所起的推动作用密不可分。

　　另一方面，曹丕作为"三曹"之一，个人文学创作成就相当巨大。曹丕的诗歌保存下来的有40多首，题材涉及军事征伐、游园宴饮、游子思妇等，情感表达更加真挚细腻，对后来的诗歌发展产生了巨大的影响。曹丕的辞赋今存30多篇，内容涉及怀亲、悼亡、叹逝、咏物等，这些作品不同之前"劝百讽一"的汉代散体大赋传统，主要表达对岁月蹉跎、故交凋零的感伤，感情真挚，文采斐然，故《文心雕龙》称赞"文帝以副君之重，妙善辞赋"①。曹丕还是一位散文大家，尤其擅长书信和论说文。曹丕写给吴质的书信，缅怀昔日与友人游宴相处的盛况，感情深沉率真，风格流畅典雅，堪称精品。《典论·论文》说理精当，文字简约，对文学批评态度、文体分类、文学功用作了相当详细的论述，是中国古代文学理论史上的经典名篇。

　　可以看出，曹丕作为建安文人集团的核心成员，对建安文学的发展发挥了中流砥柱的作用，他本人的很多作品也是经典名作。作为大汉王朝的终结者和曹魏王朝的建立者，曹丕仅做了七年皇帝，政治成就虽然远远不如汉高祖刘邦、宋太祖赵匡胤等开国皇帝，但仍不失为建安时期重要的政治家和文学家。尽管如此，曹丕的口碑却一直不佳。除了刘勰在《文心雕龙·才略》中所说的"文帝以位尊减才，思王以势窘益价"②之外，主要原因有以下三点。

　　其一，曹丕错失统一天下的良机，政治成就有限。曹丕去世时仅40岁，可以说是英年早逝，执政期间，没有像其他开国君主那样统一天下，这是其最大的遗憾。其实曹丕是有这样的机会的，《资治通鉴》载：

---

　　① （南朝梁）刘勰撰，范文澜注：《文心雕龙》卷九，人民文学出版社1958年版，第673页。

　　② （南朝梁）刘勰撰，范文澜注：《文心雕龙》卷十，人民文学出版社1958年版，第700页。

　　八月，孙权遣使称臣，卑辞奉章，并送于禁等还。朝臣皆贺，刘晔独曰："权无故求降，必内有急。权前袭杀关羽，刘备必大兴师伐之。外有强寇，众心不安，又恐中国往乘其衅，故委地求降，一以却中国之兵，二假中国之援，以强其众而疑敌人耳。天下三分，中国十有其八，吴、蜀各保一州，阻山依水，有急相救，此小国之利也；今还自相攻，天亡之也，宜大兴师，径渡江袭之。蜀攻其外，我袭其内，吴之亡不出旬日矣。吴亡则蜀孤，若割吴之半以与蜀，蜀固不能久存，况蜀得其外，我得其内乎！"帝曰："人称臣降而伐之，疑天下欲来者心，不若且受吴降而袭蜀之后也。"①

　　黄初二年（221）八月，因为关羽被杀，西蜀攻打东吴，东吴请求归降魏国。当时曹丕手下的大臣刘晔说，孙权这次投降是个阴谋。因为之前孙权杀掉了关羽，刘备一定要报仇。东吴怕曹魏也乘机动手，所以才归降的。刘晔认为，曹魏拥有整个天下的十分之八，东吴和西蜀只不过各占据一个州府。他们都受到山川阻隔，有急难时可以互相救援，这是两个小国最有利的地方。现在西蜀和东吴互相攻击，正是灭亡他们的好机会。曹魏应该出动大军，渡江进击。不出 10 天，东吴就会灭亡。东吴灭亡，西蜀就势单力薄也不能长久存在。刘晔这个分析相当准确。可惜曹丕却没有接受，反而接受了东吴的投降，错失了统一的良机。

　　其二，曹丕缺少政治家特有的敏锐眼光和宽宏胸襟，对臣下过于苛刻。于禁战败被迫归降东吴，被释放后，曹丕虽然没有杀于禁，却安排于禁到邺城去祭拜曹操，又事先在曹操墓房的墙壁上画了关羽战胜、庞德发怒、于禁降服的画面。于禁看到后，又惭愧又悔恨，很快发病去世。对此司马光就评价说：

---

　　① （宋）司马光编著，（元）胡三省音注：《资治通鉴》卷六十九，中华书局 1956 年版，第 2192 页。

　　臣光曰：于禁将数万众，败不能死，生降于敌，既而复归；文帝废之可也，杀之可也，乃画陵屋以辱之，斯为不君矣！①

　　认为君主对臣下可以罢黜，也可以诛杀，曹丕却用壁画羞辱于禁，非明君所为。另外，曹丕对亲生兄弟一直严加防备，这些兄弟虽然封王，却都封在偏远的地方，随从只有一百多老弱士兵，并被严密监视。曹丕宁肯重用陈群、司马懿等外臣，也不重用自家兄弟，导致大权旁落，这是曹魏政权短命的主要原因。总体来看，曹丕缺少优秀政治家特有的识人之明和宽广胸怀。

　　其三，文学经典对曹丕形象的污名化。《世说新语》和《三国演义》两部文学经典对曹丕都没有好评，极大地影响了大众对曹丕的认知。《世说新语·贤媛》载：

　　魏武帝崩，文帝悉取武帝宫人自侍。及帝病困，卞后出看疾。太后入户，见直侍并是昔日所爱幸者。太后问："何时来邪？"云："正伏魄时过。"因不复前而叹曰："狗鼠不食汝余，死故应尔！"至山陵，亦竟不临。②

　　提及曹操死后，曹丕把后宫美女全部召来侍奉自己。曹丕病危，其母卞太后去看望病情，一进门，就看到曹丕身边的侍女竟然是曹操过去所宠爱的女子。卞太后就问这些女子是什么时候来的，得知她们在曹操刚死就来时，太后就痛斥曹丕禽兽不如，甚至连其葬礼都没有参加。此条见于《贤媛》，本意是称赞曹丕的母亲卞太后深明大义，却把曹丕刻画成好色成性、不尊君父的无耻之人，连父亲的后妃都不放过。

---

　　① （宋）司马光编著，（元）胡三省音注：《资治通鉴》卷六十九，中华书局1956年版，第2193页。

　　② （南朝宋）刘义庆著，（南朝梁）刘孝标注，余嘉锡笺疏：《世说新语笺疏》，中华书局2007年版，第786—787页。

《世说新语·文学》记载了曹丕残忍暴虐，甚至不顾及手足之情的故事：

> 文帝尝令东阿王七步中作诗，不成者行大法。应声便为诗曰："煮豆持作羹，漉菽以为汁。萁在釜下燃，豆在釜中泣。本自同根生，相煎何太急。"帝深有惭色。[①]

这就是广为人知的七步诗故事。曹丕命令曹植在七步之内作诗一首，如果完不成，就要处以死刑。曹植接口而作，以豆萁煮豆比喻手足相残。此条载于《世说新语》的《文学》篇，本意是称赞曹植天分很高，却间接讽刺了曹丕的冷酷无情。

《世说新语》对曹丕的丑化在《三国演义》中进一步得到了夸大。《三国演义》第七十九回"兄逼弟曹植赋诗 侄陷叔刘封伏法"先写曹丕以斗牛图为题，要求曹植七步成诗。曹植完成后，曹丕继续刁难：

> 丕又曰："七步成章，吾犹以为迟。汝能应声而作诗一首否？"植曰："愿即命题。"丕曰："吾与汝乃兄弟也。以此为题。亦不许犯着'兄弟'字样。"植略不思索，即口占一首曰："煮豆燃豆萁，豆在釜中泣。本是同根生，相煎何太急！"[②]

这段描写既刻画了曹丕的出尔反尔，又写出了其必置兄弟于死地的刻薄无情。第八十回"曹丕废帝篡炎刘 汉王正位续大统"写曹丕妹妹曹皇后痛骂说："俱是汝等乱贼，希图富贵，共造逆谋！吾父功盖寰区，威震天下，然且不敢篡窃神器。今吾兄嗣位未几，辄

---

① （南朝宋）刘义庆著，（南朝梁）刘孝标注，余嘉锡笺疏：《世说新语笺疏》，中华书局 2007 年版，第 288—289 页。
② （明）罗贯中：《三国演义》，人民文学出版社 2019 年版，第 674 页。

思篡汉，皇天必不祚尔！"① 以深明大义的妹妹来衬托曹丕代汉是多么不得人心。

　　总体来看，曹丕在政治上的建树十分有限，但文学上的贡献却是多方面的。他既是建安文学集团的核心，又是建安文学繁荣的参与者和推动者，堪称文学大家。正如陈寿评价的那样："文帝天资文藻，下笔成章，博闻强识，才艺兼该；若加之旷大之度，励以公平之诚，迈志存道，克广德心，则古之贤主，何远之有哉！"②

第二节　曹丕的诗歌

　　曹丕诗歌现存 40 多首，从题材内容来看，大致可以分为三类。一是描写军事征伐。有的写征伐之苦，如《黎阳作》其一："朝发邺城，夕宿韩陵。霖雨载涂，舆人困穷。载驰载驱，沐雨栉风。舍我高殿，何为泥中。"③ 有的写军威之壮，如《黎阳作》其三："千骑随风靡，万骑正龙骧。金鼓震上下，干戚纷纵横。白旄若素霓，丹旗发朱光。"④ 有的表达偃武修文之志，如《至广陵于马上作》："不战屈敌虏，戢兵称贤良。……兴农淮泗间，筑室都徐方。量宜运权略，六军咸悦康。岂如东山诗，悠悠多忧伤。"⑤ 二是描写游园宴饮，主要表现留居邺城期间与邺下文人游山玩水的雅致生活。曹丕的这类诗同建安七子和曹植同类题材的诗在创作上有共同特色，即描写上极力铺陈繁华热闹的游宴场面，遣词造句上注重艳丽词语的运用。如《芙蓉池作》："卑枝拂羽盖，修条摩苍天。惊风扶轮毂，飞鸟翔我前。丹霞夹明月，华星出云间。上天垂光彩，五色一何鲜。"⑥ 三

---

①　（明）罗贯中：《三国演义》，人民文学出版社 2019 年版，第 680 页。
②　（晋）陈寿撰，（南朝宋）裴松之注：《三国志·魏书·文帝纪第二》，中华书局 1964 年版，第 89 页。
③　魏宏灿：《曹丕集校注》，安徽大学出版社 2009 年版，第 53 页。
④　魏宏灿：《曹丕集校注》，安徽大学出版社 2009 年版，第 54—55 页。
⑤　魏宏灿：《曹丕集校注》，安徽大学出版社 2009 年版，第 65 页。
⑥　魏宏灿：《曹丕集校注》，安徽大学出版社 2009 年版，第 61 页。

是代言游子思妇之情。这类诗最能体现曹丕诗的水平。如《于清河见挽船士新婚与妻别作》写新婚之别的痛楚，哀婉动人："与君结新婚，宿昔当别离。……岁月无穷极，会合安可知？愿为双黄鹄，比翼戏清池。"① 又如《杂诗》其二：

> 西北有浮云，亭亭如车盖。惜哉时不遇，适与飘风会。吹我东南行，行行至吴会。吴会非我乡，安得久留滞。弃置勿复陈，客子常畏人。②

此诗不像游园宴饮之作那样华丽，语言淳厚古朴，深得汉乐府及汉人古诗真谛，尤其中间几句，重言反复，与诗作所要表达的游子客居畏人而无法排解的思乡之情十分吻合。

曹丕诗歌的最优秀作品是《燕歌行》其一，这首诗最为人所熟知，也最能展现曹丕诗歌创作的水平与风采。其诗云：

> 秋风萧瑟天气凉，草木摇落露为霜。群燕辞归鹄南翔，念君客游多思肠。慊慊思归恋故乡，君何淹留寄他方？贱妾茕茕守空房，忧来思君不敢忘，不觉泪下沾衣裳。援琴鸣弦发清商，短歌微吟不能长。明月皎皎照我床，星汉西流夜未央。牵牛织女遥相望，尔独何辜限河梁？③

《燕歌行》是乐府旧题，属于《相和歌》中的《平调曲》。曹丕这首诗是我国现存第一首完整的文人七言诗。主要写一位女子在不眠的秋夜思念淹留他乡的丈夫。全诗语言清丽，感情缠绵，写景与抒情完美交融。开头两句写出了深秋的一片肃杀情景，整体给人一种空旷、寂寞、萧瑟的感受。这样的深秋景象所带给人的感受与诗

---

① 魏宏灿：《曹丕集校注》，安徽大学出版社 2009 年版，第 73 页。
② 魏宏灿：《曹丕集校注》，安徽大学出版社 2009 年版，第 68—69 页。
③ 魏宏灿：《曹丕集校注》，安徽大学出版社 2009 年版，第 11 页。

中的抒情主人公即将抒发的情感是一致的。虽然纯粹是写景，但景中浸润了浓浓之情。千百年来，描写秋景的古诗词层出不穷，但"秋风萧瑟天气凉，草木摇落露为霜"依然算得其中佼佼者。接下来四句写抒情主人公面对着满眼萧瑟，忍不住向着远方的丈夫呼唤：一想到你客游他乡这么久就柔肠寸断，想来你也应该是苦苦地思念着家乡想要归来吧，可是既然这样，你又为何如此长时间地逗留他乡？到底是什么原因使你迟迟不归呢？"慊慊"是失意不平的样子。"慊慊思归恋故乡"是女主人公在想象她身在他乡的丈夫也在思念故乡。通过想象一个人在外面如何想念家乡来表达对这个人的思念，这种写法是非常巧妙的。"贱妾茕茕守空房"这三句是女主人公完全从展现自己生活状态的角度来抒发其思念之情。丈夫长时间在外，她独守空房，无时无刻不在思念丈夫，常常因此不知不觉地泪落沾衣。这一方面表现了她生活上的孤苦无依和精神上的孤寂无聊；另一方面也表现出了女主人公对她丈夫的无限忠诚与热爱。"援琴鸣弦发清商，短歌微吟不能长"写女主人公取过瑶琴想弹一支曲子，试图借以寄托自己难以言表的衷情，但是吟唱出的都是哀怨的短调，怎么也唱不成一曲柔曼动听的长歌。表现了女主人公忧思满怀的情况下，坐卧不安、心神不宁的神态。最后四句写女主人公伤心凄苦地怀念远方的丈夫，皎洁的月光穿过窗户照在她空荡荡的床上，天上银河已经西转，夜已经很深了，这漫漫长夜何时才能到头啊！品味着苦痛人生的女子，面对着沉沉的夜空，仰望着耿耿的星河，不由得关注起同病相怜的牵牛织女：牵牛织女啊，你们到底有什么罪过才会被这样隔断在银河两边呢？借别人的不幸来表达自己的抱怨与控诉，言有尽而余味无穷，十分精彩。全诗所表现的情感并不复杂，题材也不算特别新鲜，但是曹丕作为一个统治阶级的上层人物能够以一个女子的口吻来书写这种哀婉缠绵的相思，展现了他对这种细腻情感的体察，这是很可贵的。在艺术方面他能够把抒情女主人公的感情、心理展现得淋漓尽致，把写景、抒情、叙事，以及女主人公的那种低徊自语，巧妙地融为一体，形成了一种千回百转、凄凉哀怨的风格。

曹丕《燕歌行》是我国现存第一首完整的文人七言诗。在此之前的七言诗作，汉武帝君臣的《柏梁台诗》是联句，非一人独立创作，张衡的《四愁诗》每首的第一句都带着一个"兮"字，还拖着一个楚歌的尾巴。《燕歌行》属于真正摆脱了楚歌形式羁绊而独立存在的七言形式作品。这首诗句句用韵，情志摇曳。明代胡应麟说："子桓《燕歌》二首，开千古妙境。"① 虽有溢美之嫌，但此诗确实堪称叠韵歌行之祖，对后世七言歌行的创作有很大影响。

曹丕诗歌具有鲜明的艺术特色和独特的价值。建安时期虽然世道多艰，但在曹操的关照之下，曹丕长期过着贵公子的生活。因此，曹丕诗歌不像曹操那样苍凉悲壮，很少表达建功立业的豪情壮志，更多是欢聚之后的孤寂和人生如寄的感伤。正如沈德潜所评："子桓诗有文士气，一变乃父悲壮之习矣。要其便娟婉约，能移人情。"② 曹丕大胆尝试多种诗歌形式，对后世诗歌的发展影响相当深远。《大墙上蒿行》最短三言，最长的十三言，以草木荣枯告诫世人不可辜负大好时光，王夫之评道："长句长篇，斯为开山第一祖。鲍照、李白领此宗风，遂为乐府狮象，非但兴会遥同，实乃谋篇夙合也。"③ 曹丕诗歌的语言通俗质朴，如钟嵘《诗品》所评："率皆鄙质如偶语。"④ 不过，正如葛晓音所论："其实这种口语化的特点倒为他谐婉清逸的诗歌情调更添了几分自然的风致。曹丕因性之所近，更多地接受了古诗十九首的影响，所以在建安文人、建安文士慷慨任气的高唱中，独以清隽婉约的风格自立一宗。"⑤

---

① （明）胡应麟撰：《诗薮》内编卷三，上海古籍出版社1979年版，第43页。

② （清）沈德潜选：《古诗源》卷五，中华书局2006年版，第93页。

③ （明）王夫之选：《古诗评选》卷一，《船山全书》第十四册，岳麓书社2011年版，第508页。

④ （南朝梁）钟嵘著，曹旭笺注：《诗品笺注》，人民文学出版社2009年版，第114页。

⑤ 葛晓音：《八代诗史》，中华书局2007年版，第47页。

第三节　曹丕的辞赋和散文

曹丕辞赋现存近30篇，大致可以分为生活纪实、抒写情怀、体物、咏物四种类型。生活纪实类赋作主要是紧密联系现实生活，反映社会实际，记录作者的亲身所见所闻所感。代表作有《校猎赋》，不过三百来字，主要描绘田猎盛况。与汉代游猎类辞赋作品相比，体式短小精简，描写贴近生活，反映真实场面，以纪实为写作目的，具有明显的特色。

抒写情怀类的赋作主要表达离愁别绪、相思哀悼等情感。如《寡妇赋》《出妇赋》都表达出对妇女哀悯同情的情怀，《感离赋》《悼夭赋》《咏思赋》则直接抒发了对友人、亲人的相思、哀悼和依依不舍之情。

体物赋主要是指通过描摹景物来抒情。如《柳赋》通过对所植之柳的描写，抒发了时光流逝的感伤；《登台赋》《登城赋》《愁霖赋》《喜霁赋》《临涡赋》等作品都从不同的层面描摹了现实中的景物，借以传达出作者各个阶段的喜怒哀乐之情。

咏物赋只是纯粹地描写事物，表现对象的特色。如《槐赋》通过对槐树茂盛枝叶、娴娜躯干的描写称赞槐树夏天能带给人的舒适恬淡之感；《玛瑙勒赋》《车渠碗赋》《玉玦赋》等通过细致描写物品的全貌展现其特殊风貌；《弹棋赋》《迷迭香赋》则颇具生活情趣，作者以赋的形式对生活中的游戏和日常用品进行介绍，内容新颖、贴近生活，别有一番趣味。

曹丕辞赋继承了东汉以来抒情小赋的传统，但表现对象则拓展到现实生活的各个方面，爱情婚姻、离愁别怨和军旅生活都成为曹丕辞赋的主题。从表达效果来看，曹丕辞赋如诗歌那样也呈现出"志深而笔长"的特点。如《柳赋》叙述了早年所植之柳的变化，"始围寸而高尺，今连拱而九成。嗟日月之逝迈，忽嵒嵒以遄征"[①]，借以抒发物

---

① 魏宏灿：《曹丕集校注》，安徽大学出版社2009年版，第125页。

在人亡、盛衰无常之感。《出妇赋》以无子被休的女子的口吻表达了失意人的悲哀，《莺赋》借笼中之莺抒发朝不保夕的凄苦情怀。这些作品虽然多为唱和之作，却浸透曹丕的人生体验，所表现的情感颇有普遍意义，引起了后世读者的广泛共鸣。

诗赋之外，曹丕还有大量古文作品，体裁主要涉及书、论、诏、令。艺术成就最高的是书和论，其中最为人所熟知的有《与吴质书》。

《与吴质书》[1] 写于建安二十年（215）。吴质字季重，为曹丕密友。史载曹丕每有大事必与其商议，乃曹丕取得太子之位的关键人物。信首言：

> 五月十八日，丕白。季重无恙！途路虽局，官守有限，愿言之怀，良不可任。足下所治僻左，书问致简，益用增劳。

曹丕首先表达了对老朋友的问候和思念，然后用《诗经·邶风·二子乘舟》"二子乘舟，泛泛其景。愿言思子，中心养养"[2] 的典故，表达了对吴质非常深切的思念。接下来言：

> 每念昔日南皮之游，诚不可忘。既妙思六经，逍遥百氏，弹棋闲设，终以博弈，高谈娱心，哀筝顺耳。驰骛北场，旅食南馆，浮甘瓜于清泉，沉朱李于寒水。白日既匿，继以朗月，同乘并载，以游后园，舆轮徐动，宾从无声，清风夜起，悲笳微吟，乐往哀来，怆然伤怀。余顾而言，斯乐难常，足下之徒，咸以为然。今果分别，各在一方。元瑜长逝，化为异物，每一念至，何时可言？

这里先回忆了昔日与老友在南皮畅游的情景。大家一同研习六

---

① 魏宏灿：《曹丕集校注》，安徽大学出版社 2009 年版，第 255 页。
② （汉）毛亨传，（汉）郑玄笺，（唐）孔颖达疏：《毛诗注疏》，上海古籍出版社 2013 年版，第 243 页。

经和诸子百家，下棋游玩，纵马驰骋，聚众宴饮。接着笔锋一转，想到故友天各一方，老友阮瑀已英年早逝，禁不住悲从中来。这里骈散间杂，将对老友的思念化入对仗工稳的骈句之中，令读者为之动情。值得注意的是曹丕这里感叹人生易逝，只是表达对友人更深的思念和对友情的珍惜，并没有消沉之感。最后，曹丕表达了对朋友的思念和祝福：

> 方今蕤宾纪时，景风扇物，天气和暖，众果具繁。时驾而游，北遵河曲，从者鸣笳以启路，文学托乘于后车，节同时异，物是人非，我劳如何！今遣骑到邺，故使枉道相过。行矣自爱。丕白。

"蕤宾纪时"指五月。初夏季节，天气和暖，佳果毕集，但故人知交却天各一方，故派人表达对朋友的问候。

此信主要描写了两个游历场面，一是对欢乐往事的回忆，二是对现实离别的惆怅。与前代司马迁《报任安书》、杨恽《报孙会宗书》等经典名篇相比，曹丕的书信文语言优美却没有堆砌的痕迹，内容充实，相当细腻地表现出朋友之间的阔别相思之情，最能体现魏晋小品文典雅深情的特点。

第四节 《典论·论文》的开创意义

据《隋书·经籍志》，《典论》共五卷 20 篇，现仅存《自叙》和《论文》两篇。根据《论文》中"融等已逝"之语，可以推测此书应该在汉献帝建安末期写成。《典论·论文》[①] 是一篇非常重要的文论作品，在中国文学理论批评史上具有划时代的意义，因为在它之前还没有精心撰写的严格意义上的文学理论专著。《论文》主要谈

---

① 魏宏灿：《曹丕集校注》，安徽大学出版社 2009 年版，第 313—314 页。

了四个问题：

第一，批评了"文人相轻"的陋习。《典论·论文》开篇写道：

> 文人相轻，自古而然。傅毅之于班固，伯仲之间耳。而固小之，与弟超书曰："武仲以能属文，为兰台令史，下笔不能自休。"夫人善于自见，而文非一体，鲜能备善，是以各以所长，相轻所短。里语曰："家有弊帚，享之千金。"斯不自见之患也。

曹丕指出，要进行文学批评，首先要端正批评态度。不能像班固那样，仅看到傅毅的短处，既不能正确认识他人，也未能正确认识自己。他发挥了王充反对好古贱今的思想，批评了当时文学批评中存在的"贵远贱近，向声背实"的不良倾向，要求持一种比较客观的、实事求是的科学态度进行批评文学。这对于文学批评的健康发展，无疑都是很有益处的。

第二，分析了不同文体的不同写作要求。《典论·论文》说：

> 夫文本同而末异，盖奏议宜雅，书论宜理，铭诔尚实，诗赋欲丽：此四科不同，故能之者偏也；唯通才能备其体。

"本同"是说文章都是用语言文字来表达思想感情的；"末异"是指表现方式和体裁内容各有特色。奏议要写得典雅，书论要说理透彻，铭诔要崇尚事实，诗赋则应该华美。把文章分为四科八种，以"雅""理""实""丽"加以区分，这种分类虽然比较简略，但是具有比较高的理论概括性，标志着对文体的分类发展到了一个全新的阶段。尤其是关于"诗赋欲丽"的论述，强调文学的艺术美特征，非常有创见。后来，铃木虎雄、鲁迅、游国恩等学者都指出曹魏的时代是中国文学的自觉时代，主要就是依据这一段论述。

第三，提出"文以气为主"的命题，强调作家的气质和个性对文学创作的影响。《典论·论文》说：

　　文以气为主，气之清浊有体，不可力强而致。譬诸音乐，曲度虽均，节奏同检，至于引气不齐，巧拙有素，虽在父兄，不能以移子弟。

　　所谓"气"，是指作家的自然禀赋和气质个性。刘劭说："凡有血气者，莫不含元一以为质，禀阴阳以立性，体五行而著形。"① 认为人的性情乃是天赋阴阳二气凝聚而成的。不同的人所禀赋的阴阳二气之状况不同，也就形成不同的个性，他们的才能高低、特长所在也各不相同。因而他们的文章也就有不同的特点和风格。曹丕所谓的"文气"，是指表现在文学作品中的作家的自然禀赋、个性气质，属于生理和心理范畴。"文以气为主"尤其强调了作品应当体现作家的特殊个性，这种个性只能为作家个人所独有，"虽在父兄，不能以移子弟"。建安七子各自显示出各自的才能，究其原因，正是由"气"的差异所导致。

　　第四，论述了文学事业的巨大功用。《典论·论文》说：

　　盖文章经国之大业，不朽之盛事。年寿有时而尽，荣乐止乎其身，二者必至之常期，未若文章之无穷。是以古之作者，寄身于翰墨，见意于篇籍，不假良史之辞，不托飞驰之势，而声名自传于后。

　　曹丕认为文章是关系到国家治理的伟大功业，是可以流传后世而不朽的盛大事业，对文章的价值给予了前所未有的崇高评价，肯定文章甚至比立德、立功有更重要的地位，这种文章价值观是他对传统的文章作为"立言"居于"立德""立功"之次思想的重大突破，对文学创作和文学理论批评发展有重大意义和影响。虽然曹丕

---

　　① （三国魏）刘劭撰，李崇智校笺：《人物志校笺》卷上《九征第一》，巴蜀书社 2001 年版，第 15 页。

在《典论·论文》里并未对这一观点展开论述，但仅仅是提出这一口号，就已突破了前此轻视文学的观点。曹丕把诗赋也列入"经国之大业，不朽之盛事"，充分表现了他的远见卓识，既展现出时人已不满足于生前的建功立业，思索和追求死后怎样才能"不朽"，又体现了文学的功利性和审美性的历史统一。

综上而言，曹丕在文学上的贡献是多方面的，他既是建安文学集团的领袖，又是建安文学繁荣的参与者和推动者，堪称文学大家。由于曹魏王朝的建立被《三国演义》等小说贴上了篡逆的标签，所以曹丕在普通民众的心目中也是一位好色成性、残忍暴虐的昏君。其实，曹丕在执政期间做了许多有益的事情，也有革新的气魄，在文学创作和文学理论领域作出划时代的贡献，具有不可磨灭的价值。

第三章　曹植

　　在中国文学史上，历来有"三曹"之称，就是指曹操、曹丕和曹植。曹植是曹操的儿子，曹丕的同母弟，他是建安时期最杰出、最重要的文人。

　　一说起曹植，我们都会想起《七步诗》："煮豆燃豆萁，漉菽以为汁；萁在釜下燃，豆在釜中泣。本自同根生，相煎何太急！"① 这首诗素来有争议，但是，无论真伪与否，它的内容和诗境非常贴切地体现出曹植为曹丕所逼，当时所处的困境以及紧张、愤懑的心情。

　　有关曹植，还有一个大家所熟悉的成语，"才高八斗"，这个成语现在用得很广泛，意思是称赞一个人的才华非常高。这句话出自南朝诗人谢灵运之口。谢灵运说："天下才有一石，曹子建独占八斗，我得一斗，天下共分一斗。"② 谢灵运的意思是说，假如天下才华有一石之多，一石即是十斗，那么曹子建一个人独占八斗，我谢灵运占一斗，天下所有有才华的人共分剩余的那一斗。可见，谢灵运对曹植的才华非常赞赏。

　　曹植被誉为"建安之杰"③，他的作品，无论诗歌、辞赋还是散文，无论数量还是质量，都达到了一个空前的高峰。作为曹操的儿

---

① （三国魏）曹植著，赵幼文校注：《曹植集校注》，中华书局2016年版，第413页。
② （宋）无名氏：《释常谈》卷中引，河北师范学院中文系古典文学教研组编：《三曹资料汇编》，中华书局1980年版，第95页。
③ （南朝梁）钟嵘著，曹旭笺注：《诗品笺注》，人民文学出版社2009年版，第18页。

子，曹植曾经有崇高的理想，想要建功立业，造惠民生，然而命运多变，手中无权，历经打击和磨难，这些都成为他在作品中所表现的深刻内容。或壮志未酬，或哀伤失意，他的身世引起后人无尽共鸣。

第一节　曹植的人生经历

曹植（192—232），字子建，是曹操与卞夫人所生的第三个儿子。他和兄长曹丕一样，在汉末乱世中出生，多次跟随父亲曹操行军。曹植生而聪慧，文采出众，一度是曹操心目中的继承人。可是，由于多种原因，曹植夺嫡失败，并在曹操去世之后，命运发生了重大转变。在汉魏时期，曹植贵为王侯，他有三重身份：

第一，他是魏武帝曹操的儿子；

第二，他是魏文帝曹丕的弟弟；

第三，他是魏明帝曹叡的叔叔。

从身份上看，曹植本该安享富贵，优游一世。因为他的亲人手中掌握着国家最高权力，就此而言，他也是一位离中央权力中心最近的人，可是，正是这"权力"二字，成了扭转他命运的关键词，成为他人生当中最长的苦难和最深的悸痛。概括起来，曹植的人生，以曹丕称帝，也就是曹植29岁为界，分为前后期。前期，因为有曹操的庇护，曹植非常得宠，他贵为王侯，生活安逸。后期，由于深受曹丕和曹叡的打击和迫害，曹植的爵位一再被贬，封地多次迁移，悲伤失意，最后郁郁而终，时年41岁。因曾受封于陈地，谥号为"思"，故称"陈思王"。

一　前期：豪情的贵族公子

曹植出生于汉献帝初平三年（192），正是汉末战乱时期。他从小就很聪明，深得父亲曹操和母亲卞夫人的疼爱。青年时期的曹植意气风发，豪情万丈，过着贵族公子的生活。具体来看，有三个关键词可以概括他前期的特点：

（一）才华

现实生活中的曹操其实很注重家庭教育，他不仅多次命令自己的孩子随军出征，而且还时常召集他们一起写诗作赋。曹植才思敏捷，在文学创作方面具有突出的才能。史书记载，他十几岁时就能诵读诗、论和辞赋数十万言。有一次，曹操看到他的文章，问道："汝倩人邪？"你是不是请人代写的呢？曹植跪下答曰："言出为论，下笔成章，顾当面试，奈何倩人？"① 我说话出口为论，提笔即成文章，不信的话，可以当面试一下，怎么能说我是请人代写的呢？可见，他才华出众，非常自信，令曹操十分惊讶。

建安十五年（210），曹操在邺城建成铜雀台，召集诸子登台作赋，如《三国志》记载："时邺铜爵台新成，太祖悉将诸子登台，使各为赋。"② 曹植援笔而成，即为著名的《登台赋》，其曰："从明后而嬉游兮，登层台以娱情。见天府之广开兮，观圣德之所营。……天功坦其既立兮，家愿得而获逞。扬仁化于宇内兮，尽肃恭于上京。……翼佐我皇家兮，宁彼四方。同天地之矩量兮，齐日月之辉光。"③ 曹植登台眺望，聊以娱情。天府广阔，宇内和平。他祈愿天佑中原，四方安宁。这篇辞赋不仅格局宏大，而且表达了年轻的曹植对国家安定、圣德仁化的期望，文采富丽，情蕴深厚。所以，曹操读后，甚异之，非常欣赏这个儿子，曹植也因才华卓异，"几为太子者数矣"④，好几次几乎要被定为曹操的继承人。

（二）贵游

曹操曾经令曹丕、曹植留守邺城，当时的邺城文人毕集。曹植

---

① （晋）陈寿撰，（南朝宋）裴松之注：《三国志》卷十九，《曹植传》，中华书局1982年版，第557页。

② （晋）陈寿撰，（南朝宋）裴松之注：《三国志》卷十九，中华书局1982年版，第557页。

③ （三国魏）曹植著，赵幼文校注：《曹植集校注》，中华书局2016年版，第66—67页。

④ （晋）陈寿撰，（南朝宋）裴松之注：《三国志》卷十九，中华书局1982年版，第557页。

与他们游观宴饮，酬唱诗文，遂与兄长曹丕一起成为邺下文人集团的核心。曹植与这些文人有很多同题共作及赠答的作品，如《公宴》《斗鸡》《赠王粲》《赠徐干》《赠丁廙》《车渠碗赋》《迷迭香赋》等。这些作品内容丰富，不仅有斗鸡走马的场面描写，如《斗鸡》诗中"长筵坐戏客，斗鸡观闲房"①，而且也有深厚的友情传达，如《赠丁廙》诗中"我岂狎异人！朋友与我俱"②，都是曹植贵游生活的反映。豪奢享乐，匆匆时光，但并不是说曹植的心中没有理想。那么，他的理想是什么呢？这一点在曹植写给好友杨修的书信即《与杨德祖书》当中表达非常明确。曹植说："吾虽薄德，位为藩侯，犹庶几勠力上国，流惠下民，建永世之业，流金石之功。"③ 可见，曹植深受儒家"立德、立功、立言"三不朽思想的影响，他的愿望是做一名政治家，可以为国建功，为民请命。其实，这是一个中国传统文人的崇高理想。前期的曹植深受曹操宠爱，他的朋友杨修、丁仪、丁廙兄弟也纷纷出谋划策，曹植遂陷入与曹丕之间的立嫡之争。

（三）嫡争

曹操诸子中，在立嫡的问题上，唯有曹丕与曹植最有政治竞争力，当时的朝臣也有拥丕派和拥植派之分。曹丕的辅臣是司马懿、吴质，而曹植的谋臣是杨修和丁仪、丁廙兄弟。在这场严酷的政治斗争中，曹植失败了。《三国志》的编撰者陈寿对曹植曾有评价，说他"任性而行，不自雕励，饮酒不节。"④ 这个评语很精准，主要集中在四个字"任性而行"，这是曹植失败最根本的原因。所谓"不自雕励"和"饮酒不节"都是"任性而行"的结果，缺乏自律，这是一位政治家的大忌。我们知道，曹操本人文韬武略，起初他认为曹植可定大事，主要是因为曹植表现出卓越的文学创作才能。为了使

---

① （三国魏）曹植著，赵幼文校注：《曹植集校注》，中华书局2016年版，第1页。
② （三国魏）曹植著，赵幼文校注：《曹植集校注》，中华书局2016年版，第208页。
③ （三国魏）曹植著，赵幼文校注：《曹植集校注》，中华书局2016年版，第227—228页。
④ （晋）陈寿撰，（南朝宋）裴松之注：《三国志》卷十九，中华书局1982年版，第557页。

曹植成为接班人，曹操不仅聘请博学之士教育和培养曹植，而且还多次给予机会锻炼他，目的就是希望他逐渐成熟。可事与愿违，不久曹操就发现，曹植的性格当中存在一些弱点，其中，主要有两件事使曹操对曹植的印象发生了变化：一是"私开司马门"；二是"醉酒误行军"。

有一次，曹植喝醉了酒，竟然擅自打开只有天子或天子特使才能通行的司马门，严重违反了国家制度，曹操知道以后"大怒"，言："自临淄侯植私出，开司马门至金门，令吾异目视此儿矣。"①自从曹植私开司马门，我觉得他已经不是原来我心目当中那个儿子了，做这些事情不考虑后果，实在太过分了！曹操"由是重诸侯科禁，而植宠日衰"②。曹操对曹植的宠爱日渐减少，这是曹植不严谨、不审慎所导致的直接后果。

另一件事是建安二十四年（219），曹操任命曹植为南中郎将，让他前去救援被困的曹仁。在行军的前一天晚上，曹植被有心机的曹丕拉去喝酒，"太子饮焉，逼而醉之，王召植，植不能受命，故王怒也"③。这种行为令曹操很失望，"于是悔而罢之"④，彻底改变了他对曹植的印象。

表面上看，这两件事都与曹植饮酒有关，实际上是他不自省、过度放纵自己的结果。作为一名文人，以酒会友或许可以激发自己的创作灵感，然而作为一名政治家，不成熟、不严谨却是非常不可取的。加之曹丕身为长子，性格沉稳，"御之以术，矫情自饰"⑤，

---

① （晋）陈寿撰，（南朝宋）裴松之注：《三国志》卷十九，中华书局1982年版，第558页。

② （晋）陈寿撰，（南朝宋）裴松之注：《三国志》卷十九，中华书局1982年版，第558页。

③ （晋）陈寿撰，（南朝宋）裴松之注：《三国志》卷十九，中华书局1982年版，第561页。

④ （晋）陈寿撰，（南朝宋）裴松之注：《三国志》卷十九，中华书局1982年版，第558页。

⑤ （晋）陈寿撰，（南朝宋）裴松之注：《三国志》卷十九，中华书局1982年版，第557页。

曹操身边的大臣又以袁绍、刘表废长立幼导致败亡的事情进行劝谏，曹操深思熟虑，终立曹丕为太子，这也喻示曹植夺嫡失败。

从曹操对曹植最初的钟爱到失望、再到最后的放弃，这是一个重要的发展过程。作为一名政治家，曹操非常敏锐，他深知政治家必须是审慎而成熟的人；作为父亲，曹操也深深地了解自己的儿子，曹植乃是一位才华横溢的文人，而不是一位审时度势的政客。所以，他放弃了。在曹操去世的当年，曹丕逼汉献帝退位，建立了魏，是为魏文帝，尊曹操为魏武帝。曹植的人生也随之进入了痛苦、黑暗的后期。

二　后期：哀怨的失意王侯

曹魏建立以后，曹丕与曹植之间的关系发生了巨大的改变，过去两人是兄弟，现在二人是君臣。作为曹丕曾经的政治对手，曹植失去了曹操的保护，彻底地跌入了政治的深渊。在曹植后期的十一年中，他一直处于被打击、被迫害、被猜忌、被防范的状态中。这里，以下两个关键词可以体现曹植后期的生活特征。

（一）打击

曹植人生后期所受的沉重打击和迫害主要来自魏文帝曹丕和魏明帝曹叡。曹丕和曹植本是亲兄弟，两人一起长大，可是，兄弟亲情在激烈的政治斗争面前逐渐陷于疏离和崩溃。

从性格上看，曹丕要比曹植更加成熟，史臣说他"御之以术，矫情自饰"[1]，说明他有主意，有计谋，善于伪装自己，因此，在夺嫡斗争中，曹丕逐渐占于上风。曹丕登上帝位这一年成为曹植人生的分水岭。短短的七年，曹丕对曹植的打击和迫害可谓深重，比如降低他的爵位，变换他的封地，不许他与诸侯王来往，游猎不得

---

[1]　（晋）陈寿撰，（南朝宋）裴松之注：《三国志》卷十九，中华书局1982年版，第557页。

超过三十里范围，等等。曹丕还令监国谒者灌均诬陷曹植，说他"醉酒悖慢，劫胁使者"①，逼迫曹植诵读自己的罪状，"朝夕讽咏，以自警诫"（《写灌均上事令》）。② 这些迫害也是煎熬，造成了曹植"抱衅归藩，刻肌刻骨"（《责躬表》）③之痛，使他彻底陷入了人生中最黑暗、最压抑的七年。

后来，魏明帝曹叡即位。虽然与曹丕相比，曹叡在对待藩王的政策上有所调整，但是，他对叔叔曹植依然不信任，持有一种防范和猜忌的心理。太和年间，曹植曾向曹叡数次陈表，希望自己在有生之年能够驰骋疆场，为国效力。可是，奏表固然写得声情并茂，曹叡却并不为之所动。无奈的曹植在《迁都赋序》中曾真实地描述自己的情状：

> 余初封平原，转出临淄，中命鄄城，遂徙雍丘，改邑浚仪，而末将适于东阿。号则六易，居实三迁，连遇瘠土，衣食不继。④

十一年中，曹植的爵位被改了六次，封地被换了三处，久卧贫瘠之地，独守困苦之心。曹操的儿子，一代王侯曹植竟至衣食不继的地步，如同"圈牢之养物"（《求自试表》）⑤，处境竟是如此凄凉，不禁令人感叹！在失望和落寞中，曹植于太和六年（232）病逝。如果说打击和迫害是曹植面对的外在压力，那么失意就是后期的他最沉重、最真切的心理感受。

（二）失意

曹植的命运跌宕起伏，他的人生始终与"魏氏三祖"纠结在一起。曹操、曹丕和曹叡，他们对曹植的放弃、迫害和防范构成了一堵围墙，封闭了曹植的理想。纵观曹植的一生，他的理想从未改变，

---

① （晋）陈寿撰，（南朝宋）裴松之注：《三国志》卷十九，中华书局1982年版，第561页。

② （三国魏）曹植著，赵幼文校注：《曹植集校注》，中华书局2016年版，第358页。

③ （三国魏）曹植著，赵幼文校注：《曹植集校注》，中华书局2016年版，第398页。

④ （三国魏）曹植著，赵幼文校注：《曹植集校注》，中华书局2016年版，第586页。

⑤ （三国魏）曹植著，赵幼文校注：《曹植集校注》，中华书局2016年版，第552页。

如其《求自试表》中所言："自效于明时，立功于圣世"，他想立功立事，为国效忠，然而理想的实现却如此艰难。黄初年间，曹植战战兢兢，他在权力的夹缝中苟活；太和年间，曹植盼望再骋其志，但等待他的唯有失意，唯有这人生无尽的不如意！这失意是驰骋疆场游侠的千般失落，是慷慨豪情政客的万绪悲凉；这失意是随风遣怀壮士的扼腕哀叹，是悲情深重王侯的情绪海洋。

曹植的失意在他的作品中蔓延开去，正所谓"慷慨有悲心，兴文自成篇"（《赠徐干》）①，他将心事付于文字，铸成了众多优秀的篇章。他将自己比喻成离合无望的星辰，比喻成随风漂泊的转蓬，比喻成高楼盼归的思妇，比喻成手中无剑的少年。曾经骑着白马的游侠消失了，代之而起的是一位愁惨至极的悲啸之人，一个只能在神仙世界寻求解脱的人。

曹植本不想做文人，然而正是这现实的黑暗使他情深满怀；曹植本不想做文人，然而正是这人生悲剧造就了文学史上卓然的"仙才"②。他的热情、失望、哀愁、忧伤，感动了后世无数志士仁人。明代文人李梦阳读曹植的诗文时说："未尝不泫然出涕也……令人惨不忍读。"③ 学者张溥读曹植的诗歌时，说自己"泫然悲之"④，清人方东树说自己读曹植的作品，不禁"感激悲涕"⑤。他们无不悲伤哀叹，潸然泪下，可见曹植的人格、命运及其作品所具有的深刻影响力！

综观曹植的一生，他的人格特征主要体现在以下几点。

第一，曹植是一位执着于理想的人。他心地良善，待人热情。他曾有崇高的理想，想做一名政治家，可是，这个理想从未实现。今天

---

① （三国魏）曹植著，赵幼文校注：《曹植集校注》，中华书局2016年版，第63页。

② （清）王士禛著，张宗柟纂集，戴鸿森校点：《带经堂诗话》卷五，人民文学出版社1963年版，第119页。

③ （明）李梦阳、王世贞评点：《曹子建集》卷首，河北师范学院中文系古典文学教研组编：《三曹资料汇编》，中华书局1980年版，第127页。

④ （明）张溥撰，殷孟伦注：《汉魏六朝百三家集题辞注》，中华书局2007年版，第92页。

⑤ （清）方东树著，汪绍楹校点：《昭昧詹言》卷二，人民文学出版社1961年版，第70页。

我们来看曹植，其可贵之处在于即使人生坎坷，遭受打击，他却从未放弃对理想的追求。如果国家有难，他愿"策马执鞭，首当尘露……效命先驱，毕命轮毂"（《陈审举表》）。[1] 他愿意身先士卒，即使毕命于敌人的车轮之下，也在所不惜。后期的曹植曾一再申明自己的政见，如向曹叡强调藩王的作用、提醒他权臣的危害性等，历史证明，这些意见都是正确的。所以，曹植忠于国家的热忱非常令人感动。

第二，曹植是一位感情非常丰富的人。曹植的人生虽然充满了巨大的落差和浓重的悲剧性，但是他用深情之笔描绘了自己不同的心态与不同的情感。他对朋友是"弹冠俟知己，知己谁不然?"（《赠徐干》）[2] 他怒斥敌人是"豺狼当路衢""苍蝇间白黑"（《赠白马王彪》）[3]，态度鲜明，富有意蕴。他前期的欢宴场面与快乐时光曾充斥于诗文，他后期的无奈、压抑的情绪亦诉于笔端。曹植经历了人生的起伏，固然种种打击来自亲人，但在他的作品中，有哀伤、有怨愤，却没有绝情的氤氲。他将万千思绪发于文字，创造了众多文学经典。

第三，曹植是一位成就卓异的文人。他才华出众，曾被时人称誉为"天人"[4]"绣虎"[5]，他是建安时期最杰出的文人。诗歌方面，曹植大力创作五言诗，进一步推动了文人诗的雅化，词采华茂，自然沉健。辞赋方面，他不仅拓宽了抒情小赋的题材，而且极大地丰富了辞赋的艺术表现，创造了《洛神赋》这样的经典名篇。曹植的散文随变生趣、辞清志显、遒文壮节、骈散相兼，体现出文质彬彬的审美特征。

总之，在中国古典文学当中，曹植创造了一个崭新的高度，他

---

[1] （三国魏）曹植著，赵幼文校注：《曹植集校注》，中华书局2016年版，第663页。
[2] （三国魏）曹植著，赵幼文校注：《曹植集校注》，中华书局2016年版，第63页。
[3] （三国魏）曹植著，赵幼文校注：《曹植集校注》，中华书局2016年版，第441页。
[4] （晋）陈寿撰，（南朝宋）裴松之注：《三国志》卷二十一，中华书局1982年版，第603页。
[5] （宋）曾慥编纂，王汝涛等校注：《类说校注》卷四引《玉箱杂记》，福建人民出版社1996年版，第107页。

不愧为"一代宗匠"①，"百代宗工"②！

第二节 曹植的诗歌创作

曹植是我国古代第一位大力创作五言诗的诗人，南朝文论家钟嵘在《诗品》中不仅推曹植为上品，而且还称赞他是"建安之杰"，把他比喻成周公、孔子，比喻成龙和凤，可见，在中国古典诗歌的发展过程中，曹植是一位非常重要、作出了突出贡献的诗人。曹植生前曾自编文集《前录》78 篇，魏明帝曹叡为之集录作品百余篇。《隋书·经籍志》著录有集 30 卷，又《列女传颂》1 卷、《画赞》5 卷。今存南宋嘉定六年刻本《曹子建集》10 卷，明代郭云鹏、汪士贤、张溥诸人各自所刻的《陈思王集》大都据南宋本厘定而成。清代丁晏《曹集铨评》、朱绪曾《曹集考异》曾对各篇细加校订，有所增补。近人黄节《曹子建诗注》、古直《曹植诗笺》，今人赵幼文《曹植集校注》先后有人民文学出版社 1984 年版和中华书局 2016 年版，王巍《曹植集校注》（河北教育出版 2013 年版），均可参看。

根据赵幼文《曹植集校注》一书的统计，曹植的诗歌现存 90 多首，主要有乐府诗、四言诗、五言诗等。他的诗歌创作大致以曹丕称帝为界分为前后期。前期的他生活安逸，诗歌多充满英拔爽朗之气；后期的他生活坎坷，诗中多流露凄凉悲慨之情。

一 曹植前期的诗歌创作及《白马篇》

作为曹操的儿子，曹植拥有非常尊贵而显赫的身份。因此，在他的创作前期，诗歌内容主要是记录贵公子的生活，意气风发，乐

---

① （清）吴淇著，汪俊、黄进德点校：《六朝选诗定论》卷五，广陵书社 2009 年版，第108 页。

② （清）严可均：《曹子建集校辑叙录》，河北师范学院中文系古典文学教研组编：《三曹资料汇编》，中华书局 1980 年版，第 221 页。

观通达。他与兄长曹丕留守邺城，身边文人众多，大家一起西园雅集，饮宴赋诗。这段时光或许是曹植一生中最快乐的时光，父母关爱，兄弟亲善，一片祥和的样貌。

东汉末年，战乱频仍，中原一片狼藉。年轻的曹植跟随曹操行军，途经洛阳，写下了"中野何萧条，千里无人烟"（《送应氏》其一）①的诗句，表现出对社会与民生的关怀。这种纪实性描写所透露出的悲悯情怀，可与曹操《蒿里行》中"白骨露于野，千里无鸡鸣"②相比，也与王粲《七哀诗》中"出门无所见，白骨蔽平原"③相似，亦与蔡文姬《悲愤诗》中"白骨不知谁，纵横莫覆盖"④相同，如实地反映出战争给整个社会带来的重大危害。不过，曹植的诗歌更多的是围绕自己的生活展开，真实记录了他贵公子的生活情态。

（一）曹植前期的诗歌创作

根据内容的不同，我们将曹植前期的诗歌大致分为三类：描绘贵族游乐生活、反映朋友之情和表现人生理想。

第一类，描绘贵族游乐生活。

年轻的曹植贵为王侯，生活多在邺城。据他所言，每日"静闲居而无事，将游目以自娱"（《游观赋》）⑤，他的生活很悠闲，经常与文人们一起斗鸡走马、饮酒享乐，过着"清醴盈金觞，肴馔纵横陈"（《侍太子坐》）⑥的日子。此期的代表作品有《公宴》《斗鸡》《侍太子坐》《名都篇》等，都是曹植富贵生活的真实记录。如《公宴》诗：

> 公子敬爱客，终宴不知疲。清夜游西园，飞盖相追随。明
> 月澄清景，列宿正参差。秋兰被长坂，朱华冒绿池。潜鱼跃清

---

① （三国魏）曹植著，赵幼文校注：《曹植集校注》，中华书局2016年版，第4页。
② 中华书局编辑部编：《曹操集》，中华书局2012年版，第4页。
③ 俞绍初辑校：《建安七子集》（修订本），中华书局2016年版，第97页。
④ 逯钦立：《先秦汉魏晋南北朝诗》上册，中华书局1983年版，第199页。
⑤ （三国魏）曹植著，赵幼文校注：《曹植集校注》，中华书局2016年版，第98页。
⑥ （三国魏）曹植著，赵幼文校注：《曹植集校注》，中华书局2016年版，第264页。

波，好鸟鸣高枝。神飙接丹毂，轻辇随风移。飘飘放志意，千秋长若斯！①

曹植常常跟从兄长曹丕游于西园，乐于闲房，饮酒作乐，不思朝夕。这首诗不仅写出了他及时行乐、快意遨游之意，而且还以华美的文辞、精致的语句描绘了西园夜景之美丽。飞盖轻辇，人群攒动，明月高照，皎洁无瑕。秋兰布满长坂，红花开遍绿池，鱼鸟如人之愉悦，轻风亦随人飘移。其诗对偶精工，节奏明快，"放志之意"溢现如斯，充分显现出曹植"美遨游"的生活情态。

又如《斗鸡》诗：

游目极妙伎，清听厌宫商。主人寂无为，众宾进乐方。长筵坐戏客，斗鸡观闲房。群雄正翕赫，双翘自飞扬。挥羽邀清风，悍目发朱光。觜落轻毛散，严距往往伤。长鸣入青云，扇翼独翱翔。愿蒙狸膏助，长得擅此场。②

曹植与曹丕作为主人，看遍了妙伎最美的舞蹈，听遍了最美的乐曲，寂寞无聊之际，宾客献以取乐之方。于是，大家一起来看斗鸡。这首诗以铺陈之笔详细描写了斗鸡的场面，其中，"双翘""悍目""觜落""长鸣""扇翼"这些词语非常生动地反映了斗鸡的形态、神情以及激烈的斗争样态。这些描写正是曹植裘马轻狂、快意遨游的生活体现。

曹植还有一首诗《名都篇》也是描写这种生活场景。有关这首诗，学界意见不同，有的学者认为是前期作品，有的学者认为是后期作品。笔者觉得这首诗在内容的传达上，与刚才所讲的快意少年及其斗鸡走马的生活非常类似，所以把它当作前期作品来看待。其

---

① （三国魏）曹植著，赵幼文校注：《曹植集校注》，中华书局 2016 年版，第 72—73 页。
② （三国魏）曹植著，赵幼文校注：《曹植集校注》，中华书局 2016 年版，第 1 页。

诗云：

> 名都多妖女，京洛出少年。宝剑直千金，被服丽且鲜。斗鸡东郊道，走马长楸间。驰驱未能半，双兔过我前。揽弓捷鸣镝，长驱上南山。左挽因右发，一纵两禽连。余巧未及展，仰手接飞鸢。观者咸称善，众工归我妍。我归宴平乐，美酒斗十千。脍鲤臇胎鰕，炮鳖炙熊蹯。鸣俦啸匹侣，列坐竟长筵。连翩击鞠壤，巧捷惟万端。白日西南驰，光景不可攀。云散还城邑，清晨复来还。①

名都，指大都市。妖女，指艳丽的女子。京洛，指洛阳。只见这位京洛少年佩戴着价值千金的宝剑，穿着鲜艳华丽的衣服，玩着斗鸡走马的游戏，喝着价值昂贵的美酒，生活非常奢华。他到郊外打猎，箭术高超，众人称善，相从归宴。长筵连连，游戏继续，时光匆匆，及时行乐。纵使今夜尽兴而散，众人还要相约，明朝一起游玩。很明显，《名都篇》着力描绘了京洛少年斗鸡走马、射猎游戏的生活，其中的人物不仅形象鲜丽，而且技艺高超，宴饮豪华，感想放任。这何尝不是年少的曹植真实的生活写照呢？

《名都篇》语言华美，纵横收放，意气风发，节奏明快，是曹植自拟题目的乐府诗。后来，唐代诗人李白化用成句，在《将进酒》中写下了"陈王昔时宴平乐，斗酒十千恣欢谑"②的名句，可见其深远影响。谢灵运曾说曹植"不及世事，但美遨游，然颇有忧生之嗟"③，以上这些作品正体现了他"美遨游"的创作特征。

第二类，反映朋友之情。

曹植生于汉末，目睹当时社会实况，目之所见，心有所感。刘

---

① （三国魏）曹植著，赵幼文校注：《曹植集校注》，中华书局 2016 年版，第 721 页。
② （唐）李白著，（清）王琦注：《李太白全集》第一册，中华书局 2015 年版，第 216 页。
③ （南朝宋）谢灵运：《拟魏太子邺中集八首并序》，顾绍柏校注：《谢灵运集校注》，中州古籍出版社 1987 年版，第 155 页。

勰在《文心雕龙·时序》中谈到建安时期的文学创作，言："观其时文，雅好慷慨。良由世积乱离，风衰俗怨，并志深而笔长，故梗概而多气也。"① 乱世当中，亲情友情尤其可贵。曹植前期的诗歌作品有很多是描写朋友之情的，如《送应氏》《赠王粲》《赠徐干》《赠丁廙》《赠丁廙王粲》等，这些诗歌包含了多种内容。

曹植的诗中有离别之情，如《送应氏》其二。曹植送别好友应场、应璩兄弟，深刻地表达了他对朋友的不舍之情。他说："清时难屡得，嘉会不可常。天地无终极，人命若朝霜。……爱至望苦深，岂不愧中肠？……愿为比翼鸟，施翮起高翔。"② 这首诗作于建安十六年（211），曹植时年二十岁。诗人着重写伤别之情，因是乱世，生离死别屡屡发生。所以，朋友相聚令人非常珍惜。人生苦短，一旦离别，不知何日才能相见，所以，曹植祈愿自己做一只比翼的鸟儿，展翅高飞，与朋友共在天空翱翔，这是他表达对朋友的眷恋。

曹植的诗中还有劝慰之语。他的朋友王粲怀才不遇，愁思绵绵，曾写《杂诗》"日暮游西园"述说情愁，于是，曹植就写了《赠王粲》一诗来劝慰他，借此与朋友交心，真率而坦诚。其言：

> 端坐苦愁思，揽衣起西游。树木发春华，清池激长流。中有孤鸳鸯，哀鸣求匹俦。我愿执此鸟，惜哉无轻舟！欲归忘古道，顾望但怀愁。悲风鸣我侧，羲和逝不留。重阴润万物，何惧泽不周？谁令君多念，遂使怀百忧。③

曹植表示非常理解王粲的愁思，时光飞逝，有志未骋。他理解王粲，也愿意帮助他，可惜没有更多的能力和渠道协助他。曹植鼓励王粲对未来要有信心，正如雨水润泽万物，不用担心滋润不到自

---

① （南朝梁）刘勰撰，范文澜注：《文心雕龙注》卷九，人民文学出版社 1958 年版，第674 页。

② （三国魏）曹植著，赵幼文校注：《曹植集校注》，中华书局 2016 年版，第 5 页。

③ （三国魏）曹植著，赵幼文校注：《曹植集校注》，中华书局 2016 年版，第 44—45 页。

己，机会总会来的，这种感情非常真诚。其诗节奏舒缓，韵味悠长。

曹植的诗中还有知己之怀。他非常重视志同道合之人，显示出宽广豁达的胸怀，比如《赠丁廙》诗：

> 嘉宾填城阙，丰膳出中厨。吾与二三子，曲宴此城隅。秦筝发西气，齐瑟扬东讴。肴来不虚归，筋至反无余。我岂狎异人！朋友与我俱。大国多良材，譬海出明珠。君子义休倚，小人德无储。积善有余庆，荣枯立可须。滔荡固大节，时俗多所拘。君子通大道，无愿为世儒！①

丁廙是曹植的挚友，更是政治上的协同者。在这首诗中，曹植不仅描写了自己和好友一起游宴听歌的场面，而且还直抒胸臆，表达了自己对朋友的坦荡情怀。他说，我岂会亲近异常之人，我要结交的都是你这样的朋友，即有才之能人、有道之君子，都是可堪任用的大国良材，犹如深海明珠光芒照人。在此，曹植两次提到君子："君子义休倚""君子通大道"。君子就是他和朋友立身行事的楷模。君子不必事先准备"义"，因为他早已德行兼备。君子坦荡高洁，追求的乃是立德立功的大道。所谓君子坦荡荡、君子舍生而取义，这是儒家思想教导下的仁人志士的追求，也是曹植多次提及并努力践行的理想人格。在曹植其他的诗歌中也多有此体现，如《赠徐干》诗中"志士营世业，小人亦不闲"②，《杂诗》之"飞观百余尺"中有"烈士多悲心，小人媮自闲"③，这里的"志士""烈士"与君子具有相同的内涵。人生在世，要做"滔荡固大节"的君子，而不做拘于时俗的无德小人或者毫无操守的俗儒。这种思想直至今天对我们都有借鉴意义。这首诗意气风发，显示出曹植的多重思考，风骨凛然，宏阔豪迈。

---

① （三国魏）曹植著，赵幼文校注：《曹植集校注》，中华书局 2016 年版，第 208 页。
② （三国魏）曹植著，赵幼文校注：《曹植集校注》，中华书局 2016 年版，第 62 页。
③ （三国魏）曹植著，赵幼文校注：《曹植集校注》，中华书局 2016 年版，第 97 页。

由此可见，曹植爱交朋友，真心实意，令人感叹。朋友离别，他真情相送；朋友忧愁，他真心劝慰；朋友共处，他不忘以君子之大节相勉励。他把朋友比作良材美玉，言知音之情，如"亮怀玙璠美，积久德愈宣。……弹冠俟知己，知己谁不然？"（《赠徐干》）① 述友情之深，"子其宁尔心，亲交义不薄"（《赠丁廙》）② "亲交义在敦，申章复何言！"（《赠徐干》）③ 言语之间，自有一份深意、一份坦荡在其中。

第三类，表现人生理想。

年轻的曹植在《与杨德祖书》中曾经明确表示，自己要"勠力上国，流惠下民"④，为国效力，造福民生，这是中国古代士子文人共同的心声。前有屈原，中有曹植，后有杜甫、苏轼，辛弃疾、文天祥、王阳明等，这种理想主题与理想人格可谓一脉相承。曹植在《三良》诗中，借三良故事以咏怀，表达了自己对忠义为国思想的赞扬，如："功名不可为，忠义我所安。……谁言捐躯易？杀身诚独难！"⑤ 他认为杀身成仁、舍生取义才是"忠义"的内涵，所以丁晏说此诗"首二句为自家写照，无限感慨"⑥，这是曹植真实的思想认知与真切的情感传达。另外，在《赠丁廙王粲》一诗中，曹植不仅以"壮哉帝王居，佳丽殊百城"之句写出从军者所到之处的宏阔气势，而且还以"皇佐扬天惠，四海无交兵"表达了自己对太平盛世的渴望⑦。

（二）曹植前期诗歌代表作《白马篇》

在曹植前期的诗歌中，能够集中反映他人生理想的诗是《白马篇》。《白马篇》又称《游侠篇》，乃是曹植自创新题的乐府诗。所

---

① （三国魏）曹植著，赵幼文校注：《曹植集校注》，中华书局 2016 年版，第 63 页。
② （三国魏）曹植著，赵幼文校注：《曹植集校注》，中华书局 2016 年版，第 191 页。
③ （三国魏）曹植著，赵幼文校注：《曹植集校注》，中华书局 2016 年版，第 63 页。
④ （三国魏）曹植著，赵幼文校注：《曹植集校注》，中华书局 2016 年版，第 228 页。
⑤ （三国魏）曹植著，赵幼文校注：《曹植集校注》，中华书局 2016 年版，第 200 页。
⑥ （清）丁晏纂，叶菊生校订：《曹集铨评》卷四，文学古籍刊行社 1957 年版，第 48 页。
⑦ （三国魏）曹植著，赵幼文校注：《曹植集校注》，中华书局 2016 年版，第 197 页。

谓自创新题，是指曹植并未沿袭汉乐府旧题，而是自拟题目。《白马篇》是曹植前期诗歌的代表作，诗中描绘了一位武艺高强的游侠儿，他忠心报国，奋勇杀敌，无私无畏，视死如归。这是曹植理想的化身，实为"自况"①之作，即自我比喻，展现了他的雄心壮志和理想抱负。其诗如下：

> 白马饰金羁，连翩西北驰。借问谁家子？幽并游侠儿。少小去乡邑，扬声沙漠垂。宿昔秉良弓，楛矢何参差。控弦破左的，右发摧月支。仰手接飞猱，俯身散马蹄。狡捷过猴猿，勇剽若豹螭。边城多警急，胡虏数迁移。羽檄从北来，厉马登高堤。长驱蹈匈奴，左顾陵鲜卑。弃身锋刃端，性命安可怀！父母且不顾，何言子与妻！名在壮士籍，不得中顾私。捐躯赴国难，视死忽如归。②

这首诗共分为四个层次。从"白马饰金羁"到"扬声沙漠垂"是第一层次，主要阐述诗歌背景，介绍游侠儿的身世。"白马饰金羁，连翩西北驰"，诗歌开端就令人感到气势不凡。一匹高大的白色骏马戴着金灿灿的马辔头在阳光下闪闪发光，向西北方向疾驰而去。这里，"白马""金羁"色彩鲜明，对比强烈。从表面上看，只见马，不见人，其实写马正是为了写人，用的是烘云托月的手法。"借问谁家子？幽并游侠儿。少小去乡邑，扬声沙漠垂"，诗人以设问的方式补叙这位壮士的来历。这是谁呢？原来他是幽州、并州一带的游侠儿，从小离开了家乡，长大以后威名在外，扬声于沙漠边陲。所谓游侠，在司马迁的笔下是那些言必信、行必果的人。曹植借用游侠来形容骑马的壮士，正是为了突出他是一位保家卫国的爱国志士。这样通过设问和补叙手法，使诗歌波澜起伏，富于变化。

---

① （清）朱乾：《乐府正义》卷十二，河北师范学院中文系古典文学教研组编：《三曹资料汇编》，中华书局1980年版，第201页。

② （三国魏）曹植著，赵幼文校注：《曹植集校注》，中华书局2016年版，第613页。

　　从"宿昔秉良弓"到"勇剽若豹螭"为第二层次，这部分是详写，主要写游侠儿不凡的身手。"宿昔秉良弓，楛矢何参差"，游侠儿每天背着良弓，身后的箭袋里插着参差不齐用楛木做的箭，这是一个形象描写，说明他善于骑射。只见他"控弦破左的，右发摧月支。仰手接飞猱，俯身散马蹄"，这几句写得非常精彩，"左的""月支""马蹄"指的都是箭靶，"飞猱"指飞奔的猿猴。游侠儿拉开弓如满月，左右射击，一箭射中靶心，不差毫厘。这里，诗人分别从左、右、上、下四个角度来凸显游侠儿的飒爽英姿，这是方位描写；诗人又以"破""摧""接""散"四个动词来展现游侠儿高超的技能，这是动作描写，铺陈排比，富有张力。"狡捷过猴猿，勇剽若豹螭"，这是比喻，只见他敏捷超过了猴子，勇猛胜过了豹子和螭龙。如此生动灵活的描写，不仅说明了游侠儿扬声沙漠的原因，也为下面写他为国立功的实际行为做好了铺垫。

　　从"边城多警急"到"左顾陵鲜卑"为第三层次，这部分是略写，写游侠儿杀敌立功。边境告急，有敌来犯，游侠儿没有一点犹豫，直接策马登上高堤，准备立赴沙场，为国效力。此时此刻，一位令人敬仰的英雄形象出现在我们眼前。"长驱蹈匈奴，左顾陵鲜卑"，这句是略写，诗人并没有直接描写游侠儿在战场上的厮杀，而是简洁处理，一笔带过。这里注意两个字："蹈匈奴"之"蹈"，践踏的意思，"陵鲜卑"之"陵"，压制的意思，显示出游侠儿在战场上的英雄气概，他睥睨敌人。此处词语精准，非常干练。由此可见，这首诗，曹植处理得详略得当，不仅节省了笔墨，而且突出了重点。

　　从"弃身锋刃端"到"视死忽如归"为第四层次，这部分是全诗的核心，主要写游侠儿的内心世界。游侠儿上阵杀敌，随时面临牺牲的危险，但保家卫国之人哪里去想如何保全自己的生命呢？"父母且不顾，何言子与妻"，这些话真实揭示了他内心的不舍与舍得。作为战士，都会处于这样的矛盾与纠结中。可是，自古忠孝难两全，在国家危难面前，父母妻子以及个人生死俱置之度外，无畏无私，无怨无悔。"捐躯赴国难，视死忽如归"，这句话是全诗的诗眼，表现了游侠儿为国捐躯、视死如归的精神，成语"视死如归"即由此而来。游侠儿之所以能够克敌制胜，不仅是由于他武艺高超，更重要的是因为他具有崇高的思想品德。这种壮士情怀与屈原《国殇》里所写的一样："诚既勇兮又以武，终刚强兮不可凌。身既死兮神以灵，魂魄毅兮为鬼雄！"[①]风骨凛然，慷慨激昂。

《白马篇》这首诗洋溢着一种昂扬奋发的精神气概，游侠儿的英武形象正是曹植自我形象的写照，反映他为国建功立业的迫切愿望以及为此而愿不惜一切的豪迈精神。从艺术上看，这首诗章法多变，铺陈渲染，沈德潜论其"敷陈藻彩，所谓修词之章也"[②]。其诗慷慨激昂，文采斐然，体现出曹植"骨气奇高，词采华茂"[③]的特点。清代学者方东树曾有点评，他说："此篇奇警。后来杜公《出塞》诸什，实脱胎于此。"[④]说明这首诗新奇深切，令人警醒，对杜甫《出塞》诗的创作有直接影响。后世诗人多有拟作，如鲍照《代陈思王白马篇》、袁淑《效曹子建白马篇》、李白《白马篇》等，都是模拟曹植的《白马篇》而作，可见其深远影响。

总之，《白马篇》是年轻的曹植自写心志的作品，体现出他对英雄的崇敬以及磊落、慷慨的情怀。在他看来，《白马篇》中的"游侠儿"与《名都篇》中的"京洛少年"可以是一个人，只是在不同的场景下，曹植寄予了他们不同的形象特征：国家无事则快意遨游，国家危难则奋不顾身。诗中那句"名在壮士籍，不得中顾私"，不禁令人想起汉代名将霍去病"匈奴不灭，无以家为"[⑤]的豪言壮语！《白马篇》既是诗人的自我写照，又凝聚和闪耀着时代的光辉。

---

① 陆侃如、龚克昌选译：《楚辞选》，人民文学出版社 2014 年版，第 42 页。
② （清）沈德潜选：《古诗源》卷五，中华书局 1963 年版，第 115 页。
③ （南朝梁）钟嵘著，曹旭笺注：《诗品笺注》，人民文学出版社 2009 年版，第 56 页。
④ （清）方东树著，汪绍楹校点：《昭昧詹言》卷二，人民文学出版社 1961 年版，第 72 页。
⑤ （汉）班固：《汉书》卷五十五，中华书局 1962 年版，第 2488 页。

二　曹植后期的诗歌创作及《赠白马王彪》

曹植 29 岁以后的诗歌创作，其风格与前期有很大不同，这主要与时境的变化有关。曹丕即位之后，对藩王的要求非常严格，尤其是对曾经的政治对手曹植进行多次打击和迫害，使曹植备受压抑。后来曹叡即位，对曹植也是多加防范，所以曹植的生活状态，用他自己的话说，如同"圈牢之养物"（《求自试表》)①，就好像圈栏里豢养的动物，没有自由。因此，与前期相比，他后期的诗歌情绪低沉，充满痛苦和哀伤。

（一）曹植后期的诗歌创作

根据内容的不同，曹植后期的诗歌主要分为四类：纪事、述志、情诗和游仙。

第一类，纪事。诗歌是曹植记录生活、表达情感的重要媒介，他以不同的方式叙写当时的遭际，或直接、或间接抒发了自己受重重打击之下沉郁愤懑的心情，作品如《野田黄雀行》《赠白马王彪》《盘石篇》《圣皇篇》《吁嗟篇》等。

《野田黄雀行》是曹植自拟的乐府新题，借一少年形象来表现自己手中无权、无法保护朋友的悲愤心情。诗云：

> 高树多悲风，海水扬其波。利剑不在掌，结友何须多！不见篱间雀？见鹞自投罗。罗家得雀喜，少年见雀悲。拔剑捎罗网，黄雀得飞飞。飞飞摩苍天，来下谢少年。②

这首诗起调极工，第一句慷慨悲凉，令人心潮涌动。"高树""悲风""海水""扬其波"，这些词语渲染出一种浓郁的悲情气氛，

---

① （三国魏）曹植著，赵幼文校注：《曹植集校注》，中华书局 2016 年版，第 552 页。
② （三国魏）曹植著，赵幼文校注：《曹植集校注》，中华书局 2016 年版，第 308 页。

比喻当时险恶的政治环境。"利剑不在掌，结友何须多"，这句话十分警醒，是曹植直抒胸臆、非常激愤的情感表达。如果手中无权，结交那么多的朋友又有何用呢？因为手中没有权力，就无法保护朋友，以至于看着他们横被恶祸，惨遭杀戮。之前我们曾经讲过，曹植喜欢朋友，爱交朋友，可是这里为什么这样说呢？因为政治真的太险恶了！他与杨修交好，建安二十四年（219），曹操借故杀了杨修。他与丁仪、丁廙兄弟交好，建安二十五年（220），曹丕遂灭丁氏一门。即使曹植贵为亲王，却也因身处逆境，无力救助朋友。他的愤怒和痛苦只能以诗歌来寄意。在这首诗中，他设想了一位手持利剑的少年，可以斩断罗网，拯救黄雀，使其高飞长空，获得生存的希望。刘勰在《文心雕龙·隐秀》中曾评此诗"格高才劲"[1]，的确是中肯之论。

曹植的《圣皇篇》写于黄初年间，主要记述了曹丕当政对诸王的严苛要求以及他们被强迫归藩的隐痛。诗曰：

> 圣皇应历数，正康帝道休。九州咸宾服，威德洞八幽。三公奏诸公，不得久淹留。藩位任至重，旧章咸率由。侍臣省文奏，陛下体仁慈。沉吟有爱恋，不忍听可之。迫有官典宪，不得顾恩私。诸王当就国，玺绶何累缤！便时舍外殿，宫省寂无人。主上增顾念，皇母怀苦辛。何以为赠赐！倾府竭宝珍。文钱百亿万，采帛若烟云。乘舆服御物，锦罗与金银。龙旗垂九旒，羽盖参班轮。诸王自计念，无功荷厚德；思一效筋力，糜躯以报国。鸿胪拥节卫，副使随经营。贵戚并出送，夹道交辎軿。车服齐整设，辉晔耀天精。武骑卫前后，鼓吹箫笳声。祖道魏东门，泪下沾冠缨。扳盖因内顾，俛仰慕同生。行行将日暮，何时还阙庭？车轮为徘徊，四马踟蹰鸣。路人尚酸鼻，何况骨肉情！[2]

---

① （南朝梁）刘勰著，范文澜注：《文心雕龙注》卷八，人民文学出版社1958年版，第632页。

② （三国魏）曹植著，赵幼文校注：《曹植集校注》，中华书局2016年版，第481—482页。

这首诗非常明显有两条感情线索：一是盛赞圣皇曹丕政治功德，铺陈描写诸王得到的赏赐及出京盛况，"文钱百亿万，采帛若烟云。乘舆服御物，锦罗与金银"；二是真切地表达了在这盛况的背后所隐藏的诸王的心态以及无奈而归藩的愁怨。表面上歌颂的是"陛下体仁慈""倾府竭宝珍"，实际上更多表现的是诸王"沉吟有爱恋，不忍听可之""祖道魏东门，泪下霑冠缨"的状况和曹植"皇母怀苦辛""扳盖因内顾"的悲伤之情。一方面是三公奏请，诸王"不得久淹留""不得顾恩私"，借此写政令的严苛；另一方面是"何以为赠赐""何时还阙庭""何况骨肉情"，写出自己的眷恋。在铺陈描写的同时，抒发了自己深刻而愤懑的思想感情。

另外，曹植的《吁嗟篇》以"转蓬"为意象，借其"长去本根逝，夙夜无休闲"①、随风漂泊不定的状态隐喻曹植后期迁移封地、被迫辗转的状况，反映了他惊惧不安的内心情态。那种"流转无恒处，谁知吾苦艰"的慨叹正是曹植内心痛苦的真实写照。

第二类，述志。由于生活处境的变化和屡遭迫害，曹植的后期诗歌时常流露出悲哀愤怨之情。虽然建功立业仍然是曹植后期诗歌的理想主题，但前期的英豪雄放之气已经大幅削弱，更多的是表达壮志难酬的愤激不平。作品如《杂诗》之"仆夫早严驾"、《鰕䱥篇》《薤露行》等，就是这方面的代表。《杂诗》如：

> 仆夫早严驾，吾行将远游。远游欲何之？吴国为我仇。将骋万里途，东路安足由！江介多悲风，淮泗驰急流。愿欲一轻济，惜哉无方舟！闲居非吾志，甘心赴国忧。②

车夫已经备好了车，我将要出门远游。远游去哪里呢？我要去讨伐吴国，奔赴万里征途。悲风阵阵，河水急流，我想渡河过去，

---

① （三国魏）曹植著，赵幼文校注：《曹植集校注》，中华书局2016年版，第572页。
② （三国魏）曹植著，赵幼文校注：《曹植集校注》，中华书局2016年版，第568页。

可惜没有方舟。闲居在家，无所事事，这并不是我的志向，我甘愿舍弃生命，能够为国分忧。这首诗真实地反映了曹植想要为国立功的愿望，诗中"洋溢着捐躯卫国、志不可展的悲愤情怀，而以激昂慷慨之语发之，以寄其思致"①。

再如曹植的《薤露行》：

> 天地无穷极，阴阳转相因。人居一世间，忽若风吹尘。愿得展功勤，输力于明君。怀此王佐才，慷慨独不群。鳞介尊神龙，走兽宗麒麟。虫兽犹知德，何况于士人。孔氏删诗书，王业粲已分。骋我径寸翰，流藻垂华芬。②

《薤露行》本是汉代的丧歌，是以薤上露为喻，喻示生命的短暂。曹植此诗述说人生之短，犹如狂风扬起尘土一般。既然生命如此短暂，那么，什么才是永恒的呢？曹植的理想是"愿得展功勤，输力于明君"，他愿施展才能，为贤明的君主效力。因为自己"怀此王佐才，慷慨独不群"，怀抱辅君之才，慷慨而不同流俗。如果政治家的理想达不到，那么能够像孔子那样整理诗书、留文名于后世也好，即"骋我径寸翰，流藻垂华芬"。

曹植在《鰕䱇篇》中以鰕䱇与燕雀为喻，抨击那些唯谋势利的路人，他们不识自己的鸿鹄之志，失意的自己只有"抚剑而雷音，猛气纵横浮。泛泊徒嗷嗷，谁知壮士忧"③。事实上，曹植的后期生活辗转漂泊，郁郁不得志，心情沉重而悲哀。理想之高与现实之低所形成的巨大落差在曹植的诗中得到了深刻反映，所以他的诗悲切之中含着悲壮，慷慨之中透着悲凉。钟嵘之所以称赞曹植的诗"骨气奇高"④，就是因为他的诗富有风骨，不仅充满了积极用世的进取

---

① （三国魏）曹植著，赵幼文校注：《曹植集校注》，中华书局2016年版，第569页。
② （三国魏）曹植著，赵幼文校注：《曹植集校注》，中华书局2016年版，第645页。
③ （三国魏）曹植著，赵幼文校注：《曹植集校注》，中华书局2016年版，第570页。
④ （南朝梁）钟嵘著，曹旭笺注：《诗品笺注》，人民文学出版社2009年版，第56页。

精神，而且身处忧患，也能不忘夙愿，发出时代的最强音。

第三类，情诗。曹植博学多才，他的诗歌中有一类借鉴了《楚辞》中的比兴象征手法，以女性自拟，借男女之间的感情关系含蓄地表达自己与曹丕之间的君臣关系，以及怀才不遇的失意之情。作品有《七哀》《浮萍篇》《种葛篇》《美女篇》《杂诗》之"南国有佳人"等。如其《七哀》诗：

> 明月照高楼，流光正徘徊。上有愁思妇，悲叹有余哀。借问叹者谁？言是宕子妻。君行逾十年，孤妾常独栖。君若清路尘，妾若浊水泥；浮沉各异势，会合何时谐？愿为西南风，长逝入君怀。君怀良不开，贱妾当何依！①

这是一首闺怨诗，同时又是一首讽喻诗。曹植以拟代的手法，借思妇比喻自己，来表现与兄长曹丕之间不得亲与的感情。这首诗起调极工，"明月照高楼，流光正徘徊"，不是流光在徘徊，而是月下思妇正在徘徊，布局精巧，风格清丽。思妇的悲哀在于游子离乡十年，毫无音信，两个人浮沉异势，难以相见。自己是不是可以化为西南风，长逝入君怀呢？但是，如果君怀不为我所开，那么，我后半生的命运又去依靠谁呢？这首诗表面上描写思妇被丈夫遗弃的哀怨情怀，实际上暗喻曹植自己被曹丕疏远和排斥的苦闷抑郁。其中的比喻用得非常贴切，一个是"清路尘"，指路上的尘土，随风而动；一个是"浊水泥"，浊水底部的污泥，难以移动，形象地比喻两个人浮沉异势的情况。诗情寓意浑然无间，深婉含蓄。唐代诗人张若虚《春江花月夜》中有"可怜楼上月徘徊，应照离人妆镜台"②之名句，李白《金乡送韦八之西京》中有"狂风吹我心，西挂咸阳树"③之名句，这些都是受到这首诗的影响。

---

① （三国魏）曹植著，赵幼文校注：《曹植集校注》，中华书局2016年版，第464—465页。
② （宋）郭茂倩编：《乐府诗集》第三册，中华书局2017年版，第985页。
③ （唐）李白著，（清）王琦注：《李太白全集》第三册，中华书局2015年版，第916页。

与《七哀》相似的还有《浮萍篇》①和《种葛篇》②，俱以思妇情愁比喻君臣关系。在《浮萍篇》中，曹植既揭示了思妇"恪勤在朝夕，无端获罪尤"的原因，即"新人虽可爱，不若故所欢"，又写出了她"慊慊仰天叹，愁心将何诉""攀枝长叹息，泪下沾罗衿"的悲伤。两首诗俱以植物起兴，用对比的手法显现思妇与丈夫的关系，诗云："在昔蒙恩惠，和乐如瑟琴。何意今摧颓，旷若商与参。""窃慕棠棣篇，好乐如瑟琴。……昔为同池鱼，今为商与参。"过去的美好不再重现，如今两人形同陌路，如天边之星不复相见。"此篇（《种葛篇》）与《浮萍篇》命意相同，但存委曲求全之思，而归之于天命，缠绵悱恻，情辞委婉。"③可见，这两首诗的寓意是相同的。

另外，曹植的《杂诗》之"南国有佳人"和《美女篇》④俱借女性佳偶难遇来抒写知音难得、怀才不遇的情怀。其中，《美女篇》的结构与骋词技巧取法于汉乐府《陌上桑》，以铺陈及侧面描写的手法集中描写采桑女的形象，如"攘袖见素手，皓腕约金环。头上金爵钗，腰佩翠琅玕。明珠交玉体，珊瑚间木难"，她的美丽令"行徒用息驾，休者以忘餐"。这些特征与《陌上桑》中秦罗敷的形象描写很相似。只是"佳人慕高义，求贤良独难"，佳偶难遇，空留长叹。清代学者丁晏曾分析："美女者，以喻君子，言君子有美行，愿得明君而事之，若不遇时，虽见征求，终不屈也。"⑤可见，这类题材的诗歌乃是曹植借美女自喻，抒发自己的失志之感。

第四类，游仙。游仙诗，顾名思义，就是描写仙人或仙境的诗歌作品。此前，诗人屈原在《涉江》中就曾写过"吾与重华游兮瑶之圃"⑥的诗句，曹操的诗歌当中亦有游仙题材，但并非真正的游仙，而是酒宴之上，作娱宾之用。曹植的游仙诗有多首，不仅以

---

① （三国魏）曹植著，赵幼文校注：《曹植集校注》，中华书局 2016 年版，第 463 页。
② （三国魏）曹植著，赵幼文校注：《曹植集校注》，中华书局 2016 年版，第 467 页。
③ （三国魏）曹植著，赵幼文校注：《曹植集校注》，中华书局 2016 年版，第 469 页。
④ （三国魏）曹植著，赵幼文校注：《曹植集校注》，中华书局 2016 年版，第 575 页。
⑤ （清）丁晏纂，叶菊生校订：《曹集铨评》卷五，文学古籍刊行社 1957 年版，第 63 页。
⑥ 陆侃如、龚克昌选译：《楚辞选》，人民文学出版社 2014 年版，第 138 页。

"游仙"为诗名，而且很好地继承了这一创作传统，着力描写仙境，表达自己超越现实世界、寻觅人生自由的渴望。这种创作倾向与其后期环境窘迫、人生失意有直接关系。曹植的游仙诗共 11 首，如《游仙》《五游咏》《仙人篇》《升天行》等。其中，《游仙》和《五游咏》如下：

> 人生不满百，岁岁少欢娱。意欲奋六翮，排雾陵紫虚。蝉蜕同松乔，翻迹登鼎湖。翱翔九天上，骋辔远行游。东观扶桑曜，西临弱水流。北极登玄渚，南翔陟丹丘。（《游仙》）①
>
> 九州不足步，愿得陵云翔。逍遥八纮外，游目历遐荒。披我丹霞衣，袭我素霓裳。华盖芳暗蔼，六龙仰天骧。曜灵未移景，倏忽造昊苍。阊阖启丹扉，双阙曜朱光。徘徊文昌殿，登陟太微堂。上帝伏西棂，群后集东厢。带我琼瑶佩，漱我沆瀣浆。踟蹰玩灵芝，徙倚弄华芳。王子奉仙药，羡门进奇方。服食享遐纪，延寿保无疆。（《五游咏》）②

人生苦短，少有欢乐，所以要摆脱这种状态，只有展翅高飞，或者远游边荒，才能彻底地挣脱这个牢笼。诗中"奋六翮""陵云翔""逍遥八纮外"都是高飞以求解脱之意。那么，解脱了之后，又是什么状态呢？"披我丹霞衣，袭我素霓裳""带我琼瑶佩，漱我沆瀣浆"，我可以穿五彩的霞衣，戴精美的玉佩，饮我美酒，去我愁肠。这里，曹植用了四组动宾词语："披我""袭我""带我""漱我"，来显示自我放飞的状态。他幻想的神仙世界无比美好，这是他想摆脱现实的羁绊、渴望自由的意识表现。

曹植的游仙诗慨叹人生短暂，试图通过超时空的跨越来摆脱现实的羁绊，如《仙人篇》中"四海一何局！九州安所如？……万里

---

① （三国魏）曹植著，赵幼文校注：《曹植集校注》，中华书局 2016 年版，第 393—394 页。
② （三国魏）曹植著，赵幼文校注：《曹植集校注》，中华书局 2016 年版，第 598—599 页。

不足步，轻举陵太虚"①，四海九州殊为小，横亘万里不足步，既然现实的桎梏多有限制，不如轻举游仙，在太虚之境享受充分的自由。曹植的游仙诗还以夸张的手法描写了神奇变幻的仙境，如《仙人篇》中"阊阖正嵯峨，双阙万丈余"②，并且塑造了多位仙人，如赤松子、王子乔、韩终、湘娥、秦女等，追求"同寿东父年，旷代永长生"（《驱车篇》)③ 的效果。曹植多次以第一人称述说，如《仙人篇》中"要我于天衢……高风吹我躯"④，更加真切地表现出自己的情感，自我形象鲜明，显得更加洒脱和豪迈。曹植在表现游仙的同时，也显示出对现实的蔑视，如《远游篇》中"齐年与天地，万乘安足多！"⑤ 如果能够达到长生，那么万乘之国这样的功利在他面前也失去了诱惑。赵幼文先生曾分析曹植的游仙诗，他说："（曹植）使用生动的笔触，渲染一幅缥缈绮丽的仙景，热烈地歌颂自由的可贵。但是在他歌颂实体之外，隐隐投射愤慨迫害的阴影，是和一般游仙异趣的。"⑥ 观曹植之诗，的确如此。

清代学者丁晏曾赞曹植的游仙诗："精深华妙，绰有仙姿，炎汉已还，允推此君独步。"⑦ 意思是说曹植的游仙诗写得最好，精深而美妙。诚然，曹植的这类诗歌想象瑰奇，笔墨绚丽，具有一种超越时空的艺术魅力，给后世诗人如嵇康、郭璞、陈子昂、李白等诗人的创作带来了极大的启迪。

（二）曹植后期的诗歌代表作《赠白马王彪》

《赠白马王彪》是一首赠别诗，乃是黄初四年（223）曹植与白马王曹彪分别时所作，同时也是继屈原《离骚》之后，中国文学史上所出现的又一首长篇抒情诗。全诗共 80 句，400 多字，篇幅之长、

---

① （三国魏）曹植著，赵幼文校注：《曹植集校注》，中华书局 2016 年版，第 390 页。
② （三国魏）曹植著，赵幼文校注：《曹植集校注》，中华书局 2016 年版，第 390 页。
③ （三国魏）曹植著，赵幼文校注：《曹植集校注》，中华书局 2016 年版，第 603 页。
④ （三国魏）曹植著，赵幼文校注：《曹植集校注》，中华书局 2016 年版，第 390 页。
⑤ （三国魏）曹植著，赵幼文校注：《曹植集校注》，中华书局 2016 年版，第 601 页。
⑥ （三国魏）曹植著，赵幼文校注：《曹植集校注》，中华书局 2016 年版，第 393 页。
⑦ （清）丁晏纂，叶菊生校订：《曹集铨评》卷五，文学古籍刊行社 1957 年版，第 64 页。

结构之巧、感情之深，在中国古典文学作品中都是罕见的。

这首诗分为小序和正文两部分，其中正文分为七章，章章蝉联，非常独特。小序如下：

> 黄初四年五月，白马王、任城王与余俱朝京师、会节气。到洛阳，任城王薨。至七月，与白马王还国。后有司以二王归藩，道路宜异宿止，意毒恨之！盖以大别在数日，是用自剖，与王辞焉，愤而成篇。①

黄初四年（223）五月，曹植和同母兄任城王曹彰以及异母弟白马王曹彪一道来京师洛阳，参加朝廷举办的迎气典礼。此间，"武艺壮猛"②的曹彰暴死。悲痛的曹植情难自已，在返回封地的路上，本想与曹彪同行一段路，说说话，没想到却被追来的朝廷使者勒令，两人必须分路而行，不许他们多接触，这就使曹植越发难堪和愤怒。他百感交集，怒火中烧，于是写下了这首传诵千古的名作《赠白马王彪》。我们要注意的是，在这段序文中，曹植少有地直观显露出自己的情绪，"意毒恨之""愤而成篇"，表现了曹植悲伤、痛恨和愤怒的思想感情。

这首诗的正文部分结构严谨，意脉相连，很好地将叙事、抒情与议论相结合，显示出情、景、事、理的交融。其诗如下：

> 谒帝承明庐，逝将归旧疆。清晨发皇邑，日夕过首阳。伊洛广且深，欲济川无梁。泛舟越洪涛，怨彼东路长。顾瞻恋城阙，引领情内伤。
>
> 太谷何寥廓，山树郁苍苍。霖雨泥我涂，流潦浩纵横。中逵绝无轨，改辙登高冈。修坂造云日，我马玄以黄。

---

① （三国魏）曹植著，赵幼文校注：《曹植集校注》，中华书局 2016 年版，第 437 页。

② （晋）陈寿撰，（南朝宋）裴松之注：《三国志》卷十九，中华书局 1982 年版，第 577 页。

　　玄黄犹能进，我思郁以纡。郁纡将何念，亲爱在离居。本图相与偕，中更不克俱。鸱枭鸣衡轭，豺狼当路衢；苍蝇间白黑，谗巧反亲疏。欲还绝无蹊，揽辔止踟蹰。

　　踟蹰亦何留？相思无终极！秋风发微凉，寒蝉鸣我侧。原野何萧条！白日忽西匿。归鸟赴乔林，翩翩厉羽翼；孤兽走索群，衔草不遑食。感物伤我怀，抚心长太息。

　　太息将何为？天命与我违！奈何念同生，一往形不归。孤魂翔故域，灵柩寄京师。存者忽复过，亡殁身自衰。人生处一世，去若朝露晞。年在桑榆间，影响不能追。自顾非金石，咄唶令心悲。

　　心悲动我神，弃置莫复陈。丈夫志四海，万里犹比邻。恩爱苟不亏，在远分日亲；何必同衾帱，然后展殷勤！忧思成疾疢，无乃儿女仁。仓猝骨肉情，能不怀苦辛！

　　苦辛何虑思？天命信可疑！虚无求列仙，松子久吾欺。变故在斯须，百年谁能持。离别永无会，执手将何时？王其爱玉体，俱享黄发期。收泪即长路，援笔从此辞。①

　　第一章的主题词是眷恋，主要写曹植离开洛阳要回封地，他回首凝望，不忍离开的心情。兄长曹彰刚刚去世，母亲卞太后还在洛阳，诗人心中极为悲哀，借伊洛水深作比喻，形容面对的困境，他顾恋城阙，徒自感伤。

　　第二章的主题词是写景，曹植回封地的路上，大雨滂沱，流水纵横，路途艰难，一片苍凉。其中，"我马玄以黄"这句出自《诗经·周南·卷耳》："陟彼高冈，我马玄黄。"意思是登上高高的山冈，我的马已经累病了，曹植这是借马的状态写自己的劳累和倦怠。

　　第三章的主题词是怒斥，曹植主要写与白马王曹彪被迫分别，他斥责小人离间，使亲人之间渐渐疏远。这里注意两种修辞手法：

---

　　① （三国魏）曹植著，赵幼文校注：《曹植集校注》，中华书局2016年版，第437—446页。

其一，顶真。第一句"玄黄犹能进"中的"玄黄"二字是承接上一章"我马玄以黄"而来，是为顶真，即前句的最后一个词语与后句的第一个词语是重复的，借语词的交叠产生了一种迂回而连绵的艺术效果。这首诗从这一章开始，下面各章都用了顶真格，章章蝉联，显示出高超的艺术技巧。其二，比喻。曹植以"鸱枭""豺狼""苍蝇"作比，怒斥监国使者，指责他们颠倒黑白，离间了他与兄长曹丕之间的关系。由于当时政治环境和君臣名分的限制，诗人只能含蓄地表露对曹丕的不满。

第四章的主题词是伤怀，曹植描写原野萧条，他用不同的意象来抒发心中的凄凉孤寂之感，如"秋风""寒蝉""归鸟""孤兽"，这些孤独萧索的意象透露出一抹浓重的悲凉。诗人触景生情，抚心叹息。

第五章的主题词是死别，主要抒发了曹植对曹彰去世的哀悼悲痛之情。作为曹植的同母兄，曹彰与曹植关系非常好，可是在洛阳参加朝会期间，曹彰暴死。据《世说新语》记载，曹彰是被曹丕以毒枣毒死的[1]，所以曹植非常伤心，哀叹人生苦短，天命相违。

第六章的主题词是旷达，写曹植强自宽解，与曹彪相互安慰，并以"丈夫志四海，万里犹比邻"的豪言壮语与之共勉。唐代诗人王勃《送杜少府之任蜀州》"海内存知己，天涯若比邻"[2]的名句即出于此。大丈夫志在四海，纵使相隔万里也犹如比邻一般。兄弟情深，未必朝朝暮暮，此处一别，切勿过度忧思。至此，这首诗的情调也从低沉变得开朗了。

第七章的主题词是互祝，在这离别时刻，曹植祝愿曹彪保重身体，最后洒泪而别。其实这一别就是生离死别，后来，曹植与曹彪再也没有执手相见。在这一章当中，"天命信可疑""松子久吾欺"，体现出曹植对天命的怀疑和对神仙的否定，其中的愤懑不言

---

① （南朝宋）刘义庆著，（南朝梁）刘孝标注，余嘉锡笺疏：《世说新语笺疏》，上海古籍出版社1993年版，第895页。

② （唐）王勃著，（清）蒋清翊注：《王子安集注》，上海古籍出版社1995年版，第84页。

而喻。

这首诗"忧伤慷慨，有不可胜言之悲"①。全诗不仅抒情浓郁，而且很好地将叙事、写景、抒情、议论交织在一起，创造出一种苍凉浑融的意境。从结构上来看，这首诗采用章章蝉联的形式，"我马玄以黄"与"玄黄犹能进"，"揽辔止踟蹰"与"踟蹰亦何留"，"抚心长太息"与"太息将何为"，"咄喟令心悲"与"心悲动我神"，"能不怀苦辛"与"苦辛何虑思"，等等，这些承接意脉连续，产生了非常好的艺术效果。明代学者王世贞言："吾每至'谒帝'一章，便数十过不可了，悲婉宏壮，情事理境，无所不有。"②清代学者方东树说："此诗气体高峻雄深，直书见事，直书目前，直书胸臆，沉郁顿挫，淋漓悲壮。……遂开杜公之宗。"③用三个"直"字揭示曹植纪事抒情的方式，以"沉郁顿挫"即杜甫诗歌的风格来比拟，并且指出杜甫诗风渊源于此，充分肯定与推崇的态度溢于言表。

三 曹植诗歌的艺术成就

作为"建安之杰"，曹植的诗歌体现了思想内容与艺术形式的完美统一，充分显示出他高度成熟的艺术技巧及创作才华。曹植在《前录自序》中曾提出优秀的文学作品应是"俨乎若高山，勃乎若浮云。质素也如秋蓬，摛藻也如春葩。泛乎洋洋，光乎皓皓，与雅颂争流可也"④。他认为优秀的作品应该具有春华秋实的效果，既有充实的内容，又有华美的辞藻，因此，曹植的诗歌作品与这一标准十分接近，达到了很高的艺术水平。曹植在《薤露行》中曾说"骋我径寸翰，流藻垂华芬"⑤，驰骋我短小的笔杆，流传文采，后世垂

---

① （宋）刘克庄撰，王秀梅点校：《后村诗话》卷一，中华书局1983年版，第3页。
② （明）王世贞著，陈洁栋、周明初批注：《艺苑卮言》卷三，凤凰出版社2009年版，第37页。
③ （清）方东树著，汪绍楹点校：《昭昧詹言》卷二，人民文学出版社1961年版，第73页。
④ （三国魏）曹植著，赵幼文校注：《曹植集校注》，中华书局2016年版，第647页。
⑤ （三国魏）曹植著，赵幼文校注：《曹植集校注》，中华书局2016年版，第645页。

芳。事实上他已经做到了。无论是前期创作的《白马篇》还是后期创作的《赠白马王彪》，这些优秀的诗作都证实了曹植的才能和魅力。综合来看，曹植诗歌的艺术成就主要表现在以下四个方面。

第一，曹植的诗题材丰富，善于写情，具有多种多样的情感表现形态。

曹植的诗歌无论是叙事述志、咏史抒怀，抑或是赠答饯别，都能真实地表达自己的思想感情，给人一种真诚真挚的感受。比如《白马篇》中对少年游侠豪迈气概的描绘，《公宴》《斗鸡》诗中对游乐生活的畅叙，《杂诗》中对壮志难酬的情怀抒发，《赠白马王彪》悲愤无奈的情感表达，等等，内容丰富，风格多样。曹植的诗歌或直接，或间接，或实写，或虚写，呈现出多种表现方式。写朋友之情，如《赠徐干》："弹冠俟知己，知己谁不然"①；述平生之志，如《圣皇篇》："思一效筋力，糜躯以报国"②；含蓄表达自己所处的困境时，他多以周公自比，如《豫章行》其二："周公穆康叔，管蔡则流言"③；以虚笔写仙境，借仙境的超脱与自由反衬现实的桎梏和束缚，如《升天行》："灵液飞素波，兰桂上参天。"④ 方法多样，情态多变，故而清代学者陈祚明谓其"穷态尽变"⑤，指的就是这个特点。

第二，曹植的诗词采富丽，语言精粹，有效地提高了诗歌的语言表现力。

曹植的诗很好地吸收了汉乐府诗"缘事而发"和汉代散体大赋铺陈描摹的手法，如《斗鸡》诗集中笔力写斗鸡的场面："群雄正翕赫，双翅自飞扬。挥羽邀清风，悍目发朱光。"⑥《美女篇》中描写

---

① （三国魏）曹植著，赵幼文校注：《曹植集校注》，中华书局2016年版，第63页。
② （三国魏）曹植著，赵幼文校注：《曹植集校注》，中华书局2016年版，第481页。
③ （三国魏）曹植著，赵幼文校注：《曹植集校注》，中华书局2016年版，第618页。
④ （三国魏）曹植著，赵幼文校注：《曹植集校注》，中华书局2016年版，第395页。
⑤ （清）陈祚明评选，李金松点校：《采菽堂古诗选》卷六，上海古籍出版社2008年版，第155页。
⑥ （三国魏）曹植著，赵幼文校注：《曹植集校注》，中华书局2016年版，第1页。

女性形象："攘袖见素手，皓腕约金环。头上金爵钗，腰佩翠琅玕。"① 词采富丽，形象生动。曹植的诗继承了《古诗十九首》的创作手法，语言隽永，富有意境，如《赠王粲》："欲归忘古道，顾望但怀愁。悲风鸣我侧，羲和逝不留。"② 曹植的诗还非常注重遣词炼字，讲求对偶，具有明显的文人诗雅化的倾向，如《白马篇》中"仰手接飞猱，俯身散马蹄"③，语言生动，工致整齐；《公宴》诗中"潜鱼跃清波，好鸟鸣高枝"④ 之句，可谓对偶精工；《三良》诗中"生时等荣乐，既没同忧患"⑤，令人深思，体现出曹植在语言方面的创造力。

第三，曹植还善于运用比喻、象征手法，委婉含蓄地表达自己的思想感情。

曹植善用比喻，如《赠白马王彪》诗中"人生处一世，去若朝露晞"⑥，比喻人生短暂；又有"鸱枭鸣衡轭，豺狼当路衢"⑦，比喻奸佞小人。在《吁嗟篇》中，他以"转蓬"这一意象隐喻自己漂泊不定的生活；《美女篇》中，他以绝代美人比喻有志之士，借以遣发自己怀才不遇的情怀，含意深刻，抒情浓郁。曹植还以历史人物为喻，借咏史以咏怀，委婉地抒发感怀。如《豫章行》其一中写穷达之命："虞舜不逢尧，耕耘处中田。太公不遭文，渔钓终渭川。"⑧借这些历史人物如尧舜相遇、姜尚与文王之遇来反映自己对困境不通的思考。

第四，曹植诗工于起调，形式多样，发人警醒。

曹植的诗非常注意第一句，起调甚工。比如《七哀》中"明月

---

① （三国魏）曹植著，赵幼文校注：《曹植集校注》，中华书局2016年版，第575页。
② （三国魏）曹植著，赵幼文校注：《曹植集校注》，中华书局2016年版，第45页。
③ （三国魏）曹植著，赵幼文校注：《曹植集校注》，中华书局2016年版，第613页。
④ （三国魏）曹植著，赵幼文校注：《曹植集校注》，中华书局2016年版，第72页。
⑤ （三国魏）曹植著，赵幼文校注：《曹植集校注》，中华书局2016年版，第200页。
⑥ （三国魏）曹植著，赵幼文校注：《曹植集校注》，中华书局2016年版，第441页。
⑦ （三国魏）曹植著，赵幼文校注：《曹植集校注》，中华书局2016年版，第441页。
⑧ （三国魏）曹植著，赵幼文校注：《曹植集校注》，中华书局2016年版，第617页。

照高楼，流光正徘徊"①，清丽浏亮，令人惊叹。再如《箜篌引》中"惊风飘白日，光景驰西流"②，一个"惊"字，以人的感觉来写骤风飞逝。还有《野田黄雀行》中"高树多悲风，海水扬其波"③ 之句，《杂诗》中"高台多悲风，朝日照北林"④ 等，处于诗歌发端，令人警醒，为全诗增色不少。曹植的诗歌首句精工，或开局宏大，如《薤露行》曰"天地无穷极，阴阳转相因"⑤，天地无尽，阴阳潜转，接续相因，从不停止；或词句警醒，如《鰕䱇篇》曰"鰕䱇游潢潦，不知江海流"⑥，鰕䱇志小，游于溪流之间，而不知江海之大。有时，首句精工，是为了显示强调，如《吁嗟篇》："吁嗟此转蓬，居世何独然！"⑦ 转蓬这种植物非常令人感叹，因为它非常独特地居于世间。有时，置精句于首端，是为了突出季节变化，如《侍太子坐》："白日曜青春，时雨静飞尘。"⑧ 写景明亮，非常灵动。

总之，曹植诗歌继承了《诗经》《楚辞》优秀的文学创作传统，有效地吸收了汉乐府、汉赋和"古诗"的丰富汲养，取得的成就是多方面的，有很多发展和创新，在诗歌风格的多样化、抒情化、审美化等方面，都达到了一个新的高度。

钟嵘《诗品》不仅列曹植于上品，认为其源出于《诗经》"国风"，而且给予高度评价："骨气奇高，词采华茂。情兼雅怨，体被文质。"⑨ 在钟嵘看来，曹植的诗始终贯穿着一种积极的建功立业精神，格调、气度非常高，所以"骨气奇高"；曹植善于将华丽的辞藻与精美的对偶结合起来，文采斐然，所以"词采华茂"；曹植的抒情符合中国诗教雅正敦厚的标准，具有怨而不怒、怨而不诽的特征，

---

① （三国魏）曹植著，赵幼文校注：《曹植集校注》，中华书局 2016 年版，第 464 页。
② （三国魏）曹植著，赵幼文校注：《曹植集校注》，中华书局 2016 年版，第 686 页。
③ （三国魏）曹植著，赵幼文校注：《曹植集校注》，中华书局 2016 年版，第 308 页。
④ （三国魏）曹植著，赵幼文校注：《曹植集校注》，中华书局 2016 年版，第 373 页。
⑤ （三国魏）曹植著，赵幼文校注：《曹植集校注》，中华书局 2016 年版，第 645 页。
⑥ （三国魏）曹植著，赵幼文校注：《曹植集校注》，中华书局 2016 年版，第 570 页。
⑦ （三国魏）曹植著，赵幼文校注：《曹植集校注》，中华书局 2016 年版，第 572 页。
⑧ （三国魏）曹植著，赵幼文校注：《曹植集校注》，中华书局 2016 年版，第 264 页。
⑨ （南朝梁）钟嵘著，曹旭笺注：《诗品笺注》，人民文学出版社 2009 年版，第 56 页。

所以"情兼雅怨";曹植的诗风力与丹彩并存,达到了内容与形式的完美统一,所以"体被文质"。不仅如此,钟嵘还赞叹道:"嗟乎!陈思之于文章也,譬人伦之有周孔,鳞羽之有龙凤,音乐之有琴笙,女工之有黼黻。"① 认为曹植的文坛地位就是人伦世界的周公和孔子,是动物世界当中的龙和凤,是音乐世界中的琴和笙,是女工刺绣在礼服上的最精美的花纹。这是何等由衷的赞许啊!李白曾称赞曹植为"建安之雄才"②,杜甫在《别李义》中曾赞扬"子建文笔壮"③。清代文人吴淇曾言:"子建之诗,隐括《风》《雅》,组织屈宋,洵为一代宗匠,高踞诸子之上。"④ 清代文人王士祯曾言:"汉魏以来两千余年间,以诗名其家者众矣。顾所号为仙才者,唯曹子建、李太白、苏子瞻三人而已。"⑤ 可见后人对曹植多么认可和崇仰!

诚然,曹植的诗歌是"骨气"与"词采"的完美结合,而这种创作实践正是魏晋诗歌发展的主体趋势。"三曹"当中,曹操的诗古朴质直,曹丕的诗便娟婉约,而曹植的诗情采兼备,富丽华美,体现出中古五言诗抒情化、审美化的发展态势,因此被称为"五言圣境"⑥。作为建安文学的集大成者,曹植乃是"盖代之才"⑦,他牢笼群彦,独映当时,洵为"古今诗人之冠"⑧,这些评价确实是由衷而发,中肯之论!

---

① (南朝梁)钟嵘著,曹旭笺注:《诗品笺注》,人民文学出版社 2009 年版,第 56—57 页。

② (唐)李白著,(清)王琦注:《李太白全集》第四册,中华书局 2015 年版,第 1439 页。

③ (唐)杜甫著,萧涤非等校注:《杜甫全集校注》(九),人民文学出版社 2014 年版,第 5379 页。

④ (清)吴淇著,汪俊、黄进德点校:《六朝选诗定论》卷五,广陵书社 2009 年版,第 108 页。

⑤ (清)王士祯著,张宗柟纂集,戴鸿森校点:《带经堂诗话》卷五,人民文学出版社 1963 年版,第 119 页。

⑥ (清)张笃庆:《师友诗传录》,河北师范学院中文系古典文学教研组编:《三曹资料汇编》,中华书局 1980 年版,第 171 页。

⑦ (宋)刘克庄撰,王秀梅点校:《后村诗话》卷一,中华书局 1983 年版,第 2 页。

⑧ (清)丁晏纂,叶菊生校订:《曹集铨评》卷四,文学古籍刊行社 1957 年版,第 35 页。

第三节　曹植的辞赋创作

作为"建安之杰"，曹植不仅在诗歌方面成就卓异，而且在辞赋方面也殊有成就。当时的文人吴质在《答东阿王书》中称赞他是"赋颂之宗，作者之师"①。曹植年少时就能诵读诗、论和辞赋数十万言，他曾亲自整理和编纂文集《前录》，并在"自序"中说："余少而好赋，其所尚也，雅好慷慨，所著繁多。虽触类而作，然芜秽者众，故删定，别撰为《前录》七十八篇。"② 可见，他早期爱好辞赋，创作繁多，后来自己删改，定为78篇。不过，曹植的辞赋今存近60篇，除残篇10篇之外，完整的赋作有50篇左右，主要以抒情小赋为主。

一　曹植辞赋的分类与特色

曹植身处汉魏之际，正是汉魏抒情小赋兴起的重要时期。与同期文人相比，他的辞赋题材丰富，风格多样，注重抒情，文采富丽。其中有意气昂扬者，有悲伤沉郁者，遣兴怀思，慷慨悲凉。依内容而论，曹植的辞赋主要分为以下四种：纪行述志、娱宾游观、感时伤怀、咏物叙情。

第一类，纪行述志，作品如《东征赋》《述行赋》《迁都赋》《七启》《玄畅赋》等。这些辞赋内容丰富，如建安十九年（214）曹操将东征吴地，曹植送行时"想见振旅之盛"，故作《东征赋》，云：

> 登城隅之飞观兮，望六师之所营。幡旗转而心异兮，舟楫动而伤情。顾身微而任显兮，愧责重而命轻。嗟我愁其何为兮，心遥思而悬旌。师旅凭皇穹之灵佑兮，亮元勋之必举。挥朱旗

---

① （清）严可均辑：《全上古三代秦汉三国六朝文》卷三十，中华书局1958年版，第1222页。

② （三国魏）曹植著，赵幼文校注：《曹植集校注》，中华书局2016年版，第647页。

以东指兮，横大江而莫御。循戈橹于清流兮，氾云梯而容与。禽元帅于中舟兮，振灵威于东野。①

曹操南征东吴，留曹植守城，曹植对大军出征充满了信心，想象着大军胜利的盛况。因为自己不能跟随出征，所以他不禁"心异""伤情"。他希望战争能够取得胜利，将士们勇猛战斗，所向无敌。

曹植的《七启》乃是汉赋"七体"形式的延续，他构化人物，以主客问答的形式展开铺叙，显示出对汉代散体大赋的继承。其内容主要是镜机子分别以七事劝隐士玄微子入世之语。如述及社会形势时，镜机子言：

> 显朝惟清，皇道遐均，民望如草，我泽如春。河滨无洗耳之士，乔岳无巢居之民。是以俊乂来仕，观国之光，举不遗材，进各异方。赞典礼于辟雍，讲文德于明堂，正流俗之华说，综孔氏之旧章。散乐移风，国富民康，神应休征，屡获嘉祥。……此霸道之至隆，而雍熙之盛际。……吾子为太和之民，不欲仕陶唐之世乎？②

镜机子盛赞当时盛世，国富民康，人才济济。他以霸道至隆、雍熙盛际为赞，来说服玄微子。后者闻言，为之所动，不仅赞叹"伟哉言乎"，而且表示"愿反初服，从子而归"，表示愿意入仕，奉才当世。这篇辞赋洋洋两千言，是曹植响应曹操"唯才是举"的命令而作，反映了政治清明隐士入朝之事，讽谏主旨明确，思想意义深刻，篇制鸿大，语辞华美。刘勰《文心雕龙·杂文》论曰："陈思《七启》，取美于宏壮。"③ 说它具有汉赋宏伟壮阔之美，显现出

---

① （三国魏）曹植著，赵幼文校注：《曹植集校注》，中华书局 2016 年版，第 94 页。
② （三国魏）曹植著，赵幼文校注：《曹植集校注》，中华书局 2016 年版，第 13 页。
③ （南朝梁）刘勰著，范文澜注：《文心雕龙注》卷三，人民文学出版社 1958 年版，第 255 页。

一种恢宏的气势。

曹植的人生后期倾诉多次迁徙封地的《迁都赋》、表现自己远祸避害之心情的《玄畅赋》等，都是曹植真实的生活写照。黄初年间，曹植深受打击，思想有很大变化。在《玄畅赋》① 中，他思考人生，认为世人"或有轻爵禄而重荣声者，或有反性命有徇功名者"，而自己的处境却是困顿不得志，心中无限怅惘，故"嗟所图之莫合，怅蕴结而延伫。希鹏举以傅天，蹶青云而奋羽"。他希望自己能够有机会施展才能，长空翱翔。但屡受打击与迫害的他无奈之下，只有选择"匪逞迈之短修，取全贞而保素"，表达了全身保命的思想，可以说，这是"曹植自述思想变迁的历程"② 的体现。

第二类，娱宾游观，作品如《登台赋》《娱宾赋》《游观赋》《节游赋》《临观赋》等。这类辞赋主要是曹植宴饮宾客或者登临游览时所作，内容主要是描写所见之景，抒发个人情怀。或嬉游以娱情，或淫游以反省。如著名的《登台赋》③，前半部分写登台所见，天府广开，"建高门之嵯峨兮，浮双阙乎太清。立中天之华观兮，连飞阁乎西城"，呈现出高大宏伟的景象特征；后半部分则注重表达作者的思想，如"翼佐我皇家兮，宁彼四方。同天地之矩量兮，齐日月之辉光"，表现了年轻的曹植对国家安宁的美好期冀。

曹植此类辞赋的结构大都相似，由写景起，以抒怀终。如其创作于前期的《娱宾赋》：

感夏日之炎景兮，游曲观之清凉。遂衍宾而高会兮，丹帏晔以四张。办中厨之丰膳兮，作齐郑之妍倡。文人骋其妙说兮，飞轻翰而成章。谈在昔之清风兮，总贤圣之纪纲。欣公子之高义兮，德芬芳其若兰。扬仁恩于白屋兮，逾周公之弃餐。听仁

---

① （三国魏）曹植著，赵幼文校注：《曹植集校注》，中华书局2016年版，第359页。

② （三国魏）曹植著，赵幼文校注：《曹植集校注》，中华书局2016年版，第364页。

③ （三国魏）曹植著，赵幼文校注：《曹植集校注》，中华书局2016年版，第66页。

风以忘忧兮，美酒清而肴干。①

《娱宾赋》不仅写出了夏日炎炎，厨宴丰富，歌伎美妍，游观清凉，而且还写出了宾客们骋其妙说、飞翰成章的状况。他们"谈在昔之清风兮，总贤圣之纪纲"，大家在一起写诗作赋，穆如清风，所谈论的内容也不是普通的家常，而是古代贤主圣人的治国之纲。

无独有偶，曹植在《节游赋》②中以相似的文笔描摹游观之景："览宫宇之显丽，实大人之攸居。建三台于前处，飘飞陛以凌虚。连云阁以远径，营观榭于城隅。"曹植登台远望，宫宇华美，飞阁连续，文辞富丽，不无夸张。他感叹时光飞逝："念人生之不永，若春日之微霜。谅遗名之可纪，信天命之无常。"人生短暂，逝如朝霜，唯有功名可纪，但天命实在是无常。因此，曹植提出了"愈志荡以淫游，非经国之大纲"的思想，他认为过度游乐的生活会使人心志放荡，这不是治国利国的有益行为，所以最终还是要罢宴归乎旧房。非常明显，曹植的这类辞赋具有一定的讽谏意义。

第三类，感时伤怀，作品如《感时赋》《离思赋》《释思赋》《归思赋》《秋思赋》《愁霖赋》《喜霁赋》《九愁赋》《感节赋》等。曹植的辞赋具有多种多样的情感表达方式。曹操出征，他写下《离思赋》，"虑征期之方至，伤无阶以告辞"③，考虑到大军出征，父亲将辗转于征途，曹植的内心十分哀伤；朋友离别，他"亮根异其何戚，痛别干而伤心"（《释思赋》）④，离别无奈，戚戚令人痛伤。中原残破，他"经平常之旧居，感荒坏而莫振"（《归思赋》）⑤，感慨田园荒芜，人事不振。总之，曹植实是一位多情而伤感之人，他个性敏感，对春来秋往、时序变化感知真切，无论喜悲还是思怀，都能够

---

① （三国魏）曹植著，赵幼文校注：《曹植集校注》，中华书局 2016 年版，第 70—71 页。
② （三国魏）曹植著，赵幼文校注：《曹植集校注》，中华书局 2016 年版，第 271 页。
③ （三国魏）曹植著，赵幼文校注：《曹植集校注》，中华书局 2016 年版，第 60 页。
④ （三国魏）曹植著，赵幼文校注：《曹植集校注》，中华书局 2016 年版，第 77 页。
⑤ （三国魏）曹植著，赵幼文校注：《曹植集校注》，中华书局 2016 年版，第 83 页。

以细腻的文笔诉之笔端。同样是下雨，有时他为雨而喜，是因为干涸的土地需要滋润；有时他为下雨而愁，如《愁霖赋》中"悼朝阳之隐曜兮，怨北辰之潜精"①，车辙盘桓，行途艰难，怨怅无穷，时生感叹。

曹植的《九愁赋》非常独特，他以屈原的遭际为核心，多层次、多角度来描写自己的忠而被谤、怀才不遇的怨愤和哀伤。如：

> 嗟离思之难忘，心惨毒而含哀。……恨时王之谬听，受奸枉之虚辞。……伤时俗之趋险，独怅望而长愁。感龙鸾之匿迹，如吾身之不留。……以忠言而见黜，信无负于时王。……共朋党而妒贤，俾予济乎长江。……履先王之正路，岂淫径之可遵！知犯君之招咎，耻干媚而求亲。……民生期于必死，何自苦以终身！宁作清水之沉泥，不为浊路之飞尘。②

曹植以屈原为喻，深刻地表达了内心的激愤和悲伤。他觉得自己和屈原一样，忠心耿耿却屡遭罢黜，究其原因，都是因为朋党小人嫉妒贤良。明明知道忠言直谏会招来祸殃，但是自己耻于与小人合污，媚求亲与。屈原志向高洁，曹植和他一样，宁作清水中的沉泥，不失旧志，也不愿作浊路上的飞尘，随风变换自己的方向。曹植的这种语调与屈原"忠而被谤"的怨怅一样，所以丁晏说曹植的创作"文辞凄咽深婉，何减灵均！"③ 他的深情哀怨不亚于屈原的沉重和悲伤。曹植此赋"时而激烈，时而消沉，终而吐露自怨自艾的痛苦情绪。运用朴素的语言，系统地倾吐出来；而采取象征描写技巧，委婉曲折，达到文学艺术最高境界"④。

另外，曹植的《九咏》乃是"规摹屈原《九歌》而作，其体制

---

① （三国魏）曹植著，赵幼文校注：《曹植集校注》，中华书局 2016 年版，第 78 页。
② （三国魏）曹植著，赵幼文校注：《曹植集校注》，中华书局 2016 年版，第 374—375 页。
③ （清）丁晏纂，叶菊生校订：《曹集铨评》卷一，文学古籍刊行社 1957 年版，第 10 页。
④ （三国魏）曹植著，赵幼文校注：《曹植集校注》，中华书局 2016 年版，第 382 页。

当与之相应"①。这篇骚体赋以华丽的文辞构化了主人公的自我形象，不仅写出世俗蒙昧、邦国未静的状况，并且以象征手法凸显主人公高洁的志趣，如"寻湘汉之长流，采芳岸之灵芝。遇游女于水裔，采菱华而结词"②，分别以灵芝、菱华为喻，表现自己的追求和志向。

第四类，咏物叙情，作品如《芙蓉赋》《迷迭香赋》《鹦鹉赋》《白鹤赋》《蝙蝠赋》《车渠碗赋》《九华扇赋》《感婚赋》《愍志赋》《静思赋》《洛神赋》等。既有描摹物品及物体之作，也有以女性形象为主抒发个人情感的内容。

曹植的咏物赋包括器物、植物、动物之类。其中有一部分作品产生于前期游宴之时，如《车渠碗赋》《迷迭香赋》《九华扇赋》《宝刀赋》等，这类作品大多是建安文人共游、同题共作时的产物。从创作特点来看，主要以客观铺陈事物为多，极尽能事，描摹器物的形状，语辞华美，夸丽风骇。曹植的咏物赋中有植物一类，如《橘赋》《槐赋》《芙蓉赋》也是重在描摹，不仅写出植物的材质特征，如《橘赋》："有朱橘之珍树，于鹑火之遐乡"③，而且也述其功用，如《芙蓉赋》："览百卉之英茂，无斯华之独灵！结修根于重壤，泛清流而擢茎。"④ 这些辞赋多创作于曹植的人生前期，如其《前录自序》中言，多为习作，铺陈夸张，缺乏主观情感的抒发。

曹植的咏物赋中，动物一类数量较多，并且多创作于后期，如《鹦鹉赋》《蝉赋》《神龟赋》《离缴雁赋》《鹖赋》《白鹤赋》《蝙蝠赋》《鹞雀赋》等。在描摹物象的同时，曹植更多地是以物寄兴，咏物言志，增强了主观情感的抒发。这类作品非常明显有作者喜憎之情的流露，如称赞鹦鹉"美中州之令鸟，越众类而殊名"⑤，称誉蝉具有"清素"的特征，"声嗷嗷而弥厉兮，似贞士之介心"⑥。曹植

① （三国魏）曹植著，赵幼文校注：《曹植集校注》，中华书局2016年版，第778页。
② （三国魏）曹植著，赵幼文校注：《曹植集校注》，中华书局2016年版，第773页。
③ （三国魏）曹植著，赵幼文校注：《曹植集校注》，中华书局2016年版，第87页。
④ （三国魏）曹植著，赵幼文校注：《曹植集校注》，中华书局2016年版，第266页。
⑤ （三国魏）曹植著，赵幼文校注：《曹植集校注》，中华书局2016年版，第85页。
⑥ （三国魏）曹植著，赵幼文校注：《曹植集校注》，中华书局2016年版，第135页。

赞神龟曰："嗟神龟之奇物，体乾坤之自然"（《神龟赋》）①，又称誉大雁"寻淑类之殊异兮，禀上天之休祥"（《离缴雁赋》）②。他夸赞鹞为"美遐圻之伟鸟，生太行之岩阻"（《鹞赋》）③，称扬白鹤"嗟皓丽之素鸟兮，含奇气之淑祥"（《白鹤赋》）④，这些都是美誉之语。在憎恶之情的表达方面，曹植的《蝙蝠赋》可谓较集中的体现，如其斥责之语："吁何奸气！生兹蝙蝠。形殊性诡，每变常式。……不容毛群，斥逐羽族。下不蹈陆，上不冯木。"⑤ 清代学者丁晏评曰："嫉邪愤俗之词，末四句痛斥尤甚。"⑥ 由此可见，在曹植的这类辞赋当中，个人的情感色彩非常明显，这些作品的情感基调与曹植后期的遭际及心情息息相关。

曹植在辞赋中往往表现出一种忧谗畏讥之感，如《鹦鹉赋》"常戢心以怀惧，虽处安其若危"⑦，这是一种忧惧畏祸的心情。再如《白鹤赋》"共太息而祇惧兮，抑吞声而不扬"⑧，《蝉赋》"恐余身之惊骇兮，精曾晓而目连"⑨，《神龟赋》"惧沉泥之逢殆，赴芳莲以巢居"⑩，等，都是形容一种恐惧、压抑的心理状态。这些内容正是曹植内心的真实体现。

另外，曹植还有描写女性形象及情感的辞赋作品，如《感婚赋》《愍志赋》《出妇赋》《静思赋》《叙愁赋》《洛神赋》等。这类辞赋抒情特色较为鲜明，哀伤愁怨，呈现出一种浓郁的悲情色彩。其悲伤者，或因佳偶不遇，如《感婚赋》的"悲良媒之不顾，惧欢媾之不成"⑪；

---

① （三国魏）曹植著，赵幼文校注：《曹植集校注》，中华书局2016年版，第141页。
② （三国魏）曹植著，赵幼文校注：《曹植集校注》，中华书局2016年版，第148页。
③ （三国魏）曹植著，赵幼文校注：《曹植集校注》，中华书局2016年版，第223页。
④ （三国魏）曹植著，赵幼文校注：《曹植集校注》，中华书局2016年版，第354页。
⑤ （三国魏）曹植著，赵幼文校注：《曹植集校注》，中华书局2016年版，第448页。
⑥ （清）丁晏纂，叶菊生校订：《曹集铨评》卷三，文学古籍刊行社1957年版，第31页。
⑦ （三国魏）曹植著，赵幼文校注：《曹植集校注》，中华书局2016年版，第85页。
⑧ （三国魏）曹植著，赵幼文校注：《曹植集校注》，中华书局2016年版，第354页。
⑨ （三国魏）曹植著，赵幼文校注：《曹植集校注》，中华书局2016年版，第135页。
⑩ （三国魏）曹植著，赵幼文校注：《曹植集校注》，中华书局2016年版，第141页。
⑪ （三国魏）曹植著，赵幼文校注：《曹植集校注》，中华书局2016年版，第46页。

或因生离死别，如《愍志赋》的"哀莫哀于永绝，悲莫悲于生离"①；或婚姻不如意，如《叙愁赋》的"荷印绶之令服，非陋才之所望。……扬罗袖而掩涕，起出户而彷徨"②；或因见弃而怨结，如《出妇赋》的"痛一旦而见弃，心忉忉以悲惊""恨无愆而见弃，悼君施之不终"③。曹植的辞赋名作《洛神赋》是一篇经典的抒情小赋作品，入选萧统《文选》"情"类，即抒情一类，描写细致，文笔生动，有关《洛神赋》，下面有专题另讲。

由上可见，曹植的辞赋内容丰富，形式多样，如其所说，质素如秋蓬，摛藻如春葩，体现出文与质的统一。他的辞赋既有汉代散体大赋体制的作品，如《七启》，又有骚体赋，如《娱宾赋》《感婚赋》《白鹤赋》《蝉赋》《九咏》，更多的是抒情小赋作品，数量众多，抒情浓郁。

曹植的辞赋富有自己独特的个性和特点，具体而言，突出表现为以下三点。

第一，曹植辞赋的思想变化。

班固《两都赋序》曰："赋者，古诗之流也。"④ 赋乃是古诗之支流，具有言志、讽谏的特点，传统汉赋注重卒章显志、曲终奏雅。汉魏以来，辞赋的发展趋于多变，从兴废继绝、润色鸿业的外向追求发展到抒发自我，即个人情感的表达，这些特点在曹植的辞赋当中都有明显体现。曹植深受儒家思想的影响，他的作品中时常有周公、孔子形象的出现，他们都是曹植的人生楷模。曹植的辞赋中，"仁"字多次出现，例如他的《登台赋》中有"扬仁化于宇内兮，尽肃恭于上京"⑤，《娱宾赋》中有"扬仁恩于白屋兮，逾周公之弃餐……听仁风以忘忧兮，美酒清而肴甘"⑥ 等，俱以"仁"字立意，

---

① （三国魏）曹植著，赵幼文校注：《曹植集校注》，中华书局2016年版，第48页。
② （三国魏）曹植著，赵幼文校注：《曹植集校注》，中华书局2016年版，第91页。
③ （三国魏）曹植著，赵幼文校注：《曹植集校注》，中华书局2016年版，第53页。
④ （梁）萧统编，（唐）李善注：《文选》，上海古籍出版社1986年版，第1页。
⑤ （三国魏）曹植著，赵幼文校注：《曹植集校注》，中华书局2016年版，第67页。
⑥ （三国魏）曹植著，赵幼文校注：《曹植集校注》，中华书局2016年版，第70页。

体现出儒家思想的教化色彩。这种思想随其后期境遇的变化而变化。在《感节赋》中，曹植描述自己曾"登高墉以永望，冀消日以忘忧"①，命运难控，身如飞蓬。其原因在于"亮吾志之不从，乃拊心以叹息""欲纵体而从之，哀余身之无翼"②。因为有志不骋，所以拊心叹息，他想纵飞于天空，苦于身无双翼。这种生活困苦、精神压抑的状态使曹植的思想逐渐由儒家向道家靠拢。如《髑髅说》中，他曾谈论生死："夫死之为言归也。归也者，归于道也。道也者，身以无形为主，故能与化推移。"③ 死亡，就是走向归宿。最终归于道，这是自然法则。人生最好的归宿，就是《髑髅说》中所说的"寥落冥漠，与道相拘。"④ 曹植说自己还要"弘道德以为宇，筑无怨以作藩"⑤，显然，这是曹植无奈的选择。这种思想变化不仅是他困厄的境遇所致，也是汉末文人由儒向道思想的转变特征。

第二，曹植辞赋的情调变化。

曹植的辞赋前后期的情调存在明显的变化。前期乐观积极，如《东征赋》中祝愿师旅"凭皇穹之灵佑兮，亮元勋之必举"⑥，表现出克敌必举的昂扬斗志。在描写春景时，他的眼中也是一片明媚和光明，于是"仲春之月，百卉丛生。姜姜蔼蔼，翠叶朱茎；竹林青葱，珍果含荣。……感气运之和顺，乐时泽之有成"⑦。写景色怡人，欢乐时生。随着时间的推移和环境、心态的变化，曹植的辞赋更多地趋于悲怨和哀伤。同样写春天，《节游赋》中，他着重描写"春风畅兮气通灵，草含干兮木交茎"⑧的状况，然而面对春景，《临观赋》中呈现的自己却是"乐时物之逸豫，悲予志之长违"⑨，他感觉

---

① （三国魏）曹植著，赵幼文校注：《曹植集校注》，中华书局 2016 年版，第 747 页。
② （三国魏）曹植著，赵幼文校注：《曹植集校注》，中华书局 2016 年版，第 747 页。
③ （三国魏）曹植著，赵幼文校注：《曹植集校注》，中华书局 2016 年版，第 778 页。
④ （三国魏）曹植著，赵幼文校注：《曹植集校注》，中华书局 2016 年版，第 779 页。
⑤ （三国魏）曹植著，赵幼文校注：《曹植集校注》，中华书局 2016 年版，第 359 页。
⑥ （三国魏）曹植著，赵幼文校注：《曹植集校注》，中华书局 2016 年版，第 94 页。
⑦ （三国魏）曹植著，赵幼文校注：《曹植集校注》，中华书局 2016 年版，第 270 页。
⑧ （三国魏）曹植著，赵幼文校注：《曹植集校注》，中华书局 2016 年版，第 752 页。
⑨ （三国魏）曹植著，赵幼文校注：《曹植集校注》，中华书局 2016 年版，第 752 页。

不到快乐，而是非常悲伤，因为长志未展，理想未骋。他描述自己的状态："进无路以效公，退无隐以营私。俯无林以游遁，仰无翼以翻飞。"① 以四个"无"字来描绘自己进退不能、无路可走的境况。如《感节赋》中，他描绘自己惊惧的心情："内纡曲而潜结，心怛惕以中惊。"② 在《玄畅赋》中，他表达了自己内心的怨愤之情："嗟所图之莫合，怅蕴结而延伫。"③ 才志不展，陷于桎梏，怅惘无尽，哀怨无穷。

第三，曹植辞赋的艺术变化。

作为"天才""绣虎"，曹植的辞赋作品华藻纷呈，丽采斐然，显示出卓著的语言驾驭能力。他很好地吸收了汉赋的表现手法，将之发扬光大，诸如铺陈、渲染、排比、比喻等，并且有所创新。他的辞赋富丽华美，词语精练，讲究对仗，音韵和谐，这些都有效地提高了辞赋的艺术表现力，达到情韵相生、文质统一的效果。这种艺术上的变化显示出曹植作为天才作家所具有的独特的文学创新能力。

作为汉魏抒情小赋的代表，在艺术表现上，曹植的作品有明显的"复"与"变"之特征。"复"指曹植对传统汉赋立意与手法的继承。如《七启》中虚构人物，采用主客问答形式，铺排渲染，描摹事物，最后曲终奏雅，推出结论，达到讽谏的目的。曹植的《九咏》以骚体形式表述世俗蒙昧、邦国未静的状况，其《九愁赋》取之于九体，深刻地表达屈原忠言而见黜、愁慊慊而继怀的心情。所谓"变"，主要指曹植的抒情小赋具有多种多样的艺术表现形式，具体如下。

其一，以物寄兴，借物抒情。曹植的咏物赋数量众多，以物言志，注重抒发自己的思想感情，他的创作有效地推动了抒情小赋的演进。如《白鹤赋》："恒窜伏以穷栖，独哀鸣而戢羽。冀天网之解

---

① （三国魏）曹植著，赵幼文校注：《曹植集校注》，中华书局 2016 年版，第 752 页。
② （三国魏）曹植著，赵幼文校注：《曹植集校注》，中华书局 2016 年版，第 747 页。
③ （三国魏）曹植著，赵幼文校注：《曹植集校注》，中华书局 2016 年版，第 359 页。

结，得奋翅而远游。"① 在曹植的笔下，白鹤是值得赞美的动物，它是洁羽的形象，但苦于无处栖身，所以伏窜哀鸣，希望天网可解，奋翅翱翔。

其二，辞藻华美，字句精练。曹植的辞赋语汇多样，华丽优美，有时会使用力量感、扩大感的词语，张力十足。如《游观赋》："从罴熊之武士，荷长戟而先驱。罢若云归，会如雾聚。车不及回，尘不获举。奋袂成风，挥汗如雨。"② 曹植不仅描绘了勇武的士兵荷戟驱驰的景象，而且写其归势如云雾之聚。在语言的处理上，他将六字句变换为四字句，节奏明快，更为突出将士们的气势。

其三，行文骈俪，对偶工致。如《髑髅说》中曹植谈到道之所在："是故洞于纤微之域，通于恍惚之庭，望之不见其象，听之不闻其声；挹之不冲，注之不盈，吹之不凋，嘘之不荣，激之不流，凝之不停。"③ 连用十个动词，着力描写"道"之无穷无尽，无所不在，其中，"域"与"庭"、"象"与"声"、"冲"与"盈"、"凋"与"荣"、"流"与"停"，这五组是词义相反的，而"庭""声""盈""荣""停"这五个字协韵，体现出对偶工整、声韵相谐的特点。

诚然，曹植的辞赋创作，前期所作具有丰富多样的内容，反映了他早期多姿多彩的生活和意气昂扬的精神状态。后期则重点抒发抑郁怨愤的情感，或写漂泊迁国，或写人生九愁，或以物喻人，或借景抒情，具有多样化的抒情形态。总之，曹植的辞赋创作，如其《前录自序》所说"所著繁多"④，题材内容丰富，情感表现多样，不仅全面地反映了他的现实生活与思想变化，而且借助于辞赋铺陈渲染的行文特点，也充分展现了他卓异的创作才能，金声玉振，可谓"巨擘"⑤！

---

① （三国魏）曹植著，赵幼文校注：《曹植集校注》，中华书局2016年版，第355页。
② （三国魏）曹植著，赵幼文校注：《曹植集校注》，中华书局2016年版，第98页。
③ （三国魏）曹植著，赵幼文校注：《曹植集校注》，中华书局2016年版，第779页。
④ （三国魏）曹植著，赵幼文校注：《曹植集校注》，中华书局2016年版，第646页。
⑤ （明）毛一公：《曹集考异》卷十一，河北师范学院中文系古典文学教研组编：《三曹资料汇编》，中华书局1980年版，第140页。

二　曹植的辞赋代表作《洛神赋》

一说起《洛神赋》，大家会想起东晋画家顾恺之的《洛神赋图》，美丽的洛神飘然而来，她明眸善睐，气若幽兰，凌波微步，光润玉颜。那"翩若惊鸿，婉若游龙"① 的身影嵌入了每一个读者的心中。洛神是谁？曹植为什么要写"人神相恋"的故事？从古至今，有关《洛神赋》的主旨一直争辩不止，迄无定论，可这并不影响她千百年来赢得无数人的倾倒和赞叹。赋中描述了一段奇异的"人神相恋"的故事，主人公执着追求，终因人神之道殊即人生悲感的意识驱动下，演绎出一场跌宕起伏的爱情故事。《洛神赋》写出了洛神之美，写出了人生不得已的哀愁，正是作者曹植心灵苦难和悲剧命运的形象折射。

（一）《洛神赋》的主旨

《洛神赋》是极具浪漫主义色彩的辞赋名篇，在汉魏六朝文学作品当中，她是一颗璀璨的明珠。曹植的《洛神赋》着力描写了君王与洛神的相遇以及彼此间的爱慕思恋，但由于人神道殊而不能结合，最后分手，留下了无尽的怅惘。有关《洛神赋》的主旨，千百年来学者们素有争议，概括起来，主要集中为三种观点。

第一种，感甄说，也就是爱情说。有学者认为，曹植《洛神赋》中的"洛神"指曹丕的妻子甄氏，言曹植与甄氏之间有恋情。这种说法被后来学者所否定，他们认为"洛神"并非甄氏，如宋人刘克庄认为，这是"好事者乃造甄后事以实之"②。明代王世贞、清代何焯、丁晏等人都反对感甄说。

第二种，寄心君王说，也就是政治说。有学者认为，曹植《洛神赋》是写给兄长曹丕的。《洛神赋》描写了人神相恋的故事，最终

① （三国魏）曹植著，赵幼文校注：《曹植集校注》，中华书局 2016 年版，第 420 页。
② （宋）刘克庄：《后村先生大全集》卷一百七十三，河北师范学院中文系古典文学教研组编：《三曹资料汇编》，中华书局 1980 年版，第 116 页。

君王与洛神分道扬镳，这种结局正是曹氏兄弟君臣关系的体现。比如清人何焯认为，《洛神赋》的创作是因为"（曹）植既不得于君，因济洛川作为此赋，托词宓妃以寄心文帝，其亦屈子之志也"①，潘德舆认为"《洛神》一赋，亦纯是爱君恋阙之词"② 等，这些观点都认为《洛神赋》乃是曹植政治情怀的寄托。

第三种，理想说。有学者认为，曹植前期理想高扬，后期备受压抑，所以借男女爱恋来比喻自己对理想的追求，表达了从希望到失望的幻灭过程。这场跌宕起伏的爱情悲剧正是曹植心灵苦难和悲剧命运的形象折射。持此论者主要是现代学者，如张亚新、张文勋等。

如何把握《洛神赋》的主题呢？当然还是要临其境、还其情，要结合作品的产生背景把握作者的创作心态。黄初二年至黄初三年（221—222），正是曹植备受曹丕频频迫害之际，他心情沉重，非常悲伤。所以，借人神相恋的故事描绘自己的心路历程。总之，对《洛神赋》的考察，我们都要从文本分析做起。

（二）《洛神赋》的内容

《洛神赋》分为小序和正文两部分。我们来看小序：

> 黄初三年，余朝京师，还济洛川。古人有言，斯水之神名曰宓妃。感宋玉对楚王说神女之事，遂作斯赋。③

据此而言，《洛神赋》创作于魏文帝黄初三年（222 年），乃是曹植从洛阳回鄄城，途中经过洛水，"感宋玉对楚王说神女之事"而作。当时的曹植被监国使者奏以"醉酒悖慢，劫胁使者"诬陷，在洛阳受审问罪，贬为安乡侯，后改封鄄城侯，再立为鄄城王④。接二

---

① （清）何焯著，崔高维点校：《义门读书记》第四十五卷，中华书局 1987 年版，第 883 页。
② （清）潘德舆：《养一斋诗话》卷二，河北师范学院中文系古典文学教研组编：《三曹资料汇编》，中华书局 1980 年版，第 218 页。
③ （三国魏）曹植著，赵幼文校注：《曹植集校注》，中华书局 2016 年版，第 419 页。
④ （晋）陈寿撰，（南朝宋）裴松之注：《三国志》卷十九，中华书局 1982 年版，第 561 页。

连三的沉重打击，其心情之抑郁与苦闷可想而知。

《洛神赋》的正文共分为六段，其文如下：

余从京域，言归东藩，背伊阙，越轘辕，经通谷，陵景山。日既西倾，车殆马烦。尔乃税驾乎蘅皋，秣驷乎芝田，容与乎阳林，流眄乎洛川。于是精移神骇，忽焉思散，俯则未察，仰以殊观。睹一丽人，于岩之畔。乃援御者而告之曰："尔有觌于彼者乎？彼何人斯，若此之艳也！"御者对曰："臣闻河洛之神，名曰宓妃。然则君王之所见也，无乃是乎！其状若何？臣愿闻之。"

余告之曰：其形也，翩若惊鸿，婉若游龙。荣曜秋菊，华茂春松。仿佛兮若轻云之蔽月，飘飖兮若流风之回雪。远而望之，皎若太阳升朝霞，迫而察之，灼若芙蕖出渌波。秾纤得衷，修短合度。肩若削成，腰如约素。延颈秀项，皓质呈露。芳泽无加，铅华弗御。云髻峨峨，修眉连娟。丹唇外朗，皓齿内鲜。明眸善睐，靥辅承权。瑰姿艳逸，仪静体闲。柔情绰态，媚于语言。奇服旷世，骨像应图。披罗衣之璀粲兮，珥瑶碧之华琚。戴金翠之首饰，缀明珠以耀躯。践远游之文履，曳雾绡之轻裾。微幽兰之芳蔼兮，步踟蹰于山隅。于是忽焉纵体，以遨以嬉。左倚采旄，右荫桂旗。攘皓腕于神浒兮，采湍濑之玄芝。

余情悦其淑美兮，心振荡而不怡。无良媒以接欢兮，托微波而通辞。愿诚素之先达兮，解玉佩以要之。嗟佳人之信修兮，羌习礼而明诗。抗琼珶以和予兮，指潜渊而为期。执眷眷之款实兮，惧斯灵之我欺！感交甫之弃言兮，怅犹豫而狐疑。收和颜而静志兮，申礼防以自持。

于是洛灵感焉，徙倚彷徨，神光离合，乍阴乍阳。竦轻躯以鹤立，若将飞而未翔。践椒涂之郁烈，步蘅薄而流芳。超长吟以永慕兮，声哀厉而弥长。尔乃众灵杂遝，命俦啸侣，或戏清流，或翔神渚，或采明珠，或拾翠羽。从南湘之二妃，携汉滨之游女。叹匏瓜之无匹兮，咏牵牛之独处。扬轻袿之猗靡兮，翳修袖以延伫。体迅飞凫，飘忽若神。陵波微步，罗袜生尘。动无常则，若危若安；进止难期，若往若还。转眄流精，光润玉颜。含辞未吐，气若幽兰。华容婀娜，令我忘餐。

于是屏翳收风，川后静波，冯夷鸣鼓，女娲清歌。腾文鱼以警乘，鸣玉鸾以偕逝。六龙俨其齐首，载云车之容裔。鲸鲵踊而夹毂，水禽翔而为卫。于是越北沚，过南冈，纡素领，回清扬。动朱唇以徐言，陈交接之大纲。恨人神之道殊兮，怨盛年之莫当。抗罗袂以掩涕兮，泪流襟之浪浪。悼良会之永绝兮，哀一逝而异乡。无微情以效爱兮，献江南之明珰。虽潜处于太阴，长寄心于君王。忽不悟其所舍，怅神宵而蔽光。

于是背下陵高，足往心留。遗情想像，顾望怀愁。冀灵体之复形，御轻舟而上溯。浮长川而忘返，思绵绵而增慕。夜耿耿而不寐，沾繁霜而至曙。命仆夫而就驾，吾将归乎东路。揽騑辔以抗策，怅盘桓而不能去。①

第一段写君王与洛神的初遇。君王从洛阳东归，在洛水之滨看到洛神伫立于山崖，惊叹她"若此之艳"，竟如此之美。君王与御者的对话进一步将洛神的存在由虚向实推进。那么，洛神之美是什么样的呢？

第二段描写洛神的风姿。她的身影翩然若惊飞的鸿雁，婉然若游动的蛟龙。容光焕发如秋日的菊花，体态丰茂如春风中的青松。她时隐时现，就像轻云笼月，她浮动飘忽，就好比回风旋起了白雪。远而望之，明洁如朝霞中升起的旭日，近而视之，鲜丽如绿波中绽放的荷花。总之，洛神集中了所有的女性之美，她不仅外貌绝美，而且举止娴静，非常令人向往。作者以铺陈与夸张的手法集中描绘

---

① （三国魏）曹植著，赵幼文校注：《曹植集校注》，中华书局2016年版，第419—421页。

了洛神的"艳逸"和"仪静"。

第三段写君王对洛神的钦慕。他以玉佩为信物表达了自己的爱慕之意。洛神赠以琼琚作为报答，并请他到深渊相会，两人均是动之以情，止乎于礼。"嗟佳人之信修兮，羌习礼而明诗""收和颜而静志兮，申礼防以自持"，洛神对君王动之以心，处处守之以礼，乃是一种娴静而美好的仪态。

第四段写洛神的神韵。洛神轻捷如飞凫，飘忽不定。她在水波上行走，罗袜溅水如尘。话未出口，却已气香如兰，她的神韵令人忘餐。洛神有感于君王之挚诚，所以心有所动，于是"神光离合，乍阴乍阳"。那么，人神相恋最终的结局是什么呢？

第五段写君王与洛神的分别。因为人神异途，所以君王与洛神不得不依依惜别。良会永绝，此后各处异乡。洛神说，即使身处太阴，也会时时怀念君王。遂神光消隐，只留下君王一人感受无尽的惆怅。

第六段写君王的顾望。洛神既去，而君王却依然站在水边，烟波渺渺，长夜漫漫，情意悠悠，思绪绵绵。君王怅然若失，实在不忍离去。

曹植以绚丽之笔描写了人神相恋的故事，想象丰富，描写细腻。洛神是完美的象征，或许，这完美可望而不可即。洛神可以是某个人，可以是爱情，可以是事业，可以是理想。人生在世，谁不是向着美好的理想前行，但是，谁不曾遇到过失意和失望？曹植在《洛神赋》中表现出的爱而不得的苦闷哀愁，那种言有尽而意无穷的悲怨怅惘，正是此赋作为经典最震撼人心的地方。

（三）《洛神赋》的艺术特色

曹植的《洛神赋》乃是建安辞赋中的经典作品，不仅有详尽的叙事、曲折的情节，而且还有人物的对话和情态的表达，结构完整，哀艳动人。这篇赋以丽辞铺陈，抒发了作者内心的情绪感受，尤其是对洛神的形象塑造以及幻境的描写，渲染出一种浓重的哀愁气氛。从艺术上看，《洛神赋》最突出的特征，那就是"美"。这种美主要表现在以下三个方面。

其一，形象之美。

在《洛神赋》中，曹植集中描写了"若此之艳"的洛神，如其情态之美："其形也，翩若惊鸿，婉若游龙。荣曜秋菊，华茂春松。仿佛兮若轻云之蔽月，飘飖兮若流风之回雪。远而望之，皎若太阳升朝霞，迫而察之，灼若芙蕖出渌波。"形象鲜明，色彩艳丽，令人目不暇接，它将洛神的绝艳至美突出地展现于人们面前，体现出"词采华茂"的艺术特征。曹植还描写了洛神的动态之美，如"体迅飞凫，飘忽若神。陵波微步，罗袜生尘。动无常则，若危若安；进止难期，若往若还。转眄流精，光润玉颜。含辞未吐，气若幽兰"。作者以排比、对仗等方法进行传神的描写和刻画，兼之与比喻、烘托共用，语言整饬凝练，生动优美。

其二，悲情之美。

《洛神赋》寓言写志，通过人神相恋的悲剧故事表现了作者真挚、哀伤与复杂的思想情绪，具有很强的抒情性。无论君王还是洛神都体现出了"盛年莫当"的愁怨，整篇氛围笼罩在一种浓重的感伤情绪中。君王是"余情悦其淑美兮，心振荡而不怡"，洛神是"超长吟以永慕兮，声哀厉而弥长"。两情虽然相悦，但终因"人神之道殊"，落得"悼良会之永绝兮，哀一逝而异乡"的结局。全赋当中两次出现"哀"字，"声哀厉而弥长""哀一逝而异乡"，三次出现"怅"字，"怅犹豫而狐疑""怅神宵而蔽光""怅盘桓而不能去"，以及"掩涕""泪流""怀愁""恨""怨"等字词，都渗透着一种悲伤凄美之情。中国古代文论中素有"以悲为美"之说，《洛神赋》蕴含的悲伤情绪正符合这一审美范畴，令人惋惜怅惘，冥思遐想。

其三，意境之美。

虽然曹植的《洛神赋》借鉴了宋玉的《神女赋》，但在艺术上有所创新。曹植充分发挥读者的想象和联想的心理特点，把神话人物引入作品，虚实相生，创造了一种富有象征性的艺术世界，具有可望而不可即的朦胧之美。洛神之美时而具体可依，时而飘忽不定，她的美只有在想象中才能把握。君王的爱慕之情时而款款，时而矜持，这种矛盾的心情也跃然于纸上。形象与情感并行，追求与失望交织，加上曹植丰富而华茂的文辞表达，使全赋呈现出一种独特的意境之美。王世贞曾论《洛神赋》，他说："其妙处在意而不在象。"① 说明此赋的高妙之处不是华丽的辞藻、美丽的形象，而是不可言传的意会与深厚的情蕴。这种意境之美，正如张文勋先生所言："在朦胧中现光彩，华美中见忧郁，宛若镜中之像，水中之月，莹彻玲珑，不可凑泊，启人神思，发人深省。"② 最终，如赋中描写，洛神的美丽形象消失在苍茫的暮色之中，而君王却依然站在水边，恍然若失。烟波渺渺，长夜漫漫，情意悠悠，思绪绵绵。这些动人的描写具有一种勾魂摄魄的力量，它把洛神的形象在人们心中勾勒、烘托得更加突出、更加完美。

有关《洛神赋》的思想和艺术成就，前人都给予了极高的评价。曹植此赋既有浓厚的抒情成分，同时又有对女性美的精妙刻画，形式多样，风格隽永，为以前的作品所不及。《洛神赋》的成功在于有动人的情致，也在于曹植几乎用尽他的"八斗之才"，创造了一个虚实相间、迷离幽眇的意境，刻画出美妙动人的艺术形象。轻灵的笔致、巧妙的比喻、绚丽的文辞和流美的音节，使人叹为观止。

很明显，曹植的《洛神赋》源于宋玉而又超越了宋玉，它情节完整，手法多变，语言生动，华丽优美。前人如南朝文学家沈约曾说："以《洛神》比陈思他赋，有似异手之作，故知天机启，则律吕自调。"③ 他认为《洛神赋》非常特异，曹植创作时，定是天机开启，是上天给的创作灵感，所以才能写出如此精美之作。《洛神赋》美轮美奂，影响深远，东晋画家顾恺之和书法家王献之都曾将《洛

---

① （明）王世贞著，陈洁栋、周明初批注：《艺苑卮言》卷二，凤凰出版社2009年版，第32页。

② 张文勋：《苦闷的象征——〈洛神赋〉新议》，《社会科学战线》1985年第1期。

③ （南朝梁）萧子显撰：《南齐书》卷五十二《陆厥传》，中华书局1972年版，第900页。

神赋》的神采形之于笔墨。后人咏叹《洛神赋》的作品众多，如李商隐《东阿王》诗："君王不得为天子，半为当时赋洛神。"① 张若需《题陈思王墓》诗："白马诗篇悲逐客，惊鸿词赋比湘君"② 等等。直至当代，《洛神赋》依然是一些影视剧、舞蹈剧的重要素材，同时也是学界研究的热点。可见它的魅力跨越千年，经久不衰！

第四节　曹植的散文创作

曹植文高名著，不仅擅长写诗和辞赋，而且在散文方面也卓有成就。刘勰在《文心雕龙·指瑕》中曾说："陈思之文，群才之俊也"③，他认为在建安文人当中，陈思王曹植的散文堪称第一人。曹植的散文共有 70 多篇，依文体而论，主要有章、表、书、论、令、文、序、赞、说等，其中以书和表最负盛名。书，指曹植的书信。表，指曹植写给帝王的奏表。在这里，我们主要是介绍他的书表。

一　曹植的书信

在曹植的创作前期，有两篇著名的书信《与杨德祖书》和《与吴季重书》，均被萧统收入《文选》。其中，传扬最广的是曹植写给好友杨修的《与杨德祖书》④。这封信作于建安二十一年（216），是曹植整理自己的辞赋作品，并送给杨修阅览时附寄的一封信，同时也是一篇重要的文论文章。在这篇文章中，曹植全面阐述了他个人的文学观和批评论，并结合自身实际来抒发人生理想和远大抱负。

---

① （唐）李商隐著，（清）冯浩笺注，蒋凡点校：《玉溪生诗集笺注》，上海古籍出版社1998 年版，第 629 页。

② （清）潘德舆：《养一斋诗话》卷二，河北师范学院中文系古典文学教研组编：《三曹资料汇编》，中华书局 1980 年版，第 218 页。

③ （南朝梁）刘勰著，范文澜注：《文心雕龙注》卷九，人民文学出版社 1958 年版，第637 页。

④ （三国魏）曹植著，赵幼文校注：《曹植集校注》，中华书局 2016 年版，第 226—228 页。

其内容主要包括以下几点。

第一，评论邺下文人。其言：

> 昔仲宣独步于汉南；孔璋鹰扬于河朔；伟长擅名于青土；
> 公干振藻于海隅；德琏发迹于北魏；足下高视于上京。当此之
> 时，人人自谓握灵蛇之珠，家家自谓抱荆山之玉。吾王于是设
> 天网以该之，顿八纮以掩之，今悉集兹国矣！

曹植在此提到了建安文人中的王粲、陈琳、徐干、刘桢等，说
他们文采出众，聚于邺城，如宝珠和美玉一样，集于魏王曹操所设
的天网之下。这个比喻非常贴切，气象也很宏大。当时的邺城真可
谓云蒸霞蔚，人才腾涌。

第二，强调文学批评。如：

> 世人之著述不能无病，仆常好人讥弹其文，有不善者，应
> 时改定。……人各有好尚，兰茞荪蕙之芳，众人所好，而海畔
> 有逐臭之夫；《咸池》《六茎》之发，众人所共乐，而墨翟有非
> 之之论，岂可同哉！

曹植指出，创作者为文"不能无病"，每个人写文章都无法做到
最好。所以，作者应该虚心听取别人的意见，勇于和别人交流，这
样更有利于文章臻于完美。曹植认为，每个人的兴趣、爱好存在不
同，所以不能单凭自己的好恶妄论别人的文章。这些观点客观而中
肯，对于我们今天的创作也有借鉴意义。

第三，畅谈理想抱负。如：

> 吾虽薄德，位为藩侯，犹庶几勠力上国，流惠下民，建永
> 世之业，流金石之功，岂徒以翰墨为勋绩，辞赋为君子哉！若
> 吾志未果，吾道不行，则将采史官之实录，辩时俗之得失，定

　　仁义之衷，成一家之言。

　　曹植深受儒家思想影响，他的理想切盼进则兼济天下，造福百姓；退则著书立说，立言不朽，表现出一位青年王侯非凡的抱负和高度自信的个性。他认为文学创作不值得夸耀，只有政治理想难以实现的情况下，他才会选择做一名文人，写"一家之言"而"定仁义之衷"。

　　曹植纵谈当时文坛得失和个人抱负，情感充沛，文笔流畅。全文气势昂扬，风格雄健，文采熠熠，骈散兼行，处处流露出朋友之间真挚的感情。曹植早年积极奋进、渴望建功立业的人生理想在文章中得到了充分体现，故明代学者胡应麟说："（每读）陈思《与德祖书》，未尝不唏嘘太息。想见风流好尚如斯。江河百代，岂偶然哉！"① 读此书信，胡氏非常感叹，想着建安文人对崇高理想的追求，这种精神影响像长江黄河一样万古流传，难道是偶然的吗？可见，曹植这番积极用世的热情多么令人感动！

　　曹植的另一封重要书信《与吴季重书》是写给吴质的。吴质为曹丕的重要谋臣，多有才略。据《文选》题下李善注引《典略》曰："（吴）质出为朝歌长，临淄侯与质书。"② 曹植在信中回顾与吴质游宴快饮的场景，集中反映了当时文人优裕的生活和豪放的性格。曹植的另外两篇书信《与陈琳书》《与司马仲达书》均已残佚。

二　曹植的奏表

　　在曹植的散文创作中，奏表的成就最高。刘勰《文心雕龙·章表》曾言："陈思之表，独冠群才。"③ 他认为曹植的奏表成就卓异，

---

① （明）胡应麟撰：《诗薮》外编卷一，上海古籍出版社 1979 年版，第 140 页。
② （梁）萧统撰，（唐）李善注：《文选》，上海古籍出版社 1986 年版，第 1905 页。
③ （南朝梁）刘勰著，范文澜注：《文心雕龙注》卷五，人民文学出版社 1958 年版，第 407 页。

超过众人。曹植的奏表今存 33 篇，多作于曹丕称帝以后。这些奏表内容很广泛，有庆贺谢恩，有献颂谢罪，有劝谏之作，也有自荐之章。其中，最有代表性的有五篇：《陈审举表》《求通亲亲表》《谏伐辽东表》《求自试表》，均为太和年间所作。在这些奏表中，曹植不仅详细分析当时的政治状况，而且表达了自己的意愿，即为国为民效力的决心。重点文章是曹植的散文名篇《求自试表》。

曹植的奏表数量较多，这与他身为王侯需要向上陈情奏事频繁有关。有关奏表，《文选》卷三十七表上李善注曰："表者，明也，标也。如物之标表。言标著事序，使之明白，以晓主上，得尽其忠，曰表。"① 曹丕在位，对曹植多有压迫，故而曹植的表文多是请罪谢恩和表白尽忠之心等内容，有时甚至将大量曹操赏赐的物品上交朝廷，目的就是表示自己对皇位没有非分之想。据《三国志·曹植传》记载："黄初二年，监国谒者灌均希指，奏'植醉酒悖慢，劫胁使者'。有司请治罪，帝以太后故，贬爵安乡侯。"② 曹丕责令曹植悔过。在曹丕执政年间，曹植几乎处于时时被打击与被迫害的境地。魏明帝曹叡即位后，曹植对其期望很大，他积极用世的激情不止一次地在上表里显现，给人留下了深刻印象。但是，曹叡在政治上依然对曹植采取严加防范、不予任用的态度，使曹植长久处在受压制的环境中。

魏明帝太和二年（228），曹植进呈《求自试表》③。陈寿《三国志》记载："太和二年，复还雍丘。植常自愤怨，抱利器而无所施，上疏求自试。"④ 这里，"抱利器而无所施"反映出曹植当时的心理感受，认为自己身负才能而无用武之地。曹叡即位之后，对藩王的政策略有改善。曹植重燃用世激情，希望自己能够有所堪用。全文

---

① （梁）萧统撰，（唐）李善注：《文选》，上海古籍出版社 1986 年版，第 1667 页。

② （晋）陈寿撰，（南朝宋）裴松之注：《三国志》卷十九，中华书局 1982 年版，第 561 页。

③ （三国魏）曹植著，赵幼文：《曹植集校注》，中华书局 2016 年版，第 550—553 页。

④ （晋）陈寿撰，（南朝宋）裴松之注：《三国志》卷十九，中华书局 1982 年版，第 565 页。

陈辞皆为至情之言，其内容主要包括以下几点。

第一，君臣关系。

曹植提出，"仁君不能畜无用之臣"，"君无虚授，臣无虚受"，君主不能养无用之臣，君主授予臣子一定的权力和地位，是为了让他为国效力，为君分忧。作为臣子，接受君主的恩赐，应该"功勤济国，辅主惠民"，而不能尸位素餐，碌碌无为。"夫君之宠臣，欲以除患兴利；臣之事君，必以杀身静乱，以功报主也。"身为藩王，曹植认为自己身居高位却无有作为，深感无功而自愧，其言：

> 今臣蒙国重恩，三世于今矣。正值陛下升平之际，沐浴圣泽，潜润德教，可谓厚幸矣！而窃位东藩，爵在上列，身被轻煖，口厌百味，目极华靡，耳倦丝竹者，爵重禄厚之所致也。退念古之受爵禄者，则异于此，皆以功勤济国，辅主惠民。今臣无德可述，无功可纪，若此终年，无益国朝，将挂风人彼己之讥。是以上惭玄冕，俯愧朱绂。

曹植有理想、有抱负，他身居藩王之位，总感到自己爵重禄厚，却无德可述，无功可纪，深感惭愧。他想立功立事来消除自己的思想负担，希望朝廷能够给予他立功自效的机会。在此基础上，他阐明了自己的忠臣之志。

第二，忠臣之志。

在曹植的心中，忠臣之志就是"忧国忘家，捐躯济难"，就是"自效于明时，立功于圣世"。臣子应当"欲逞其才力，输能于明君"，就是要施展才能，辅佐明君。曹植陈述了三国分裂的政治形势，明确表达了自己志在效命的决心，写下了非常精彩的一段话：

> 若使陛下出不世之诏，效臣锥刀之用，使得西属大将军，当一校之队；若东属大司马，统偏舟之任。必乘危蹈险，骋舟奋骊，突刃触锋，为士卒先。虽未能擒权馘亮，庶将虏其雄率，

歼其丑类。必效须臾之捷，以灭终身之愧，使名挂史笔，事列朝策。虽身分蜀境，首悬吴阙，犹生之年也。

曹植请求带兵出征，讨伐吴蜀，他斗志昂扬，英气勃发，这种英气与《白马篇》里的游侠儿颇为相似。这一段文气贯注、骨力遒劲、气势磅礴，所以杜甫在《追酬故高蜀州人日见寄》诗中赞曰"文章曹植波澜阔"[①]，认为曹植散文具有恢宏阔大的气势，《求自试表》就是最集中的体现。

第三，人生愿望。

曹植回顾了自己年少时跟从曹操南征北战的经历，曾"昔从先武皇帝，南极赤岸，东临沧海，西望玉门，北出玄塞，伏见所以行师用兵之势，可谓神妙也！"他年少时就跟从曹操行军，观摩学习，积累了一定的军事经验，想向古代的忠臣义士学习，可以"出一朝之命，以殉国家之难。身虽屠裂，而功勋著于景钟，名称垂于竹帛"，表达了自己想要一展才略、立功圣世的愿望。曹植不想禽息鸟视，过着"圈牢之养物"的日子，他不想微才弗试，做一个没世无闻、坐等白首的无用之人。他之所以写此表，目的就是为国献忠，做一位"与国分形同气，忧患共之"的"慷慨死难之臣"！

这是一种炽热的激情，又是一种含泪的热情！言辞恳切，一片丹诚，曹植将自己的报国激情表达得淋漓尽致，可惜曹叡并不为之所动，最终没有准许曹植的请求。这篇文章气扬采飞，明代学者徐伯虬称赞它乃是"建安之冠""古之遗声"[②]，但最终却成了未能付诸实践的名篇佳作。

曹植在《求自试表》中表现出的献身国家、立功立事的精神，包含有"疾没世而名不显"的个人扬名的因素，如其所云："常恐先朝

---

① （唐）杜甫著，萧涤非等校注：《杜甫全集校注》（一〇），人民文学出版社 2014 年版，第 5942 页。

② （明）徐伯虬：《曹子建集序》，河北师范学院中文系古典文学教研组编：《三曹资料汇编》，中华书局 1980 年版，第 139 页。

露，填沟壑，坟土未干，而声名并灭。"但结束分裂、实现统一是当时大势所趋。文中所言"庶立毛发之功，以报所受之恩""志欲自效于明时，立功于圣世"，充分表明了这篇文章的主旨。曹植意在得到朝廷的任用，完成为国效力、建功立业的夙愿。他在文中多次排比用典，盛赞古代的忠臣烈士，颂扬"杀身静乱""捐躯济难"的忠臣之志，意存君国，言辞恳切。但是出于利害，魏明帝曹叡并未准许曹植的请求，并于次年，反将其"徙封东阿"①。曹植所述丹诚，终成遗恨。其实，曹植一直希望自己的心声能够为人所理解，希望"或有赏音而识道也"。即便"是以敢冒其丑而献其忠，必知为朝士所笑"，也希望明帝能够"不以人废言"。章炳麟《国故论衡·论式》言："汉世表以陈情，与奏议异用，若《荐祢衡》《求自试》诸篇，文皆琛丽，炜晔可观。"②孔融的散文体气高妙，气扬采飞，章氏将《求自试表》与之并称，可见这两篇文章皆具有文气贯通、丽采纷呈的特点。

曹植的《陈审举表》明确提出朝廷应在曹魏宗室内发掘人才，表示反对朝廷所实行的"公族疏而异姓亲"③的极端政策，直陈当时曹魏政权有被"豪右"篡夺的危险。曹植的这些意见非常尖锐和直接，历史的发展完全证实了他的担心绝非杞人忧天。张溥曾言："思王之言不再世而验，然则《审举》诸文，固魏宗之磐石也。"④他充分肯定了曹植的政治判断力，认为其对事情的发展判断准确，乃是魏国宗室的基石。曹植的《求通亲亲表》首先陈述古代圣君都是先亲后疏，广封懿亲以藩屏王室。继之揭露当时诸侯王之间不得往来交通、骨肉之间生离等于死别的反常现象，对朝廷隔离、迫害藩王的政策提出批评，进而痛陈这种残酷的现象给自己精神上带来的极大痛苦。全文的主旨是盼望返回京城，参与朝政，造福人民。《谏伐辽东表》一文针对性

① （晋）陈寿撰，（南朝宋）裴松之注：《三国志》卷十九，中华书局1982年版，第569页。

② 章炳麟：《国故论衡》，商务印书馆2017年版，第121页。

③ （三国魏）曹植著，赵幼文校注：《曹植集校注》，中华书局2016年版，第664页。

④ （明）张溥著，殷孟伦注：《汉魏六朝百三家集题辞注》，中华书局2007年版，第71页。

较强，曹植对国家的政治状况、军事态势把握透彻，分析精辟，反映了儒家的治国以礼和民本思想，行文有战国纵横家之风，雄辩严密。

除此之外，曹植的文章还有论说之类，内容丰富，生动感人，不仅为我们提供了了解当时政治经济风俗人情的窗口，而且在艺术表现上也独具一格。曹丕曾在《典论·论文》中提出"文以气为主"①的观点，认为由于个性的不同，作家在创作方面也会呈现出不同的特征，曹植的散文创作正体现了这一点。简而言之，曹植的散文具有如下特征。其一，通脱灵活。曹植的散文涉及十几种文体类别，题材丰富，语势多变，非常生动和灵活。其二，抒情强烈。无论抒发报国豪情还是表现沉郁情愁，曹植的散文均具有一种浓郁的抒情色彩，有豪情，有激情，有悲情，亦有愁情。其三，手法多样。曹植运用多种修辞手法，有些比喻非常具有想象力，形式多样。有时运用排比句式，风格雄深刚健；有时用典严密，文辞典雅含蓄。其四，清丽流畅。曹植的散文气势充沛，骈散相兼，对偶工整，但又不失自然。他既可以以简洁之笔描绘社会面貌，又可运用寓言故事进行说理，抒情浓郁，生动形象。

东晋李充《翰林论》言："表，宜以远大为本，不以华藻为先。若子建之表，可谓成文矣。"②曹植的奏表多从现实角度出发来设论，个中观点切中肯綮，体现出他对时局的宏观把握和正确认知，文势起伏，句式灵活。其创作风格正如徐伯虬《曹子建集序》所言："宛而不险，质而不靡，蓄而不虚，节而不巧，幽愤而有余悲，其可谓古之遗声也已。"③可见，曹植的文章质实而不靡丽，情感充沛，悲怨动人。总之，曹植的散文内容丰富，抒情强烈，具有富丽、遒丽、清丽风格共存的特征。辞藻华美，文采富艳，故曰富丽；气骨苍然，

---

① 夏传才、唐绍忠：《曹丕集校注》，河北教育出版社 2013 年版，第 235 页。

② （清）严可均辑：《全上古三代秦汉三国六朝文·全晋文》卷五十三，中华书局 1958 年版，第 1767 页。

③ （明）徐伯虬：《曹子建集序》，河北师范学院中文系古典文学教研组编：《三曹资料汇编》，中华书局 1980 年版，第 139 页。

豪放遒逸，故曰遒丽；对偶整齐，声韵和谐，故曰清丽。隋代学者王通说："思王也，其文深以典。"① 观之曹植的散文创作，意蕴深厚，文辞典雅，的确如此。

第五节 曹植的文学贡献

曹植是中国文学史上的杰出作家，他的作品抒发个人情怀，反映建安社会面貌，在艺术上表现出极大的创造性。作为"建安之杰"，曹植做出了非常大的贡献。所谓"立言之不朽"，曹植真的做到了，他的"不朽"正是建立在所取得的卓越的文学成就上。曹植的文学贡献主要表现在以下五个方面。

一 拓展了文学的创作题材

曹植的诗文充满积极向上的"慷慨"之音，不但真实地反映社会现实，而且生动地表现自身的政治抱负和对建功立业的向往。他的作品取材十分广泛，无论是家国情怀还是个人抒怀，无论顺境时的豪情勃发还是逆境时的哀叹悲吟，都是个人生活的真实写照。他使文学成为表述自我、抒发情怀的重要媒介，具有叙事、抒情、说理、议论等功能，逐步走向自觉发展的道路。曹植的创作不仅有"质"的内容，而且还有"文"的体现，他的创作个性表现得如此充分、鲜明、强烈，在屈原之后，确实非常罕见。

二 推动了文人诗的雅化

作为建安时期最优秀的诗人，曹植是中国文学史上第一位大力

---

① （隋）王通：《文中子》卷三，河北师范学院中文系古典文学教研组编：《三曹资料汇编》，中华书局1980年版，第102页。

创作五言诗的诗人，达到了很高的艺术水平。从他的作品中可以清楚地看到，中古五言诗从民间乐府转向文人诗、由叙事为主转为抒情为主，并带有作家鲜明个性特征的变化趋势。曹植对汉乐府诗多有改造，或用旧题写时事，或自创新题，展现出不同的创作风貌，形成鲜明而独特的艺术风格。曹植是继曹操与曹丕之后进一步推动文人诗雅化的实践者。学者黄侃曾言："详建安五言，毗于乐府，魏武诸作，慷慨苍凉，所以收束汉音，振发魏响。文帝弟兄所撰乐府最多，虽体有所因，而词贵独创，声不变古，而采自己舒。"① 可见，曹植的创作贵于新创，他是开辟中国古典诗歌新风貌的诗人，对魏晋南北朝乃至唐代诗人都有直接影响。

三　深化了文学的抒情特质

曹植的诗既有"缘事而发"的叙事诗，又有表达个人情怀的抒情诗，诗可言志，诗亦抒情。在曹植的笔下，不同文体的抒情、不同方式的抒情都有展现，体现出他作为一代文宗所具有的超能力。纵向来看，在文学趋于自觉发展的建安时期，作家的视野由外在的纪实性描写进而转向对内心的观照，文学的抒情特质得到了充分展现。曹植的诗既有豪情、激情，亦有悲情、哀吟；他的辞赋继承与发展了抒情小赋的特点，铸就了《洛神赋》这样的经典；他的散文有理想之高扬，也有失志之无奈，有困窘之境的抗争，也有指点江山、表达政见的不懈与不怠。总之，在这样一位优秀的"仙才"手里，文学的抒情特质得到了深化，之后的六朝文人如阮籍、陆机、谢灵运等，无不循此而行。

四　丰富了文学的表现技巧

钟嵘《诗品》曾说曹植"骨气奇高，词采华茂"②，体现出风

---

① 黄侃：《文心雕龙札记》，中国人民大学出版社 2012 年版，第 27 页。
② （南朝梁）钟嵘著，曹旭笺注：《诗品笺注》，人民文学出版社 2009 年版，第 56 页。

力与丹彩的统一。曹植的创作不仅有丰富充实的思想内容，而且还有多姿多彩的表现技巧。比如他很重视语言的修饰和锤炼，注意根据抒情的需要组织文辞，用富丽的文藻去表达思想内容，从而创造出情文并茂、文质相称的作品。曹植的创作逐渐由质朴趋向华美，描写更加细腻、精致，句式奇偶相对，错落有致，增强了跌宕跳跃的气势，于疏散自然中又富有整齐严密的特色，形成一种悲怆而流丽、沉郁而劲健的文学风格。这些特点正是文学自觉发展的审美追求。

五　构建了"建安风骨"的精神内涵

"建安风骨"主要指建安文人学习汉乐府民歌优秀的创作传统，注重反映社会现实，抒发情怀，所形成的一种质朴刚健、慷慨悲凉的风格。曹植的文学创作，尤其是诗歌创作很好地完成与实践了这一特征。他真实地表达自己的生存及心理状态，无论前期还是后期，无论处于人生的顺境还是逆境，他的作品中都表现出儒家的进取精神及自效明时、立功圣世的忠臣之志，这些都十分感人。命运的落差并没有消磨他的意志，而是借助于文学完成了真切而完美的表达，他真正做到了"以情纬文，以文被质"[1]，达到了情文相生、文质统一的艺术效果。

总之，在建安乃至整个中国古代文坛上，曹植是一位继承者，又是一位开创者；是一位推动者，又是一位实践者。他的身上体现了多种风格的统一，热情与悲伤共存，得意与失意兼容。有人钦慕他的才华，有人惋惜他的遭际。有人说他怯弱，有人却说他是以天下让，是仁且智者。千百年来，无数文人墨客对他给予同情，更是赞叹他出众的文学才华，如胡应麟称赞曹植"天才绝出"[2]"绝世无双"[3]，

---

① （梁）沈约：《宋书》卷六十七，中华书局 1974 年版，第 1778 页。
② （明）胡应麟撰：《诗薮》内编卷三，上海古籍出版社 1979 年版，第 43 页。
③ （明）胡应麟撰：《诗薮》续编卷一，上海古籍出版社 1979 年版，第 349 页。

张炎称誉曹植"殆诗家之隋珠,词林之和璧"①,把曹植誉为天才,把他比作隋侯之珠,和氏之璧。

刘勰曾将曹植与曹丕对比,他在《文心雕龙·才略》中说:"俗情抑扬,雷同一响。遂令文帝以位尊减才,思王以势窘益价,未为笃论也。"②他认为曹丕的文学成就也是令人瞩目的,只是因为他成了君王,所以减弱了世人对他的认可度,而曹植处境窘迫,失意哀伤,所以更容易引起后人的同情和共鸣。这是一个有争议的问题,难道曹植真的因为是失意王侯才引发后人的同情吗?通过以上分析可见,不单如此,曹植是以自己的真情实感而令后人动心,从而感受他含泪的热情,深刻的哀伤。在命运面前,曹植是无奈的,他是一个矛盾的结合体,他又是一位不忘初心、热情向前的勇士。当我们读他前后一以贯之的理想之歌,当他在诗文赋中一再表达自己愿意为国为民效力时,我们仿佛看到了中国传统儒学教育下的众多士子文人的风骨。前有屈原,忠君爱国;后有杜甫,忧国忧民。曹植那种高扬的斗志、壮志,对国家那种刻骨的热爱,那种为民请命而不辞辛苦的心情,何尝不是一种中国传统理想人格的真实体现呢?明代的李梦龙和张溥都曾以"泫然"泪下表达自己读曹植诗文时的心情,而千百年后的今天,当我们读他的作品,他的热忱,他的哀伤,那些优美隽永的词语,那种至诚至善的真情,谁又能不为之所感、不为之心动呢?这就是曹植的力量,经典的力量,文学的力量!

---

① (明)张炎:《曹集考异》卷十一,河北师范学院中文系古典文学教研组编:《三曹资料汇编》,中华书局1980年版,第143页。

② (南朝梁)刘勰著,范文澜注:《文心雕龙注》卷十,人民文学出版社1958年版,第700页。

第四章　孔融与杨修

孔融和杨修是建安文士中两个比较特殊的人物，不仅他们的家世背景相似，而且人生命运也十分相似，把他们放在一起观照和讨论，也许会别有一番意趣。

第一节　建安文士中的两个特殊人物

孔融和杨修最后都是被曹操所杀的，这在建安众多文士中是少有的例外，这例外本身就说明孔融和杨修与其他建安文人相比所具有的特殊性。当然，孔融和杨修的特殊性并不仅仅表现为他们两个人人生命运的相似，他们两个家族也具有许多特殊性。

一　曲阜孔氏、弘农杨氏俱为东汉政治高门和儒学世家

孔融（153—208）字文举，鲁国曲阜人。据《后汉书·孔融传》记载，他是孔子的二十世孙。其七世祖孔霸做过汉元帝的师傅，其高祖父孔尚曾官至钜鹿太守，他的父亲孔宙也曾担任过泰山都尉。从孔霸到孔融，孔氏家族"爵位相系，其卿相牧守五十三人，列侯七人"[①]。

[①] （南朝宋）范晔撰，（唐）李贤等注：《后汉书》卷六十九《孔昱传》，中华书局1965年版，第2213页。

由此可知，曲阜孔氏家族乃是东汉时期的政治高门，世代为官。

但孔氏家族并非以政治立身，而是以儒学为业的，儒学传承才是他们的家学，是他们光宗耀祖的族徽。孔子是孔氏家族儒学事业的开创者，也是我国文化史上儒家学派的创立者，对中国古代社会、政治、文化均产生了深远影响。司马迁在《史记·孔子世家》中言："孔子布衣，传十余世，学者宗之。自天子王侯，中国言六艺者折中于夫子，可谓至圣矣。"①孔融九世祖孔霸的祖父孔安国，汉武帝时曾任谏大夫，传《古文尚书》，司马迁就是从孔安国学习《尚书》的。之后，孔氏家族"世习《尚书》"，《尚书》成为孔氏家族的"家学"②。

杨修（175—219）字德祖，弘农华阴人。弘农华阴杨氏也是汉代以来的高门世族。据《后汉书·杨震传》记载，杨震的八世祖杨喜因追杀项羽有功，被汉高祖刘邦封为赤泉侯；杨震的高祖父杨敞是司马迁的女婿，汉昭帝时曾任丞相，封安平侯；杨震的父亲杨宝亦有高节，曾被汉光武帝"公车特征"。杨震就是杨修的高祖父，汉安帝时任司徒、太尉等职，明经博览，深通《欧阳尚书》，时人誉为"关西孔子"③；杨修的曾祖父杨秉，汉桓帝时任河南尹、太尉等职；杨修的祖父杨赐，少传家学，笃志博闻，汉灵帝时任司空、司徒、太尉等职；杨修的父亲杨彪，也是博习旧闻，少传家学，汉灵帝时官拜侍中、京兆尹、司空等职，汉献帝时任太常、太尉等职。范晔《后汉书·杨震传》说："自震至彪，四世太尉，德业相继，与袁氏俱为东京名族。"④李贤注引华峤《后汉书》评论说："东京杨氏、袁氏，累世宰相，为汉名族。然袁氏，车马衣服，极为奢僭；能守

---

① （汉）司马迁撰：《史记》卷四十七，中华书局1982年版，第1947页。

② （南朝宋）范晔撰，（唐）李贤等注：《后汉书》卷六十九，中华书局1965年版，第2214页。

③ （南朝宋）范晔撰，（唐）李贤等注：《后汉书》卷五十四，中华书局1965年版，第1759页。

④ （南朝宋）范晔撰，（唐）李贤等注：《后汉书》卷五十四，中华书局1965年版，第1790页。

家风，为世所贵，不及杨氏也。"① 由此可见，弘农杨氏在当时的地位声望之高。

孔融和杨修就出身于这样显赫的"东京名族"。这样的家族背景既赋予了他们先天的优越感，同时，也给他们平添了更多的政治文化色彩，这是孔融和杨修同其他建安文人相比颇不相同的地方。

二 曲阜孔氏与弘农杨氏关系密切，有通家之谊

曲阜孔氏和弘农杨氏不仅都是东汉以来的政治高门和儒学世家，而且两个家族关系也十分密切，具有通家之谊。

孔融第一次入仕即是应杨修的祖父、时任司徒的杨赐之辟，入司徒府为掾属，其耿直的性格深得杨赐的赏识。按照汉末士人的观念，孔融即杨赐的门生故吏，他们之间有上下级关系。可以说，孔氏与杨氏两族，在文化精神上，他们气血相通，情趣相投；在政治倾向上，他们惺惺相惜，互为援引，构成了一种特殊的文化——政治命运共同体。

正是因为他们两家有如此特殊的关系，所以，弘农杨氏和曲阜孔氏在许多方面都相互辅助和声援。如建安二年（197），曹操因袁术僭乱称帝之事，借口杨氏家族与袁术有姻亲关系，将杨修的父亲杨彪逮捕下狱。据《后汉书·杨震列传》记载，当时任将作大匠的孔融听说此事后，朝服都来不及穿，紧急去面见曹操，要求曹操释放杨彪。曹操以"国家之意"为借口推诿，不愿意释放杨彪。孔融就态度强硬地对曹操说："今天下缨緌搢绅所以瞻仰明公者，以公聪明仁智，辅相汉朝，举直措枉，致之雍熙也。今横杀无辜，则海内观听，谁不解体！孔融鲁国男子，明日便当拂衣而去，不复朝矣。"②

---

① （南朝宋）范晔撰，（唐）李贤等注：《后汉书》卷五十四，中华书局1965年版，第1790页。

② （南朝宋）范晔撰，（唐）李贤等注：《后汉书》卷五十四，中华书局1965年版，第1788页。

因为孔融在当时名气很大，属于士人的精神领袖，曹操还立足未稳，不便得罪孔融，最后不得已只好释放了杨彪。这是孔、杨两家政治上互为援引的典型事例。

孔融与杨修虽然年龄相差很大，但在当时他们几乎是齐名的。这从当时名士祢衡的态度和与他们的交际可以看出来。祢衡字正平，平原人，出身寒微，是一个具有特立独行个性的人，时人称为"狂生"。祢衡狂傲不羁，具有明显的自我觉醒意识，体现了汉末士人追求独立的人格。《后汉书·祢衡传》记载，他"少有才辩，而尚气刚傲，好矫时慢物"①，性情放荡不羁，曾多次当面侮辱曹操，搞得曹操非常难堪，下不了台。大家耳熟能详的"击鼓骂曹"的故事说的就是祢衡。尽管曹操对祢衡心存忌恨，但曹操不愿落下杀名士的骂名，就把他送给了荆州的刘表。祢衡到荆州刘表处后，依然是我行我素，不改初衷。刘表也容不得祢衡，就把他又转送给江夏太守黄祖。黄祖之子黄射时任章陵太守，非常欣赏祢衡的才华。有一次大会宾客，有人向黄射献了一只鹦鹉，黄射希望祢衡以鹦鹉为题写篇赋以娱乐宾客，祢衡"揽笔而作，文无加点，辞采甚丽"②，祢衡的才华令当时在场的人无不叹服。这篇《鹦鹉赋》后来被萧统收录在《文选》中，是汉魏咏物赋的名作。但祢衡在黄祖那里依旧是秉性不改，出言不逊，后因当面辱骂黄祖，黄祖忍无可忍，就把他杀了，去世时年仅26岁。值得注意的是，祢衡尽管性情狂傲，恃才傲物，不可一世，可他与孔融和杨修却非常友善，把祢衡举荐给曹操的正是孔融。《后汉书·祢衡传》记载：

> 是时许都新建，贤士大夫四方来集。或问衡曰："盍从陈长文、司马伯达乎？"对曰："吾焉能从屠沽儿耶！"又问："荀文

---

① （南朝宋）范晔撰，（唐）李贤等注：《后汉书》卷八十下，中华书局1965年版，第2652页。

② （南朝宋）范晔撰，（唐）李贤等注：《后汉书》卷八十下，中华书局1965年版，第2657页。

若、赵稚长云何?"衡曰:"文若可借面吊丧,稚长可使监厨请客。"唯善鲁国孔融及弘农杨修,常称曰:"大儿孔文举,小儿杨德祖。余子碌碌,莫足数也。"融亦深爱其才。①

陈长文即陈群,司马仲达即司马朗,荀文若即荀彧,都是当时的知名之士,也是曹操倚重的著名人物,但在祢衡眼里却一钱不值,极度轻视,可见祢衡之狂真是狂到家了。祢衡敢于肆无忌惮地辱骂和蔑视曹操、刘表、黄祖,在情感上友善孔融、杨修,恐怕不仅仅是因为看不起曹操的出身,佩服孔融、杨修他们两个人的才华,可能在他的内心深处,还隐含着对这两个儒学世家的尊重和偏爱。总之,祢衡的心态很值得我们去琢磨,但这也从另一方面说明,孔融与杨修在时人心目中的特殊性。

三 孔融和杨修的人生轨迹与命运十分相似

孔融和杨修两个人,在生活性格、处事风格上有很多不同,但他们两个人的人生轨迹和命运则十分相似。那就是,他们最初都亲附曹操,为曹操所倚重,最后却都被曹操杀害。在建安俊才云蒸的文士中,尽管也有因曹操的法网严苛受到惩戒的,如刘桢就曾经因平视曹丕甄夫人被罚去输作,但唯有孔融和杨修是被曹操亲自下令所杀的,这也算是他们人生命运与其他建安文人不同的又一特殊性吧。

第二节 孔融的个性命运

孔融虽被列为建安七子之一,但他却不是邺下文人集团的成员。孔融是以汉臣自居的。孔融的个性命运最值得注意的有以下四点。

---

① (南朝宋)范晔撰,(唐)李贤等注:《后汉书》卷八十下,中华书局1965年版,第2653页。

一 幼有异才，少年奇童

孔融最为大家所熟知的是他四岁让梨的故事。据《后汉书·孔融传》李贤注引《孔融家传》记载：

> 兄弟七人，融第六，幼有自然之性。年四岁时，每与诸兄共食梨，融辄引小者。大人问其故，答曰："我小儿，法当取小者。"由是宗族奇之。①

礼让之风是孔门倡导的做人的基本品德。这说明，作为孔门世传子弟，孔融自小即沐浴孔学精神，秉持孔门家风。

少年时代的孔融思维敏捷，巧于应对，即表现出卓尔不群的才华。《后汉书·孔融传》记载：

> 年十岁，随父诣京师。时河南尹李膺以简重自居，不妄接士宾客，敕外自非当世名人及与通家，皆不得白。融欲观其人，故造膺门。语门者曰："我是李君通家子弟。"门者言之。膺请融，问曰："高明祖父尝与仆有恩旧乎？"融曰："然。先君孔子与君先人李老君同德比义，而相师友，则融与君累世通家。"众坐莫不叹息。太中大夫陈炜后至，坐中以告炜。炜曰："夫人小而聪了，大未必奇。"融应声曰："观君所言，将不早惠乎？"膺大笑曰："高明必为伟器。"②

一个十岁的娃娃居然引经据典，巧妙应对，而且叙事得体，不

---

① （南朝宋）范晔撰，（唐）李贤等注：《后汉书》卷七十，中华书局1965年版，第2261页。
② （南朝宋）范晔撰，（唐）李贤等注：《后汉书》卷七十，中华书局1965年版，第2261页。

卑不亢，自然能深得李膺的叹服。《太平御览》卷463在引此事后又记曰：

> 膺大悦，引坐，谓曰："卿欲食乎？"融曰："须食。"膺曰："教卿为客之礼：主人问食，但让不须。"融曰："不然，教君为主之礼：但置于食，不须问客。"膺惭，乃叹曰："吾将老死，不见卿富贵也。"融曰："公殊未死。"膺曰："如何？"融曰："鸟之将死，其鸣也哀；人之将死，其言也善。向来公所言未有善也，故知未死。"膺甚奇之。①

由这两个故事可以看出，少年时代的孔融确实思维敏捷，巧于应答，灵活机变，聪明异常，同时，又可以发现，孔融自少即幽默诙谐，言语中不乏嘲戏。孔融后期生活中"杂以嘲戏"的性格，应该说与其少年秉性是一脉相承的。

二　清流士节，婞直个性

孔融的青少年时代是在东汉末年党锢清流名士最活跃的年代度过的。汉末清流士人面对现实政治的污浊不堪，他们"激素行以耻威权，立廉尚以振贵势，使天下之士奋迅感慨，波荡而从之"②，形成一种抗愤横议、裁量执政、危言深论、不隐豪强、崇尚名节、轻死重气、蕴义生风、鼓动流俗的婞直士风。孔融自青少年起即敬仰这些清流士人，清流士风也在孔融身上打下了深深的烙印，形成了他自己特有的婞直个性。据《后汉书·孔融传》记载，汉灵帝建宁二年（169），孔融十六岁。当时的清流名士张俭因得罪中常侍侯览被朝廷缉捕，张俭因与孔融兄长孔褒有旧，就投奔孔褒处避难。恰

---

① （宋）李昉等撰：《太平御览》，中华书局1960年版，第2129页。
② （南朝宋）范晔撰，（唐）李贤等注：《后汉书》卷六十七，中华书局1965年版，第2207页。

巧孔褒不在家，张俭看孔融年龄尚小，就没有将实情告诉他。孔融就对张俭说："兄虽在外，吾独不能为君主邪？"①　就把张俭藏了起来。后事情泄露，孔褒、孔融皆被官府拘捕入狱。兄弟两个力争赴死，承担责任。官吏束手无策，就询问他们的母亲，母亲却说责任在己，与二子无关，最后官府杀了孔褒。孔氏一门争死的事迹令人感动，孔融也由此显名当时。

孔融入仕后，他的婞直个性表现的就更加突出。如他言无顾忌，敢于直陈中官亲族和贪浊官僚的罪恶，由此险些给自己招来杀身之祸；为解救杨彪，他直接与曹操叫板，扬言不与曹操合作；因看不惯曹操的所作所为，就直言不讳嘲戏侮慢曹操等。所有这些表现当然与孔融负气傲物的个性有关，但其背后又何尝没有清流士人的影子。这说明，孔融人生当中，清流士人的精神在其身上是有深深的浸染的。

三　才气自负，不达治务

孔融在当时名气声望很大，他自己也颇以才气自负。孔融对儒学充满理想主义的色彩，但他所处的是一个兵荒马乱的时代，儒学是无法救世的，对此，孔融自己却意识不到；另外，从实际生活性格看，孔融又是一个可以坐而论道、高谈阔论，但不能实际做事的人，而孔融自己却缺乏自知之明，对自己定位不准。这就铸就了孔融的时代悲剧。

例如孔融在担任北海相时，正值黄巾之乱与军阀混战，他却想在此时推行儒家的仁政，"鸠集吏民为黄巾所误者男女四万余人，更置城邑，立学校，表显儒术"②，结果被黄巾军逼得无地自容，狼狈

---

① （南朝宋）范晔撰，（唐）李贤等注：《后汉书》卷七十，中华书局1965年版，第2262页。

② （南朝宋）范晔撰，（唐）李贤等注：《后汉书》卷七十，中华书局1965年版，第2263页。

逃窜。建安元年（196），孔融任青州刺史，袁谭攻青州，城外"流矢雨集，戈矛内接"①，兵临城下，危在旦夕，而孔融在城内则"隐几读书，谈笑自若"②，结果青州城被连夜攻陷，他的老婆孩子都成了俘虏。这些行为放在当时狼烟遍地的环境下，无不显得迂腐可笑。所以《后汉书·孔融传》说："融负其高气，志在靖难，而才疏意广，迄无成功。"③ 如果把孔融的所作所为与曹操明略佐时的智者之识、明智之举相比，孔融的迂腐表现就更显得有些书生气了。因此，葛洪《抱朴子·外篇·清鉴》评价说："孔融、边让，文学邈俗，而并不达治务。"④"不达治务"可谓抓住了孔融生活性格的致命弱点。

四　侮慢曹操，犯忌伤生

孔融与曹操的关系，总的来说，经历了一个由相合到相离的过程。孔融与曹操无论是相合还是相离，皆与政治有关。韩格平《建安七子综论》曾说："建安七子与曹氏父子的关系，既有和谐的一面，又有不和谐的一面，其问题的核心，主要表现为拥汉还是拥曹。"⑤ 确实如此。

孔融一生以汉臣自居，匡扶汉室是他的核心政治理想，也是他评判人事的基本标准。建安元年，曹操迎汉献帝都许，使汉室最高统治者从此摆脱板荡流离的生活。对曹操的这一义举，孔融是十分赞赏的，所以，他作《六言诗》称赞曹操："曹公辅国无私""梦想曹公归来"⑥。在之后的《与王朗书》中，他也肯定"曹公辅政，思

① （南朝宋）范晔撰，（唐）李贤等注：《后汉书》卷七十，中华书局 1965 年版，第2264 页。

② （南朝宋）范晔撰，（唐）李贤等注：《后汉书》卷七十，中华书局 1965 年版，第2264 页。

③ （南朝宋）范晔撰，（唐）李贤等注：《后汉书》卷七十，中华书局 1965 年版，第2264 页。

④ 杨明照：《抱朴子外篇校笺》上册，中华书局 1991 年版，第 509 页。

⑤ 韩格平：《建安七子综论》，东北师范大学出版社 1998 年版，第 12 页。

⑥ 俞绍初辑校：《建安七子集》（修订本），中华书局 2016 年版，第 4 页。

贤并立。策书屡下，殷勤款至"①，并多次向曹操举荐祢衡、谢该、赵岐等贤才。应该说，此时的孔融对曹操是充满期待和憧憬的，希望他能够匡扶汉室，重整破碎的山河。而此时的曹操对孔融也是钦敬有加，尽管孔融为救杨彪曾经和曹操红过脸，但曹操也不觉得孔融有什么妨碍，所以，当袁绍希望曹操能借故杀掉孔融时，曹操义正词严地拒绝了。总的来说，这一时期孔融与曹操的关系总体上是情投意合，互有利用，虽有摩擦，无碍大局。

但随着时势的不断发展变化，特别是曹操战胜袁绍取得邺城之后，逐渐控制北方，霸气显露，雄心膨胀，开始对汉朝廷形成威逼之势，而且不时对汉朝廷表现出不逊之态，这就让孔融不能忍受了。《后汉书·孔融传》说："既见操雄诈渐著，数不能堪，故发辞偏宕，多致乖忤。"② 孔融本就具有婞直之性，加上他又年长曹操两岁，家世儒学，富有声望，与曹操相比具有先天的文化心理优势，所以，他必然会对曹操的所作所为作出激烈反应。先是，孔融对曹操为其子曹丕纳袁绍之子袁熙的妻子甄氏而不满，写信讥讽曹操；接着又对曹操北征乌桓的策略说三道四，嘲讽挖苦。曹操对孔融的这些做法，尽管内心不满，但从大局考虑，还是"外相容忍"的。但孔融却不依不饶，变本加厉，不仅对曹操下的禁酒令进行诛心之论，而且"多侮慢之辞"，更重要的是，孔融上书汉献帝请准古代王畿之制，千里寰内，不以封建诸侯，以崇帝室。而此时曹操正任冀州牧，如果按孔融的说法，曹操就"不可以居邺矣"③。这说明孔融的上书明显是针对曹操的，而且表现出鲜明的拥汉反曹的政治倾向。如果说孔融讥讽曹操为曹丕纳甄氏还是生活层面的不满，那么，孔融后来的这一系列举动就是政治的不满，甚至是公开地抗议反对了。这

---

① 俞绍初辑校：《建安七子集》（修订本），中华书局 2016 年版，第 19 页。
② （南朝宋）范晔撰，（唐）李贤等注：《后汉书》卷七十，中华书局 1965 年版，第 2272 页。
③ （宋）司马光著，（元）胡三省注：《资治通鉴》卷六十五，中华书局 1956 年版，第 2081 页。

自然就触碰到了曹操的政治底线。孔融日常生活本就时有放荡之行，口言无忌，如他常集聚宾客饮酒，感叹说："坐上客恒满，尊中酒不空。吾无忧矣。"① 他也和祢衡说过违背儒家伦理纲常道德的过头话："父之于子，当有何亲？论其本意，实为情欲发耳；子之于母，亦复奚为？譬如寄物瓶中，出则离矣。"② 但在与曹操两不相碍之时，这些过激的言论无人把它当作真话，至多看作孔融"嘲戏"性格的表现，可一旦政治立场发生了冲突，这些就有可能成为罗织他罪名的事实证据。于是，曹操干脆就来个秋后算账，指使军谋祭酒路粹枉状控告孔融"谤讪朝廷""不遵朝仪""跌荡放言""大逆不道"③。于是孔融被逮捕下狱，最后被杀，他的妻子儿女也同时被诛。这一年即建安十三年（208），孔融56岁。《世说新语·言语》第5则记载：

> 孔融被收，中外惶怖。时融儿大者九岁，小者八岁。二儿故琢钉戏，了无遽容。融谓使者曰："冀罪止于身，二儿可得全不？"儿徐进曰："大人岂见覆巢之下，复有完卵乎？"寻亦收至。④

此故事最早见于孙盛《魏氏春秋》记载，关于其真实性，刘孝标认为是孙盛"盖由好奇情多，而不知言之伤理"⑤ 的虚构，但不管怎么说，孔融被杀曾引起当时"中外惶怖"恐怕是事实。要之，孔融被杀，自然与其个人处事性格有很大关系，但说到底还是政治的原因。孔融之被杀曾引发历代文人的感叹。如苏轼《谢宣谕札子》

① （南朝宋）范晔撰，（唐）李贤等注：《后汉书》卷七十，中华书局1965年版，第2277页。
② （南朝宋）范晔撰，（唐）李贤等注：《后汉书》卷七十，中华书局1965年版，第2278页。
③ （南朝宋）范晔撰，（唐）李贤等注：《后汉书》卷七十，中华书局1965年版，第2278页。
④ （南朝宋）刘义庆著，（南朝梁）刘孝标注，余嘉锡笺疏：《世说新语笺疏》，上海古籍出版社1993年版，第58页。
⑤ （南朝宋）刘义庆著，（南朝梁）刘孝标注，余嘉锡笺疏：《世说新语笺疏》，上海古籍出版社1993年版，第58页。

就说:"东汉孔融,才疏意广,负气不屈,是以遭路粹之冤;西晋嵇康,才多识寡,好善暗人,是以遇钟会之祸。当时为之扼腕,千古为之流涕。"① 明人张溥《孔少府集题辞》也说:"操杀孔融,在建安十三年,时僭形已彰,文举既不能诛之,又不敢远之,并立衰朝,戏谑笑傲,激其忌怒,无啻肉喂馁虎,此南阳管、乐所深悲也。"② 尽管评价不同,但都对孔融之死给予了无限同情和悲伤。

第三节　杨修的个性命运

与孔融相比,杨修也有自己鲜明的个性。

一　才思敏捷,聪明颖悟

杨修出身于世家儒学的弘农杨氏家族,自幼好学,才思敏捷,悟性很高,连曹操都对他刮目相看。《世说新语》中记载有几个大家耳熟能详的杨修"捷悟"的故事:

> 杨德祖为魏武主簿,时作相国门,始构榱桷,魏武自出看,使人题门作"活"字,便去。杨见,即令坏之。既竟,曰:"门中'活','阔'字。王正嫌门大也。"③
>
> 人饷魏武一杯酪,魏武啖少许,盖头上题"合"字以示众。众莫能解。次至杨修,修便啖,曰:"公教人啖一口也,复何疑?"④
>
> 魏武尝过曹娥碑下,杨修从,碑背上见题作"黄绢幼妇,

---

① (宋)苏轼著,孔凡礼点校:《苏轼文集》,中华书局 1986 年版,第 1016 页。
② (明)张溥著,殷孟伦注:《汉魏六朝百三家集题辞注》,中华书局 2007 年版,第 57 页。
③ (南朝宋)刘义庆著,(南朝梁)刘孝标注,余嘉锡笺疏:《世说新语笺疏》,上海古籍出版社 1993 年版,第 578 页。
④ (南朝宋)刘义庆著,(南朝梁)刘孝标注,余嘉锡笺疏:《世说新语笺疏》,上海古籍出版社 1993 年版,第 579 页。

外孙齑臼"八字。魏武谓修曰："解不？"答曰："解。"魏武曰："卿未可言，待我思之。"行三十里，魏武乃曰："吾已得。"令修别记所知。修曰："黄绢，色丝也，于字为绝。幼妇，少女也，于字为妙。外孙，女子也，于字为好。齑臼，受辛也，于字为辞。所谓'绝妙好辞'也。"魏武亦记之，与修同，乃叹曰："我才不及卿，乃觉三十里。"①

　　第一个故事写杨修做曹操主簿时，曹操要修造相国府大门，架子搭好后，曹操来看施工情况，看后没有说话，在门上写了个生活的"活"字就走了。施工者不知所措。杨修看到后，下令将门拆掉。过后，人问其故，杨修说："门中加一个'活'字，是'阔'字。魏王是嫌门太大了。"第二个故事写有人送给曹操一杯奶酪，曹操吃了一点，就在盖子上题了个"合"字，送给众人，大家都不明白什么意思。轮到杨修，杨修打开盖子就吃，还说："曹公让我们每个人吃一口，你们还疑虑什么。"原来，"合"字拆开即人一口的意思。在这里，曹操以汉末士人喜欢的文字离合游戏来故弄玄虚地表达自己的心思。而杨修才思敏捷，悟性很高，他不仅能够快速准确地离合文字意思，还能够准确揣测出曹操当时的心思。第三个故事则是猜字谜，杨修一看便知，而曹操行走了三十里才悟出是什么意思，足见杨修的聪明悟性。《世说新语》是一部具有小说性质的书，这些故事是否真实我们姑且不论，但杨修后来之所以能够得到曹操的青睐，应该说和杨修本人的聪明智慧是分不开的。或者说，与其他建安文人相比，杨修并不以文学才华见长，而是以聪明颖悟取胜，这才是杨修高人一等的地方，也是他区别于他人的独特个性。

---

　　① （南朝宋）刘义庆著，（南朝梁）刘孝标注，余嘉锡笺疏：《世说新语笺疏》，上海古籍出版社1993年版，第579页。

二　卖弄聪明，为曹所忌

一个人可以很聪明，但绝对不能耍聪明，尤其不能卖弄聪明。杨修是一个绝顶聪明的人，但聪明人有时候也会办糊涂事。杨修的缺点就是自恃聪明，爱耍聪明，处处卖弄表现自己的聪明。曹操也是一个绝顶聪明的人，但曹操又是一个霸气、霸道善于权术的人。曹操也爱耍聪明，如前面提到的曹操玩弄文字游戏的故事就是曹操耍聪明的典型表现，但曹操的性格是他自己耍聪明，但绝不容忍别人看透自己耍聪明，尤其厌恶有人在他面前卖弄聪明。也就是说，曹操和杨修都是绝顶聪明之人，但他们的心理趋向则大相径庭，一个特别爱耍聪明，以此炫耀自己的与众不同，而另一个则特别讨厌别人在自己面前耍聪明，尤其是看透自己的耍聪明。于是，在曹操与杨修这两个具有上下级关系的聪明人之间，其结果大家就可想而知了。

据《后汉书·杨修传》记载，杨修外出办事，预测到曹操可能会向他咨询事情，就把事先预测的可能咨询的问题，依次写在纸条上，交给"守舍儿"，告诉他："若有令出，依次通之"即可[1]。果然，后来曹操派人去咨询，而且曹操所问的问题正是他预测的问题。"守舍儿"就按照杨修的吩咐依次将条子递送过去。而且这样的事情不止发生一次。曹操觉得很奇怪，为什么杨修会应答得如此神速呢？于是曹操就追查此事，结果杨修的行为就露馅了。大家可以想象，这件事对曹操而言是多么的可怕，杨修的行为简直就是在愚弄他、侮辱他，更可怕的是，在杨修那里，曹操几乎没有任何隐私可言，杨修已经把他的心思行为揣摩得尽透。所以，从此以后，曹操就开始既忌惮又忌恨杨修。又据《九州春秋》记载，建安二十三年

---

[1]　（南朝宋）范晔撰，（唐）李贤等注：《后汉书》卷五十四，中华书局1965年版，第1789页。

（218）九月，曹操亲赴长安西征刘备。建安二十四年（219）二月，夏侯渊与刘备作战时，在阳平被刘备所杀。曹操率军进攻刘备，直逼汉中，可惜战事多不利，据《三国志·魏书·武帝纪》裴松之注引《九州春秋》记载："时王欲还，出令曰'鸡肋'，官属不知所谓。主簿杨修便自严装，人惊问修：'何以知之?'修曰：'夫鸡肋，弃之如可惜，食之无所得，以比汉中，知王欲还也。'"① 这就是历史上著名的"鸡肋"故事。在这次事件中，杨修不仅揣摩曹操的心意，而且还自以为是地交代属下整治行装，以行动来坚信自己的判断，显示自己的聪明，这就不仅仅是文字游戏的问题，实际已触犯到曹操的人生忌讳了。

可以说，在杨修与曹操之间，聪明为杨修赢得了曹操对他的赏识和刮目相看，但同时，聪明也为杨修带来了潜在的危险，成为曹操后来诛杀他的重要因素之一。

三　掺和曹操家事，干扰政治决策

对曹操而言，如果杨修仅仅是自作聪明，偶尔卖弄一下聪明，还情有可原，但最令他不能容忍的是杨修掺和进了曹操的家事，严重干扰到他对此后曹氏天下的政治布局。

曹操晚年，选谁做接班人是一件令他颇为踌躇头痛的事。袁绍和刘表都因为在接班人选择上的失误，最终导致基业的崩塌，对曹操而言这是眼前最现实、最惨痛的教训。所以，在接班人选择问题上，是选曹植还是选曹丕，曹操长期犹豫不决，慎之又慎。曹操的犹豫不决就必然导致属下的派系产生，有的人支持曹丕，有的人支持曹植。支持立曹丕为太子的有贾诩、崔琰、毛玠、邢颙、吴质、卫臻以及曹丕夫人郭后等，支持曹植为太子的有丁仪、丁廙、杨修、

---

① （晋）陈寿撰，（南朝宋）裴松之注：《三国志》卷一，中华书局1982年版，第52页。

贾逵、王陵等①。其中，杨修作为曹植的挚友和重要谋士，是最具影响力的。据《三国志·曹植传》裴松之注引《世语》记载，杨修"以名公子有才能，为太祖所器。与丁仪兄弟，皆欲以植为嗣。太子（曹丕）患之"②。杨修不仅时时给曹植出谋划策，而且还"忖度太祖意"，经常在曹操面前美言曹植，诋毁曹丕，严重干扰曹操的政治决策。但最后曹操经过深思熟虑，从大局考虑，还是选择了曹丕做接班人。一旦曹操决定曹丕为接班人，以曹操的个性和行政魄力，他必然要打压曹植一派的支持者，为曹丕顺利接班扫清障碍。而杨修作为曹植强有力的谋士和支持者自然就成为首当其冲的打压对象。《三国志·曹植传》说："太祖既虑终始之变，以杨修颇有才策，而又袁氏之甥也，于是以罪诛修。"③ 可见，曹操之杀杨修，并不仅仅是因为他太聪明，能够猜透曹操的心思，更重要的是因为他的政治立场，担心他在自己去世之后会在背后怂恿曹植，引起萧墙之祸，危及曹氏天下的稳定。《后汉书·杨修传》说曹操"虑为后患"④ 才决定杀杨修，可谓抓住了问题的根本和实质。就此而言，杨修其实就是曹氏家族政治斗争的牺牲品。

总之，孔融和杨修是两个个性截然不同的人。孔融桀骜不驯，恃才傲物，个性张扬，却不达治务；而杨修则聪明捷悟，才能干练，深潜思远，老谋深算。但他们共同的致命的问题就是触犯了曹操的政治忌讳，严重干扰了曹操的行政谋略，或让曹操觉得处境难堪，政令难施，或让曹操担心后患无穷，政局叵测，结果都被曹操借故杀害了。杨修、孔融的人生悲剧固然有他们自身性格的因素，但归根到底乃是极端专制政治权力下知识分子不可避免的命运悲剧，这

---

① 张可礼：《三曹年谱》"建安二十二年"条记事，齐鲁书社1983年版，第147页。

② （晋）陈寿撰，（南朝宋）裴松之注：《三国志》卷十九，中华书局1982年版，第560页。

③ （晋）陈寿撰，（南朝宋）裴松之注：《三国志》卷十九，中华书局1982年版，第558页。

④ （南朝宋）范晔撰，（唐）李贤等注：《后汉书》卷五十四，中华书局1965年版，第1789页。

才是值得我们深思和引以为戒的。

第四节 孔融、杨修的诗文创作

孔融和杨修都是建安时期的重要文人。但孔融以文华为高，杨修以智谋取胜，二人的文学创作又呈现出各自不同的特点。

一 孔融的诗文创作

据俞绍初辑校《建安七子集》，孔融今存诗歌四题7首，文44篇，另有残句3则，"是七子中唯一没有赋作传世的作家"①。

孔融现存诗歌不多，胡应麟说："北海不长于诗。"② 应该是符合实际的。孔融尽管诗歌创作不多，但从形式方面看，却有自己的特点。他的《离合作郡姓名字诗》是一首具有游戏性质的离合诗，以文字的拆合方式离合出"鲁国孔融文举"六字，本没有什么文学性可言，但就离合体诗歌形式发展而言，孔融则有贡献。《乐府古题要解》的作者唐人吴兢、《四溟诗话》的作者明人谢榛等诗评家都肯定了孔融对离合体诗的贡献。孔融还作有《六言诗》三首，主要描写军阀混战造成的"百姓惨惨心悲"和他对"曹公辅国无私"的称赞，是我国诗歌史上现存最早最完整的文人六言诗，很值得重视。另外，孔融的《临终诗》描述他临终时的心态，对了解孔融的性格悲剧也具有重要意义。孔融诗作中比较有特色且能够体现建安文学创作精神的是他的《杂诗》二首。其中一首描写幼子夭折的惨痛，读来颇为感人：

> 远送新行客，岁暮乃来归。入门望爱子，妻妾向人悲。闻

---

① 俞绍初辑校：《建安七子集》（修订本），中华书局2016年版，"前言"第3页。
② （明）胡应麟撰：《诗薮》外编卷一，上海古籍出版社1979年版，第136页。

子不可见，日已潜光辉。孤坟在西北，常念君来迟。褰裳上墟丘，但见蒿与薇。白骨归黄泉，肌肤乘尘飞。生时不识父，死后知我谁。孤魂游穷暮，飘飘安所依？人生图嗣息，尔死我念追。俯仰内伤心，不觉泪沾衣。人生自有命，但恨生日希。①

这首诗歌所写内容是孔融的亲身经历还是采用代言体对现实社会生活现象的咏叹，今已不可确定，但诗歌以细腻的笔触表现了失去爱子的父亲内心的伤痛，与建安时代乱离的社会现实环境是比较吻合的。沈德潜《古诗源》评论说："少陵《奉先咏怀》有'入门闻号咷，幼子饥已卒'句，觉此更深可哀。"② 全诗哀痛不尽，伤感刺心，字里行间流露着无限的悲凉之意，读之确实令人唏嘘不已。

孔融在文学史上被人称道的是他的散文。刘熙载《艺概·文概》说："孔北海文，虽体属骈俪，然卓荦遒亮，令人想见其为人。"③ 孔融散文大体可分三大类：一是章表教令类的公牍应用文；二是书信文；三是专题性的论说文。

孔融的章表教令类公牍文多与时政有关联，或是他担任地方官吏和朝廷官员时的议政之文，如《崇国防疏》《肉刑议》，或是他向朝廷举荐人才的上书，如《上书荐谢该》《荐祢衡表》。这方面最具有代表性的是选录在萧统《文选》的《荐祢衡表》。孔融《荐祢衡表》作于建安元年（196）。关于祢衡，前面我们已经有过介绍，不再重复。因为这是一篇举荐文，所以，为了彰显祢衡，文中极力盛赞祢衡的人品和才华，认为祢衡"飞辩骋辞，溢气坌涌"，才华横溢，超越贾谊；为人"忠果正直，志怀霜雪，见善若惊，疾恶如仇。任座抗行，史鱼厉节，殆无以过也。鸷鸟累百，不如一鹗，使衡立朝，必有可观"④。文章虽短，但行文挥洒自如，一气呵成，酣畅淋

---

① 俞绍初辑校：《建安七子集》（修订本），中华书局2016年版，第2页。
② （清）沈德潜选：《古诗源》，中华书局2006年版，第54页。
③ （清）刘熙载撰，袁津琥校注：《艺概校注》，中华书局2009年版，第85页。
④ 俞绍初辑校：《建安七子集》（修订本），中华书局2016年版，第9页。

漓，语言骈散兼备，整饬华美，采飞气扬，生动体现了孔融文章体气
高妙、气壮豪荡的写作风格。刘勰《文心雕龙·章表》对此文曾给予
高度的评价，认为"文举之《荐祢衡》，气扬采飞，……表之英也"①。

孔融文章的第二类是书信文。孔融与当时许多著名的文人名士
都有书信往来，如王修、邴原、王朗、张纮、韦康、曹操等，内容
或交流对时局的看法，或谈读书的感受，或举荐人才。这方面最有
名的是他的《与曹公论盛孝章书》。该文作于建安九年（204），也
选录在萧统《文选》。盛宪字孝章，会稽人。因有重名，遭东吴孙氏
嫉妒，孔融与他交好，担心他会有不测，就给曹操写信，希望曹操
援之以手，使盛孝章解脱困境，结果曹操的书信还没到，盛孝章就
被孙权所杀了。文章先从"岁月不居，时节如流。五十之年，忽焉
以至"的人生感慨写起，引出盛孝章"困于孙氏，妻孥湮没，单子
独立，孤危愁苦"的人生困境；接着以古人交友之道相诫，以人才
难得相劝，希望曹操发扬友道精神，恢宏贤才意识，解救盛孝章于
水火。整篇文章，意气诚诚恳恳，叙说亲亲切切，举事妥帖恰当，
述理有据有节，运情老成真挚，娓娓道来，文畅志尽，意悲而远，
显示了孔融高超的运笔能力。

孔融文章第三类是专题性的论说文。如《肉刑论》《周武王汉
高祖论》《圣人优劣论》。这方面颇有特色的是他的《汝颖优劣论》。
这篇文章主要讨论汝南名士与颖川名士的群体特点，孔融认为总体
而言"汝南士胜颖川士"，但文章并不是泛泛而论，而是通篇以汝颖
名士生活事实为理据，排比而下，既能说明优劣之蕴，又能以事成
理，情气灌注，如：

> 汝南戴子高，亲止千乘万骑，与光武皇帝共揖于道中；颖
> 川士虽抗节，未有能颉颃天子者也。汝南许子伯，与其友人共

---

① （南朝梁）刘勰著，范文澜注：《文心雕龙注》卷五，人民文学出版社1958年版，第
407页。

说世俗将坏，因夜起，举声号哭；颍川士虽颇忧时，未有能哭世者也。汝南府许掾，教太守邓晨图开稻陂，灌数万顷，累世获其功，夜有火光之瑞；韩元长虽好地理，未有成功见效如许掾者也。汝南张元伯，身死之后见梦范巨卿；颍川士虽有奇异，未有能神而灵者也。①

整篇文章就是采用这样逐事铺陈排比的结构方式，事实举证与优劣评论相结合，于对比中显优劣，辩驳中论高下，有破有立，破立结合，称得上是驳难文中的佳作。

总之，孔融的文学成就散文高于诗歌，他的散文语言骈散相间，运笔情气灌注，富有鲜明的主体性。孔融当之无愧是汉末文章的一代作手。

二　杨修的《答临淄侯笺》

与孔融和其他建安文人相比，杨修并不以文学创作见长，而是以才智聪明取胜。杨修没有诗歌流传下来，严可均《全后汉文》卷五一收录其赋5篇，即《节游赋》《出征赋》《许昌宫赋》《神女赋》《孔雀赋》，文2篇，即《答临淄侯笺》《司空荀爽述赞》。另外，龚克昌等《全三国赋评注》又有《暑赋》存目和《伤夭赋》两句遗文②。杨修的辞赋与邺下诸子的辞赋创作一样，多同题奉命之作，如《节游赋》《神女赋》等，从现存片段看，文学价值不高。

杨修文章的代表作是收录在萧统《文选》中的《答临淄侯笺》。

杨修的《答临淄侯笺》作于建安二十一年（216）。关于其写作背景，《三国志·曹植传》裴松之注引《典略》记曰："杨修字德祖，太尉彪子也。谦恭才博。建安中，举孝廉，除郎中，丞相请署

---

① 俞绍初辑校：《建安七子集》（修订本），中华书局2016年版，第32页。
② 龚克昌、周广璜、苏瑞隆：《全三国赋评注》，齐鲁书社2013年版，第67页。

仓曹属主簿。是时，军国多事，修总知外内，事皆称意。自魏太子已下，并争与交好。又是时临淄侯植以才捷爱幸，来意投修，数与修书。……其相往来，如此甚数。植后以骄纵见疏，而植故连缀修不止，修亦不敢自绝。至二十四年秋，公以修前后漏泄言教，交关诸侯，乃收杀之。"① 根据这段描写可以知道，曹植与杨修之间的书信往来应该很频繁，但今存的只有曹植与杨修之间一次书信交往，那就是收录在萧统《文选》中的曹植的《与杨德祖书》和杨修的这篇《答临淄侯笺》。杨修与曹植书信往来之时，正是曹植"爱幸"之时，也是曹丕、曹植兄弟与杨修"争与交好"之时，更是曹丕、曹植兄弟夺嫡之争的白热化之时。所以，这篇文章对了解曹植、杨修之关系及当时他们的心态至为重要，也是研究建安后期曹氏集团内部政治情势的重要参考资料。

曹植在《与杨德祖书》中，一方面对当时著名的建安文人的创作才能一一进行了评价，一方面又发表了自己对文学创作的看法，同时也表达了自己不愿仅仅为"辞赋之君子"的政治抱负。曹植明确指出："辞赋小道，固未足以揄扬大义，彰示来世也。昔扬子云先朝执戟之臣耳，犹称壮夫不为也。吾虽薄德，位为藩侯，犹庶几戮力上国，流惠下民，建永世之业，流金石之功，岂徒以翰墨为勋绩，辞赋为君子哉！"② 杨修的《答临淄侯笺》即是针对曹植提出的问题进行回答的。

首先，杨修在回信中充分肯定了曹植的文学才华，说他自己曾经亲见曹植"握牍持笔，有所造作，若成诵在心，借书于手，曾不斯须，少留思虑。仲尼日月，无得逾焉"③，才华横溢，超越当时一般诸子，肯定曹植辞赋富有"深情"，"诵读反覆，虽讽《雅》《颂》，

---

① （晋）陈寿撰，（南朝宋）裴松之注：《三国志》卷十九，中华书局1982年版，第558页。

② （三国魏）曹植著，赵幼文校注：《曹植集校注》，中华书局2016年版，第227页。

③ （梁）萧统编，（唐）李善注：《文选》，中华书局1977年版，第564页。

不复过此"①。

其次，杨修对曹植本人的品德和政治才能颂扬有加，说曹植"少长贵盛，体发、旦之资，有圣善之教。远近观者，徒谓能宣昭懿德，光赞大业而已，不复谓能兼览传记，留思文章"②，将曹植比作像周武王姬发、周公姬旦这样有政治才能的古代圣贤。

最后，杨修指出扬子云的话不过是率尔之言，不足为训，他告诫曹植："若乃不忘经国之大美，流千载之英声，铭功景钟，书名竹帛，斯自雅量，素所畜也，岂与文章相妨害哉？"③ 言外之意，是告诫曹植追求功名政治与热爱辞赋创作并不抵触，二者是可以并行不悖的。

曹植以文学才华出众，杨修欣赏曹植的才华，赞誉之时有溢美之词，本无可厚非，但杨修在赞美曹植天资才德时，说他"少长贵盛，体发、旦之资，圣善之教"，即天资聪慧，具备周武王姬发、周公姬旦的资质，而且有曹操良好的教育培养，希望他能够"光赞大业"，这实际是有政治暗示的，就是希望曹植不要轻易放弃政治追求。曹操本来对杨修就"虑有后患"，而杨修给曹植的书信，说的又是这么直白，这难免就会给人过分的政治解读，成为他"交关诸侯"的口实。从此角度看，杨修最后被曹操所杀，恐怕与他的这封信也有一定关系。

从文学观念看，曹植将事功与辞赋对立，贬低辞赋创作的价值，认为欲"建永世之业，流金石之功"，就不能渴望成为"辞赋君子"，这不免有些偏颇。而杨修则认为，"经国大美"的追求与"辞赋君子"的渴望并不妨碍，二者可以兼得。相对曹植之论，杨修的看法就显得比较圆融通达。可见，无论是对政治的理解，还是对文学的认知，杨修都比曹植要老成得多。

刘勰《文心雕龙·书记》谈到书笺文的写作时说："笺者，表

---

① （梁）萧统编，（唐）李善注：《文选》，中华书局1977年版，第563页。
② （梁）萧统编，（唐）李善注：《文选》，中华书局1977年版，第564页。
③ （梁）萧统编，（唐）李善注：《文选》，中华书局1977年版，第564页。

也，表识其情也。"① "详诸书体，本在尽言。言以散郁陶，托风采，故宜条畅以任气，优柔以怿怀。文明从容，亦心声之献酬也。"② 杨修的《答临淄侯笺》不仅能够围绕曹植书信提出的核心问题进行交流，而且能够恰当地提出自己的不同看法，尤其是发表自己对辞赋文章的独到认识，这对认识建安文人的辞赋观念是具有重要意义的。作为一篇日常生活应酬性的书信文，这篇文章能够做到优柔条畅，尽言怿怀，也符合书笺文写作的基本规范。整篇文章用语老成，行文温婉，措辞巧妙，意绪显豁，在建安书笺文中别有一番情韵。萧统将其选入《文选》之中，作为魏晋六朝书笺文的代表作之一，不是没有道理的。

---

① （南朝梁）刘勰著，范文澜注：《文心雕龙注》卷五，人民文学出版社 1958 年版，第456—457 页。

② （南朝梁）刘勰著，范文澜注：《文心雕龙注》卷五，人民文学出版社 1958 年版，第456 页。

第五章　王粲

　　王粲享誉当时，名传后世，是一个获得了很高赞誉的作家。作为"建安七子"中的人物，他被誉为"七子之冠冕"①，又与"建安之杰"曹植并称"曹王"②，是建安文学的优秀作家。王粲是"七子"当中最晚归附曹操集团的，由于他的到来，曹氏阵营开始进行集体的文学活动，所以学术界把王粲归附曹操当作邺下文学集团形成的标志。在建安作家中，王粲的家世线索很清晰，他成名也早，一生亲身经历了汉末大乱、三国纷争，能够以文学创作表现自己的生活，抒写自我心灵，反映历史巨变。本章结合王粲的生平遭遇，通过一个出身豪族的文士在乱离年代的生活状态，展示时代变幻中的个体命运变化，并以具体作品为突破点，分别介绍王粲在诗歌、辞赋和散文方面所取得的文学成就。

第一节　王粲的家世与生平

　　王粲（177—217），字仲宣，山阳高平（今山东济宁微山县）人，出身于世家大族。曾祖和祖父位列三公，居高位，有高名，受

---

　　① （南朝梁）刘勰著，范文澜注：《文心雕龙注》卷十，人民文学出版社1958年版，第700页。

　　② （梁）沈约撰：《宋书》卷六十七，中华书局1974年版，第1778页。

人敬爱。父亲曾担任过大将军何进的长史，也是"当时一显宦"①。王粲少有异才，博闻强识，善于属文。汉末大乱，他从京城洛阳迁徙长安，又流寓到荆州，后来归附曹操，在随军征吴途中病卒。建安七子当中，王粲年纪最小、官爵最高，对曹魏文化制度建设贡献最大，所以陈寿《三国志》为他立传。其余几人，除孔融之外，都附记于王粲传之后。这里，我们从王粲的家世出身和生活经历来探求他的人生价值观和文学特色的形成。

一　家世出身

王粲家族在山阳高平"世为豪族"②，从他的曾祖王龚开始，到祖父王畅、父亲王谦，三代仕宦，都担任过地方郡守，又成为朝廷要员。这是一个家风清正的儒学世家，对于王粲人生观的形成和才学的造就，都产生了很大影响。

（一）三世显宦

王粲的曾祖王龚，字伯宗，以孝廉起家，仕于东汉安帝、顺帝时期。在汉安帝时期主要任职于地方，为青州刺史时，因勇于纠举弹劾贪浊大吏，受到安帝嘉许，征拜尚书。建光元年（121）擢升司隶校尉，"京邑肃然，有高名于天下"③。次年迁汝南太守，掌管地方大郡，"政崇温和，好才爱士"④。汉顺帝永建元年（126）内征为太仆，转太常；四年（129），升至司空，阳嘉二年（133）以地震策免。永和元年（136），又拜太尉。在太尉任上五年，最终以年老有病免职，卒于家。

---

① （清）梁章钜：《三国志旁证》卷十五，福建人民出版社2000年版，第380页。

② （南朝宋）范晔撰，（唐）李贤等注：《后汉书》卷五十六，中华书局1965年版，第1819页。

③ （晋）袁宏撰，周天游校注：《后汉纪校注》卷十九，天津古籍出版社1987年版，第531页。

④ （南朝宋）范晔撰，（唐）李贤等注：《后汉书》卷五十六，中华书局1965年版，第1820页。

　　王粲的祖父王畅（？—169），字叔茂，少以清正笃实有名，初举孝廉，辞病不就，又被大将军梁商辟举茂才，历仕汉顺帝、汉桓帝、汉灵帝三朝。在汉末政治矛盾越来越激烈的社会环境中，王畅几度辗转于中央和地方，仕宦经历要比他父亲王龚更为坎坷。先是四迁至尚书令，这是内廷"总领纪纲"的一个官职。然后外放到地方，做过齐国之相、司隶校尉、渔阳太守，后以事免官。又内征御史中丞，因维护遭到中伤的黄琬、陈蕃而被左迁议郎。后又拜尚书，再外放为南阳太守。最后再内转为长乐卫尉。无论任职何处，皆以清正严明著称。汉灵帝建宁元年（168），升任司空，数月，即被免职，第二年死去。巧合的是，王畅卒年也是宦官大肆诛杀党人的一年。所以，有关王畅之死，究竟是卒于家，还是因党锢之祸死于狱中，史书有不同的记载。范晔《后汉书》本传记载，"建宁元年，迁司空；数月，以水灾策免。明年，卒于家。"① 而《赵典传》李贤等注所引谢承《后汉书》的记载，是与诸党人"皆下狱，自杀"②。袁宏《后汉纪》的记载则是"故司空王畅"与李膺、范滂等党人"皆下狱诛，皆民望也"③。考虑到建宁二年（169）四月，因青蛇见于御坐，又有大风、冰雹等天气灾变，汉灵帝"诏公卿以下各上封事"④，大司农张奂、尚书刘猛及郎中谢弼等都曾举荐王畅再登三公，则数月后作为党人"八俊"中的人物，王畅最终死于党锢之祸，这种说法也是有可信度的。

　　王粲的父亲王谦，史书记载不详，只知他曾任大将军长史。汉末大将军位在三公之上，府中设长史一人，掌管百曹，是大将军府

　　① （南朝宋）范晔撰，（唐）李贤等注：《后汉书》卷五十六，中华书局1965年版，第1826页。

　　② （南朝宋）范晔撰，（唐）李贤等注：《后汉书》卷二十七，中华书局1965年版，第949页。

　　③ （晋）袁宏撰，周天游校注：《后汉纪校注》卷二十三，天津古籍出版社1987年版，第644页。

　　④ （宋）司马光编著，（元）胡三省音注：《资治通鉴》卷五十六，中华书局1956年版，第1814页。

的总管，政治地位也很高。据曹植《王仲宣诔》所述："伊君显考，奕叶佐时，入管机密，朝政以治。出临朔岱，庶绩咸熙。"[①] 说明王谦既是"入管机密"朝中要员，也有"出临朔岱"的地方官经历，所以梁章钜称之为"显宦"。至于他从何进集团中退出，则很可能跟拒绝与何进联姻有关。《三国志·王粲传》记载："进以谦名公之胄，欲与为婚，见其二子，使择焉。谦弗许。"[②] 何进虽然位极人臣，又是王谦的府主，但他一来出身于屠户，二来其妹在后宫上位，背后有宦官势力的扶持。王谦作为"名公之胄"，家世清白守正，不愿与外戚联姻，后来以病免职，也不是什么意料之外的事情了。

（二）家风清正

王粲的祖辈居于高位，也有高名。他们起家清白，经学修养深厚，为官时富于才干，清正廉明，并且具有胸怀天下的志向和不屈浊流的品格，为王氏家族树立了良好的家风。

王龚"束修厉节，敦乐艺文，不求苟得，不为苟行"[③]。他在汝南太守任上，施政宽和，任贤纳谏，所举用的人才当中，最有名的就是陈蕃。陈蕃高傲率直，来到郡署，因没被及时召见，便称病扬长而去。王龚一怒之下，要将他除名。功曹袁阆劝谏说："蕃既以贤见引，不宜退以非礼。"[④] 王龚虚心接受劝说，纠正过错，厚待陈蕃。此事一出，汝南后进知名之士莫不归心，而陈蕃也以此为入仕起点，最后官至太尉、太傅，成为东汉末清流党人的领袖人物。谢承《后汉书序》说："王龚干事，遂陟鼎司。"[⑤] 意思是说王龚富有为政的才干，政绩显著，成为朝廷重臣。当他位居三公时，所辟命任用的人"皆海内长者"，所以范晔《后汉书》在传论中赞扬王龚"称为推士"。

---

① （三国魏）曹植著，赵幼文校注：《曹植集校注》，中华书局2016年版，第242页。

② （晋）陈寿撰，（南朝宋）裴松之注：《三国志》卷二十一，中华书局1982年版，第597页。

③ （南朝宋）范晔撰，（唐）李贤等注：《后汉书》卷五十六，中华书局1965年版，第1820页。

④ （南朝宋）范晔撰，（唐）李贤等注：《后汉书》卷五十六，中华书局1965年版，第1820页。

⑤ （梁）萧统编，（唐）李善注：《文选》，上海古籍出版社1986年版，第1704页。

王畅"齐七政，训五典"①，清方公正，在推荐贤士和虚心纳谏方面也有突出表现。扶风人马寔出身世家，昼诵经书，夜习弓马，勤结英雄。在王畅尚未出仕时，马寔慕其高名，曾不远万里到山阳与之结交，临别时慷慨激昂地说："托为丈夫，当建名后载，不可为空生徒死之物，秽天壤之间。"②王畅由此深知马寔具有"异士"之才和远大抱负。顺帝汉安二年（143）胡羌犯边，"王畅荐寔于执事，由是为匈奴中郎将"③。任南阳太守时，王畅折节纳谏、躬身垂范，留下了广为后人传颂的事迹。洛阳帝都，南阳帝乡。南阳是东汉光武帝刘秀的故里，当地贵戚豪族常有不法之徒，前后几任太守因惧怕帝乡贵戚，多不称职。王畅一到任便行威猛之政，甚至到了拆屋毁灶的程度，致使豪右大震。功曹张敞奏记劝说：严刑惩奸，难以持久，不如行恩礼贤，化人以德。于是王畅虚心纳谏，改行宽政，遂使郡中教化大行。他还以身作则，矫正不良的社会风气。南阳大郡，"郡中豪族多以奢靡相尚，畅常布衣皮褥，车马羸败，以矫其敝。"④当时刘表作为王畅的学生，随任南阳，劝他不必如此清高自苦，王畅回答说："夫以约失之，鲜矣。闻伯夷之风者，贪夫廉，懦夫有立志。虽以不德，敢慕遗烈。"⑤他以孔子的言论为指导，发挥榜样的力量，起到教化百姓的表率作用。

王龚、王畅任职地方，爱民尊贤，勇于纠举惩治贪官污吏；立身朝廷，清贞守正，志在天下。尤其是在东汉中后期朝政日益混乱的局势下，勇于对抗宦官恶势力，属于清流官僚士大夫一派。

---

① （南朝宋）范晔撰，（唐）李贤等注：《后汉书》卷六十六，中华书局1965年版，第2163页。

② 周天游辑注：《八家后汉书辑注·谢承后汉书》卷八，上海古籍出版社1986年版，第273页。

③ （晋）袁宏著，周天游校注：《后汉纪校注》卷十九，天津古籍出版社1987年版，第540页。

④ （南朝宋）范晔撰，（唐）李贤等注：《后汉书》卷五十六，中华书局1965年版，第1825页。

⑤ （南朝宋）范晔撰，（唐）李贤等注：《后汉书》卷五十六，中华书局1965年版，第1825页。

王龚"深疾宦官专权，志在匡正"①。他上书请驱逐宦官，随即遭到宦官及其党羽的飞章诬陷。当王龚处于危难之际，名士李固上书大将军梁商，说明王龚遭到陷害的原因，"但以坚贞之操，违俗失众，横为谗佞所构毁，众人闻知，莫不叹栗"②。劝说大将军梁商解救王龚，才使他免遭祸害。王畅更是站在反对宦官的党人队伍中，被列入汉末"八俊"。当时人称："天下模楷李元礼，不畏强御陈仲举，天下俊秀王叔茂。"③ 王畅与党人领袖陈蕃、李膺齐名，深受士人爱戴。范晔《后汉书·左周黄列传》传论中评说桓帝时代各方人才时，称赞王畅、李膺是"弥缝衮阙"，即尽力弥补朝政缺失，挽救东汉王朝的衰败。可惜的是身处桓灵之世，朝纲混乱，政治黑暗，"在朝者以正议婴戮，谢事者以党锢致灾"④，有才干和名望的优秀人物，却以正直守礼而不容于当时。后来曹丕继位丞相、魏王后，旌表二十四贤，魏明帝曹叡为之撰写行状，对王畅的赞语是："畅雅性贞实，以礼文身，居家在朝，节行异伦。"⑤ 无论生前身后，王畅都得到人们的高度评价。

王氏家族前辈经学深厚，居高位，有高名，表现出清流党人的坚贞精神和匡正天下的人生抱负，这对于王粲人生价值观的形成及文学创作都具有深刻影响。

二 乱世漂泊

王粲的一生，充满艰难不幸。他虽然出身于豪族世家，但生逢

---

① （南朝宋）范晔撰，（唐）李贤等注：《后汉书》卷五十六，中华书局1965年版，第1820页。

② （南朝宋）范晔撰，（唐）李贤等注：《后汉书》卷五十六，中华书局1965年版，第1820页。

③ （南朝宋）范晔撰，（唐）李贤等注：《后汉书》卷六十七，中华书局1965年版，第2186页。

④ （南朝宋）范晔撰，（唐）李贤等注：《后汉书》卷六十一，中华书局1965年版，第2043页。

⑤ 袁行霈撰：《陶渊明集笺注》，中华书局2003年版，第590页。

乱世，长期过着漂泊流寓的生活。从董卓之乱到赤壁之战前夕，由洛阳到长安，又由长安到荆州，在长达 19 年的时间中饱经乱离之苦。归附曹操回到中原后，又长年随军征战，度过戎马倥偬的岁月，最后病死在行军途中。由于亲身经历乱世流离，亲眼看到社会人民的苦难，王粲内心满怀痛苦哀愁，这对于他的文学创作产生了极大影响。我们来了解一下王粲的两次流寓经历。

（一）随迁长安

汉献帝初平元年（190），由于董卓废帝另立，关东州郡起兵讨董，东汉王朝陷入乱局之中。董卓逼迫献帝迁都长安，自屯洛阳，焚烧宫室，尽徙洛阳数百万人口入关。这一年，王粲 14 岁，他跟随汉献帝从洛阳迁徙到了长安。在长安，王粲受到蔡邕推重，留下"蔡邕倒屣"的历史佳话。据《三国志》本传记载："献帝西迁，粲徙长安，左中郎将蔡邕见而奇之。时邕才学显著，贵重朝廷，常车骑填巷，宾客盈坐。闻粲在门，倒屣迎之。粲至，年既幼弱，容状短小，一坐尽惊。邕曰：'此王公孙也，有异才，吾不如也。吾家书籍文章，尽当与之。'"[①] 蔡邕为当时一代文宗，之所以对年少的王粲如此赏识，在大庭广众之下予以推重，一方面在于其祖父王畅名满天下，另一方面也在于他本人有非凡的才华。

有关王粲的"异才"，《三国志》本传列举不少事例，说明他博学强识、深通算术、善于属文，这都离不开其家族文化的熏陶。东汉时代，世宦豪族一般都是经学世家，也往往有一家之学。王粲曾祖和祖父以孝廉、茂才起家，"诸生试家法，文吏课笺奏，无异于后世科举之法矣"[②]。家法即家传经学，举孝廉需要考察其家学。茂才，即秀才，也需要"才德尤异"。少年时代的王粲阅历还不深，蔡邕所了解的王粲"异才"，应该主要是来自其家学的培养。关于王粲的家

① （晋）陈寿撰，（南朝宋）裴松之注：《三国志》卷二十一，中华书局 1982 年版，第597 页。

② （宋）徐天麟撰：《东汉会要》卷二十六，上海古籍出版社 2006 年版，第 390 页。

学背景，学者景蜀慧写有《王粲典定朝仪与其家学背景考述》① 一文，可以参看。

（二）流寓荆州

初平三年（192），董卓被杀，其部将李傕、郭汜攻入长安，大肆杀戮，使得关中一带陷入混乱。初平四年（193），17 岁的王粲离开长安，远赴荆州。有学者根据《三辅决录》注对士孙萌的记载，即士孙瑞知王允必败，命儿子士孙萌带家眷到荆州依附刘表，认为王粲 16 岁时，与士孙萌一起离开长安。我们认为，这种说法与王粲《七哀诗》所写"西京乱无象，豺虎方构患。复弃中国去，远身适荆蛮"② 不相符合。毕竟诗中"西京乱"是因，"适荆蛮"是果，"构患"的"豺虎"也绝不会是指王允，所以仅凭《三辅决录》注不能证明王粲是在李傕、郭汜作乱长安之前就离开的。至于说王粲《赠士孙文始诗》中还有"我暨我友，自彼京师。宗守荡失，越用遁违。迁于荆楚，在漳之湄"③，这一条证据还不够明确，哪怕是同一个时间段，也无法确定为同行。而陈寿《三国志》记载的时间很明确："年十七，司徒辟，诏除黄门侍郎，以西京扰乱，皆不就，乃之荆州依刘表。"④ 不就辟召的原因，就在于"西京扰乱"。因此，在没有确凿证据能够推翻《三国志》明确记载的情况下，我们还是信从正史记载。

刘表原为王粲祖父王畅的门生，他所管辖的荆州，局势较为稳定。在这里，王粲避开了杀戮，可是却避不开客居他乡又怀才不遇的心灵痛苦。《三国志·钟会传》裴注引《博物记》说："初，王粲与族兄凯俱避地荆州，刘表欲以女妻粲，而嫌其形陋而用率，以凯有风貌，乃以妻凯。"⑤ 这种变故对于王粲来说，应该是一个不小的

---

① 景蜀慧：《王粲典定朝仪与其家世学术背景考述》，《四川大学学报》2003 年第 4 期。

② 俞绍初辑校：《建安七子集》（修订本），中华书局 2016 年版，第 97 页。

③ 俞绍初辑校：《建安七子集》（修订本），中华书局 2016 年版，第 91 页。

④ （晋）陈寿撰，（南朝宋）裴松之注：《三国志》卷二十一，中华书局 1982 年版，第 597—598 页。

⑤ （晋）陈寿撰，（南朝宋）裴松之注：《三国志》卷二十八，中华书局 1982 年版，第 796 页。

心灵创伤。还有，同来荆州的好友蔡子笃、士孙萌也都相继离开荆州，又使王粲更加孤独悲伤。在刘表阵营中，身怀异才的王粲长期遭到冷遇，他难以承受思乡之苦，更不甘心于默默沉沦。他在《登楼赋》中深沉感叹："惧匏瓜之徒悬兮，畏井渫之莫食。"[1] 匏瓜空悬而不被用，深井淘净却无人饮，正如志士怀才不遇、漂泊无依，令王粲备感忧伤痛苦。就这样，在沉重的压抑苦闷之中，王粲度过十六年的岁月。

建安十三年（208），王粲归附曹操。因劝降有功，被封关内侯，为丞相掾。后来升军谋祭酒，官至侍中。建安二十二年（217），病死征吴途中，终年41岁。

通过上述生活经历可以看出，虽然建安七子都亲历丧乱，但是历经洛阳、长安两都之乱，而又长期流寓漂泊，这样的不幸遭遇是王粲特有的一份经历。作为贵公子孙，在动乱岁月，与时代社会和广大民众同呼吸、共命运，内心所怀有的渴望太平治世的情感也更加深切。其诗赋作品不仅充满真挚的感怀，而且往往带有一种愁苦纤弱的情调，也与他所经历的人生悲苦大有关联。

三 归曹后的心态

王粲人生最后一个阶段是在曹操阵营度过的。这一时期的生活和思想状态，大体有建功立业、文化贡献和失落苦闷三个关键点。这些关键点的正确认识和理解，对于把握王粲后期的文学创作很有必要。

（一）建功立业的高昂情怀

王粲有强烈的用世思想，对曹操衷心拥护。从归附开始，他就表现得积极踊跃。当时曹操设宴汉水之滨，王粲举杯庆贺，称曹操"文武并用，英雄毕力，此三王之举也"[2]。这其实就是一种政治表

---

① 俞绍初辑校：《建安七子集》（修订本），中华书局2016年版，第116页。

② （晋）陈寿撰，（南朝宋）裴松之注：《三国志》卷二十一，中华书局1982年版，第598页。

态，赞美曹操行三王之举，文武兼用，海内归心，公开表明他拥护曹操所建大业的心情。由此可见，王粲虽然率性通脱，但与祢衡来见曹操时的无礼不逊大不相同，与"七子"中有人被招时不情不愿、有人在任时若即若离也不一样。邺城侍宴时，他作诗赞美曹操，称之为"贤主人"；随军征战时，他称赞曹操"神且武"的军事才能。建安十八年（213），曹操被策命为魏公，受九锡大礼，这是篡汉的铺垫。据《三国志·武帝纪》裴注所引王沈《魏书》，在积极参与劝进的要员名单中，"关内侯王粲"赫然在列①。到建安二十年（215）曹操西征张鲁，驻守孟津的曹丕作《柳赋》，随后陈琳、王粲、应玚等也共作此题，而王粲的《柳赋》，以及后来的《从军诗》中，就直接称曹操为"我君"，而无视许昌的汉献帝了。从这个角度讲，说王粲"可谓心乎曹氏"②是很有道理的。

我们需要理解的是，王粲之所以对曹操表示忠诚，诗中赞美曹操也由先前的"贤主人"，到后来径称为"我君""我圣君"，固然有"改换门庭"或顺势而为的因素，但根本原因还在于其思想态度中，既有积极用世家风的影响，也有饱经乱离之苦，而由衷渴望天下安宁的政治理想。所以他对于曹操平定天下、海内归心的功业不仅支持拥护，而且也把它视为自己的事业理想："我有素餐责，诚愧伐檀人。虽无铅刀用，庶几奋薄身。"③归曹之后，他常年跟随曹操南征北战，全力以赴为实现平定天下的理想而积极作为，最终也死在了行军途中。由此可见，王粲人生的最后一个时期，不像在荆州一样被迫无奈地遭受煎熬，而是奋发有为的一个时期。

（二）典定朝仪的文化贡献

《三国志》本传记载，王粲"善属文，举笔便成，无所改定。时

---

① （晋）陈寿撰，（南朝宋）裴松之注：《三国志》卷一，中华书局1982年版，第40页。

② （晋）陈寿撰，（南朝宋）裴松之注，卢弼集解，钱剑夫整理：《三国志集解》卷二十一，上海古籍出版社2012年版，第1652页。

③ 俞绍初辑校：《建安七子集》（修订本），中华书局2016年版，第101页。

人常以为宿构；然正复精意覃思，亦不能加也"①。他在荆州时，已经"独步于汉南"②，文学才华无人超越。赤壁之战后的一年多时间，曹操大军并未撤回邺城，而是驻军于曹操故里沛国谯县，后来又移兵合肥。在大军休整期间，王粲与诸文士聚集一起，常用一个题目共同作赋，进行艺术上的切磋。比如写江汉神女，写大军出征，文学创作热情空前高涨。所以王粲的到来，被学界视为曹魏邺下文人集团正式形成的标志。此后，诸文友的诗酒活动更加频繁。在征战间歇期间，在打仗行军途中，邺下诸子以曹丕、曹植兄弟为中心，多次开展文学创作活动，洒笔酬歌，和墨谈笑，掀起了建安文学创作的高潮。而王粲或是与友人相互赠答，或是同题共作，或是受命为文，成为邺下文人集团的中坚力量。

与此同时，王粲还为曹魏的文化制度的建立作出特殊的贡献。建安十八年（213），曹操封魏公；建安二十年（215），又进爵魏王。魏国的礼乐制度建设就成为一项重要工作，而王粲凭借他的文学才华和家学渊源，成为这方面堪当重任的合适人选。比如，曹魏宗庙社稷需用祭祀歌舞，王粲受命改创乐府歌诗。沈约《宋书·乐志》记载："魏国初建，使王粲改作登哥及《安世》《巴渝》诗。"③另外还有各方面的礼仪制度，也经常由王粲主持制定。《三国志》本传记载："时旧仪废弛，兴造制度，粲恒典之。"④"典"，是主持管理的意思。田汉云、秦跃宇《汉晋高平王氏家族文化研究》一书对于王粲在曹魏集团中的文化贡献有深入细致的分析，他们认为："魏国初创，兴造制度是关系到曹魏功业成败利钝的基础工程。家学根柢与师承渊源，使王粲成为当此大任的最佳人选。由于东汉典制在战乱时期多有废弛，曹魏作为国中之国而具有体制上的特殊性，完成这

---

① （晋）陈寿撰，（南朝宋）裴松之注：《三国志》卷二十一，中华书局1982年版，第599页。

② （三国魏）曹植著，赵幼文校注：《曹植集校注》，中华书局2016年版，第226页。

③ （梁）沈约撰：《宋书》卷十九，中华书局1974年版，第534页。

④ （晋）陈寿撰，（南朝宋）裴松之注：《三国志》卷二十一，中华书局1982年版，第598页。

一工程绝非轻而易举。""'恒典'二字，突出了王粲在为曹魏兴造典礼方面所起的主导作用。"① 所以，建安七子在邺下者，陈寿《三国志》唯独为王粲立传，也在于他典定朝仪，"兴一代之制"的文化贡献。

（三）失落苦闷的幽微心曲

王粲归附曹操以后，与前期流寓时期的感伤愁苦相比，总体来说是积极奋发的，但时不时也会产生心理上的失落苦闷。他比较受曹操亲重，归附初期即被封侯，官职也由丞相掾到军谋祭酒，再到侍中，一直是曹操身边的亲近幕僚。只不过他虽然出身名门，志向远大，却因为长期漂泊流寓，几乎没有治理政事和用兵打仗的历练，所以曹操对他的亲近，也只是把他当作一个有才华的文士来对待，在商议军国大事方面是不太重视的，这让王粲内心产生一定的失落苦闷。《三国志·杜袭传》记载，王粲与杜袭、和洽并为侍中，曹操对他的敬重，不及杜袭、和洽。有一次，曹操与杜袭谈话至夜半，性格争强好胜的王粲竟然焦虑到夜不成眠，念叨着"不知公对杜袭道何等也"。和洽嘲笑他说："天下事岂有尽邪？卿昼侍可矣，悒悒于此，欲兼之乎！"② 只不过，王粲虽然仕进心强，但在史传记载中，没见到他像杜袭、和洽那样，或是有治民领兵的经验，或是对曹操有刚正直谏的表现，在群雄逐鹿的局面下，曹操对他亲近而不敬重，也在所难免。

王粲这种精神上的失落和愁闷，在曹植那里得到共鸣。两人互相赠答的诗中，都以鸟为喻，王粲说"上有特栖鸟，怀春向我鸣。褰衽欲从之，路险不得征"③，表现出愿望不能实现的苦闷；曹植说"中有孤鸳鸯，哀鸣求匹俦。我愿执此鸟，惜哉无轻舟"④，包含着

---

① 田汉云、秦跃宇：《汉晋高平王氏家族文化研究》，中华书局 2013 年版，第 61 页。
② （晋）陈寿撰，（南朝宋）裴松之注：《三国志》卷二十三，中华书局 1982 年版，第 666 页。
③ 俞绍初辑校：《建安七子集》（修订本），中华书局 2016 年版，第 95 页。
④ （三国魏）曹植著，赵幼文校注：《曹植集校注》，中华书局 2016 年版，第 44—55 页。

深切的理解同情。虽然王粲一直跟随曹操，不像徐干、刘桢、应玚那样，被任命为曹丕、曹植的属官，但他与曹植、曹丕也关系密切。尤其是与曹植感情深厚，"好和琴瑟，分过友生"①。王粲病亡后，曹植满怀深情地为他撰写《王仲宣诔》，文中充满赞美与哀痛之情。下葬时，曹丕也率众人以特殊的方式祭奠。《世说新语·伤逝》记载："王仲宣好驴鸣。既葬，文帝临其丧，顾语同游曰：'王好驴鸣，可各作一声以送之。'赴客皆一作驴鸣。"② 不过，让王粲绝后的事，曹丕做起来一点也不手软。王粲死后两年，他的两个儿子在一场反叛事件中受到牵连，全被曹丕杀了。据《三国志》本传裴注引《文章志》所记，当时曹操征讨刘备还在汉中，听到王粲二子的死讯，遗憾地表示："孤若在，不使仲宣无后。"③ 毕竟长达 8 年多的时间，王粲一直跟随在曹操身边，不遗余力地支持曹操平定天下的大业，见证他的丰功伟绩，这种不幸结局的确是曹操也不愿意看到的。

　　《三国志·钟会传》裴注引《魏氏春秋》曰："文帝既诛粲二子，以（王）业嗣粲。"④ 王业就是前面提到的王粲族兄王凯的儿子。按张华《博物志》的说法，蔡邕赠予王粲的书籍，最后都归了王业。而王业的两个儿子都精通《周易》，其中之一就是魏晋玄学大师王弼。无论所记细节是否真实，都不能否定山阳王氏家族在新的社会时代，由儒学世家转到玄学，引领了一代思想风潮。田汉云、秦跃宇《汉晋高平王氏家族文化研究》说："保持与时俱进的自觉，是王氏家学屡开新景的重要原因。"⑤ 而在王弼之前，王粲以其出色的文学表现，已成为开启文学新风的领军人物。

---

① （三国魏）曹植著，赵幼文校注：《曹植集校注》，中华书局 2016 年版，第 243 页。

② （南朝宋）刘义庆著，（南朝梁）刘孝标注，余嘉锡笺疏：《世说新语笺疏》，中华书局 2007 年版，第 748 页。

③ （晋）陈寿撰，（南朝宋）裴松之注：《三国志》卷二十一，中华书局 1982 年版，第 599 页。

④ （晋）陈寿撰，（南朝宋）裴松之注：《三国志》卷二十八，中华书局 1982 年版，第 796 页。

⑤ 田汉云、秦跃宇：《汉晋高平王氏家族文化研究》，中华书局 2013 年版，第 28 页。

第二节　王粲的诗歌成就

据《三国志》本传记载，王粲"著诗、赋、论、议垂六十篇"。《隋书·经籍志》著录《王粲集》十一卷，后来渐渐有所散亡，两《唐志》为十卷，南宋晁公武《郡斋读书志》为八卷，宋以后文集就完全散失了，直到明代才有辑本。目前通行本有俞绍初辑校的《王粲集》、张蕾的《王粲集校注》以及建安七子合集的各种整理本，都值得参看。

曹植《王仲宣诔》称赞王粲："文若春华，思若涌泉。发言可咏，下笔成篇。"① 钟嵘《诗品》将王粲与曹植、刘桢列入上品②，沈约《宋书》从文学流变的角度，将他与曹植并列，说明其"标能擅美，独映当时"③ 的典型意义，都是对王粲文学成就的高度肯定。这里先总体介绍王粲的创作分期和诗歌特色，再分别解读其前期诗歌代表作《七哀诗》和后期诗歌代表作《从军诗》。

一　王粲的诗歌创作

王粲诗保存下来的大约有 20 多首，包括四言、五言和乐府诗。这些诗作在写作时间上最早的是王粲自长安流寓荆州之际，最晚的是在最后一次随征东吴途中。随着生活经历的改变，王粲诗歌抒情写志的情感和诗风具有不同的表现。

（一）诗歌创作分期

王粲的人生遭遇在归曹前后有较大变化，影响到文学创作，以归曹为界分前后两个时期。

归曹之前，王粲诗主要有两类内容，一是反映乱世流离，二是

---

① （三国魏）曹植著，赵幼文校注：《曹植集校注》，中华书局 2016 年版，第 242 页。
② （南朝梁）钟嵘著，曹旭笺注：《诗品笺注》，人民文学出版社 2009 年版，第 201 页。
③ （梁）沈约撰：《宋书》卷六十七，中华书局 1974 年版，第 1778 页。

赠别友人。反映乱世流离的诗歌，如《七哀诗》三首中的前两首，"西京乱无象"一首写避乱途中的见闻感受，将个人的不幸与社会民众的苦难结合在一起，表达对太平治世的渴望；"荆蛮非我乡"一首写流寓荆州时的思乡之情，通过白日凄惨景象和深夜孤独不寐的叙述描写，表达"羁旅无终极，忧思壮难任"①的哀伤痛苦。赠别诗则有《赠蔡子笃诗》《赠士孙文始诗》《赠文叔良诗》，都是四言诗，主要抒发与友人离别的哀伤愁绪。在抚今忆昔的话别中，描写了"风流云散，一别如雨"②的离愁，也表达了自己不得归乡的苦闷忧伤。

归曹以后，王粲诗所表现的内容更为丰富多样，大致可分为四个方面。

一是反映诗酒游宴的生活。王粲积极参与邺下诗酒游猎活动，这样的生活在诗中多有表现。如《杂诗》写驰游欢乐，"方轨策良马，并驱厉中原"③；《公宴诗》描写夏季盛大的酒宴场景：美酒佳肴，丝竹并奏，众宾喧闹，尽情欢乐。在酒酣耳热、意气风发之际，还不忘赞美建立大业的曹操："愿我贤主人，与天享巍巍。克符周公业，奕世不可追。"④这就是刘勰《文心雕龙·明诗》篇所说的"并怜风月，狎池苑，述恩荣，叙酣宴，慷慨以任气，磊落以使才"⑤。

二是描写从军征战的经历。《从军诗》五首是王粲后期颇有分量的作品，主要反映南征北战的军旅生活。诗中描写社会战乱，抒写行旅辛苦的体验，反映军营将士念家思亲的愁苦，也通过赞颂曹操的神武之师，表达自己建功立业的宏伟抱负。

三是表达感念恩德的情怀。王粲游宴、从军等各类题材的诗作中，频繁表达对曹操的感恩戴德。还有《咏史诗》二首，分别吟咏

---

① 俞绍初辑校：《建安七子集》（修订本），中华书局2016年版，第97页。
② 俞绍初辑校：《建安七子集》（修订本），中华书局2016年版，第89页。
③ 俞绍初辑校：《建安七子集》（修订本），中华书局2016年版，第95页。
④ 俞绍初辑校：《建安七子集》（修订本），中华书局2016年版，第99页。
⑤ （南朝梁）刘勰著，范文澜注：《文心雕龙》卷二，人民文学出版社1958年版，第66页。

三良和荆轲，是建安十六年（211）随军西征马超时所作，其中歌咏三良一首较为完整。当时大军进发，途经为秦穆公殉葬的三良冢墓，曹植、阮瑀、王粲等共同以三良为题材作诗。王粲《咏史诗》的代入感很强，他一方面站在"自古无殉死，达人所共知"的事理上，理性地批判秦穆公；一方面又自比三良因"受恩"而情愿随主人一同死去，"生为百夫雄，死为壮士规"[①]。名义上是咏史，实际是借古抒情，表达自己报恩的心声。所以，江淹《杂体三十首》中拟王粲诗，就以"王侍中怀德"为标题[②]，也是认为王粲诗对曹操的感恩戴德之情表达得比较突出。

四是抒发失意哀愁的情感。《杂诗》五首中，以鸟为喻，"特栖鸟"的孤栖，"飞鸾鸟"的哀鸣，"鸷鸟"的恐惧不自由，都隐约表达出难以言说的失意哀愁。与前面三个方面的直接抒写相比较，这种托物为喻的写法，不难看出他归曹之后的另一种心情。

（二）诗歌特色

《文选》收录王粲诗歌 13 首，是建安文人、建安文士除曹植以外，收诗最多的一个。其诗情感真挚深切，既能够展现他一生的遭遇和感受，也深切反映了汉末建安时期的社会现实，体现了建安文人强烈的积极用世精神。前后期题材内容虽有一定变化，但慷慨悲凉的基本情调贯穿其间，只是相对于邺下其他诗人，哀伤凄苦更为浓厚一些。

谢灵运《拟魏太子邺中集八首》在有关王粲的小序中说"贵公子孙，遭乱流寓，自伤情多"[③]，这是对王粲诗风成因的一种判断。比起慷慨悲壮的建安诗坛风气来讲，王粲所经历的苦难不幸历时更久、感受更深，诗中表达的个人的悲苦和社会苦难更为沉重。哪怕是到后期归附曹操阵营，迎来人生的天清气朗，可是由于他仕进心

---

①　俞绍初辑校：《建安七子集》（修订本），中华书局 2016 年版，第 98 页。

②　（南朝梁）江淹著，丁福林、杨胜朋校注：《江文通集校注》，上海古籍出版社 2017 年版，第 688 页。

③　顾绍柏校注：《谢灵运集校注》，中州古籍出版社 1987 年版，第 140 页。

强，感受也异常敏锐，所以尽管也写过一些壮怀激昂的诗歌，但内心的焦虑愁苦却时时再现于诗中。钟嵘《诗品》评价王粲的诗歌风格说："发愀怆之词，文秀而质羸，在曹刘间别构一体。"① "愀怆"，意思是悲哀凄怆。在钟嵘看来，王粲诗多有悲哀凄怆之情，文采清秀，力少气弱，与曹植、刘桢的雄迈豪壮相比，构成另外一种诗风。

总体来说，王粲的诗歌具有一种清怨秀美的风格，一方面是由于内容上自伤情多，另一方面则是艺术表现上缺少气势鼓荡，所以就不像曹刘诗那样风骨强劲、雄迈宏阔。当然，细论起来，也并非那么绝对，王粲的诗也是建安诗风的一个组成部分，能够在《诗品》中与"建安之杰"曹植共列上品，能被刘勰推为"七子之冠冕"，也是有充分理由的。清代刘熙载《艺概·诗概》中说："公干气胜，仲宣情胜，皆有陈思之一体。后世诗率不越此两宗。"② 王粲的诗没有曹、刘的高迈气格，但是感情饱满深切，也有悲感动人的力量。

二　前期诗歌代表作《七哀诗》

王粲《七哀诗》是一组诗，今存三首，其中前二首为《文选》所收录。根据内容来看，三首诗可能不是一时所作。我们这里先对《七哀诗》的诗题做一个解释，然后重点解读《七哀诗》其一。

（一）《七哀诗》诗题

建安作家除王粲以外，曹植、阮瑀也有同样题目的诗作。对于这个诗题，历来有不同解释。这里面涉及一些基本常识问题，我们略作提示，以纠正当前通行的某些说法。

第一个问题，在诗体类型上，《七哀诗》是否属于汉末乐府诗呢？

现存文献材料表明，唐宋以前所有记载，除唐代吴兢《乐府古题要解》之外，没有称《七哀》属于乐府诗的。曹植《七哀》"明

---

① （南朝梁）钟嵘著，曹旭笺注：《诗品笺注》，人民文学出版社 2009 年版，第 66 页。
② （清）刘熙载撰，袁津琥校注：《艺概校注》卷二，中华书局 2009 年版，第 246 页。

月照高楼"诗的著录分两种情况：诗题为《七哀》的，不属于乐府诗；诗作归为乐府诗的，诗题不是《七哀》，而是《明月诗》或《怨诗行》。此外，古代选本总集如萧统《文选》、王夫之《古诗评选》，也都不将王粲《七哀诗》列入乐府。因此我们的结论是，称王粲《七哀诗》为"汉末乐府诗题"的说法，文献依据不足。

第二个问题，"七哀"得名是否与音乐有关？

在诗题含义上，"七哀"取名是否与音乐有关呢？关于"七哀"的"七"字如何理解，自古以来众说纷纭。有具体指出七种情感的，有笼统概言哀思之多的，皆可备为一说。当代有学者认为，"七哀"取名可能是与音乐有关，理由是《宋书·乐志》《乐府诗集》著录曹植"明月照高楼"一诗共有七解。这种说法经不起推敲。因为曹植原诗只有16句，有七解的《怨诗行》乐府诗是晋乐改编版，四句一解，共七解28句。而且王粲、阮瑀的《七哀诗》都没有配乐改编的记载。所以，《七哀》由乐曲演唱为七解而定题，这个说法也存在文献材料上的漏洞。

最后简单说说我们的看法。有一个被忽略的事实，就是王粲、阮瑀以及晋朝张载的《七哀》之作都是组诗。古籍散亡严重，单就王粲来说，南宋人章樵说："粲集《七哀诗》六首，其二诗入《选》。"① 也就是说，章樵见到的《王粲集》中，《七哀诗》共有六首，其中二首被收入《文选》，另一首增入《古文苑》。如今王粲此题下仅存三首，而另有三首应当是南宋以后亡佚的。前面说过，《隋书·经籍志》著录《王粲集》十一卷，到南宋时只剩下八卷，说明章樵所见也不是《王粲集》全貌。结合王粲《七哀诗》三首，每首各表达不同的哀伤，以及阮瑀、张载诗都同是不止一首的组诗，可能性比较大的是，王粲原作数量与题中数字"七"是相等的。近年有学者从文化学角度解释"七"这个数字的含义，"七"字有极言其多的概括意思；也有从汉代枚乘《七发》开始的"七"体来做思考的，都

---

① （宋）章樵注：《古文苑》卷八，中国书店2012年版，第3册。

值得重视。建安作家在艺术表现上的大力探求，是建安文学繁荣气象的一个重要组成部分，这里面既包括题材、文体的扩展和完善，也包括形式和技巧的探索和创新，多种累积要素促进了文学的发展变迁。

我们将文献学、文化学以及文学内部影响等因素结合在一起考虑，得出一个初步判断，即《七哀诗》这个诗题较为合理的解释是，受"七"体影响，用组诗形式抒写人世间的七种哀愁。如同江淹《别赋》所说"别虽一绪，事乃万族"①，《七哀诗》的诗题之义也可说是"哀虽一绪，事乃万族"，反映的是动荡不安的岁月中，社会与人生的种种哀苦。

王粲现存的三首《七哀诗》，第一首"西京乱无象"，写乱世流离漂泊之哀，主要反映社会动乱；第二首"荆蛮非我乡"，抒发他乡羁旅之哀，主要表现个人不幸；第三首"边城使心悲"，抒写人民滞留荒寒边城之哀，主要是反映战乱中的百姓苦难。

（二）解读《七哀诗》其一

《七哀诗》三首中第一首最有名。原诗如下：

> 西京乱无象，豺虎方遘患。复弃中国去，远身适荆蛮。亲戚对我悲，朋友相追攀。出门无所见，白骨蔽平原。路有饥妇人，抱子弃草间。顾闻号泣声，挥涕独不还。"未知身死处，何能两相完？"驱马弃之去，不忍听此言。南登霸陵岸，回首望长安。悟彼下泉人，喟然伤心肝！②

本诗前六句写长安乱起，自己被迫离别亲友，远赴荆州避乱。"西京"指长安。"无象"，是指乱得不成样子。"豺虎"指董卓爪牙李傕、郭汜。"遘患"，即制造祸患。"远身"，有版本作"委身"，避乱与托身，两种意思都说得通。董卓被杀后，其旧部李傕、郭汜

---

① （南朝梁）江淹著，丁福林、杨胜朋校注：《江文通集校注》，上海古籍出版社 2017 年版，第 122 页。

② 俞绍初辑校：《建安七子集》（修订本），中华书局 2016 年版，第 97 页。

攻入长安，接着是各势力之间互相争斗，长安一带动荡不安。"出门无所见"以下八句写社会动乱给广大百姓带来的苦难。"出门无所见，白骨蔽平原"，是大背景描写，与曹操《蒿里行》"白骨露于野，千里无鸡鸣"①一样，都是通过白描手法，揭露军阀混战给社会和人民带来的灾难。所不同的是，王粲以此为背景，描写了一个更为惨烈的"饥妇弃子"事件。在丢掉亲生儿子后，饥妇"顾闻""挥涕不还"的举动，以及"未知身死处，何能两相完"的诉说，展示了惨绝人寰的乱世景象。最后"驱马弃之去"六句再转回到自身，写离开长安途中渴望太平盛世而不得的哀伤痛苦。其中"南登霸陵岸，回首望长安"二句，形成的是鲜明对比。霸陵是汉文帝的陵墓，走到此处，便不禁想起前朝"文景之治"的太平盛世，再回望烽火狼烟、遍野白骨的长安，就深刻体会到《诗经·下泉》作者的"思治"心情。

全诗通过个人的不幸和社会人民的苦难，揭露董卓爪牙制造战乱、祸国殃民的罪行，表达渴望太平治世的深切心情。

这首诗在写作上有以下两个突出特点。

一是白描直叙手法。诗中叙事、描写和抒情相融合，把自己的漂泊之苦与无辜百姓的丧亡交织为一体，反映了整个时代的巨大灾难。语言朴素，感情深沉，蕴涵丰富深厚。

二是章法巧妙。此诗篇幅不长，之所以具有如此大的容量，还在于结构安排上独具匠心。开篇"西京乱无象"的"乱"字，是展开生离死别叙述的大背景，亲友伤别、饥妇弃子乃至霸陵思治，都源于时代社会之"乱"，所以"乱"字是全篇的诗眼。三个"弃"字重复使用，作用至关重要。首先，三个"弃"字，都是根源于"乱"，但含义各有侧重。第一个"弃"，写人生无奈，而冠一"复"字，意谓从东都到西京的两次之弃，写的是自身，凸显的是时代，从时间和空间两个维度拉长了历史覆盖面。第二个"弃"字，写生

---

① 中华书局编辑部编：《曹操集》，中华书局 2018 年版，第 4 页。

命绝望。"饥妇弃子"的极端事例，画面背景是"白骨蔽平原"，写的是一件事，反映的是社会历史。第三个"弃"字，不同于前两个的被迫，而是一种主动选择。专门突出文帝霸陵，有意使用《下泉》典故，都表明王粲心中有明确的社会政治理想。只是信念未灭，而现实令人喟叹"伤心肝"。同用一个"弃"字，领属三幅不同画面，可以产生对照效果，从而拓展了诗歌的内在容量。其次，三个"弃"字重复使用，具有前后呼应的作用。总结起来说，就是每个"弃"字领属的是一个相对独立的事情，按顺序次第展开，形成一种一波未平一波又起的跌宕起伏；而同一个"弃"字不断重复，又共源于一个"乱"字，这样便以其相同性把生离死别和思治三幅画面统贯为一个整体，使时代主题得到强化突出。

因此，不得不说，在建安时代反映社会灾难的诗歌中，王粲这首诗《七哀诗》，是艺术水平非常高的一篇佳作。

三 后期诗歌代表作《从军诗》

王粲《从军诗》共五首，不是同一时间所作。郭茂倩《乐府诗集》著录为《从军行》①。这一组诗是王粲后期具有代表性的诗作，其价值主要体现在历史纪实性、建功立业抱负的抒发和征战场景的艺术化展现。我们就围绕这三点来介绍这一组诗。

（一）历史纪实性

董卓之乱以来，各方武装力量的争斗已成社会常态，大规模的军事战役接连不断，战乱不止正是当时社会的时代特色。王粲自归附曹操后，与其他诸文士一样，几乎每年都有随军出征的经历，建安文学中也对此多有反映。然而现在保存下来的多是征战赋，正面表现军事战役的诗歌并不太多。王粲《从军诗》五首，从诗题到内容都能够说明这一组诗属于历史纪实性诗歌文本，在诗歌史上具有

---

① （宋）郭茂倩编：《乐府诗集》第三十二卷，中华书局 1979 年版，第 475 页。

诗史一般的意义。比如《从军诗》其一"从军有苦乐"，反映的是建安二十年（215）西征张鲁的军事行动。裴松之《三国志·武帝纪》注就引用此诗，注明曹操于本年征讨张鲁大获全胜，说："是行也，侍中王粲作五言诗以美其事。"①

张鲁盘踞汉中二十多年，当地百姓安居乐业。只是汉中地理位置重要，向南是入蜀的咽喉要道，向北可以进击长安，而张鲁又曾与马超联合围攻曹操占领的地盘，杀死朝廷命官。曹军虽然有夏侯渊屯扎长安加以阻挡，但始终不能彻底解决问题。所以，建安二十年三月，曹操亲率十万大军西征张鲁。在阳平关，张鲁一方据关而守，围攻不下。曹操采取撤军夜袭的战术，一举获胜。王粲跟随曹操征战，亲眼目睹其用兵如神，征讨张鲁战役又赢得如此彻底，所以他热情洋溢地写诗赞美曹操，也描写了这一战役的完整过程。裴松之注所引用的是《从军诗》其一的前半段内容，真实反映了西征的全过程。诗中写道：

> 从军有苦乐，但问所从谁。所从神且武，焉得久劳师。相公征关右，赫怒震天威。一举灭獯虏，再举服羌夷。西收边地贼，忽若俯拾遗。陈赏越丘山，酒肉逾川坻。军中多饶饫，人马皆溢肥。徒行兼乘还，空出有余资。拓地三千里，往返速若飞。歌舞入邺城，所愿获无违。②

"从军有苦乐"是以议论起笔，非常精彩。军旅生活既有风餐露宿、九死一生的危险劳苦，也有勇猛冲杀、克敌制胜的喜悦。王粲不像后代诗人那样，写军旅征战多叙其苦，而是以一个亲历者的切身感受，说明从军征战有苦有乐，不仅真实，而且很自然地引出下面的叙述描写。这一句在后代也成为一个诗题，唐代李益就写有

---

① （晋）陈寿撰，（南朝宋）裴松之注：《三国志》卷一，中华书局1982年版，第47页。
② 俞绍初辑校：《建安七子集》（修订本），中华书局2016年版，第100页。

《从军有苦乐行》一诗，《乐府诗集》在诗题下说明"魏王粲《从军行》曰：'从军有苦乐，但问所从谁。'因以为题也"①。

曹操征讨张鲁，最后一役是阳平关战役，赢得干脆利落。但是在大军行进过程中，从陈仓到散关，再到巴汉一带，却不断遭到西部氐族各部、北凉军阀以及巴汉地方势力的拦截阻挡。"相公征关右，赫怒震天威。一举灭獯虏，再举服羌夷。西收边地贼，忽若俯拾遗。"诗中用简略的笔致，概括写出曹军破敌屠城，勇往直前，最终获得曹操消灭袁绍、平定北方之后的最大一次胜利。

曹军占领了张鲁的老巢南郑之后，尽获其珍宝，军需物资得到大量补充。"陈赏越丘山，酒肉逾川坻。军中多饶饶，人马皆溢肥。徒行兼乘还，空出有余资。"这些都是纪实性描述。不久张鲁率众归降，曹操自南郑撤军，返回邺城。自王粲归降曹操后，常年随军东征西战，但战果不明显，几乎都是拉锯式的攻守对峙，互有胜负。而西征张鲁是一次彻底的胜利，曹操阵营士气高涨，"拓地三千里，往返速若飞。歌舞入邺城，所愿获无违。"在一气流贯的诗句中，王粲本人欢欣鼓舞之情溢于言表，这是他"愿厉朽钝姿"更加奋发有为的动力。

（二）建功立业抱负的抒发

如果说王粲前期的人生是被抛进时代乱流之中，被动无奈地忍受着命运的折磨，那么后期跟随曹操以后，则是一种积极主动、昂扬奋发的状态，这种思想情感在《从军诗》中得到突出表现。他虽然自谦为"朽钝""铅刀"，但依然满怀豪情，希望能够建功立业。如《从军诗》其二"凉风厉秋节"一首写随征东南，讨伐孙权。诗中虽然也写出征夫怀亲之思，不得安处之苦，但是身在军旅，就要舍身忘己，竭尽全力报效君国："惧无一夫用，报我素餐诚。"②还有其三"从军征遐路"一首，表达"身服干戈事，岂得念所私"③

---

① （宋）郭茂倩编：《乐府诗集》第三十三卷，中华书局 1979 年版，第 491 页。
② 俞绍初辑校：《建安七子集》（修订本），中华书局 2016 年版，第 101 页。
③ 俞绍初辑校：《建安七子集》（修订本），中华书局 2016 年版，第 101 页。

的功业心；其四"朝发邺都桥"一首也是"我有素餐责，诚愧伐檀人。虽无铅刀用，庶几奋薄身"①，表现了奋发有为的志士情怀。

建安文人、建安文士表达建功立业情怀，有不少是在诗酒游宴的场合进行抒发描写的，王粲本人也是如此。相比之下，以征战题材的诗歌来表达建功立业的豪情壮志，情感抒发显得更为切合，也更有艺术感染力。

（三）《从军诗》对于征战场景的艺术化展现

王粲《从军诗》五首不仅真实描写了当时历史社会生活，反映建安文人、建安文士奋发有为的精神状态，而且在表现戎马征战题材的诗作中，显示出很高的艺术水平。我们着重从以下三个层面来谈它在建安五言诗发展中的代表性。

第一，情感色彩浓郁。王粲《从军诗》五首虽然是战争题材，有对历史社会的纪实叙事，但是在叙事描写中贯穿丰富的情感，抒情很强。其中抒写自我的军旅愁苦，表达对征夫的同情；还有对社会时局的悲哀和积极奋发的壮志，都是以情贯穿，使从军征战题材的诗作显得深厚切实。

第二，壮观的军威军容的刻画。如《从军诗》其四"朝发邺都桥"写东征孙权，描绘了大军出征的壮观场面："朝发邺都桥，暮济白马津。逍遥河堤上，左右望我军。连舫逾万艘，带甲千万人。率彼东南路，将定一举勋。"②自邺都桥口水路进发，行进到白马津渡口，战船高橹浩浩荡荡，铠甲战士成千上万。在大军进发的壮观场面中，豪情壮怀溢于言表。

第三，景物的烘托渲染。从初平元年（190）大乱以来，直到建安二十二年（217）王粲最后从军东征，初平元年大乱到建安二十二年的战乱，社会景象破败萧条，再加上军旅生活劳苦困顿，所以行军途中所见自然景物往往能够勾起一些哀伤。我们看《从军诗》其

---

① 俞绍初辑校：《建安七子集》（修订本），中华书局2016年版，第101页。
② 俞绍初辑校：《建安七子集》（修订本），中华书局2016年版，第101页。

三中的景物描写："白日半西山，桑梓有余晖。蟋蟀夹岸鸣，孤鸟翩翩飞。征夫心多怀，恻怆令吾悲。下船登高防，草露沾我衣。回身赴床寝，此愁当告谁？"① 日落暮色、蟋蟀鸣叫、孤鸟独飞、草间露水，渲染出深秋行旅中的浓浓愁绪。以景物描写渲染烘托情感，在《从军诗》其五中表现得比较鲜明：

> 悠悠涉荒路，靡靡我心愁。四望无烟火，但见林与丘。城郭生榛棘，蹊径无所由。雚蒲竟广泽，葭苇夹长流。日夕凉风发，翩翩漂吾舟。寒蝉在树鸣，鹳鹄摩天游。客子多悲伤，泪下不可收。朝入谯郡界，旷然消人忧。鸡鸣达四境，黍稷盈原畴。馆宅充廛里，士女满庄馗。自非圣贤国，谁能享斯休？诗人美乐土，虽客犹愿留。②

据《三国志·武帝纪》记载，建安二十一年（216）征讨孙权，是在寒冷的冬季开始的，"冬十月，治兵，遂征孙权，十一月至谯"③。王粲诗中的景物描写基本是写实的。前半部分浓墨重彩写行军途中所见景象，画面中荒途漫漫、林丘冷寂、榛棘长满城郭、杂草覆盖水面，再加上凉风中的漂舟、寒蝉、高鸟，无论静态动态，一派萧条荒凉。诗人情感也从愁绪满怀到悲伤落泪。而到达谯郡后，看到的是"鸡鸣达四境，黍稷盈原畴。馆宅充廛里，士女满庄馗"的富庶安宁。诗人的情感也转变为美于"乐土"，心中充满了喜悦安宁。如果把"诗人美乐土，虽客犹愿留"，与前期《登楼赋》中的"虽信美而非吾土兮，曾何足以少留"作一比较，就可以认识到，这里所说的"圣贤国"不应该仅仅理解为王粲对曹操的美化和吹捧，其中反映出的是作者对理想社会的向往。

在战争题材的诗歌当中，以丰富的艺术手段叙事抒情，不仅能

---

① 俞绍初辑校：《建安七子集》（修订本），中华书局 2016 年版，第 101 页。
② 俞绍初辑校：《建安七子集》（修订本），中华书局 2016 年版，第 101 页。
③ （晋）陈寿撰，（南朝宋）裴松之注：《三国志》卷一，中华书局 1982 年版，第 49 页。

够显示王粲个人的文学才华，而且也能够体现建安诗歌的艺术水平。

第三节　王粲的散文辞赋创作

王粲的散文和辞赋都有名篇佳作。所以专论五言诗的钟嵘，在曹植以外比较推重刘桢，而刘勰则全面看待其诗赋创作，称之为"七子之冠冕"。有关王粲的散文和辞赋，我们先分别介绍其创作概况，然后重点解读《登楼赋》。

一　王粲的散文创作

王粲散文现存 20 余篇，文体类型丰富，包括书檄、论赞、铭颂、纪传、连珠等，各体均有。这里结合文体形式和功能，归纳为三类。

第一类是代拟文书，共有 3 篇。其中两篇是代刘表致书袁谭、袁尚。袁绍在官渡大战失败以后，不到两年就病死了，其子袁谭、袁尚为争夺权力，兴兵内讧。建安八年（203），王粲代刘表作书，撰写《为刘表谏袁谭书》《为刘表与袁尚书》，分别对兄弟二人进行规劝。劝说袁谭要与母亲兄弟和好："今仁君见憎于夫人，未若郑庄之于姜氏；昆弟之嫌，未若重华之于象敖。然庄公卒崇大隧之乐，象敖终受有鼻之封。愿捐弃百痾，追摄旧义，复为母子昆弟如初。"[1]劝说袁尚既然已经继业承统，就应当顾全大局，包容其兄的"天性峭急，迷于目前"[2]。"若其泰也，则袁族其与汉升降乎！若其否也，则同盟永无望矣。"[3] 两篇书信的写作视野开阔，辞致恳切，并且大量引经据典，以历史的经验教训苦口婆心地劝说袁氏兄弟要齐心协力对付曹操，不要手足相残。可惜的是，"仲宣二书，疾呼泣血，无

---

① 俞绍初辑校：《建安七子集》（修订本），中华书局 2016 年版，第 131 页。
② 俞绍初辑校：《建安七子集》（修订本），中华书局 2016 年版，第 134 页。
③ 俞绍初辑校：《建安七子集》（修订本），中华书局 2016 年版，第 135 页。

救阅墙"①。袁氏兄弟的内讧争斗，致使袁氏家族最终败亡，冀州归于曹操。王粲另外一篇代拟文书，是在曹操阵营所作的《为荀彧与孙权檄》。建安十七年（212），曹军南征孙权，王粲为监军荀彧代写檄文，用以"宣示国命，威怀丑虏"②，现在仅存几句有关备战练兵的内容。

第二类是论说体散文，包括《难钟荀太平论》《爵论》《儒吏论》《三辅论》《安身论》《务本论》6 篇。王粲的辩难论说之文，内容广泛，举凡治国之本、理民之法、为官之道、修身之要、爵位如何赏、武备有何用，无所不包。在写法上广征博引、论议滔滔，体现了王粲博学多识、辩才无碍。例如在荆州所写的《三辅论》，里面虚设三个人物：湘潭先生、江滨逸老、云梦玄公。通过人物之间的论辩展开时事评论。现存的一段是赞颂刘表征讨外兵，保荆州一方安宁。主要是写荆州武力强盛："建拂天之旌，鸣振地之鼓；玄胄曜日，犀甲如堵。以此众战，孰能婴御。"③ 以铺陈夸饰之笔描写荆州军队的强大声势。在曹操阵营，王粲所写的驳论文章《难钟荀太平论》，内容是讨论治国方略。这篇文章也是散佚过多，现存的一段文字中，历数尧、舜、禹直到周公时代的历史，借孔子、孟子之言阐述以法治国的必要性。也是广征博引、纵横议论，写得很有气势。

第三类是韵体散文，包括颂赞、铭诔、连珠等。这些整齐押韵的散文用途也非常广泛，有的用于宗庙祭祀，有的歌颂历史人物，有的陈说道理，有的赞美器物，都写得典雅有致。比较著名的是《吊夷齐文》。建安十六年（211），王粲、阮瑀等随军西征马超时，途经首阳山，有感于伯夷、叔齐的历史故事，共作吊文。阮瑀之文仅存

---

① （明）张溥著，殷孟伦注：《汉魏六朝百三家集题辞注》，中华书局 2007 年版，第101 页。

② （南朝宋）范晔撰，（唐）李贤等注：《后汉书》卷七十，中华书局 1965 年版，第2290 页。

③ 俞绍初辑校：《建安七子集》（修订本），中华书局 2016 年版，第 150 页。

数句，相比之下，王粲这一篇保存得比较完整，内容充实，主观情感也表达得更加充分。在吊文中，王粲一方面批评伯夷、叔齐，"知养老之可归，忘除暴之为仁"，对于周王除暴安良的大业认识不清，立场与儒家圣哲观念不符，另一方面也赞扬他们采薇首阳、甘居贫困的节操，有益于世道人心，"厉清风于贪士，立果志于懦夫"①。在复杂的吊古之情中，蕴含着社会现实的思考。

除以上三类之外，王粲还写有《荆州文学记官志》和《英雄记》，在典章制度和历史人物的记载方面，都具有重要的文献史料价值，只可惜没有完整保存下来。

二 王粲的辞赋创作

相比于诗歌和散文，王粲在辞赋领域的成就更为人所津津乐道。曹丕曾多次提到王粲擅长辞赋；刘勰《文心雕龙·诠赋》把王粲与徐干列入"魏晋赋首八家"之中。王粲的赋存世数量不少，有将近30篇，可惜的是绝大部分都有所散佚，不太完整。在写作时间上，除《登楼赋》以外，大多是归附曹操以后所作，并且多是与邺下文士共用一个题目进行创作的。《登楼赋》后面单独讲，这里按题材内容，主要介绍咏物、征行和女性题材等三类赋作。

第一类，咏物赋。王粲有咏物赋十多篇。所写物事种类繁多，比如动物类有鹤、莺、鹦鹉、鹖鸡；植物类有槐树、柳树、迷迭香；器物类有车渠碗、玛瑙勒；还有一些投壶、围棋、弹棋等游戏活动。这一题材的赋，往往是邺下文士游宴活动时的戏作，大部分属于对物的赞美。如《车渠碗赋》，不过是对奇珍异宝的吟咏颂美。车渠，一作砗磲。曹丕《车渠碗赋序》介绍说："车渠，玉属也。多纤理缛文，生于西国，其俗宝之。"② 这种产自西域的玉石，因其珍奇难得，

---

① 俞绍初辑校：《建安七子集》（修订本），中华书局2016年版，第159页。
② 魏宏灿：《曹丕集校注》，安徽大学出版社2009年版，第122页。

引起大家的创作兴趣，当时曹丕、曹植、徐干、应场都有同题赋作。王粲还有些咏物赋，在写物的同时，是带有一定寄托的。比如《莺赋》，写笼中黄鹂"物微而命轻"①，以抒发人生的忧惧之情。《槐赋》写槐树植根弘深，枝叶茂盛，"鸟取栖而投翼，人望庇而披衿"②，寄情于物的意思就很明显了。曹丕《典论·论文》所称赞的王粲赋作中，就包括这一篇，说是"虽张、蔡不过也"③。

第二类，征行赋。由于经常随军出征，建安作家们撰写了不少行役征战的辞赋，有的直接与战争有关，有的则是旅途中的见闻感受。王粲这一类赋作有《初征赋》《浮淮赋》《征思赋》等，都是归曹初期随军征战之作。《初征赋》描写由荆楚返回中原，"超南荆之北境，践周豫之末畿"，"行中国之旧壤，实吾愿之所依"④，内心充满喜悦之情。《浮淮赋》写大军征伐，行船淮水的整齐壮观景象："泛洪橹于中潮兮，飞轻舟乎滨济。建众樯以成林兮，譬无山之树艺。"⑤ 深水浪滚，大型战船漂浮；河滨水浅，轻舟快速如飞；樯杆高耸如林，如同无山却栽满大树。大军浩荡壮观的水路进发场景，描绘得如在眼前。

第三类，女性题材的赋作。如《闲邪赋》《神女赋》《出妇赋》《寡妇赋》等，都是与其他建安文人有感于地方传说，或者记述特殊的社会现象，属于同题共作的辞赋。

另外还有一些同题共作的辞赋，都是片段保存，或仅剩一些残句。

值得注意的还有一篇《七释》。"七"体不以赋名篇，经常被归类到散文中。但是自汉代枚乘《七发》开始，因其铺陈手法和构篇方式都与辞赋相同，所以也往往被视为赋体文学的一个分支。《七释》是王粲的一篇重要作品，唐以前经常被关注评价，如西晋傅玄

① 俞绍初辑校：《建安七子集》（修订本），中华书局 2016 年版，第 129 页。
② 俞绍初辑校：《建安七子集》（修订本），中华书局 2016 年版，第 125—126 页。
③ 魏宏灿：《曹丕集校注》，安徽大学出版社 2009 年版，第 313 页。
④ 俞绍初辑校：《建安七子集》（修订本），中华书局 2016 年版，第 115 页。
⑤ 俞绍初辑校：《建安七子集》（修订本），中华书局 2016 年版，第 110 页。

《七谟序》说:"《七释》金曰妙焉,吾无间矣。"他认为《七释》的写作"精密闲理",也在"近代之所希"之列①。刘勰《文心雕龙·杂文》篇也称其"至辨于事理"②。可惜的是宋代以后,原文散佚,历来文献整理者,只能从《艺文类聚》《太平御览》等类书中获得一些片段的辑佚。直到20世纪80年代,罗国威在整理从日本回流过来的《文馆词林》一书时,发现收录在其中的《七释》,从而辑出长达二千多字《七释》全文,这是一个巨大的收获。由曹植《七启》序文中可以看出,王粲这篇《七释》是受命于曹植而作。文中虚设了潜虚丈人和文籍大夫两个人物,潜虚丈人是一个恬淡清玄的隐士,文籍大夫前去为之"言大伦,叙时务"③,通过他们之间的往复问答,铺写七桩情事。全篇主旨是借文籍大夫之口,号召潜虚丈人这样的隐士出山从政,体现了王粲积极用世的思想精神。

三 《登楼赋》解读

对王粲《登楼赋》的理解,往往会在赋题上产生疑问,即楼在何处?关于这个问题,自古以来就存在争议,主要有当阳、麦城、襄阳和江陵四种说法,直到现在也没有定论。当阳一说出现最早,刘宋时代盛弘之《荆州记》说:"当阳县城楼,王粲登之而作赋。"④后来李善注《文选》采纳了这个说法。麦城一说,最早见于郦道元《水经注》:"沮水又南迳楚昭王墓,东对麦城,故王仲宣之赋《登楼》云'西接昭丘',是也。"⑤ 此说为宋朝欧阳忞《舆地广记》所

---

① （清）严可均辑:《全上古三代秦汉三国六朝文·全晋文》,中华书局1958年版,第1723页。

② （南朝梁）刘勰著,范文澜注:《文心雕龙》卷三,人民文学出版社1958年版,第255页。

③ 俞绍初辑校:《建安七子集》(修订本),中华书局2016年版,第138页。

④ （梁）萧统编,（唐）李善注:《文选》,上海古籍出版社1986年版,第489页。

⑤ （北魏）郦道元注,陈桥驿校证:《水经注校证》卷三十二,中华书局2007年版,第753页。

采信，所以也很权威。江陵一说，出自《文选》五臣注，刘良注曰："遂登江陵城楼"①。襄阳一说，是由于王粲依附刘表，而刘表的荆州治所就在襄阳，所以这种说法也有很多人赞同，明代王世贞《仲宣楼记》就是为襄阳仲宣楼而作。然而，即使最早的记载，距离王粲也有二三百年之久，又是长期分裂割据时代，行政区划多有变化，而最权威的地理学家郦道元是北魏人，没到过南方，有关南方水系的记载也并不十分准确，这就造成湖北省内有好几处"仲宣楼"。

有关"仲宣楼"的争议，虽然聚讼纷纭，但这种争议基本不影响对赋作本身的理解，只能说明王粲《登楼赋》的影响很大。这是因为王粲作赋，不是赋"楼"，而是写"登楼"。《登楼赋》的题旨在于"登临"，即事在登览，旨在怀归，抒发登高望远的情思，属于一篇抒情小赋。所以，我们重点分析《登楼赋》的情感表达和艺术成就。原文如下：

> 登兹楼以四望兮，聊暇日以销忧。览斯宇之所处兮，实显敞而寡仇。挟清漳之通浦兮，倚曲沮之长洲。背坟衍之广陆兮，临皋隰之沃流。北弥陶牧，西接昭丘。华实蔽野，黍稷盈畴。虽信美而非吾土兮，曾何足以少留！

> 遭纷浊而迁逝兮，漫逾纪以迄今。情眷眷而怀归兮，孰忧思之可任？凭轩槛以遥望兮，向北风而开襟。平原远而极目兮，蔽荆山之高岑。路逶迤而修迥兮，川既漾而济深。悲旧乡之壅隔兮，涕横坠而弗禁。昔尼父之在陈兮，有"归欤"之叹音。钟仪幽而楚奏兮，庄舄显而越吟。人情同于怀土兮，岂穷达而异心？

> 惟日月之逾迈兮，俟河清其未极。冀王道之一平兮，假高衢而骋力。惧匏瓜之徒悬兮，畏井渫之莫食。步栖迟以徙倚兮，白日忽其将匿。风萧瑟而并兴兮，天惨惨而无色。兽狂顾以求

① （梁）萧统编，（唐）李善等注：《六臣注文选》，中华书局2012年版，第207页。

群兮，鸟相鸣而举翼。原野阒其无人兮，征夫行而未息。心凄怆以感发兮，意忉怛而惨恻。循阶除而下降兮，气交愤于胸臆。夜参半而不寐兮，怅盘桓以反侧。①

全篇依照所写内容，分三个层次。

第一层次，写登楼所见美景。我们从起句、铺写和转折三个关键点入手分析。

首先看起句。赋作一起笔，就将满怀情思注入笔端，开门见山点明登楼四望是为了"销忧"。作者登上高楼便四顾远望，一种迫切期待之情喷涌而出。他期待借助这个登高望远的机会，来一扫内心积压十多年的忧愁。这个起句出手不凡，以动作描写心理，笔致简洁有力，情意深沉浓厚。《文心雕龙·诠赋》将王粲列入"魏晋之赋首"的理由，便是"仲宣靡密，发端必遒"②。"遒"，意思是遒劲。起句中的"忧"字，包含着乡愁国忧，是贯穿全篇的情感线索。

其次赋中的铺写主要是从两方面描绘登楼所见的美好景致。一写所处位置敞亮："览斯宇之所处兮，实显敞而寡仇。"建楼之地，左右是"挟清漳之通浦兮，倚曲沮之长洲"，前后则是"背坟衍之广陆兮，临皋隰之沃流"。二写所见景致美妙。登楼眺望，美景尽收眼底，既广远到"北弥陶牧，西接昭丘"，又富庶得"华实蔽野，黍稷盈畴"。所见之景的铺写，不是像传统的散体大赋那样漫无节制地铺陈夸饰，而是非常简洁地写出所登之楼空间敞亮，地理位置优越，以及富庶安宁，景致优美。

最后本段末尾由赞不绝口的美景，毫无预兆地转向一个否定性的情感表达："虽信美而非吾土兮，曾何足以少留！"行文脉络上，这是一个陡转。所起到的作用有两方面：一是结构上承上启下，由所见之景到景中生情；二是效果上达到了一个反衬的艺术效果，用

① 俞绍初辑校：《建安七子集》（修订本），中华书局2016年版，第116—117页。
② （南朝梁）刘勰著，范文澜注：《文心雕龙注》卷二，人民文学出版社1958年版，第135页。

美景反衬悲情，表明起笔所写的"忧"字，一直在内心深处涌动。

第二层次，写楼上所感。当感情的闸门打开之后，便悲思淋漓地展开对思乡之忧和怀才不遇之感的抒写。这里面的情感有三层表达。

先是抚今追昔，从时间上写长年难以承受的漂泊忧思："遭纷浊而迁逝兮，漫逾纪以迄今。情眷眷而怀归兮，孰忧思之可任？"再从空间上写高楼望乡的忧愁："凭轩槛以遥望兮，向北风而开襟。平原远而极目兮，蔽荆山之高岑。路逶迤而修迥兮，川既漾而济深。悲旧乡之壅隔兮，涕横坠而弗禁。"然后再扩展开来，引用古今典实，从更广泛的意义上写人类普遍的乡愁："昔尼父之在陈兮，有'归欤'之叹音。钟仪幽而楚奏兮，庄舄显而越吟。人情同于怀土兮，岂穷达而异心？"孔子困厄陈蔡，叹息回乡；楚国钟仪在成为晋国囚徒后，弹奏的是楚国音乐；越人庄舄到楚国做官，生病时的呻吟声都是乡音。最后总结："人情同于怀土兮，岂穷达而异心？"以普遍的人类情感强调自己的思乡之苦。

第三层次，由高楼徘徊到下楼所思。这里面的情感表达又有三层转换。

先是情感上由缠绵不去的乡愁转到内心深处的痛："惟日月之逾迈兮，俟河清其未极。冀王道之一平兮，假高衢而骋力。惧匏瓜之徒悬兮，畏井渫之莫食。"岁月已逝，等待的国泰民安没有到来，志在天下的人生抱负也不能实现，心中的忧愁更深透一层。

再由内在情感转到下楼前的徘徊观望，暮色降临，眼中之景也变得萧条凄凉："步栖迟以徙倚兮，白日忽其将匿。风萧瑟而并兴兮，天惨惨而无色。兽狂顾以求群兮，鸟相鸣而举翼。原野阒其无人兮，征夫行而未息。"景色凄凉，内心更加忧伤。

然后又由高楼徘徊中的情景双重悲愁，转到下楼后的深夜煎熬："心凄怆以感发兮，意忉怛而惨恻。循阶除而下降兮，气交愤于胸臆。夜参半而不寐兮，怅盘桓以反侧。"开端为销忧而登楼，收笔写下楼后忧思更深。

《登楼赋》是一篇感人至深的抒情小赋。全篇以"忧"字为核心，以登楼望远为线索，抒写去国怀乡的深沉情感。既反映了王粲创作中"自伤情多"的特色，也充分表现了建安时期悲凉慷慨的文学特色。顾农评价说："《登楼赋》在京殿、苑猎、述行、序志等赋的传统题材之外，开辟了登临抒怀这一崭新的领域，把反映社会乱离和抒发进取之志结合起来，在中国赋史上自有其崇高的地位。"①

《登楼赋》在写作上最突出的有两大特点。第一，结构完整，主线突出。这篇赋作以登楼为线索，以登楼销忧开始，以下楼忧深结束，结构完整，前后照应。全篇围绕开篇的一个"忧"字展开描写，感情表达跌宕起伏，把怀乡忧国的深沉情感表达得非常充分。第二，层次分明，情景交融。王粲《登楼赋》完美体现了两种融合。一种融合的呈现，是三次换韵，层次分明，外在形式与内在情感转换互为表里；另一种融合的呈现，是触景生情的反衬和因情观景的烘托，客观之景和内心之情交织一体。

清代洪若皋在《梁昭明文选越裁》中说："仲宣诗胜于文，赋胜于诗，大抵以气质胜。"② 《登楼赋》情深意切，多慷慨悲凉之气，是建安文学中的上乘佳作，王粲实不愧为"七子之冠冕"。

---

① 顾农：《王粲论》，《天津师范大学学报》1992 年第 5 期。
② 赵俊玲辑著：《文选汇评》，凤凰出版社 2017 年版，第 260 页。

第六章　刘桢

　　刘桢是"建安七子"之一，与曹植并称为"曹刘"。钟嵘《诗品》把他与曹植并称为"文章之圣"①。元好问在《论诗三十首》中说："曹、刘坐啸虎生风，四海无人角两雄。"② 本章试对刘桢的创作成就和文学地位加以论述。

第一节　刘桢的生平

　　刘桢（175？—217），字公干，东平宁阳（今属山东省）人。建安初归曹操，为司空军谋祭酒。建安十六年（211），任五官中郎将文学。后入曹植府为庶子。不久，又回到曹丕府任原职。《隋书·经籍志》著录其集四卷，又《毛诗义问》十卷，均佚。张溥《汉魏六朝百三家集》辑录遗文为《刘公干集》。当代学者俞绍初《建安七子集》辑存文赋 11 篇、诗歌 13 首并佚句（中华书局 1989 年出版，2016 年修订再版）。林家骊有《阮瑀应场刘桢合集校注》（河北教育出版社 2013 年出版）。

　　刘桢出生于一个具有深厚文化积淀的家庭。在《三国志》中，刘桢的传记附在王粲之后，其言："始文帝为五官将，及平原侯植皆

---

① （南朝梁）钟嵘著，曹旭笺注：《诗品笺注》，人民文学出版社 2009 年版，第 201 页。
① （南朝梁）钟嵘著，曹旭笺注：《诗品笺注》，人民文学出版社 2009 年版，第 201 页。
② 郭绍虞：《元好问论诗三十首小笺》，人民文学出版社 1978 年版，第 58 页。

好文学。粲与北海徐干字伟长、广陵陈琳字孔璋、陈留阮瑀字元瑜、
汝南应玚字德琏、东平刘桢字公干并见友善。"① 指出曹丕担任五官
中郎将后，与王粲、刘桢等人"并见友善"，还提及刘桢是东平人。
不过，汉代的东平与今天的山东省东平县管辖范围并不一致。汉代的
东平是汉宣帝第三子刘宇的封地，相当于诸侯封国，管辖范围包括：
无盐、宁阳、寿张、富城、济宁等十个县。《后汉书·刘梁传》说：
"刘梁字曼山，一名岑，东平宁阳人也。"② 又说："光和中，病卒。
孙桢，亦以文才知名。"③ 可知刘桢籍贯应是现在的山东省宁阳县。

　　不过，史书关于刘梁与刘桢关系的记载并不一致。范晔《后汉
书·刘梁传》记载刘梁是刘桢的祖父。但张骘《文士传》却说：
"桢父名梁，字曼山，一名恭。"④ 记载刘梁是刘桢的父亲。由于文
献缺乏，已经无法判断孰是孰非。不过，结合古人成婚的年龄与刘
梁卒于汉灵帝光和（178—184）年间相关记载，刘梁是刘桢祖父的
可能性更大一些。刘梁是宗室子孙，但少时家境贫困，以卖书为生。
汉桓帝时担任北新城长，后担任尚书郎、野王令。著有《破群论》
《辩和同之论》，《隋书·经籍志》著录文集有三卷。可见，刘桢一
氏是汉王朝宗室，只是家道中落，但家族文化传承却绵延不绝。刘
桢正是出身于这样一个有文化底蕴的家族，少时即受到良好的教育，
也为后来取得巨大成就奠定了基础。

　　现存史料没有明确记载刘桢是哪一年出生的。俞绍初先生在
《建安七子集》中根据相关作品推断他大概出生于汉灵帝熹平四年
（175）前后，这是学界比较普遍的看法。

---

　　① （晋）陈寿撰，（南朝宋）裴松之注：《三国志》卷二十一，中华书局1964年版，第
599页。

　　② （南朝宋）范晔撰，（唐）李贤等注：《后汉书》卷八十下，中华书局1965年版，第
2635页。

　　③ （南朝宋）范晔撰，（唐）李贤等注：《后汉书》卷八十下，中华书局1965年版，第
2640页。

　　④ 周勋初：《张骘〈文士传〉辑本》，《周勋初文集》（2），江苏古籍出版社2000年版，
第12页。

　　虽然生于乱世，但刘桢有过一段平静、安定的创作环境。建安元年（196），曹操奉汉献帝迁都许昌，22 岁的刘桢大概在这个时候来到许昌，投奔曹操。曹操接纳刘桢，与刘桢的出身和才华有关。张骘《文士传》载："刘桢，字公干。少以才学知名，年八九岁，能诵《论语》、诗论及篇赋数万言。警悟辩捷，所问应声而答，当其辞气锋烈，莫有折者。"① 投奔曹操之后，刘桢跟随曹操南征北战。建安十六年（211），刘桢受曹操派遣，到曹丕手下担任五官将文学，许多文献称"魏文学刘桢"正缘于此。值得注意的是，尽管建安时期是个乱世，"白骨露于野，千里无鸡鸣"，但刘桢等人却拥有过一段相当平静安定的生活。曹氏兄弟以及"建安七子"中的刘桢、王粲、徐干、阮瑀、应场、陈琳等人经常在邺下游玩聚会，在诗酒文会中展示出各自的风采，也铸就了令后人钦羡不已的"邺下风流"。

　　刘桢才华出众，善于辩论，脱口成章。裴松之注《三国志》引到《典略》关于刘桢与曹丕的廓落带之事：

　　　　文帝尝赐桢廓落带，其后师死，欲借取以为像，因书嘲桢云："夫物因人为贵。故在贱者之手，不御至尊之侧。今虽取之，勿嫌其不反也。"桢答曰："桢闻荆山之璞，曜元后之宝；随侯之珠，烛众士之好；南垠之金，登窈窕之首；罽貂之尾，缀侍臣之帻：此四宝者，伏朽石之下，潜污泥之中，而扬光千载之上，发彩畴昔之外，亦皆未能初自接于至尊也。夫尊者所服，卑者所修也；贵者所御，贱者所先也。故夏屋初成而大匠先立其下，嘉禾始熟而农夫先尝其粒。恨桢所带，无他妙饰，若实殊异，尚可纳也。"②

---

　　① 周勋初：《张骘〈文士传〉辑本》，《周勋初文集》（2），江苏古籍出版社 2000 年版，第 12 页。

　　② （晋）陈寿撰，（南朝宋）裴松之注：《三国志》卷二十一，中华书局 1964 年版，第 601—602 页。

廓落带大概是一种带钩的束带，上面有瑞兽的纹饰。曹丕曾送给刘桢一条廓落带，制作这种物品的工匠死后，曹丕想把此带要回，就以玩笑的口吻说"物因人而贵"，言下之意就是刘桢的身份不够高贵。刘桢就认真地辩解说，珍宝最初都在普通人手里，带子放在自己这里没有什么不合适的，不必归还。张骘《文士传》还记载了刘桢以不敬而获刑之事：

> 文帝尝请同好，为主人，使甄夫人出拜，坐者皆伏，相桢（笔者注：原作祯，下同）独平视如故。武帝使人观之，见桢，大怒，命收之。主者案桢大不恭，应死减一等，输作部，使磨石。武帝尝辇至尚方，观作者，见桢故环坐，正色磨石，不仰。武帝问曰："石何如？"桢因得喻己自理，跪对曰："石出自荆山玄岩之下，外有五色之章，内含卞氏之珍。磨之不加莹，雕之不增文。禀气坚贞，受兹自然。顾理枉屈，纡绕独不得申。"武帝顾左右大笑，即日还官赦桢，复署吏。[1]

曹丕宴请众人时，请甄夫人拜见大家，只有刘桢昂头直视。曹操欲以大不敬的罪名处死刘桢，又减罪罚他做苦力。后来，曹操乘车来到刘桢劳作之地，质问其是否悔过。刘桢以和氏璧为喻加以辩解。从这两件事来看，刘桢不惧权威，性格孤傲，又颇具才华，出口成章。

另外，刘桢还具有很高的政治智慧。建安十九年（214），刘桢被曹操派到曹植手下担任庶子这一职务，其间发生的事情甚至可能影响到历史的进程。《资治通鉴》载：

> 操为诸子高选官属，以邢颙为植家丞；颙防闲以礼，无所

---

① 周勋初：《张骘〈文士传〉辑本》，《周勋初文集》（2），江苏古籍出版社 2000 年版，第 13 页。

屈桡，由是不合。庶子刘桢美文辞，植亲爱之。桢以书谏植曰：
"君侯采庶子之春华，忘家丞之秋实，为上招谤，其罪不小，愚
实惧焉。"①

　　曹操任命邢颙担任曹植的家务总管，邢颙处处用礼教规劝曹植，
绝不通融，因此常与曹植意见不合。刘桢却因为文采出众深受曹植
喜爱。刘桢为此专门规劝曹植千万不要怠慢邢颙。事实正是如此，
曹操后来向邢颙征求立谁为太子的意见，邢颙回答说："以庶代宗，
先世之戒也，愿殿下深察之。"②建议立曹丕为太子。曹操采纳了邢
颙建议，又命他担任太子少傅。可见，邢颙的地位多么重要，刘桢
给曹植的建议又是多么中肯。

　　建安二十二年（217），一场大瘟疫流行，刘桢与徐干、应场、
陈琳都在这一次瘟疫中去世。这也是建安时期很多文人的共同悲
剧，他们遭遇乱世，有的被杀，有的病卒，未能充分施展自己的
才华。

第二节　刘桢的创作成就

　　刘桢作品大多散佚，现存诗歌均为五言诗，题材内容主要是赠
答酬唱和抒情言志。《公宴诗》是唱和之作，刘桢写道："永日行游
戏，欢乐犹未央。遗思在玄夜，相与复翱翔。辇车飞素盖，从者盈
路傍。月出照园中，珍木郁苍苍。清川过石渠，流波为鱼防。芙蓉
散其华，菡萏溢金塘。灵鸟宿水裔，仁兽游飞梁。华馆寄流波，豁
达来风凉。生平未始闻，歌之安能详。投翰长叹息，绮丽不可忘。"③

---

① （宋）司马光编撰，（元）胡三省音注：《资治通鉴》卷六十七，中华书局1956年版，
第2132页。
② （宋）司马光编撰，（元）胡三省音注：《资治通鉴》卷六十八，中华书局1956年版，
第2151页。
③ 俞绍初辑校：《建安七子集》（修订本），中华书局2016年版，第217页。

本诗作于建安十六年（211），主要记录了刘桢与其他邺下文人宴饮及夜游的欢乐场面。前六句写从游的盛大场面，接下来十句采用动静结合的手法描写了园林的美景，画面感很强，最后四句以夸张的语气称赞主人的盛情和宾客的才华。《杂诗》表达了陷入公牍事务的烦恼和对山水悠情的向往。《斗鸡诗》主要描绘雄鸡的强健勇猛。《射鸢诗》主要歌颂了曹操的射技雄姿。《赠五官中郎将诗四首》是写给曹丕的，主要回顾了与曹操、曹丕等人征战、宴饮等往事，赞美曹丕才华出众又体恤下属。《赠徐干》主要表达了服役期间的苦闷和不平。写得最好的是《赠从弟三首》，这组诗大概作于刘桢离开家乡前往许昌依附曹操之时。其一曰：

> 泛泛东流水，磷磷水中石。蘋藻生其涯，华叶纷扰溺。采之荐宗庙，可以羞嘉客。岂无园中葵？懿此出深泽。[1]

此诗歌咏蘋藻。前两句写蘋藻生长在幽凉清澈的溪流之中，"泛泛""磷磷"写出了溪流的清澈洁净。三四句写蘋藻在水中优美的姿态。五六句写蘋藻是"羞嘉客""荐宗庙"的美味。最后两句采用欲扬先抑的手法，先说园中的冬葵比蘋藻珍贵，但蘋藻却比园中的冬葵更加高洁。其二曰：

> 亭亭山上松，瑟瑟谷中风。风声一何盛，松枝一何劲。冰霜正惨凄，终岁常端正。岂不罹凝寒？松柏有本性。[2]

此诗歌咏松柏。前两句写松柏耸立在高山之巅，迎接来自山谷凛冽寒风的侵袭。三四句感叹谷风的盛大和松柏的刚劲。五六句赞叹松柏常年经受狂风和冰霜的侵袭却依旧端正美好。最后两句揭示

---

① 俞绍初辑校：《建安七子集》（修订本），中华书局2016年版，第221页。
② 俞绍初辑校：《建安七子集》（修订本），中华书局2016年版，第221页。

松柏秉性坚贞、耐寒不凋。与上一首相同，本首诗歌貌似咏物，实为言志。在传统观念中，松柏是坚贞的象征。孔子曾说："岁寒，然后知松柏之后凋也。"① 本诗借青松之刚劲，明志向之坚贞。其三曰：

> 凤皇集南岳，徘徊孤竹根。于心有不厌，奋翅凌紫氛。岂不常勤苦？羞与黄雀群。何时当来仪？将须圣明君。②

此诗歌咏凤凰。前两句言凤凰与凡鸟不同，非梧桐不栖，非竹实不食。南岳指丹穴山，乃凤凰栖息之地。《山海经·南山经》载："又东五百里，曰丹穴之山，其上多金玉。丹水出焉，而南流注于渤海。有鸟焉，其状如鸡，五彩而文，名曰凤皇。"③ 三四句写凤凰不满于现状，奋翅高飞，直达凌霄。五六句用《庄子》典故，写凤凰振翅高飞，不屑与黄雀同伍。《庄子·逍遥游》说："《谐》之言曰：'鹏之徙于南冥也，水击三千里，抟扶摇而上者九万里，去以六月息者也。'……蜩与学鸠笑之曰：'我决起而飞，抢榆枋，时则不至而控于地而已矣，奚以之九万里而南为？'"④ 最后两句采用问答的形式，表达了对明君圣主的希望。

钟嵘在《诗品》中曾评价刘桢说："仗气爱奇，动多振绝。贞骨凌霜，高风跨俗。但气过其文，雕润恨少。"⑤ 在《赠从弟三首》中，这些特点体现得尤为鲜明。从内容来看，这三首都是借咏物来抒怀，蘋藻比喻高洁的品质，松柏比喻坚贞的品德，凤凰比喻高远的志向，刘桢以这三种事物与从弟共勉，也表现了诗人的志趣追求。从写作手法来看，三首诗多处采用对偶的句式，语意明白如话，又

---

① 程树德撰，程俊英、蒋见元点校：《论语集释》卷十八，中华书局 1990 年版，第 623 页。

② 俞绍初辑校：《建安七子集》（修订本），中华书局 2016 年版，第 221 页。

③ 袁珂校注：《山海经校注》山经柬释卷一，上海古籍出版社 1980 年版，第 16 页。

④ （清）郭庆藩撰，王孝鱼整理：《庄子集释》卷一上，中华书局 1961 年版，第 4—9 页。

⑤ （南朝梁）钟嵘著，曹旭笺注：《诗品笺注》，人民文学出版社 2009 年版，第 63 页。

重复使用"岂无园中葵""岂不罹凝寒""岂不常勤苦"这种反问句式，孤傲、耿直、不合流俗的个性表现得淋漓尽致。

刘桢的辞赋写得也非常好。《鲁都赋》虽是残篇，现存三百多字，却是刘桢辞赋中最长的一篇作品。从题材来看，属于传统的京都赋，歌颂对象是鲁国的都城曲阜。文章描绘了曲阜建都历史的悠久，地理位置的优越，物产的丰饶，美女的光艳和民风的淳朴等，受汉代京都大赋影响的痕迹还是明显的。不过，这篇作品未采用主客问答的方式，感情色彩也比较浓厚，与汉代早期的京都赋有明显的不同。《黎阳山赋》写登临黎阳山的所见所感，也是写景抒怀之作。《大暑赋》不足百字，为同题奉和之作，主要渲染了酷暑难耐的情景。《瓜赋》也是命题应制之作，主要描写了瓜的生长过程和果实的甜美。艺术成就最高的是《遂志赋》：

> 幸遇明后，因志东倾。披此丰草，乃命小生。生之小矣，何兹云当？牧马于路，役车低昂。怆恨恻切，我独西行。去峻溪之鸿洞，观日日于朝阳。释丛棘之余刺，践榗林之柔芳。嫩玉粲以曜目，荣日华以舒光。信此山之多灵，何神分之煌煌。聊且游观，周历高岑。仰攀高枝，侧身遗阴。磷磷礛礛，以广其心。伊天皇之树叶，必结根于仁方。梢吴夷于东隅，掣叛臣乎南荆。戢干戈于内库，我马絷而不行。扬洪恩于无涯，听颂声之洋洋。四宇莫以无为，玄道穆以普将。翼俊乂于上列，退仄陋于下场。袭初服之芜秽，托蓬庐以游翔。岂放言而云尔，乃旦夕之可忘。①

本文写于建安十三年（208）刘桢随同曹操南征刘表前后。前六句交代了写作的背景，幸遇明主曹操，就立志东来。曹操手下人才济济，却重用自己，因此内心有些惶恐不安。接下来写一路西行，

---

① 俞绍初辑校：《建安七子集》（修订本），中华书局 2016 年版，第 233—234 页。

过峻溪、观朝阳、踏丛棘、越榍林、登高山，一路秀美的景色逐渐打消了内心的顾虑，心情也变得开朗振奋。"伊天皇之树叶，必结根于仁方"以下表达了三个志向：一是扫荡东吴孙权和荆州刘表政权，结束战乱，统一天下。二是希望曹操能够广施恩惠，重用贤臣。三是"袭初服之芜秽，托蓬庐以游翔"，希望自己能够功成身退，回归田园。这篇作品从遇到明主写起，先写登山所见，再表达理想志向。遂志，是实现志愿之意。此赋表达了刘桢希望曹操能够统一天下、重用贤才，让四海清平的政治理想，是写景抒怀的名作，也同样体现了刘桢"仗气爱奇"的特点。

总体来看，刘桢的作品总是充盈着慷慨磊落之气，风格俊逸而奇丽，具有鲜明的个性特征，刘桢在"建安七子"中，成就是相当突出的。

第三节　刘桢的历史地位

刘桢的历史地位是一个有争议的话题。南朝的钟嵘、宋代的张戒、金代的元好问，都认为曹植和刘桢是建安时期成就最高的作家。钟嵘在《诗品》中说："故孔氏之门如用诗，则公干升堂，思王入室"①，"昔曹、刘殆文章之圣"②，"自陈思以下，桢称独步"③。把刘桢视为曹植之下最优秀的建安文人、建安文士。宋代的张戒在《岁寒堂诗话》中说："古诗、苏、李、曹、刘、陶、阮，本不期于咏物，而咏物之工，卓然天成，不可复及。其情真，其味长，其气胜，视《三百篇》几于无愧，凡以得诗人之本意也。"④ 把刘桢与《古诗十九首》、苏武、李陵、曹植等人并称，完全继承了《诗经》的优良传统。刘桢之所以得到如此高的评价，主要源于以下原因。

---

① （南朝梁）钟嵘著，曹旭笺注：《诗品笺注》，人民文学出版社 2009 年版，第 57 页。
② （南朝梁）钟嵘著，曹旭笺注：《诗品笺注》，人民文学出版社 2009 年版，第 201 页。
③ （南朝梁）钟嵘著，曹旭笺注：《诗品笺注》，人民文学出版社 2009 年版，第 63 页。
④ 陈应鸾：《岁寒堂诗话校笺》卷上，巴蜀书社 2000 年版，第 1 页。

一是刘桢生前拥有极高声望。刘桢是在建安初年主动加入曹操阵营的，入仕后先担任曹操的属官，并跟随曹操参加了官渡之战、赤壁之战和东征孙权等重要战役。曹操曾经非常看重刘桢，所以才委派他到曹丕、曹植手下任职。曹丕对刘桢也非常看重，《又与吴质书》说："公干有逸气，但未遒耳。至其五言诗，妙绝当时。"① 曹植也非常敬重刘桢，为此还冷落了曹操派来的家务总管邢颙。从这些材料来看，刘桢在当时人心目中具有极高的声望。

二是刘桢的为人比较率直，政治操守令人敬佩。比如对曹操，刘桢既真心赞美曹操的功业，涉及曹操的评价也没有令人肉麻的吹捧之语。在被曹操处罚后，刘桢也不掩饰内心的怨气，非常坦诚率直。与其他建安文人相比，刘桢更加重视个人的品格和操守，对功名事业的追求不是那么强烈，甚至有时候还表达出对官务的厌倦和闲适生活的向往，这些都容易引起后人的共鸣。

三是刘桢的五言诗具有"高古"的特点，是建安风骨的杰出代表。严羽在《沧浪诗话》中说："黄初之后，惟阮籍《咏怀》之作，极为高古，有建安风骨。"② "高古"是"建安风骨"的重要标志，"高"指骨力劲健，气概高迈；"古"指语言质直，风格古朴。刘桢的诗歌不以"词采华茂"著称，虽然明白如话，感染力却极强。

不过，也有理论家认为刘桢不配与曹植并称。这种看法以清代的王士禛为代表，他在《香祖笔记》中说：

> 古人同调齐名，大抵不甚相远。独刘桢与思王并称，予所不解。建安七子，自孔文举不当与诸人同流，此外如陈琳之《饮马长城窟行》，阮瑀之《定情诗》，徐干之《室思》，皆有汉人风矩。惟桢诗无一语可采。而自古在昔，并称"曹刘"，未有驳正其非者。钟嵘又谓其"仗气爱奇，动多振绝""思王而下，

① 魏宏灿：《曹丕集校注》，安徽大学出版社 2009 年版，第 258 页。
② （宋）严羽著，张健校笺：《沧浪诗话校笺》下册，上海古籍出版社 2012 年版，第545 页。

桢为独步"，殊似呓语。岂佳处今不传耶？①

王士禛认为，并称之人水平应该不会相差太大，而刘桢与曹植并称"曹刘"，令人难以理解。"建安七子"中，其他几人都有经典名篇，只有刘桢例外。因此，他觉得钟嵘对刘桢的称赞像说梦话一样，缺少根据，甚至怀疑刘桢的好诗是不是都失传了。当然，刘桢的好诗并没有全部失传。王士禛不同意钟嵘的评价，主要与两人的审美理想有关。钟嵘的审美理想是"干之以风力，润之以丹彩"，"骨气奇高，词采华茂"，强调作品应该兼有骨气和辞采，就是情感充沛，文采斐然。刘桢的诗歌以骨气擅长，感染力特别强烈，因此得到钟嵘等人的好评。清代王士禛倡导神韵说，他理想中的诗歌作品，对事物的描绘要生动传神，抒情效果要做到富有言外之意、韵外之致。刘桢的诗歌情感表达相当直接，语言朴实，确实不符合王士禛的审美理想。

客观而言，如果从作品气骨高古这个角度，把刘桢与曹植并称为"曹刘"是完全可以的，但不能因为"曹刘"并称就认为两人文学地位基本相似。不管是从作品的数量、题材内容的广度，还是艺术手法的丰富，刘桢的诗歌整体而言要比曹植逊色一些。刘桢虽然不如曹植，但在"建安七子"中却与王粲是成就最大的两位，这两人的历史地位是旗鼓相当的。

---

① （清）王士禛著，张宗柟纂集，戴鸿森点校：《带经堂诗话》卷二"评驳类"，人民文学出版社1963年版，第58页。

第七章　陈琳

陈琳（156？—217）字孔璋，广陵射阳（今江苏省扬州市宝应县）人。他在建安七子中年岁较长，具体生年不详。学者们根据他与"江东二张"张纮、张昭的交往，判定其生年比孔融、曹操稍后一些，大约在公元156年至157年之间。陈琳是建安七子中唯一一位来自南方的文人。他入仕时间早，仕宦经历丰富，在文学方面，诗、赋、文也都有名篇。我们先根据他的生活经历介绍其文学创作，再分别介绍其诗歌、辞赋和散文的创作特色及成就。

第一节　陈琳的生平和创作经历

陈琳一生有30多年的仕宦生涯，生活经历不太平顺。他年轻时就扬名州里，被称作"州里才士"[①]。与张纮、张昭不同的是，早年二张都不应辟举，后来避难江东，经孙策登门邀请才为东吴效力，而陈琳则在汉灵帝时便北上仕宦。他先是任大将军何进主簿，何进败后，再往北到冀州依附袁绍，典文章，时间长达15年之久。袁绍败后，又归降曹操，被任命为司空军谋祭酒，掌管记室。后来转徙门下督，在丞相帐下职掌兵卫，督捕盗贼。陈琳在曹操阵营度过十多年，于建安二十二年（217），在一场大瘟疫中死去。

---

① （晋）陈寿撰，（南朝宋）裴松之注：《三国志》卷五十二，中华书局1982年版，第1219页。

我们结合其生平，来梳理一下他在侍奉三主的每一阶段是如何名作不断、金句迭出的，并进而深入了解他的人生经历和创作历程。

一 任大将军主簿时期

中平六年（189），汉灵帝死后，外戚何进以大将军兼录尚书事，掌握朝廷军政大权。他与袁绍谋划诛灭宦官，遇到来自其妹何太后的阻力。"进欲诛诸宦官，太后不听。进乃召四方猛将，并使引兵向京城，欲以劫恐太后。"① 何进又听从袁绍的计策，打算召集地方军队入京，用以要挟太后。当时陈琳身为大将军主簿，对此极力进行谏阻。他在《谏何进召外兵》中说：

> 今将军总皇威，握兵要，龙骧虎步，高下在心。以此行事，无异于鼓洪炉以燎毛发。但当速发雷霆，行权立断。②

在陈琳看来，何进手中明明有利器而不用，却要召集外兵入京，"大兵合聚，强者为雄，所谓倒持干戈，授人以柄，功必不成，只为乱阶。"③ 明确指出这种做法将会带来巨大灾难。但是何进一意孤行，不听从劝谏，结果事情败露，为宦官所杀。继而董卓入京，果然带来天下大乱。

可以看出，陈琳引经据典，以"鼓洪炉以燎毛发""倒持干戈，授人以柄"进行多方比喻，不仅仅是以文字为能事，他在局势的判断上，也具有一定的政治目光。当时曹操说何进必败，也是同样的看法。卢弼《三国志集解》说："陈琳料事之明，与魏武不谋而合，英雄所见，大略相同，宜魏武之爱其才也。"④ 后来曹操不杀陈琳，

---

① （晋）陈寿撰，（南朝宋）裴松之注：《三国志》卷二十一，中华书局 1982 年版，第600 页。

② 俞绍初辑校：《建安七子集》（修订本），中华书局 2016 年版，第 58—59 页。

③ 俞绍初辑校：《建安七子集》（修订本），中华书局 2016 年版，第 59 页。

④ （晋）陈寿撰，（南朝宋）裴松之注，卢弼集解，钱剑夫整理：《三国志集解》，上海古籍出版社 2012 年版，第 28 页。

恐怕也与此有关。

二　依附袁绍时期

何进死后，陈琳避难冀州，依附袁绍，受命掌管文章。曹植说"孔璋鹰扬于河朔"①，指的就是在这一阶段，陈琳如鹰击长空，雄才大展。

陈琳在袁绍阵营十五六年的时间，《三国志·王粲传》附录陈琳的记载只有两句："琳避难冀州，袁绍使典文章。袁氏败，琳归太祖。"② 其实在这一阶段，陈琳的文章写作至少有三次引起强烈反响。

一次与臧洪有关。

臧洪字子源，与陈琳同乡，也有姻亲关系。他曾作为张超属下，跟随张超与袁绍一起讨伐董卓，又受袁绍之命相继为青州刺史、东郡太守。

兴平二年（195），"秋七月甲子，车驾东归。"③ 汉献帝离开长安，开始了历时一年的东归征程，一路为李傕、郭汜等拦截追击，经历东涧、曹阳的连败，及至黄河岸边，夜缒渡河，岁末抵达位于今山西运城的安邑。而此时关东各路军阀已将这个逃难的皇帝抛诸脑后，各自为争抢地盘而激战方酣。曹操击败来争夺兖州的吕布后，率兵至雍丘攻打张超，史载："秋八月，围雍丘。"④ 这时，臧洪求袁绍出兵救援故主，遭到拒绝。岁末十二月，张超败亡，被灭族。"洪由是怨绍，绝不与通。绍兴兵围之，历年不下。"⑤ 袁绍令陈琳接连几次写信给臧洪，劝他投降，最终被严词拒绝。

臧洪《答陈琳书》中，承认陈琳的来信"援引古今""公私切

---

① （三国魏）曹植著，赵幼文校注：《曹植集校注》，中华书局2016年版，第226页。

② （晋）陈寿撰，（南朝宋）裴松之注：《三国志》卷二十一，中华书局1982年版，第600页。

③ （南朝宋）范晔撰，（唐）李贤等注：《后汉书》卷九，中华书局1965年版，第378页。

④ （晋）陈寿撰，（南朝宋）裴松之注：《三国志》卷一，中华书局1982年版，第12页。

⑤ （晋）陈寿撰，（南朝宋）裴松之注：《三国志》卷七，中华书局1982年版，第233页。

至"，读后令人动容，但又责怪他虽然饱读诗书，却不懂大义，不了解自己的志趣。在一一驳斥了陈琳劝降的理由之后，声明与陈琳分道扬镳。他说：

> 行矣孔璋！足下徼利于境外，臧洪授命于君亲；吾子托身于盟主，臧洪策名于长安。子谓余身死而名灭，仆亦笑子生死而无闻焉。①

臧洪此书义正词严，慷慨有烈士之风。相比之下，陈琳的书信即使广征博引，写得情真意切，然而在臧洪"不屈节而苟生"的气节面前，也不免黯然失色。而臧洪此书某些地方的真实性与史书记载之间的偏差，却并不为人们所计较。比如张超被曹操灭族时，汉献帝离开长安已达半年，随后臧洪又被袁绍围攻"历年不下"，算起来应是献帝在许都之后了，但臧洪书信中却依然有"策名于长安"之语，古今史注也均为"帝在长安"。可见，人们更为关注的是臧洪《答陈琳书》中所体现的忠义之节，所以《三国志》《后汉书》几乎全文著录，《后汉纪》《资治通鉴》也都有节选，而陈琳的书信却没有保存下来。

只是我们不要忽略一个事实，就是陈琳书信所流露的深切情意和值得一辩的说理，才引发出臧洪这篇宏篇大论。因此，陈琳的几封书信虽然失传，但文献材料中的蛛丝马迹，比如《后汉书·臧洪传》注引《献帝春秋》所记载的"为书八条"②，还有臧洪《答陈琳书》所说的"纷纭六纸"③，也能够成为其文章善于广征博引、具有文辞繁富特色的一个佐证。

另一次是与公孙瓒有关。

---

① （晋）陈寿撰，（南朝宋）裴松之注：《三国志》卷七，中华书局1982年版，第235页。

② （南朝宋）范晔撰，（唐）李贤等注：《后汉书》卷五十八，中华书局1965年版，第1887页。

③ （晋）陈寿撰，（南朝宋）裴松之注：《三国志》卷七，中华书局1982年版，第233页。

公孙瓒雄踞幽州，是袁绍在北方的劲敌，双方连年交战。后来公孙瓒屡次失利，便退回到易京（今河北雄安新区一带），在此修筑数以千计的高楼，挖掘十道壕沟，积存三百万斛谷米，固守高城，与袁绍对峙。

建安三年（198），袁绍亲领大军攻打幽州，围攻易京。直到建安四年（199），终于消灭了公孙瓒，占据了幽州。陈琳为此作《武军赋》，描述袁绍征伐公孙瓒的这场战争，称颂袁绍的军事功业。这篇洋洋洒洒的鸿篇巨制，一问世就成为当时的名篇，得到广泛传播。《三国志》裴松之注引《吴书》记载，他的朋友张纮在南方见到这篇大赋和另一篇《应讥》，写信给陈琳，"深叹美之"①。

还有一次是与曹操有关。

袁绍消灭公孙瓒之后，立即着手准备对付曹操，进攻许都。陈琳受命写战前檄文，声讨曹操，这就是著名的《为袁绍檄豫州》。陈琳在檄文中肆意张扬曹操"赘阉遗丑"的不光彩出身，详尽列举曹操的恶劣罪行，极力声称袁绍军队实力强大，从而晓谕各州郡部属联合一起，荡平曹操势力。这篇檄文写得情辞慷慨，声势雄壮如长川大河一般，具有强大的鼓动力量，成为千古传诵的名篇。

三　归顺曹操时期

建安十年（205）前后，曹操消灭了袁绍势力，平定冀州，这时陈琳已年届五十。被曹军俘获后，曹操曾责怪他，说："卿昔为本初移书，但可罪状孤而已，恶恶止其身，何乃上及父祖邪？"② 陈琳惶恐谢罪。曹操也爱惜他的才华，便既往不咎，任命他为司空军谋祭酒，与阮瑀一起掌管记室。从此他或是跟随曹操出征打仗，或是在

---

① （晋）陈寿撰，（南朝宋）裴松之注：《三国志》卷五十三，中华书局1982年版，第1246页。

② （晋）陈寿撰，（南朝宋）裴松之注：《三国志》卷二十一，中华书局1982年版，第600页。

邺下参与曹氏兄弟的诗酒游宴，发挥自己的文学才能，记录生活，抒发情怀，描述历史事件，成为邺下文人集团中的活跃分子。

然而陈琳有时也免不了痛苦和尴尬。曹操身边人才济济，包括陈琳在内的诸文士在政治上"不甚见用"①，这本身也是在所难免的事。可是他所擅长的文章写作，也时不时地遭到讽刺嘲笑，这对于一个邺下曹氏阵营中的年长者来说，确实是比较尴尬的事情。比如他作赋，受到曹植刻毒的讥讽；代曹洪给曹丕写信，尽管万般掩饰，还是被看穿。后来曹丕称其"章表殊健"，但也批评他"微为繁富"。虽然这些都可以从创作个性、审美风格等方面加以解释，但也不能完全排除是由于当初檄文辱骂曹氏而产生的芥蒂。

作为一名才士，陈琳一生怀有建功立业的人生抱负。他在诗中说道："建功不及时，钟鼎何所铭？"② 希望能在多事之秋建功立业，名垂青史。曹操《短歌行》以"月明星稀，乌鹊南飞。绕树三匝，何枝可依"③ 比喻天下混战时，良禽择木，良臣择主。然而陈琳一介文士，被裹挟在时代洪流中，并不能主宰自己的命运。他一生侍奉三主，仅仅是文职佐吏的身份，又都是前主败而转侍后主，这就给他的人生带来几许尴尬，几多屈辱。即使如此，也阻挡不住他文学才华的迸发。他以极大的创作热情为建安文学的繁荣作出贡献，在文学史上留下光辉的一页。

第二节　陈琳的诗歌创作

《隋书·经籍志》著录陈琳集三卷，已散佚，明代人辑录有《陈记室集》。陈琳现存作品中，诗歌数量较少，基本完整的只有 4 首。其中有 3 首是在邺下与众人饮宴游览所作，除描写宴会游览的场面

---

① （晋）陈寿撰，（南朝宋）裴松之注：《三国志》卷二十一，中华书局 1982 年版，第604 页。

② 俞绍初辑校：《建安七子集》（修订本），中华书局 2016 年版，第 39 页。

③ 中华书局编辑部编：《曹操集》，中华书局 2018 年版，第 5 页。

和景致外，也抒发个人的悲伤惆怅之情，如《游览诗》其二："骋哉日月逝，年命将西倾。建功不及时，钟鼎何所铭?"① 建功立业是陈琳一生的理想抱负。岁月流逝，人到暮年，建功立业的愿望也更加迫切。另外一首便是陈琳最著名的诗篇《饮马长城窟行》，它采用乐府旧题，反映百姓苦难。

乐府《饮马长城窟行》属于《相和歌辞·瑟调曲》。《文选》在此题之下，收录古辞"青青河边草，绵绵思远道"② 一首，或题为蔡邕所作，主要抒写闺妇愁思，内容与题目关联性不强。

北魏地理学家郦道元到过位于现今内蒙古呼和浩特地区的白道城，他在《水经注·河水》中记载："芒干水又西南径白道南谷口，有城在右，萦带长城，背山面泽，谓之白道城。自城北出有高阪，谓之白道岭。沿路惟土穴，出泉，挹之不穷。"③ 他说自己曾在《雅歌录》读到"饮马长城窟"，亲眼所见之后，相信其并非虚言。另外，他在叙述秦始皇修筑长城时，还引用了西晋杨泉的《物理论》："秦始皇使蒙恬筑长城，死者相属，民歌曰：'生男慎莫举，生女哺用脯。不见长城下，尸骸相支拄。'"④ 由此来看，《饮马长城窟行》古题的产生，理当与修筑长城有关，从中可以找到陈琳借用此题与化用民歌的关联性。

陈琳的《饮马长城窟行》最早著录于《玉台新咏》，所写内容紧扣题目，是建安诗歌中关怀民生疾苦的代表作。原诗如下：

> 饮马长城窟，水寒伤马骨。往谓长城吏："慎莫稽留太原卒!""官作自有程，举筑谐汝声!"男儿宁当格斗死，何能怫郁筑长城。长城何连连，连连三千里。边城多健少，内舍多寡妇。作书与内舍："便嫁莫留住。善事新姑章，时时念我故夫子。"报

① 俞绍初辑校：《建安七子集》（修订本），中华书局 2016 年版，第 39 页。
② （梁）萧统编，（唐）李善注：《文选》，上海古籍出版社 1986 年版，第 1278 页。
③ （北魏）郦道元注，陈桥驿校证：《水经注校证》卷三，中华书局 2007 年版，第 79 页。
④ （北魏）郦道元注，陈桥驿校证：《水经注校证》卷三，中华书局 2007 年版，第 77 页。

书往边地："君今出语一何鄙！""身在祸难中，何为稽留他家子？生男慎莫举，生女哺用脯。君独不见长城下，死人骸骨相撑拄。""结发行事君，慊慊心意关。明知边地苦，贱妾何能久自全！"①

全诗主要由两组人物对话组成。

第一组是太原卒与长城吏的对话。长城下冬季严寒，马骨都被冻伤，更何况是人呢！太原卒去求告长城吏，别让自己长期羁留此地，却只得到冷漠无情的回答：官家工程自有期限，赶紧举筑用力打夯去。太原卒心中愤愤：男儿宁愿打仗去死，也不愿这样郁闷地修筑长城。这一组人物对话，突出的是戍卒修筑长城之苦和不得回乡之悲。

中间"长城何连连"四句为关联铺垫。眼见长城连绵好几千里，无数少壮劳力困在边城，修筑到死也修不完的长城，而故乡的妻子也寡居家中，空空守候不归的丈夫。有了这个铺垫，便过渡到下一组太原卒让妻子改嫁的夫妻对话。

第二组是太原卒与妻子的两次书信往返。第一次是由于归家无望，太原卒写信给妻子，让她及早改嫁，受到妻子的回信责怪。第二次是再去信解释原因，说明生还无望。诗中"生男慎莫举，生女哺用脯。君独不见长城下，死人骸骨相撑拄"四句，化用民间歌谣，将百姓的痛苦写到极点。生男孩儿千万不要养育，生女孩儿才值得用肉干好好喂养，因为男孩长大免不了去修筑长城，而长城下那么多的死人骸骨，就是男孩以后的人生归宿。妻子则再度回信，表示对丈夫的感情始终不渝。两次往返的书信，表现了百姓夫妻的离别哀苦和深厚情感。

与古辞相比，陈琳的《饮马长城窟行》不仅内容紧扣题目，在艺术表现上也有突出特点。第一，以对话方式结构全篇，叙事色彩更为显著。诗中以修筑长城之事，反映民不聊生之苦；朴素的对话

① 俞绍初辑校：《建安七子集》（修订本），中华书局 2016 年版，第 40—41 页。

中，人物的深沉情感得到真实自然的呈现。沈德潜《古诗源》点评说："无问答之痕，而神理井然，可与汉乐府竞爽矣。"① 第二，五言和七言句式交错运用。陈琳《饮马长城窟行》虽是借用汉乐府旧题，但在句式上既不像此题古辞一样全篇为五言之作，也跟一般以短句杂言为主的汉乐府有所不同，而是穿插使用较长的五言和七言句式，音节流畅，格调苍凉悲壮，对后代歌行体诗歌产生了深远影响。刘熙载《艺概·诗概》说："陈孔璋《饮马长城窟》机轴开鲍明远。"② 机轴，指弩牙和车轴，比喻关键重要的地方。刘熙载极为推崇鲍照的"长句"，即七言歌行体诗，而五七言间用是鲍照七言歌行最为显著的特征之一，进而在唐代歌行体诗歌中得到大力发展。

第三节　陈琳的辞赋创作

陈琳辞赋早在归附曹操之前就享有盛名，归曹以后他也积极参与集体的文学活动，有不少同题共作的辞赋作品。同题共作活动更易于激发作家的优势潜能，从而使其拥有鲜明的个性特色，而相互之间切磋品评的尺度，无论褒贬，也难以完全遵循艺术标准。曹植对于陈琳辞赋的讥评，从生活环境上说，显露了陈琳在曹氏阵营中的尴尬；但从创作个性上说，也体现了时代审美观的变化。

一　陈琳辞赋创作概况

陈琳赋现存十多篇，大致分为两类：一类写征战游猎，另一类是言情咏物。

言情咏物类的赋作，是邺下文人同题共作的产物。写美人神女，有《止欲赋》《神女赋》等，主要描述男女艳情。比如《神女赋》

---

① （清）沈德潜选：《古诗源》卷六，中华书局 2006 年版，第 111 页。
② （清）刘熙载撰，袁津琥校注：《艺概注稿》卷二，中华书局 2009 年版，第 269 页。

写的是想象中对美丽神女的爱慕以及与神女的结合，王粲、杨修、应玚等人都有同题之作。后来曹植能够写出精妙绝伦的《洛神赋》，与建安时代前辈作家在艺术表现上的探求有直接关系。咏物之作则有刻画天地气象，吟咏器物，描写动植物等，如《大暑赋》《大荒赋》《迷迭赋》《马脑勒赋》《车渠碗赋》《鹦鹉赋》《悼龟赋》《柳赋》等。陈琳这方面的赋作数量较多，但都保存不完整。

写得比较有特色的，是另一类征战游猎赋。特别是《武军赋》和《神武赋》两篇，文辞雄壮，气势飞动，具有汉代散体大赋的铺张扬厉之风。汉末建安时期，战争频繁，战役规模大，陈琳《武军赋》《神武赋》代表了建安文学对社会现实的反映。这两篇大赋虽然保存都不太完整，但都有赋序，从中可知，《武军赋》是赞美袁绍战胜公孙瓒的军事功业，《神武赋》是歌颂曹操北征乌桓的胜利，都可以作为史书记载的补充资料。

二 陈琳赋的写作特色

陈琳赋最突出的特点是以繁复的文辞，进行大力的铺陈夸饰，致使篇幅较大，景象生动壮观。甚至包括一些咏物之作，虽然保存不太完整，也能够看出规模宏大，文辞富丽。如《大暑赋》"温风郁其彤彤，譬炎火之烛烛"[1]，《大荒赋》"温风翕以阳烈兮，赤水汩以涌溥""天悗芒其无色兮，地溃坼而裂崩"[2]，状写夏日灼人的酷暑、辽远洪荒的边地，都是繁文丽藻、比喻夸张，描述非常生动。反映征战的《武军赋》《神武赋》两篇，在艺术表现上，对于战事过程以及征战场面的描写，都非常生动。比如《武军赋》，描写攻打公孙瓒的最后一场战役。当时公孙瓒屯兵易京，外有十道壕沟，内筑千重高楼。袁绍亲领大军围攻易京，上架云梯，下挖地道，一直挖到

---

① 俞绍初辑校：《建安七子集》（修订本），中华书局 2016 年版，第 42 页。
② 俞绍初辑校：《建安七子集》（修订本），中华书局 2016 年版，第 53 页。

台楼下，火烧楼台，击败强敌。陈琳在赋中写大军黎明之前出发，场景非常壮观：

> 于是启明戒旦，长庚告昏，火烈具举，鼓角并震。千徒从唱，亿夫求和，声訇隐而动山，光赫奕以烛夜。①

进而在大肆铺写其剑刃、铠甲、弓弩、箭矢、骏马等各色战具之后，描绘向敌营发起进攻的气势，"犹猛虎之驱群羊，冲风之飞枯叶"②。

这场战争，按赋序所说，使用了几十种不见于以往兵书的武器装备和作战方式。赋中便运用铺陈夸饰手法，描写"飞梯、云冲、神钩之具，瑰异谲诡之奇"等大展雄风的战争场面，如："钩车缪辖，九牛转牵，雷响电激，折橹倒垣。其攻也，则飞梯行临，云阁虚构。上通紫霄，下过三坜。隆蕴既备，越有神钩。排雷冲则高炉略，掣炬然则顿名楼。"③ 钩车横冲直撞，云梯高高架起，排雷疾速冲飞，火炬熊熊燃烧。在猛烈的攻势之下，易京高楼崩毁，城垣垮塌。陈琳用雄夸之笔描绘出激烈的战争场面，气势雄壮，震撼人心。晋代葛洪《抱朴子·钧世》说："等称征伐，而《出车》《六月》之作，何如陈琳《武军》之壮乎？"④ 在葛洪看来，《诗经·小雅》中的《出车》《六月》，虽然也是反映战争的篇章，却不如陈琳《武军赋》写得那么威武雄壮。

《神武赋》写于归顺曹操初期，序中说："建安十有二年，大司空、武平侯曹公东征乌丸。六军被介，云辒万乘，治兵易水，次于北平，可谓神武奕奕，有征无战者已。"⑤ 赋中的描写也真实生动，

---

① 俞绍初辑校：《建安七子集》（修订本），中华书局 2016 年版，第 44 页。
② 俞绍初辑校：《建安七子集》（修订本），中华书局 2016 年版，第 45 页。
③ 俞绍初辑校：《建安七子集》（修订本），中华书局 2016 年版，第 45—46 页。
④ 杨明照撰：《抱朴子外篇校笺》（下），中华书局 1997 年版，第 75 页。
⑤ 俞绍初辑校：《建安七子集》（修订本），中华书局 2016 年版，第 49—50 页。

例如：

> 陵九城而上跻，起齐轨乎玉绳。车轩辚于雷室，骑浮厉乎
> 云宫。晖曜连乎白日，旍旐继于电光。斾既轶乎白狼，殿未出
> 乎卢龙。威凌天地，势括十冲。单鼓未伐，虏已溃崩。克俊馘
> 首，枭其魁雄。①

在写曹操大军长途行进过程中，不仅描绘出赫赫雄壮的军威，
而且也叙述了军队行经白狼、卢龙之地的情形，以及不战而胜的成
果，为曹操征讨乌桓的一段历史提供了丰富生动的史料。

三　关于曹植对陈琳辞赋的评价

陈琳辞赋曾获得南方故友张纮的大力赞美，但来到曹操阵营以
后，其辞赋创作却没有得到曹植的认可。曹植《与杨德祖书》说：
"以孔璋之才，不闲于词赋，而多自谓能与司马长卿同风，譬画虎不
成，反为狗者也。"② 当然，曹植这里仅仅是逞口舌之快，并没有说
明理由。《文心雕龙·知音》说："及陈思论才，亦深排孔璋。"③ 刘
勰是在"文人相轻"的话题中，提到了曹植对陈琳的贬低，其着眼
点于曹植对陈琳的批评态度。然而，对建安七子进行过全面评价的
曹丕，虽未如曹植一般恶评陈琳辞赋，但毕竟也没有像对王粲、徐
干那样一一称赞陈琳的赋篇，由此我们便不应只强调曹植讥评陈琳
辞赋的主观因素，而忽略其中客观的时代审美观变化因素。

实事求是地说，陈琳辞赋，用笔颇出神入化，特别是征战题材
的赋中充溢的雄壮之气，也与所表现的战争题材相符合。只不过建

---

① 俞绍初辑校：《建安七子集》（修订本），中华书局 2016 年版，第 50 页。
② （三国魏）曹植著，赵幼文校注：《曹植集校注》，中华书局 2016 年版，第 227 页。
③ （南朝梁）刘勰著，范文澜注：《文心雕龙注》卷十，人民文学出版社 1958 年版，第
714 页。

安时期，文学审美观已发生了变化，注重精练的形象刻画和深切的情感抒发，而陈琳却依然是走汉代散体大赋的创作旧路，铺陈夸饰，大量罗列名物，堆砌辞藻。例如他的《大荒赋》，原有近三千字，如今只从宋代吴棫《韵补》中辑佚出 400 多字。吴棫《韵补·书目》介绍陈琳："在建安诸子中字学最深。《大荒赋》几三千言，用韵极奇古，尤为难知。"① 类似这样文字上的铺排以及用韵，原本都是汉代散体大赋作家卓异不凡的写作功底，但是在辞赋发展到侧重写实的抒情小赋时代，则必然显得有些守旧过时了。

第四节　陈琳的散文成就

陈琳自入仕便为大将军主簿，负责管理文书；投奔袁绍期间，又受命掌管文章；归顺曹操后，被任命为司空记室，依然是掌管公文书记，可以称得上是因材施用。他现存散文十多篇，其中为《文选》所收录的就有 4 篇。清代刘熙载《艺概·文概》就此将他与曹植并称为"建安之杰"②。所有这些都可以证明，散文的确是陈琳最有成就的写作领域。

陈琳散文种类很多，有上书、书信、设问、碑文、檄文等。其中有些较为完整，有些属于片段保存，还有一些是失题残句。除此以外，《为袁绍上汉帝书》《与公孙瓒书》和《拜乌丸三王为单于版文》三篇，据说是陈琳代袁绍为文，但无实据，明代张溥收入《陈记室集》中，而清代严可均《全后汉文》则编入袁绍名下。在此，主要介绍其书信、设问和檄文三类散文作品。

一　书信

陈琳的书信体散文存有 4 篇。早期所作有《易公孙瓒与子书》，

---

① （宋）吴棫撰：《宋本韵补》，中华书局 1987 年版，第 2 页。
② （清）刘熙载撰，袁津琥校注：《艺概注稿》卷一，中华书局 2009 年版，第 84 页。

据《后汉书》注引《献帝春秋》记载，袁绍在与公孙瓒开战前，截获公孙瓒给儿子的一封信，使陈琳更易其词，乃兵不厌诈的伎俩。《答张纮书》是陈琳对故友来信夸赞其文章的回复，未完整保存，其中引用了不见于今本《庄子》"小巫见大巫"一语，使之成为人人所共知的熟语。后期所作《为曹洪与魏文帝书》《答东阿王笺》两篇，是分别写给曹丕、曹植的书信，为《文选》所收录，保存完整，题目为后人所加。

陈琳为曹洪代笔复信给曹丕，时间是在建安二十年（215）击败张鲁之后。文中盛称汉中地理形势，分析战争胜败的关键因素，宏论高议，激越雄壮。所以即便以曹洪口吻加以掩饰，在开头说"欲令陈琳作报，琳顷多事，不能得为。……故自竭老夫之思"①，在末尾称"间自入益部，仰司马、杨、王遗风，有子胜斐然之志，故颇奋文辞，异于他日"②，结果还是被曹丕看出是出自陈琳手笔："观其辞，知陈琳所叙为也。"③ 因为信中广征博引、纵横捭阖的宏博气势，以及比喻、排比的斐然文辞，都有明显的陈琳文风。例如：

> 昔鬼方聋昧，崇虎谗凶，殷辛暴虐，三者皆下科也。然高宗有三年之征，文王有退修之军，盟津有再驾之役，然后殪戎胜殷，有此武功焉。未有星流景集，飙奋霆击，长驱山河，朝至暮捷，若今者也。④

远古商周时代，鬼方、崇虎、殷纣王都属于低等之才，然而殷高宗伐鬼方用了三年时间，周文王攻崇虎需要先退军才获胜，周武王灭殷纣王也两度誓师出征才取得胜利。自古以来未有像我军消灭

---

① 俞绍初辑校：《建安七子集》（修订本），中华书局 2016 年版，第 62 页。
② 俞绍初辑校：《建安七子集》（修订本），中华书局 2016 年版，第 63 页。
③ 魏宏灿：《曹丕集校注》，安徽大学出版社 2009 年版，第 309 页。
④ 俞绍初辑校：《建安七子集》（修订本），中华书局 2016 年版，第 62 页。

张鲁这样，如流星划过、日光照射，似狂风骤起、雷电闪击一般，大军长驱直入，朝至暮捷，获取势不可当的胜利。

陈琳写给曹植的信则属于文学范畴的交流。结合曹植《与杨德祖书》来看，二人此番书信往来，主要讨论辞赋创作。大概是曹植对于陈琳自谓与司马相如同风不以为然，"作书嘲之"①，并出示自己的《龟赋》以作比较。而陈琳或许碍于曹植的身份，复信中在以"高世之才""清辞妙句"② 盛赞曹植的同时，自谦为驽马不能与之齐足。过后则以反为正，将曹植的反语嘲讽仅作字面解读，写文章大讲曹植称赞其文。这样软中带硬的态度令曹植心意难平，于是在写给杨修的信中，不惜对这位年龄与他父亲相若的长者恶语相加，比之为"画虎不成反为狗"，才子的轻佻傲娇令人哑然失笑。

二　设问

陈琳的散文作品中，有《应讥》《答客难》两篇设问之文，即虚设人物，以主客问答方式陈说道理以明心志。这种文体从战国宋玉《对楚王问》、西汉东方朔《答客难》开始，历代继作，成为一种比较有特色的文学样式。《文选》分设"对问""设论"两体，《文心雕龙》合而为一，统称"对问"，与七体、连珠等隶属于"杂文"一类。明代吴讷《文章辨体》和徐师曾《文体明辨》则又有"设论""问对"的改称与分合。要之，假设问对，以明其志，是这种文体的主要功用。因其虚设主客问答和铺陈夸饰的写法与辞赋相同，有时也被视为辞赋的一个分支。

陈琳《答客难》仅存数句，《应讥》则在当时远播南北，曾与《武军赋》一同获得张纮的赞美。建安初，袁绍作为最强盛的一支武装力量，为争权夺利而兴兵攻战，置君主于不顾，也给天下百姓带

---

① （三国魏）曹植著，赵幼文校注：《曹植集校注》，中华书局2016年版，第227页。
② 俞绍初辑校：《建安七子集》（修订本），中华书局2016年版，第59页。

来苦难。他的行为在当时遭到非议，于是陈琳作《应讥》为之辩解。文中之客以言辞发难，批评袁绍在"豺狼肆虐，社稷陨倾"之际，"既不能抗节服义，与主存亡，而背枉违难，耀兹武功"①。主人则立足于"达人君子，必相时以立功，必揆宜以处事"②，为主君袁绍极力辩护，称赞他既有礼贤下士之德，也有深谋远虑之功。在写作上，大量引经据典，以古况今，又多用对偶、排比等手法，节奏整齐，气势强劲。

三　檄文

收录于《文选》中的两篇檄文，《为袁绍檄豫州》和《檄吴将校部曲文》，是陈琳散文的代表作。

檄文的发布，是出兵打仗时进行的战前舆论造势，人们经常说"师出有名"，就是这个意思。刘勰《文心雕龙·檄移》篇说："兵出须名，振此威风，暴彼昏乱。"③ 陈琳檄文最著名的是《为袁绍檄豫州》。豫州，指刘备。刘备曾被陶谦表荐为豫州刺史，又受曹操举荐，任豫州牧。

曹操与袁绍本来关系友善，又是讨伐董卓的同盟军，后来在军阀混战中，两人也经常联手对付敌对势力。自从曹操迁汉献帝于许都，挟天子以令诸侯，二人逐渐转变为敌对势力。袁绍于建安四年（199）消灭了公孙瓒之后，便"简精兵十万、骑万匹，欲以攻许"④，准备与曹操决一雌雄。建安五年（200），刘备来投奔袁绍。临战之前，令陈琳撰写檄文，对曹操加以声讨，将檄文的文体特征发挥得极为充分，不愧为檄文的上乘典范。

---

① 俞绍初辑校：《建安七子集》（修订本），中华书局 2016 年版，第 79 页。
② 俞绍初辑校：《建安七子集》（修订本），中华书局 2016 年版，第 80 页。
③ （南朝梁）刘勰著，范文澜注：《文心雕龙注》卷四，人民文学出版社 1958 年版，第 377 页。
④ （宋）司马光编著，（元）胡三省音注：《资治通鉴》卷六十三，中华书局 1956 年版，第 2015 页。

（一）"兵出须名"

陈琳《为袁绍檄豫州》起笔便先声夺人：

> 盖闻明主图危以制变，忠臣虑难以立权。是以有非常之人，然后有非常之事；有非常之事，然后立非常之功。夫非常者，故非常人所拟也。[1]

开头"盖闻"一段，以连珠体作为发端，从"明主""忠臣"角度立论，眼界高远，气象宏大。"非常之人""非常之事""非常之功"，迤逦而下，情绪饱满，气势强盛。下面再引用秦和汉初的古事典实，从正反两方面申说权臣败坏朝政后不同的处理方式，事关国家生死存亡，为后面并论曹操、袁绍奠定了坚实的基础。所以，开宗明义，为国为君而征战立功，便扛上了正义的大旗。

（二）"暴彼昏乱"

檄文中，司空曹操是专执朝政、败坏朝纲的奸佞权臣，幕府袁绍则是力挽狂澜的忠义大臣。陈琳一方面详细列举曹操的种种恶行劣迹：家世为宦官，本人无品德，战场上轻进易退，管辖地方时残害忠良；另一方面大量列举事例，述说袁绍多次有大恩于曹操，又在"銮驾返旆"之际，遣命其护卫幼主，给了曹操掌握朝政的机会，可是曹操却趁此机会肆意妄为。檄文对曹操专权展开猛烈抨击：

> 操便放志专行，胁迁当御省禁，卑侮王室，败法乱纪，坐领三台，专制朝政，爵赏由心，刑戮在口，所爱光五宗，所恶灭三族，群谈者受显诛，腹议者蒙隐戮。百僚钳口，道路以目，尚书记朝会，公卿充员品而已。[2]

---

① 俞绍初辑校：《建安七子集》（修订本），中华书局 2016 年版，第 64 页。
② 俞绍初辑校：《建安七子集》（修订本），中华书局 2016 年版，第 66 页。

曹操在朝廷任性专断，胁迫天子，轻侮王室，败坏法纪。他身居高位，专擅朝政，封爵赏赐出于私心，处罚杀戮一人说了算。有敢聚在一起谈论的人公开受诛罚，心中不满的人也被暗中下手，致使朝中各级官员敢怒不敢言，居官只是凑数而已。

文中又细数曹操残害故太尉杨彪、议郎赵彦以及盗发王陵掠夺金宝的各种罪状，说明曹操豺狼野心，为祸人鬼两界，是"身处三公之位，而行桀虏之态，污国虐民，毒施人鬼。加其细政苛惨，科防互设，罾缴充蹊，坑阱塞路，举手挂网罗，动足触机陷，是以兖、豫有无聊之民，帝都有吁嗟之怨。历观载籍，无道之臣，贪残酷烈，于操为甚"①。其贪残无道之行，从朝廷延及天下，毒害无限。刘勰《文心雕龙·檄移》篇说："虽奸阉携养，章密太甚；发丘摸金，诬过其虐。然抗辞书衅，皦然露骨矣。敢指曹公之锋，幸哉免袁党之戮也。"② 刘勰认为檄文所说的入赘宦官，是过于暴露隐私，掘墓盗金，也是夸大其词，但文章能够言辞慷慨书写曹操的罪状，那么明白露骨，敢于触犯曹操的锋芒，后来没因袁氏一党而被杀，也真是幸运。

（三）"振此威风"

在声讨曹操恶劣贪残的行迹之后，再回转到当前，说明幕府袁绍与曹操决战的局势。当袁绍对付外奸及攻打公孙瓒时，曹操不顾恩义，潜怀祸谋，又引兵过河，意图北上除掉忠臣，孤弱汉室。只是在袁绍消灭了公孙瓒之后，受到震慑，才收敛锋芒，屯扎于敖仓，伺机而动。文中以夸饰之笔夹叙夹议，向众人宣示袁绍军力强盛，人心所向，必定战胜曹操：

> 幕府奉汉威灵，折冲宇宙，长戟百万，胡骑千群，奋中黄、育、获之士，骋良弓劲弩之势，并州越太行，青州涉济漯。大

---

① 俞绍初辑校：《建安七子集》（修订本），中华书局 2016 年版，第 66 页。
② （南朝梁）刘勰著，范文澜注：《文心雕龙注》卷四，人民文学出版社 1958 年版，第378 页。

军泛黄河而角其前，荆州下宛、叶而掎其后，雷霆虎步，并集
虏庭，若举炎火以焫飞蓬，覆沧海以沃熛炭，有何不灭者哉？
又操军吏士，其可战者，皆出自幽冀，或故营部曲，咸怨旷思
归，流涕北顾。其余兖豫之民，及吕布、张扬之遗众，覆亡迫
胁，权时苟从，各被创夷，人为仇敌。若回旆方徂，登高冈而
击鼓吹，扬素挥以启降路，必土崩瓦解，不俟血刃。①

　　檄文最后，晓谕豫州牧刘备及各州郡部属，当前正是"忠臣肝脑
涂地之秋，烈士立功之会"，要求各州郡整顿兵马，部署于边界内，
"举师扬威，并匡社稷。"为君主为社稷，举义师灭曹操，建立"非常
之功"，无上光荣。再次强调"非常之功"四字，与开头形成照应。

　　檄文中袁绍一方占领了道德高地，将曹操贬斥为劣迹小人，在
辞理上先声夺人。又大量运用排比句，情调高亢，气势上威武雄壮。
如果忽略掉袁绍争权夺利的军阀本性，以及曾经置在外奔逃的汉献
帝于不顾的事实，确实具有很强大的鼓动力量。刘勰在《文心雕龙》
中说："陈琳之檄豫州，壮有骨鲠。"② 指出了陈琳这篇檄文写得激
昂慷慨，具有一种雄壮刚健之风。

　　《檄吴将校部曲文》作于随军征讨东吴时。由于语涉西征张鲁之
事，一般认为写作时间是在建安二十一年（216）。各史书都记载了
这场战事，而对于陈琳作檄，却并无记载。《三国志·王粲传》裴注
引《典略》记有陈琳书檄治愈曹操头风病之事，时间则不详。因檄
文本身在人名和年月地理方面出现不少错误，所以不少人对于这篇
檄文的真伪产生怀疑。田余庆《孙吴建国的道路》一文说："《檄》
文可疑之点现虽无法——决断，但其基本内容却从来无人怀疑，是
可信的。"③

---

① 俞绍初辑校：《建安七子集》（修订本），中华书局 2016 年版，第 67 页。
② （南朝梁）刘勰著，范文澜注：《文心雕龙注》卷四，人民文学出版社 1958 年版，第
378 页。
③ 田余庆撰：《秦汉魏晋史探微》，中华书局 2004 年版，第 271 页。

这篇《檄吴将校部曲文》的篇幅比《为袁绍檄豫州》还要长，气势也极为宏大。里面详尽陈说长江之水不可凭，江湖之众不可恃，又历叙孙权种种贼义残仁之举，列举曹操扫平群雄之功以及历史上四境边裔被灭之事。对于曹操自董卓之乱以来将近三十年的辉煌战果，进行了生动形象的描写：

> 丞相秉钺鹰扬，顺风烈火，元戎启行，未鼓而破；伏尸千万，流血漂橹，此皆天下所共知也。①

对于曹操宽待附从者的政策，也进行了明确阐述：

> 丞相衔奉国威，为民除害，元恶大憝，必当枭夷，至于枝附叶从，皆非诏书所特禽疾。故每破灭强敌，未尝不务在先降后诛，拔将取才，各尽其用。是以立功之士，莫不翘足引领，望风响应。②

以此晓谕东吴将校部属，只诛元凶，从者宽待，希望他们认清形势，及早脱离孙权阵营。全文纵横捭阖，肆意铺张，文辞劲健齐整，气势雄壮飞扬。

以上所述可以看出，陈琳檄文写得有理有据，文气贯注，激昂慷慨，笔力强劲，确实有"声如冲风所击，气似楼枪所扫"③的强大气势，是这种文体的典范之作。"陈琳檄"三个字，在后代也成了檄文的代名词。

---

① 俞绍初辑校：《建安七子集》（修订本），中华书局2016年版，第74页。
② 俞绍初辑校：《建安七子集》（修订本），中华书局2016年版，第75页。
③ （南朝梁）刘勰著，范文澜注：《文心雕龙注》卷四，人民文学出版社1958年版，第378页。

第八章　阮瑀

　　在建安七子中，阮瑀也是一位有独特遭遇的作家。第一，所学有明确的师承渊源；第二，他进入曹操集团充满了戏剧性；第三，他死后留下的寡妻孤子成为时人的写作素材；第四，他的儿孙中有两位是"竹林七贤"中的人物，其中儿子阮籍成长为比他还要出名的文学家。所以，阮瑀留存至今的文学作品，数量虽然不是太多，但在建安文坛也是特别有意味的一个存在。

第一节　阮瑀的生活经历

　　阮瑀（167？—212）字元瑜，陈留尉氏（今河南省开封市尉氏县）人。生年不详，大约出生在桓帝末年。《三国志·王粲传》附录阮瑀，记载的内容不多，只是说他"少受学于蔡邕。建安中都护曹洪欲使掌书记，瑀终不为屈"①，然后简单记述了与陈琳同在曹营中的任职活动。倒是裴松之注中引录及散见于他书的鱼豢《典略》和张骘《文士传》等，保存了一些有关阮瑀的生平材料。我们据此作分析，来说明阮瑀一生中的重要事迹及其文学创作情况。

---

①　（晋）陈寿撰，（南朝宋）裴松之注：《三国志》卷二十一，中华书局 1982 年版，第600 页。

一　师承蔡邕

阮瑀是一个神童型的才子。《太平御览》在《人事部·幼智》类中收录了《文士传》对阮瑀的记载：

> 阮瑀少有俊才，应机捷丽。就蔡邕学，叹曰："童子奇才，朗朗无双。"①

从小就聪慧有才的阮瑀，受学于名师蔡邕，由于反应机敏，应答快捷，并且言辞优美，被蔡邕夸赞为聪明无比的"奇才"。

蔡邕（133—192）字伯喈，陈留圉县（今河南省开封市杞县）人，是东汉末年的著名学者、书法家、音乐家和文学家，所以范晔《后汉书》卷六十下为他单独立传。蔡邕与建安时期不少文人都有交集，对建安文学影响很深。他与曹操交谊深厚，有"管鲍之好"②，其女蔡文姬流落匈奴多年，后来曹操专程派人以重金赎回。孔融"与蔡邕素善"③，在碑文写作上，多模仿蔡邕。《文心雕龙·诔碑》篇说："孔融所创，有慕伯喈。"④ 其余如路粹受学于蔡邕、王粲受到蔡邕推重等，古书典籍中也都有记载。

在文学发展史上，蔡邕被称为"建安文学直接的先驱"⑤。阮瑀与蔡邕为同郡人，曾拜蔡邕为师，师承其学问和才艺。他后来成为建安时期著名作家，被列入"建安七子"之中，这种从师经历也必定起到了重要作用。比如阮瑀精通音乐、演奏歌曲以及创作

---

① （宋）李昉等撰：《太平御览》卷三百八十五，中华书局1960年版，第1780页。

② 魏宏灿：《曹丕集校注》，安徽大学出版社2009年版，第133页。

③ （南朝宋）范晔撰，（唐）李贤等注：《后汉书》卷七十，中华书局1965年版，第2277页。

④ （南朝梁）刘勰著，范文澜注：《文心雕龙注》卷三，人民文学出版社1958年版，第214页。

⑤ 顾农：《建安文学史》，湖南教育出版社2000年版，第7页。

《筝赋》，都很能说明问题。

二 归附曹操

《文选》李善注引《魏志》说：阮瑀"宏才卓逸，不群于俗。太祖为司空，召为军谋祭酒，又管记室，书檄多瑀所作，又转丞相仓曹属，卒"①。这段记载中，"宏才卓逸，不群于俗"是今本《三国志》所没有的。阮瑀拥有卓尔不群的才华，而他又自护其才，再加体弱多病，生性淡泊，所以在动乱岁月，文士们大都希望在多事之秋建功立业，而阮瑀却不乐仕宦。有关他归附曹操的经历，颇有戏剧色彩。鱼豢《典略》、张骘《文士传》等书的记载，有助于我们了解阮瑀的这段经历以及他的才华个性和思想状态。

《典略》的相关记载，《三国志》裴注未引用，见于《太平御览》：

> 阮瑀……以才自护。曹洪闻其有才，欲使报答书记，瑀不肯，榜笞瑀，瑀终不屈。洪以语曹公。公知其无病，使人呼瑀。瑀终惶怖，诣门。公见之，谓曰："卿不肯为洪，且为我作之。"瑀曰："喏。"遂为记室。②

《文士传》记述阮瑀出仕曹操，又多出"太祖焚山"把他逼出来的情节：

> 太祖雅闻瑀名，辟之不应。连见逼促，乃逃入山中。太祖使人焚山，得瑀，送至，召入。太祖时征长安，大延宾客，怒瑀，不与语，使就技人列。瑀善解音，能鼓琴，遂抚弦而歌，因造歌曲曰："奕奕天门开，大魏应期运。青盖巡九州，在东西

---

① （梁）萧统编，（唐）李善注：《文选》，上海古籍出版社 1986 年版，第 1887 页。
② （宋）李昉等撰：《太平御览》卷二四九，中华书局 1960 年版，第 1177 页。

人怨。士为知己死，女为悦者玩。恩义苟敷畅，他人焉能乱？"为曲既捷，音声殊妙，当时冠坐。太祖大悦。①

　　裴松之注《三国志》时，引录了《文士传》这个记载，但他根据史实作出分析，批评《文士传》所记不实，材料依据充分，值得信服。然而，即使《文士传》在具体情节上有穿凿附会、夸大其词的地方，但参照《典略》的相关记载，阮瑀出仕曹操属于被逼无奈，却是实情。而臣松之案有意省去《典略》原文，直接在按语中："鱼氏《典略》、挚虞《文章志》并云瑀建安初辞疾避役，不为曹洪屈。得太祖召，即投杖而起。"② 这个说辞却是不可信从的。挚虞《文章流别志论》散佚，残存佚文不见有此一说。而鱼豢《典略》的相关记载保存在类书当中，里面很清楚地反映出两个问题。第一，陈寿《三国志》原文对于阮瑀不屈于曹洪，说得较为笼统，而《典略》中的"榜笞"情节，使"瑀终不为屈"一事得到有力证明。第二，《典略》中所记有"瑀终惶怖，诣门"，这哪里是什么"得太祖召，即投杖而起"，分明是不情不愿，出于恐惧才被迫出仕。先前不屈于曹洪，只不过受些皮肉之苦，这次曹操"使人呼瑀"，传令者说了什么虽不得而知，但不久前同郡人边让因违逆曹操而被杀之事，阮瑀却不会不了解。他"以才自护"，在乱世中清醒独立，并不愿依附任何势力，但也不意味着非要为此而丢掉性命，最终被迫无奈只好出仕，这就是阮瑀的人生态度。

三　马上具草

　　来到曹操阵营后，阮瑀与陈琳同为司空军谋祭酒，掌管书记，

　　① 周勋初：《张鷟〈文士传〉辑本》，《周勋初文集》（2），江苏古籍出版社2000年版，第12页。
　　② （晋）陈寿撰，（南朝宋）裴松之注：《三国志》卷二十一，中华书局1982年版，第600页。

后来改官丞相仓曹掾属，职掌粮仓。当时的不少军国文书也是由阮瑀撰写的。比如曹操南征刘表，使阮瑀作书与刘备，即《为魏武与刘备书》；欲征孙权时，命阮瑀先作书与孙权，即《为曹公作书与孙权》。西征马超、韩遂时，阮瑀为曹操作书与韩遂。与韩遂书没有保存下来。

阮瑀才华卓异，文思敏捷。《三国志》裴松之注引《典略》记载："太祖尝使瑀作书与韩遂，时太祖适近出，瑀随从，因于马上具草，书成呈之。太祖揽笔欲有所定，而竟不能增损。"[①] 马上，指马背上；具草，意思是起草文章。阮瑀起草文书，速度快，完成度高，所以曹操想要修改一下，竟然不能加以增删。后来"马上具草"就成为一个成语。类似的记述也出现在梁元帝萧绎的《金楼子》中，只不过讲的是作书与刘备："刘备叛走，曹操使阮瑀为书与备，马上立成。"[②]说的也是阮瑀骑在马上，就能完成文书的撰写。

由此可见，阮瑀"应机捷丽"的才气是一贯保持下来的，运用于文书的写作上，表现为文思敏捷，文辞优美准确。因此，《文心雕龙·书记》篇说："魏之元瑜，号称翩翩。"[③] 范文澜注先引《说文》曰："翩，疾飞也。"然后解释说："翩翩，轻举敏捷之意。"[④]这是以鸟的轻举疾飞，来比喻文章写作轻松快捷。

四　"寡妇"素材

建安时期的文学，大量反映社会现实，除政事战乱以外，还有以真人真事为素材的写作，如《蔡伯喈女赋》为蔡文姬而作，

---

① （晋）陈寿撰，（南朝宋）裴松之注：《三国志》卷二十一，中华书局 1982 年版，第601 页。

② （梁）萧绎撰，许逸民校笺：《金楼子校笺》，中华书局 2011 年版，第 1371 页。

③ （南朝梁）刘勰著，范文澜注：《文心雕龙注》卷五，人民文学出版社 1958 年版，第 456 页。

④ （南朝梁）刘勰著，范文澜注：《文心雕龙注》卷五，人民文学出版社 1958 年版，第 473 页。

《出妇赋》为刘勋妻而作等。建安十七年（212），阮瑀病亡。王粲为他写下《阮元瑜诔》，记述他载笔从戎的经历："庶绩维殷，简书如雨。强力成敏，事至则举。"① 称赞他起草文书快速敏捷，举手便成。除此以外，以阮瑀之死为起因，建安文坛又创作出一批作品。

曹丕为阮瑀病故深感痛惜，《与吴质书》说："元瑜长逝，化为异物，每一念至，何时可言？"② 这种哀伤之情，促使曹丕关心阮瑀留下的寡妻孤子，并且体察其悲辛艰难，为此写下《寡妇诗》和《寡妇赋》。诗与赋都有序文，都是一叹阮瑀早亡，二伤其妻与子的孤寡，并说明其写作缘由。如《寡妇赋序》说："陈留阮元瑜，与余有旧，薄命早亡。每感存其遗孤，未尝不怆然伤心，故作斯赋，以叙其妻子悲苦之情。命王粲等并作之。"③ 这是因阮瑀亡故，由曹丕倡导，邺下文人展开的又一次同题共作活动。今存建安时期的《寡妇赋》共有4篇，分别是曹丕、曹植、王粲、丁廙的同题赋作。西晋时，潘岳也曾仿照此题作赋，序中明确说是受曹丕等人这一次创作的影响。

阮瑀之子阮籍在父亲病死时年仅3岁，后来成为正始时期的著名诗人和玄学家。虽然缺少来自父亲的关爱培育，但阮瑀的诗赋文章还在，其思想才华对于阮籍的成长必定会产生很深的影响。

第二节　阮瑀的诗歌创作

阮瑀各体作品数量不多，大体是由于古籍散亡所致。《隋书·经籍志》著录"后汉丞相仓曹属《阮瑀集》五卷。梁有录一卷，亡。"④明人辑录《阮元瑜集》一卷。另外，严可均《全后汉文》保存阮瑀

① 俞绍初辑校：《建安七子集》（修订本），中华书局2016年版，第160页。
② 魏宏灿：《曹丕集校注》，安徽大学出版社2009年版，第255页。
③ 魏宏灿：《曹丕集校注》，安徽大学出版社2009年版，第110页。
④ （唐）魏征等撰：《隋书》卷三十五，中华书局1973年版，第1058页。

辞赋和散文 9 篇，逯钦立《先秦魏晋南北朝诗》收录阮瑀诗歌共 10 首。这里，我们谈阮瑀的诗歌创作。

一　阮瑀的诗歌概况

阮瑀存诗中有《琴歌》一首，根据《三国志》裴松之注的辨析，可以基本确定为伪作。其余十多首诗作，除《公宴诗》写酒宴欢乐外，主要有两类内容。

第一类，吟咏古人古事，如《咏史诗》二首和《隐士诗》。《咏史诗》二首，与王粲的《咏史诗》二首相同，都是分别歌咏三良和荆轲。

建安十六年（211），曹操率军西征马超、韩遂，留曹丕监国，曹植等随军。此次随军西征应是在曹植的号召之下，众人参与创作了不少诗文作品。如歌咏三良、荆轲，哀吊夷齐等，都是这一时间所作。春秋时秦穆公卒，以子车氏三子殉葬，这种以活人殉葬的做法是惨无人道的。《诗经》中有一篇《黄鸟》诗，就是当时秦国人讥刺秦穆公，哀挽子车氏三子奄息、仲行和针虎的。曹植等人在随军途中经过三良冢，以此为题材共同作诗。粗看起来，曹植、王粲、阮瑀的诗作都反对秦穆公命三良殉葬，并表达对三良的同情哀伤，但细作分别，身份、心态不同，也有不同的情感表达。曹植《三良》看重的是"忠义"，所以诗中写"生时等荣乐，既没同忧患"[1]。王粲的自我代入感强，所以从"受恩"处着眼，称三良"生为百夫雄，死为壮士规"[2]。而阮瑀的情感表达就没有那么激昂，只是设身处地想象三良骈首就死的内心活动："忠臣不违命，随驱就死亡。""谁谓此可处，恩义不可忘。"[3] 其中多用否定式语句，写"不违命""不可忘"，表现三良因"忠义"而不得不赴死的心情。在歌咏荆轲刺秦

---

① （三国魏）曹植著，赵幼文校注：《曹植集校注》，中华书局 2016 年版，第 200 页。
② 俞绍初辑校：《建安七子集》（修订本），中华书局 2016 年版，第 98 页。
③ 俞绍初辑校：《建安七子集》（修订本），中华书局 2016 年版，第 181 页。

王时，基于故事本身的悲壮色彩，阮瑀把笔墨放在了易水送别的场景描写上："素车驾白马，相送易水津。渐离击筑歌，悲声感路人。举坐同咨嗟，叹气若青云。"① 素车白马，悲音壮歌，使全诗的慷慨悲壮之气得到大力渲染。

阮瑀《隐士诗》的写法很独特，不像一般咏史诗止于一人一事，而是批量列举多名隐士，诸如四皓、老莱子、颜回、许由、伯夷，以此突出"隐士"概念的特征，比如高蹈远引、安于贫贱、守志不屈等，从中体现了阮瑀本人淡泊隐居的思想倾向。

第二类，抒写人世间的生命愁苦，如《七哀诗》《杂诗》《苦雨诗》等。阮瑀体弱多病，又身处乱世之中，对于人生中的悲苦和生命的遽尔逝去，悲叹尤多。或朋友方聚旋分，或苦雨独行，或辛苦流离，或死亡忧戚等，都以诗歌表达深深的悲伤。例如《七哀诗》二首，其一写人死之后的凄凉，其二写客子思乡的悲愁。韶光易逝，荣华难再，生命多是无奈。"良时忽一过，身体为土灰。冥冥九泉室，漫漫长夜台。身尽气力索，精魂靡所能。嘉肴设不御，旨酒盈觞杯。出圹望故乡，但见蒿与莱。"② 通过对坟墓凄凉萧索氛围的渲染，将生命的无力感表现得十分充分。人死后亡魂的感知，从这个角度叙写生命的悲歌，这种写法对于后代作家陆机、陶渊明等都有很深的影响。

总体来说，阮瑀现存诗歌都是五言诗，在建安"五言腾踊"的风潮中，贡献了一份力量。然而阮瑀诗虽然多表达愁苦之情，却并不是一种外溢的情感爆发，而是以质朴平和的形式，包裹着沉重的生命悲感，呈现出一种古朴典雅之风。钟嵘《诗品》认为阮瑀诗"平典不失古体"③，曹旭解释说："平典，平实典则。古体，指汉魏诗歌风格体式。如《驾出北郭门行》等皆是。"④

---

① 俞绍初辑校：《建安七子集》（修订本），中华书局2016年版，第181页。
② 俞绍初辑校：《建安七子集》（修订本），中华书局2016年版，第182页。
③ （南朝梁）钟嵘著，曹旭笺注：《诗品笺注》，人民文学出版社2009年版，第228页。
④ （南朝梁）钟嵘著，曹旭笺注：《诗品笺注》，人民文学出版社2009年版，第230页。

二 阮瑀诗歌代表作《驾出北郭门行》

阮瑀的《驾出北郭门行》是一首五言乐府诗,写一个孤儿遭受后母的虐待。汉乐府中有一首《孤儿行》,讲述的是父母双亡的孤儿遭到兄嫂的虐待,其不幸遭遇催人泪下。阮瑀的诗歌继承了汉乐府民歌的叙事传统,同样选取"孤儿"题材,只是所写不是父母双亡,而是"后母憎孤儿"。相比较而言,这种"后母现象"的存在历史悠久,也更为广泛。所以从内容题材上说,阮瑀这首诗的社会意义更具有普遍性。

在诗歌形式上,汉乐府《孤儿行》属于杂言体,全以孤儿自述的口吻叙事,而阮瑀《驾出北郭门行》为五言体,采用的是对话方式叙事。原诗如下:

> 驾出北郭门,马樊不肯驰。下车步踟蹰,仰折枯杨枝。顾闻丘林中,嗷嗷有悲啼。借问啼者出:"何为乃如斯?""亲母舍我殁,后母憎孤儿。饥寒无衣食,举动鞭捶施。骨消肌肉尽,体若枯树皮。藏我空室中,父还不能知。上冢察故处,存亡永别离。亲母何可见?泪下声正嘶。弃我于此间,穷厄岂有赀!"传告后代人,以此为明规。①

诗歌篇幅不长,事件单一,但饱含深厚的情意。其中发挥重要作用的是,诗中有两个第一人称口吻的叙述。

一个是作者本人。诗人叙述自己驾车出行至北郭门,在枯杨、荒丘间,听到了声声悲戚的哭啼,于是驻马问询,聆听到了一个孤儿的悲惨遭遇。在催人泪下的哭啼声中,马蹄被羁绊不前,犹如诗人对陌生的伤心人的牵挂。以马写人,既体现了写作上的巧思,又

---

① 俞绍初辑校:《建安七子集》(修订本),中华书局 2016 年版,第 179 页。

表现出动乱岁月中的诗人对于悲情的敏感与怜悯。

另一个是自述不幸的孤儿。他向一个关心自己的陌生人敞开心扉，述说自己痛哭不已的原因。"亲母舍我殁，后母憎孤儿"，这是他不幸遭遇的根源。亲母亡殁，亲父在外讨生活，于是在孤儿的成长过程中，只能承受着后母的虐待：吃不饱穿不暖，动不动就遭受毒打。后母还唯恐孤儿骨瘦如柴的样子被回家的父亲看到，就把他藏在空屋子里。孤儿满腹苦楚，只能到亲母坟上声嘶力竭地痛哭。

这里，孤儿与诗人两个叠套的第一人称叙事，一方面如汉乐府一样保持了事件叙述的真切感，另一方面又增加了一个旁观者的视角，"传告后代人，以此为明规。"讲述见闻，告诫后人，体现了更广泛的社会意义。诗人记录下孤儿之苦，告诫后人以此为鉴，悲天悯人之情溢于胸怀。清代陈祚明《采菽堂古诗选》评价说："质直悲酸，犹近汉调。"① 阮瑀诗抒写人世间悲苦，感情深沉，风格古朴，也是建安文学反映民生疾苦的名篇。

第三节　阮瑀的辞赋创作

建安七子中，只有孔融没有辞赋流传下来。而其余六人中，阮瑀辞赋的存世量最少，仅有四篇，而且都不完整。

《纪征赋》《止欲赋》《鹦鹉赋》三篇，题材不一，分别为军旅征战、男女艳情和吟咏动物，都属于邺下文人的同题共作。程章灿《魏晋南北朝赋史》对建安时期同题共作赋多有统计分析，有关整体状况的统计结果："占作者总数的100%，赋作总数的63%。这两个百分比足以说明同题共作在建安赋创作繁荣中占有举足轻重的地位。"② 作为建安文学的代表作家之一，阮瑀赋自然也在此列。就现存情况来看，有些篇目明显是大篇，如《纪征赋》，描述曹军南征，

---

① （清）陈祚明评选，李金松点校：《采菽堂古诗选》，上海古籍出版社 2008 年版，第211 页。

② 程章灿：《魏晋南北朝赋史》，江苏古籍出版社 2001 年版，第 46 页。

但是只能看到写渡过黄河的篇幅，而且还截至到黄河上游，可见散佚严重。《止欲赋》情况稍好，描写对美女的企慕向往心理，细腻真实。如：

> 予情悦其美丽，无须臾而有忘。思《桃夭》之所宜，愿《无衣》之同裳。怀纤结而不畅兮，魂一夕而九翔。出房户以踟蹰，睹天汉之无津。伤匏瓜之无偶，悲织女之独勤。还伏枕以求寐，庶通梦而交神。神惚恍而难遇，思交错以缤纷。遂终夜而靡见，东方旭以既晨。①

对于心目中的美女时刻牵挂不忘、日思夜想、失魂落魄；愿望落空、黯然神伤，表现出内心丰富的情感变化。而在夜以继日、天上地下的时空转换中，运笔轻灵，铺陈而不滞重，用典而不晦涩，确实是建安辞赋新风潮的一个体现。

阮瑀赋作中，比较有特色的是《筝赋》。这是一篇音乐赋。自西汉枚乘《七发》以"龙门之桐"开启对琴的描写以来，西汉王褒《洞箫赋》、东汉马融《长笛赋》、东汉蔡邕《琴赋》等相继而出，描写乐器音声的音乐赋发展成为辞赋的一个重要题材类别。阮瑀曾师从蔡邕，而蔡邕在音乐上不仅留下著名的焦尾琴传说，也作有《琴赋》。阮瑀的音乐造诣主要来自师承。前举《文士传》的记载，虽然具体情节不合史实，但是阮瑀能够自创歌曲、弹琴演唱的传说，应是其来有自。"后人的附会是以阮瑀善弹琴为依据，如果他对琴艺一窍不通，就不可能出现这种传说。"②

这篇《筝赋》虽然保存不太完整，但也能够看出一些内容要旨。比较突出的有两点。一是描写乐器乐声真实生动，如：

---

① 俞绍初辑校：《建安七子集》（修订本），中华书局 2016 年版，第 187 页。
② 高长山：《蔡邕评传》，中华书局 2009 年版，第 90 页。

禀清和于律吕，笼丝木以成资。身长六尺，应律数也。弦有十二，四时度也；柱高三寸，三才具位也。故能清者感天，浊者合地。五声并用，动静简易。大兴小附，重发轻随。折而复扶，循覆逆开。浮沉抑扬，升降绮靡。殊声妙巧，不识其为。①

这是以精准的数字铺写筝的制式，以整齐的短句描摹筝的发声具有高低、轻重和转换的巧妙变化。二是以音声比德。"比德"说是中国古代常见的一种审美方式，其核心点是把"物"的特质与人的品格、德行关联为一体，一般是用于自然物上，如菊与隐士的淡泊之类。以音乐声音比德，也比较常见。阮瑀这里在写筝时，赞美这种乐器弹奏出来的音乐，"平调定均，不疾不徐。迟速合度，君子之衢也。慷慨磊落，卓砾盘纡，壮士之节也"②。音调舒缓时如同坦荡君子的康庄大道；发音急促时如勇敢壮士的豪迈气节，将音乐的属性提升到了一个道德审美的高度。

第四节　阮瑀的散文特色

阮瑀现存散文数量也不多，其体弱早亡是一个原因，但最主要的是文集散亡严重。我们先大致介绍一下阮瑀散文的基本情况，再重点分析其代表作品。

一　阮瑀散文创作概况

阮瑀现存散文，计有《谢太祖笺》《为魏武与刘备书》《为曹公作书与孙权》《文质论》《吊伯夷文》五篇。其中前两篇仅存少量残句，值得一说的是后三篇。

---

① 俞绍初辑校：《建安七子集》（修订本），中华书局2016年版，第187页。
② 俞绍初辑校：《建安七子集》（修订本），中华书局2016年版，第187页。

　　《吊伯夷文》作于建安十六年（211）随军西征马超时，王粲也有同题之作。阮瑀这篇为片段保存，内容主要是赞美伯夷兄弟"东海让国，西山食薇"的清高节操。与王粲批评伯夷兄弟不识大局有所不同，阮瑀最看重的还在于"德"。他评价伯夷兄弟说："重德轻身，隐景潜晖。求仁得仁，报之仲尼。没而不朽，身沉名飞。"①这种以德名身的观念与建安文人普遍的建立事功思想是有所不同的。《文心雕龙·哀吊》篇说："胡阮之吊夷齐，褒而无闻；仲宣所制，讥诃实工。然则胡阮嘉其清，王子伤其隘，各志也。"② "胡阮"之"胡"，指的是汉末胡广。"闻"，学者们认为应遵从唐写本作"间"，意谓非议。刘勰将胡广、阮瑀与王粲的《吊夷齐文》作比较，认为胡广、阮瑀对夷齐全是褒扬而没有指责，王粲则在悼念的同时，也对夷齐的狭隘进行了批评，都体现了他们各自的志趣。胡广《吊夷齐文》，重在赞叹夷齐"抗浮云之妙志，遂蝉蜕以偕逝"③的遁世之志。阮瑀的《吊伯夷文》旨意与其相同，所言"没而不朽，身沉名飞"，也是其自我价值观的表露。

　　《文质论》是一篇论说文，应玚也有同题之作，主要讨论文与质的关系。两人观点不同。应玚重文轻质，认为凡天地自然、治国之策和人的言语方面，都是"文"占主导地位。而阮瑀主张重质轻文，比如他把人分为"通士"和"质士"两种类型，说："通士以四奇高人，必有四难之忌。""质士以四短违人，必有四安之报。"④灵活通变之人属于"文"，既有超常之处，也容易有行不通的地方；朴实木讷之人属于"质"，虽常有不惬心意之处，但也能身全心安。阮瑀这种思想观点与他为人处世的淡泊无为是一致的。所以，阮氏家族由原有的儒学之家到阮籍、阮咸转为玄学名士，不仅仅是受社会思潮

---

　　① 俞绍初辑校：《建安七子集》（修订本），中华书局 2016 年版，第 194 页。
　　② （南朝梁）刘勰著，范文澜注：《文心雕龙注》卷三，人民文学出版社 1958 年版，第241 页。
　　③ （唐）欧阳询撰，汪绍楹校：《艺文类聚》卷三十七，上海古籍出版社 1999 年版，第662 页。
　　④ 俞绍初辑校：《建安七子集》（修订本），中华书局 2016 年版，第 194 页。

的影响，阮瑀质朴自然的思想和淡泊无为的品性也发挥了一定作用。

当然，阮瑀最擅长的还是书檄之文。现存《为曹公作书与孙权》最为著名，收录于《文选》，保存较为完整，是值得一读的名篇佳作。

二　阮瑀散文代表作《为曹公作书与孙权》

这篇书信体散文的写作时间，张可礼《三曹年谱》、俞绍初《建安七子年谱》系于建安十六年（211）。这是曹操准备南征孙权时，由阮瑀写的一篇公开信。信中一方面叙亲密交情，一方面扬曹军实力，规劝孙权归顺。这篇公开信的写作，如同一篇檄文，畅叙交情、张扬军威的目的，只是为了自己一方不费兵卒而使敌方产生内讧，所采取的一种软硬兼施的军事施压策略。所以，黄侃点评说："此亦檄尔。"①

与陈琳文章气势盛大有所不同的是，阮瑀之文写得细密而俊雅。例如文中分析利弊祸福，令孙权加以权衡从而作出选择的一段文字，就体现了其思维缜密、行文俊雅的特征。

文中先是列举两汉史实，从正反两方面加以比较：

> 昔淮南信左吴之策，隗嚣纳王元之言，彭宠受亲吏之计，三夫不寤，终为世笑。梁王不受诡、胜，窦融斥逐张玄，二贤既觉，福亦随之。愿君少留意焉。②

西汉淮南王刘安，东汉初的隗嚣、彭宠，三人都是受小人蛊惑；而西汉梁孝王刘武和东汉名将窦融二人都是不纳小人之言。"三夫"与"二贤"的不同道路选择，就产生了祸福不同的两种结局。文章以鲜明的正反对比，用事实说明不同选择就有不同后果，以此提醒

---

① 黄侃著，黄延祖重辑：《文选平点》，中华书局 2006 年版，第 487 页。
② 俞绍初辑校：《建安七子集》（修订本），中华书局 2016 年版，第 191 页。

孙权以古为鉴。

然后提出几种方法，通过利弊分析，由孙权仔细权衡，再作选择：

> 若能内取子布，外击刘备，以效赤心，用复前好，则江表之任，长以相付，高位重爵，坦然可观。上令圣朝无东顾之劳，下令百姓保安全之福，君享其荣，孤受其利，岂不快哉！若忽至诚，以处侥幸，婉彼二人，不忍加罪，所谓小人之仁，大仁之贼，大雅之人不肯为此也。①

文中为孙权分析了现实中的利弊。有利的做法是："内取子布，外击刘备"。如果能主动铲除张昭和刘备，就能与曹操恢复到友好关系，于国于民以及你我双方都有利。有害的做法是：以处侥幸，"婉彼二人"。如果不珍惜我方诚意，顾念人情，不忍心杀张昭、刘备，这就属于"小人之仁，大仁之贼"，违背了天理道义，懂道理顾大局的人是不会去做的。所以，除掉还是不除掉张昭和刘备，其实就是事关利弊祸福的两个选择。

同时，文中也不愿把孙权逼到墙角，还需要有一个缓冲之地。所以，退让一步，给出第三条道路的选择：

> 若怜子布，愿言俱存，亦能倾心去恨，顺君之情，更与从事，取其后善，但禽刘备，亦足为效。开设二者，审处一焉。②

这是考虑到张昭与孙权的关系，根据实情而作出的让步。意思是说，若是因张昭为亲近之人而不忍心灭掉他，我这边也能压下心头之恨，遂你之愿，给张昭一个改过从善的机会。只要把刘备擒获，也算是说得过去。最后明确表示，究竟是除掉他们二人，还是仅除

---

① 俞绍初辑校：《建安七子集》（修订本），中华书局 2016 年版，第 191 页。
② 俞绍初辑校：《建安七子集》（修订本），中华书局 2016 年版，第 191 页。

掉刘备一人，你是要作出一个选择的。

因此，细审文意，这段话向孙权表达的意思是：对于张昭和刘备，除掉还是不除掉，除掉一个还是除掉他们两个，摆列出来的是三条道路，而允许选择的却只有"灭谁"这两条路。如果不除他们二人，我方就起兵南下，你将会自取其祸。阮瑀在文章中明辨利弊，给出选择，既有容让，又把孙权的退路堵死，写得缜密周详。史实典故的运用，又使行文显得格调典雅。

曹丕《又与吴质书》说："孔璋章表殊健，微为繁富。""元瑜书记翩翩，致足乐也。"① 从前面的分析中可以看出，陈琳、阮瑀的书檄之文，艺术表现不太一样。陈琳之文风格劲健，文辞繁富，而阮瑀的行文并无太多的波澜跌宕，也不气势凌厉，而是以细密周备见长，呈现出一种俊秀典雅的艺术风貌。二人在同一领域的题材中，具有完全不相同的个性风格。

---

① 魏宏灿：《曹丕集校注》，安徽大学出版社 2009 年版，第 258 页。

第九章　徐干

在建安七子中，徐干是个具有学者型气质的文人，也是曹丕唯一称许为可以"不朽"的文人。徐干的生平经历、诗赋创作以及《中论》写作，都鲜明体现了他学者型的个性气质。徐干既有传统的汉代文人的精神气质，又具有建安时期邺下文人的生活风采，是汉魏之际从"汉音"走向"魏响"的过渡性文人。

第一节　徐干的生平经历

关于徐干的生平，《三国志·王粲传》附《徐干传》及裴松之注所引《先贤行状》的记述都非常简略，倒是佚名的《中论序》对徐干生平的记述相对而言比较详细。综合相关材料，我们大体可以把徐干的人生分为两个阶段来进行描述。

徐干（170—217）字伟长，北海剧（山东省昌乐县）人。《中论序》说，徐干是一个"雅达君子"，"其先业以清亮臧否为家，世济其美，不陨其德，至君之身十世矣"。① 据此可知，徐干出身于汉代具有令名的"清亮"之家，所谓"清亮"即清明纯正的意思。徐干十四岁时，"始读五经，发愤忘食，下帷专思，以夜继日，……未

---

① （清）严可均辑：《全上古三代秦汉三国六朝文·全三国文》卷五十五，中华书局1958年版，第1360页。

至弱冠，学五经悉载于口，博览传记，言则成章，操翰成文矣"①。可惜的是，汉灵帝末年，社会政治危机四伏，矛盾重重，世风江河日下，当时，"国典隳废，冠族子弟，结党权门，交援求售"②，竞相求名，不以治学为高，专以浮华为务。面对如此不堪的社会风气，徐干则"闭户自守，不与之群，以六籍娱心而已"③，显得与这个时代格格不入。不久，黄巾起义爆发，接着是"董卓作乱，劫主西迁，奸雄满野，天下无主"④，社会震荡，陷入军阀混战的乱局。在如此兵祸接连不断、生灵涂炭的背景下，为了躲避兵燹之祸，徐干只好"避地海表，自归旧都"⑤，回到了家乡临淄，"绝迹山谷，幽居研几"⑥，潜心读书。在此期间，当地州郡牧守都对他礼遇有加，希望他能够出来做官，但徐干认为，这是一个"圣人之道息，邪伪之事兴；营利之士得誉，守贞之贤不彰"⑦的君子困厄的时代，是无法施展抱负的，所以，他称病不出，不与权贵交往。这是徐干人生的第一阶段。

徐干何时归附曹操，史籍没有明确记载。《中论序》说："潜伏延年，会上公拨乱，王路始辟，遂力疾应命，从戎征行。"⑧上公即曹操。曹操于建安五年（200）在官渡战胜袁绍之后，建安九年（204）又攻克袁绍的大本营邺城，之后，又接连北征幽、并、乌桓。在此

---

① （清）严可均辑：《全上古三代秦汉三国六朝文·全三国文》卷五十五，中华书局 1958 年版，第 1360 页。

② （清）严可均辑：《全上古三代秦汉三国六朝文·全三国文》卷五十五，中华书局 1958 年版，第 1360 页。

③ （清）严可均辑：《全上古三代秦汉三国六朝文·全三国文》卷五十五，中华书局 1958 年版，第 1360 页。

④ （清）严可均辑：《全上古三代秦汉三国六朝文·全三国文》卷五十五，中华书局 1958 年版，第 1360 页。

⑤ （清）严可均辑：《全上古三代秦汉三国六朝文·全三国文》卷五十五，中华书局 1958 年版，第 1360 页。

⑥ （清）严可均辑：《全上古三代秦汉三国六朝文·全三国文》卷五十五，中华书局 1958 年版，第 1360 页。

⑦ （清）严可均辑：《全上古三代秦汉三国六朝文·全三国文》卷五十五，中华书局 1958 年版，第 1360 页。

⑧ （清）严可均辑：《全上古三代秦汉三国六朝文·全三国文》卷五十五，中华书局 1958 年版，第 1360 页。

期间，曹操的主要军事活动都集中在北方的幽、并、青、冀地区。也大约是在这个时期，徐干在"绝迹山谷"多年后，投入了曹操幕下，被曹操任命为司空军谋祭酒。徐干曾作有《序征赋》，其中说："余因兹以从迈兮，聊畅目乎所经。观庶士之缪殊，察风流之浊清。沿江浦以左转，涉云梦之无陂。"① 据此可以推知，建安十三年（208），徐干曾随曹操南征刘表，参加过赤壁之战。建安十六年（211），徐干任曹丕五官中郎将文学，后又随曹操西征马超，曾作《西征赋》。建安十九年（214），徐干又改任曹植的临淄侯文学。

徐干是邺下文人集团的骨干分子，在邺城期间，徐干积极参与了邺下文人的宴集活动，他的《车渠碗赋》《圆扇赋》等作品就是他参加邺下文人活动时同题共作的产物。不过，徐干后期的身体状况似乎明显欠佳，尤其是他去世前的一段时间，基本已淡出了政坛。《中论序》云："疾稍沉笃，不堪王事，潜身穷巷，颐志保真，淡泊无为，惟存正道，环堵之墙以庇妻子，并日而食不以为戚。养浩然之气，习羡门之术。时人或有闻其如此而往观之，或有颇识其真而从之者。君无不容而见之，厉以声色，度其情志，倡其言论，知可以道长者，则微而诱之。"② 根据这段话的叙述，我们大体可以推知徐干后期生活状态的几个特点：第一，个人行为基本不再参与政治活动，而是退居穷巷，颐志养真，甚至还修习神仙养生之术；第二，日常生活情状比较窘迫，几近穷困潦倒；第三，人生态度淡泊无为，坚守自己信奉的安身立命之道；第四，尽管潜身穷巷，但并没有完全与社会断绝来往，遇到心仪的朋友拜访，还时常声色俱厉地倡其言论。《中论序》对徐干后期生活精神状态的描述，对我们深入理解徐干的为人具有重要的认识价值。建安二十二年（217），徐干与刘桢、应场、陈琳等在大瘟疫中相继去世，终年48岁。这是徐干人生的第二阶段。

---

① 俞绍初辑校：《建安七子集》（修订本），中华书局2016年版，第172页。

② （清）严可均辑：《全上古三代秦汉三国六朝文·全三国文》卷五十五，中华书局1958年版，第1360页。

在建安诸子中，徐干的个性气质是颇为独特的。《三国志·王粲传》裴松之注引《先贤行状》说他为人"清玄体道，六行修备。聪识洽闻，操翰成章。轻官忽禄，不耽世荣"①。《先贤行状》对徐干性情的记载与《中论序》的描述基本吻合。也许正是由于徐干的这种"轻官忽禄，不耽世荣"的个性气质，决定了他具有"颐志养真，淡泊无为"的生活态度②，所以，他在归附曹操后，曹操曾欲任命他为上艾长，他却以病为由相推辞。这说明，徐干为人处世既有儒者谦谦君子的气象，又有道家清玄体道的风采。徐干的这一生活态度，从他的同僚王昶的评论中也可以体现出来。据《三国志·魏书·王昶传》记载，王昶曾谆谆告诫他的子侄们："北海徐伟长，不治名高，不求苟得，澹然自守，唯道是务。其有所是非，则托古人以见其意，当时无所褒贬。吾敬之重之，愿儿子师之。东平刘公干，博学有高才，诚节有大意，然性行不均，少所拘忌，得失足以相补。吾爱之重之，不愿儿子慕之。"③ 这里提到的徐伟长即徐干，刘公干即刘桢。徐干和刘桢虽然都是建安时期的重要文人，但他们的性格则迥然有别。刘桢为人"仗气爱奇，动多振绝。贞骨凌霜，高风跨俗"④，颇有耿介孤傲之气；而徐干为人则"怀文抱质，恬淡寡欲，有箕山之志"⑤（曹丕《又与吴质书》），富有清玄恬淡之风。王昶与徐干、刘桢是同时代人，在立身行事方面，主张"遵儒者之教，履道家之言"⑥，颇有儒道双修的意味。王昶告诫子侄们希望他们师法徐干，不愿他们仿慕刘桢，并不是从徐干、刘桢的文学才华方面立

　　① （晋）陈寿撰，（南朝宋）裴松之注：《三国志》卷二十一，中华书局1982年版，第599页。
　　② （晋）陈寿撰，（南朝宋）裴松之注：《三国志》卷二十一，中华书局1982年版，第599页。
　　③ （晋）陈寿撰，（南朝宋）裴松之注：《三国志》卷二十七，中华书局1982年版，第746页。
　　④ （南朝梁）钟嵘著，曹旭笺注：《诗品笺注》，人民文学出版社2009年版，第63页。
　　⑤ 魏宏灿：《曹丕集校注》，安徽大学出版社2009年版，第258页。
　　⑥ （晋）陈寿撰，（南朝宋）裴松之注：《三国志》卷二十七，中华书局1982年版，第744页。

论的，而是从他们二人的为人行事方面来考虑的。王昶对徐干、刘桢二人的评价，在一定意义上讲，实际也体现了时人对徐干、刘桢的不同认识，这对我们认知徐干和刘桢的人格精神特征是具有重要参考价值的。综合曹丕、王昶等人对徐干的评价来考量，在建安七子中，徐干的为人处世态度和人格精神特点是颇为时人赞誉和肯定的。

徐干的作品，在徐干去世之后，曹丕即着手编定。《隋书·经籍志》著录有《徐干集》五卷，后亡佚。明清人曾有辑本。徐干作品目前汇集最完备的是俞绍初先生的《建安七子集》，收诗歌 4 篇，辞赋 8 篇，文 2 篇，另有《中论》二卷 20 篇，佚文 2 篇；林家骊《徐干集校注》颇方便阅读。

第二节　徐干的诗赋创作

俞绍初《建安七子集》辑有徐干诗歌 4 篇，即《答刘桢诗》《情诗》《室思诗六章》《为挽船士与新娶妻别诗》。其中《为挽船士与新娶妻别诗》一首，《艺文类聚》卷二十九署名是徐干，但《玉台新咏》卷二题为《于清河见挽船士新婚与妻别》，署名则是魏文帝曹丕。曹丕曾作有《清河作》《见挽船士兄弟辞别诗》诸诗。如果把此诗与曹丕诸诗放一起考察，可以发现，这首诗与上述诗歌应该为同时所作，所以《玉台新咏》诗题中特别标明"清河"，暗含的即是这个意思。从书写内容看，《清河作》写初到清河时的感受，《见挽船士兄弟辞别诗》写挽船士的兄弟之别，《为挽船士与新娶妻别诗》写挽船士的夫妻之别，这三首诗实际是一组诗，前者是作者初到清河时的情感表达，后二首则是作者看到的眼前场景的描绘，只是描写的对象不同，内容各有侧重。所以，笔者认为，《为挽船士与新娶妻别诗》的作者应该从《玉台新咏》，其著作权不妨归属曹丕。这样，徐干的诗歌主要也就是三首，即《答刘桢》《情诗》《室思诗》。从题材看，内容基本以描写友情和爱情为主。

刘桢今存有《赠徐干》一诗，主要描写他当值"西掖"时，因"拘限清切禁，中情无由宣"①的郁闷和无聊。徐干的《答刘桢》应是对此诗的回应。诗歌先写"我思一何笃，其愁如三春"②的思念之情，然后表达"虽路在咫尺，难涉如九关"③的无奈之意。两诗合观，可以看到建安文人日常生活中的交往情况，对理解建安文人的日常生活情态具有重要意义。

《情诗》是一首爱情诗，写丈夫离家后妻子的慵懒生活，"炉薰阖不用，镜匣上尘生。绮罗失常色，金翠暗无精。佳肴既忘御，旨酒亦常停"④，百无聊赖，孤寂索寞。诗歌善于通过环境烘托表现少妇的生活情绪，读来颇有情味。

徐干诗歌最著名、最被后人称道的还是他的《室思诗》，"室思即闺情也"⑤。关于这首诗的主旨，有的评论家认为可能有"托兴"之意，如沈德潜《古诗源》就说："此托言闺人之词也。自处于厚而望君不薄，情极深致。"⑥ 但我们觉得，这首诗歌不妨作为一般的思妇诗来解读。这是一首描写闺情思妇的组诗，诗歌由六章组成：第一章写男女离别，天各一方，提起思情的缘由；第二章写时空阻隔，思情难遣的惆怅；第三章写情思难寄，百无聊赖的生活；第四章写时节如流，自伤迟暮，夜不能寐；第五章写相思无期，依然坚心守志；第六章写由思而疑，规劝对方时时不忘，既自慰亦慰人。其中，大家最为熟悉的是第三章：

> 浮云何洋洋，愿因通吾辞。飘飘不可寄，徙倚徒相思。人离皆复会，君独无还期。自君之出矣，明镜暗不治。思君如流

---

① 俞绍初辑校：《建安七子集》（修订本），中华书局2016年版，第220页。
② 俞绍初辑校：《建安七子集》（修订本），中华书局2016年版，第163页。
③ 俞绍初辑校：《建安七子集》（修订本），中华书局2016年版，第163页。
④ 俞绍初辑校：《建安七子集》（修订本），中华书局2016年版，第164页。
⑤ （清）张玉榖著，许逸民点校：《古诗赏析》卷九，上海古籍出版社2000年版，第218页。
⑥ （清）沈德潜选：《古诗源》，中华书局1963年版，第131页。

水，何有穷已时！①

对女性形貌情态的描写，《诗经》中已有许多精彩的表现。如《卫风·伯兮》："自伯之东，首如飞蓬。岂无膏沐，谁适为容。"②寥寥几笔，就把丈夫行役离家后，妻子百无聊赖、无心容饰的形貌情态生动形象地刻画了出来。徐干的"自君之出矣，明镜暗不治"，继承的正是《诗经》的这一表现手法，可谓有异曲同工之妙。同时，这首诗歌还以有形之流水比喻无形之相思，变感觉情愫为视觉形象，贴切生动，被陈祚明《采菽堂古诗选》称赞为"缥缈虚圆，文情生动，独绝之笔"③。刘宋以后，诗人多有以"自君之出矣"为题进行模拟创作，可见此诗对后世影响之大。

从抒情方式看，作为组诗的徐干《室思诗》善于通过环境的渲染、意境的营造、比喻的运用，将环境、动作、形貌、心理、情愫融为一体细腻刻画思妇的内心世界，塑造了一个情态毕现、情致可感的思妇形象。钟惺、谭元春《古诗归》卷七评价这首诗"宛笃有《十九首》风骨"④，可以说抓住了这首诗歌的艺术神韵。徐干的《室思诗》称得上是建安文人笔下思妇诗的代表作之一。

徐干的辞赋创作也是颇有特色的。刘勰《文心雕龙·才略》即评价说："徐干以赋论标美。"⑤ 可惜徐干的辞赋散文亡佚太多，今天我们已无法详细考察他创作的全貌了。比如曹丕《典论·论文》提到，徐干曾作有"《玄猿》《漏卮》《圆扇》《橘赋》"⑥，并认为徐干的这些辞赋可以和东汉张衡、蔡邕的辞赋媲美，但遗憾的是，曹

---

① 俞绍初辑校：《建安七子集》（修订本），中华书局 2016 年版，第 165 页。

② （汉）毛亨传，（汉）郑玄笺，（唐）陆德明音义，孔祥军点校：《毛诗传笺》，中华书局 2018 年版，第 91 页。

③ （清）陈祚明评选，李金松点校：《采菽堂古诗选》，上海古籍出版社 2008 年版，第 201 页。

④ （明）钟惺、谭元春选评：《诗归》卷七，湖北人民出版社 1985 年版，第 139 页。

⑤ （南朝梁）刘勰著，范文澜注：《文心雕龙注》卷十，人民文学出版社 1958 年版，第 700 页。

⑥ 魏宏灿：《曹丕集校注》，安徽大学出版社 2009 年版，第 313 页。

丕提到的徐干这四篇辞赋,除《圆扇赋》还留有残句外,其他均已亡佚。再如刘勰《文心雕龙·哀吊》篇说:"建安哀辞,唯伟长差善,《行女》一篇,时有恻怛。"① 据挚虞《文章流别论》"建安中,文帝与临淄侯各失稚子,命徐干、刘桢等为之哀辞"② 之说可知,徐干也是非常善于作哀祭类文章的,他的《行女哀辞》即是奉曹植之命而作。但曹植的《行女哀辞》今存,而徐干的《行女哀辞》则已亡佚了。这说明,建安诸子的作品,尽管在他们去世后不久,曹丕即开始着手进行汇集编辑,但在岁月流逝中,亡佚还是非常严重的。

就徐干现存辞赋看,大体可分三类。第一类是沿袭汉代京都赋体制的作品,代表作是《齐都赋》。齐都即齐国都城临淄。这篇赋主要是写齐都的山川形胜,物产繁华,言辞华美,颇有汉代京都大赋的风味。第二类是戎征赋,主要记述他随曹操出征的经历与感受,代表作是《序征赋》《西征赋》。前者写建安十三年(208)随曹操南征刘表,后者写建安十六年(211)随曹操西征关中马超。第三类是咏物赋,如《圆扇赋》《车渠碗赋》,这类作品与邺下文人同题共作的辞赋作品多有契合,是徐干参与邺下文人活动的产物。

刘勰《文心雕龙·诠赋》曰:"伟长博通,时逢壮采。"充分肯定了徐干辞赋创作的才情辞藻之美,认为他也是"魏晋之赋首"的代表作家之一。③ 最能体现徐干辞赋创作博通壮采风格的应该是他的《齐都赋》。尽管现存的《齐都赋》并非完篇,但这一表现特征还是比较突出的,如其中描写群鸟汇集之场面:"南望无垠,北顾无鄂,兼葭苍苍,莞菰沃若。鴐鹅鸧鸹,鸿雁鹭鸨,连轩翚霍,覆水掩渚。瑰禽异鸟,群萃乎其间。戴华蹈缥,披紫垂丹,应节往来,翕习翩

① (南朝梁)刘勰著,范文澜注:《文心雕龙注》卷三,人民文学出版社 1958 年版,第240 页。

② (清)严可均辑:《全上古三代秦汉三国六朝文·全晋文》卷七十七,中华书局 1958 年版,第 1906 页。

③ (南朝梁)刘勰著,范文澜注:《文心雕龙注》卷二,人民文学出版社 1958 年版,第135—136 页。

翻。"① 确实给人一种花团锦簇、辞采飞扬的感觉。从这些片段可以判断，徐干辞赋创作的风格尤其是都城戍役之类作品，沿袭的应该还是汉代大赋的风格特色。

第三节 《中论》

徐干是一个富有学者型气质的文人，也是建安七子中唯一留有"子书"的文人。据《中论序》，徐干"疾稍沉笃，不堪王事，潜身穷巷，颐志保真，淡泊无为，唯存正道……废诗、赋、颂、铭、赞之文，著《中论》之书二十篇"②，由此可知，《中论》应完成于徐干的晚年。刘勰《文心雕龙·才略》说"徐干以赋论标美"，所谓的"论"，指的就是他的《中论》。

徐干的《中论》在当时影响很大，为他赢得了美名。曹丕在《又与吴质书》中说："伟长独怀文抱质，恬淡寡欲，有箕山之志，可谓彬彬君子者矣。著《中论》二十余篇，成一家之言，辞义典雅，足传于后，此子为不朽矣。"③ 在《典论·论文》中，曹丕又说："融等已逝，唯干著论，成一家言。"④ 曹丕两次提到徐干的《中论》，称其为"不朽"之作，可见曹丕对徐干《中论》重视的程度。吴质在《答魏太子笺》中，也称赞"以著书为务，则徐生庶几焉"⑤。这些评论都充分证明徐干《中论》在当时文坛的轰动效应。

现存《中论》分上下卷，共二十篇，另有佚文两篇。从总体倾向看，主要是依据儒家思想来立论，阐明他的思想主张，诚如曾巩《徐干中论目录序》所言："干独能考六艺，推仲尼、孟轲之旨，述

---

① 俞绍初辑校：《建安七子集》（修订本），中华书局2016年版，第168页。
② （清）严可均辑：《全上古三代秦汉三国六朝文·全三国文》卷五十五，中华书局1958年版，第1360页。
③ 魏宏灿：《曹丕集校注》，安徽大学出版社2009年版，第258页。
④ 魏宏灿：《曹丕集校注》，安徽大学出版社2009年版，第314页。
⑤ （清）严可均辑：《全上古三代秦汉三国六朝文·全三国文》卷三十，中华书局1958年版，第1221页。

而论之。"① 从论述内容看，大体可以归纳为两个核心话题，上卷主要论述立身之本与处世之道，下卷主要阐述帝王之术与治世之策。

《中论》上卷的《治学》《法象》《修本》《虚道》《贵言》《艺纪》诸篇，主要阐述徐干的君子观，说明君子立身之本的重要性。徐干认为，"成德立行"②（《治学》）是君子的根本，"人之为德，其犹器欤？器虚则物注，满则止焉。故君子常虚其心志，恭其容貌，不以逸群之才，加乎众人之上，视彼犹贤，自视犹不足也"③（《虚道》）。而要成德立行，就必须以学为本，因为"学犹饰也，器不饰则无以为美观，人不学则无以有懿德"④（《治学》）。而要治学，必须先"立志"，"志者，学之帅也"⑤（《治学》）。这样，徐干就建立了自己的立志—治学—成德的君子修养路径。在具体谈到修养过程时，徐干认为，君子修德务本首要在注重"法象"。所谓"法象"就是要正容貌，慎威仪。在徐干看来，"夫容貌者，人之符表也。符表正，故情性治；情性治，故仁义存；仁义存，故盛德著。盛德著，故可以为法象，斯谓之君子矣"⑥（《法象》）。其次就是崇智行，贵言语，注重自身"艺"的培养。徐干强调："艺者，所以旌智饰能，统事御群也，圣人之所不能已也"⑦（《艺纪》），是君子修养必不可少的基本条件，但就德艺关系而言，徐干又认为："艺者，以事成德者也；德者，以道率身者也。艺者，德之枝叶也，德者，人之根干

---

① （宋）曾巩撰，陈杏珍、晁继周点校：《曾巩集》卷十一，中华书局 1984 年版，第190 页。

② 俞绍初辑校：《建安七子集》（修订本）附录徐干《中论》，中华书局 2016 年版，第296 页。

③ 俞绍初辑校：《建安七子集》（修订本）附录徐干《中论》，中华书局 2016 年版，第308 页。

④ 俞绍初辑校：《建安七子集》（修订本）附录徐干《中论》，中华书局 2016 年版，第296 页。

⑤ 俞绍初辑校：《建安七子集》（修订本）附录徐干《中论》，中华书局 2016 年版，第297 页。

⑥ 俞绍初辑校：《建安七子集》（修订本）附录徐干《中论》，中华书局 2016 年版，第299 页。

⑦ 俞绍初辑校：《建安七子集》（修订本）附录徐干《中论》，中华书局 2016 年版，第319 页。

也。斯二物者，不偏行，不独立。木无枝叶则不能丰其根干，故谓之瘣；人无艺则不能成其德，故谓之野。若欲为夫君子，必兼之乎"①（《艺纪》）。可见，在徐干立志—治学—成德的君子修养观念中，德艺是一体的，是不可分割的两个重要方面，但道德修养则是根本，是君子修身的基础。徐干以德为本，以艺为辅的君子修养观，即使在今天仍然具有重要的启示意义。

《中论》下卷的《历数》《务本》《审大臣》《慎所从》《亡国》诸篇，主要阐述徐干的治世之道。徐干认为，"人君之大患也，莫大于详于小事而略于大道，察于近物而暗于远图"②（《务本》），即抓不住关键核心问题，缺乏宏观战略眼光，没有正确的治世之策，结果就会导致贤不用，法不立。因此，徐干强调人君执政，首要的是明德修身，聪明睿哲，其次是能审察大臣之忠奸，百僚之职任，秉持"政之大纲"，"明乎赏罚之道"③（《赏罚》）。徐干提出明德、远图、审人、行法是为政纲纪的主张，今天依然具有重要的借鉴价值，尤其是徐干强调人君应该具有宏观的战略意识，具有掌控大局的观念，善于谋划大事，抓核心关键问题的主张，更是具有现实价值和深远意义。

《中论》文章大多能够围绕核心话题进行立论，不蔓不枝，娓娓道来。如《艺纪》篇论述德与艺的关系，先指出"艺者，德之枝叶也；德者，人之根干也。斯二物者，不偏行，不独立"，接着，就分别说明"艺之情""艺之实""艺之华""艺之饰"的表现与特点，最后进行概括，指出"艺者，心之使也，仁之声也，义之象也"④，是一种综合性的体现。论述层次分明，井然有序。徐干关于德、艺

---

① 俞绍初辑校：《建安七子集》（修订本）附录徐干《中论》，中华书局 2016 年版，第 319 页。
② 俞绍初辑校：《建安七子集》（修订本）附录徐干《中论》，中华书局 2016 年版，第 343 页。
③ 俞绍初辑校：《建安七子集》（修订本）附录徐干《中论》，中华书局 2016 年版，第 360 页。
④ 俞绍初辑校：《建安七子集》（修订本）附录徐干《中论》，中华书局 2016 年版，第 319 页。

关系的论述，与汉魏之际文人讨论的文、质关系，德、才关系，才、性关系是交相辉映的，反映了建安时代的人才观念认识，对我们了解建安时代的思想状态有很大帮助。

徐干文章在具体论述的时候，还能够通过恰当的比喻说明事理，凸显自己的观点和认识。如《治学》篇讨论治学的重要性：

> 昔之君子成德立行，身没而名不朽，其故何哉？学也。学也者，所以疏神达思，怡情理性，圣人之上务也。民之初载，其矇未知，譬如宵在于玄室，有所求而不见，白日照焉，则群物斯辨矣。学者，心之白日也。①

在这里，徐干为了论述学习是成德立行的基本前提，文章以人在暗室看不见东西、白日照耀方能辨物为喻说明学习的重要性，把学习譬喻为启蒙开智的太阳。说理晓畅明白，比喻贴切恰当。再如上文所举《艺纪》篇通过根干与枝叶的比喻，说明德与艺的关系，论述分析透彻明了，道理说明简洁明快。

《中论》文章还善于托古事以明己意，以大量的历史事实的罗列与辨析阐明自己的观点。如《法象》篇以大量历史人物故事说明容貌威仪的重要性，《智行》篇通过尧舜时代的"四岳"，周初之周公、召公，孔子、孟子以及七十子之徒等历史故事，论述"明哲"的重要性，都能给人一种事实胜于雄辩的论述效果。前引王昶《诫子书》早已指出："北海徐伟长，不治名高，不求苟得，澹然自守，唯道是务。其有所是非，则托古人以见其意，当时无所褒贬。"这不仅是徐干的为人风格，也是他的为文风格。徐干《中论》的述事说理方法是真正的文如其人的本真写作。

与他同时代的子书如仲长统的《昌言》相比，徐干《中论》文

---

① 俞绍初辑校：《建安七子集》（修订本）附录徐干《中论》，中华书局2016年版，第296页。

章尽管不乏激情幽愤之气、愤世嫉俗之心，但整体风格大都行文温婉舒缓，文笔朴质，辞义典雅。《中论》文章即使抨击时弊也很少气扬采飞的表现，多是不动声色的理性批判。如《谴交》篇对现实交游之风的描述，就最能体现这一特点：

> 桓、灵之世，其甚者也。自公卿大夫、州牧郡守，王事不恤，宾客为务，冠盖填门，儒服塞道，饥不暇餐，倦不获已，殷殷沄沄，俾夜作昼，下及小司；列城墨绶，莫不相商以得人，自矜以下士，星言夙驾，送往迎来，亭传常满，吏卒传问，炬火夜行，闾寺不闭，把臂捩腕，扣天矢誓，推托恩好，不较轻重，文书委于官曹，系囚积于图圄，而不遑省也。详察其为也，非欲忧国恤民，谋道讲德也，徒营己治私，求势逐利而已。有策名于朝，而称门生于富贵之家者，比屋有之。为师无以教训，弟子亦不受业。然其于事也，至乎怀丈夫之容，而袭婢妾之态；或奉货而行贿，以自固结，求志属托，规图仕进，然掷目指掌，高谈大语。若此之类，言之犹可羞，而行之者不知耻。嗟乎！王教之败，乃至于斯乎！[①]

徐干《中论》温婉舒缓、辞义典雅的文章书写风格，与徐干本人中和淡泊的个性气质密切相关。总之，徐干文章最能体现为人与为文的完美统一，也是对曹丕"文以气为主"的文学观念的最好诠释。

---

① 俞绍初辑校：《建安七子集》（修订本）附录徐干《中论》，中华书局 2016 年版，第335 页。

第十章 应场

　　应场也是建安时期重要的文人，"建安七子"之一。本章主要介绍应场的家世、生平与诗赋创作特点。

第一节 应场的家世出身

　　应场（？—217）字德琏，汝南南顿（今河南省项城县）人。曹操曾说："汝、颍固多奇士。"① 汝南郡、颍川郡旧属豫州，是汉代以来名族荟萃之区，也是汉末重要的人才基地，当时许多风云人物都是汝、颍人士。应场就出身于汝南郡的一个世家名族。

　　应氏家族人物，最早见于正史记载的，是应场的五世祖应顺。应顺字华仲，汉和帝时曾任河南尹、将作大匠等职。为人"公廉约己，明达政事"②。据范晔《后汉书·应奉传》李贤注引华峤《后汉书》记载，当时权臣外戚窦宪出屯河西时，许多达官贵人都贿赂奉承窦宪，只有应顺没有私阿之心，结果，这些官员在"宪败后咸被绳黜，顺独不在其中，由是显名"③。由此可见，应顺是一个颇有刚

---

①　中华书局编辑部编：《曹操集》，中华书局 2018 年版，第 65 页。
②　（南朝宋）范晔撰，（唐）李贤等注：《后汉书》卷四十八，中华书局 1965 年版，第 1606 页。
③　（南朝宋）范晔撰，（唐）李贤等注：《后汉书》卷四十八，中华书局 1965 年版，第 1607 页。

直个性的人物。应顺有十个儿子，都很有才学。后代几辈人中，都有官至二千石，做过地方太守的人物，其中最有名的是应奉和应劭。

应奉字世叔，应顺的曾孙，也是应场的祖父。应奉自幼聪慧，喜爱读书，"凡所经履，莫不暗记，读书五行并下"①，快速敏捷，记忆力强，为人立身正直，敢于抗颜直谏。孔融曾写有《汝颍优劣论》，认为汝南士优于颍川士，从各方面比较评价汝、颍两地的人物。在他列举的汝南代表人物中，就有应奉："汝南应世叔，读书五行俱下。"② 汉桓帝时，应奉曾任武陵太守、司隶校尉，"纠举奸违，不避豪戚，以严厉为名"③，颇有治世之才，深得时人赞誉。党锢之祸兴起时，应奉慨然辞官，退居乡里，借追怀屈原的方式，创作《感骚》30 篇，表达自己壮志未酬的感伤。他还曾删减《史记》《汉书》，写成《汉事》十七卷。可惜，这些著述都没有保存下来。

《后汉书·应劭传》李贤注引华峤《后汉书》曰："劭弟珣，字季瑜，司空掾。珣生场。"④ 据此，我们知道应场的父亲为应劭之弟，名应珣，字季瑜，曾担任过司空掾之类的官职。可惜史籍关于他的事迹记述很少，我们无法了解更多详细的情况。而应场的伯父应劭则是汉末著名学者。

应劭字仲瑗，自幼好学，博览多识。汉灵帝时举孝廉。灵帝中平六年（189）任泰山太守。汉献帝初平二年（191），黄巾军三十万众进入泰山郡，应劭纠集郡内武装，抵御黄巾，保证了郡内的安定。汉献帝兴平元年（194），曹操的父亲曹嵩携带家小投奔在兖州的曹操，途经泰山郡，应劭受托遣兵迎接，结果军还未到，曹嵩和家人就被徐州牧陶谦的部下所杀。应劭害怕曹操怪罪迁怒于他，便

---

① （南朝宋）范晔撰，（唐）李贤等注：《后汉书》卷四十八，中华书局 1965 年版，第 1607 页。

② 俞绍初辑校：《建安七子集》（修订本），中华书局 2016 年版，第 32 页。

③ （南朝宋）范晔撰，（唐）李贤等注：《后汉书》卷四十八，中华书局 1965 年版，第 1608 页。

④ （南朝宋）范晔撰，（唐）李贤等注：《后汉书》卷四十八，中华书局 1965 年版，第 1615 页。

弃郡而逃，到冀州依附同乡袁绍。建安二年（197），应劭任袁绍军谋校尉。《后汉书·应劭传》记载："时始迁都于许，旧章堙没，书记罕存。劭慨然叹息，乃缀集所闻，著《汉官礼仪故事》，凡朝廷制度，百官典式，多劭所立。"① 后病逝于邺城。作为汉末著名学者，应劭一生著述丰富，除《汉官仪》外，最著名的是《风俗通义》。《风俗通义》原书三十卷，今存十卷，主要内容是"辩物类名号，释时俗嫌疑"②。应劭认为："风者，天气有寒暖，地形有险易，水泉有美恶，草木有刚柔也。俗者，含血之类，像之而生，故言语歌讴异声，鼓舞动作殊形，或直或邪，或善或淫也。圣人作而齐之，咸归于正，圣人废则还其本俗。《尚书》：'天子巡狩，至于岱宗，觐诸侯，见百年，命大师陈诗，以观民风俗。'《孝经》曰：'移风易俗，莫善于乐。'传曰：'百里不同风，千里不同俗，户异政，人殊俗。'由此言之，为政之要，辩风正俗，最其上也。"③ 《风俗通义》以考论典礼、纠正流俗为主旨，具有重要的民俗文化和文献价值，是研究中国古代风俗的重要著作，其中也记录了大量的神话异闻和志怪故事，情节描写细腻，故事生动有趣，在我国志怪小说发展史上具有重要的地位。

由上所述可知，汝南应氏家族在东汉属于一个文化世家，应玚即出身于这个文化积淀深厚的名族家庭中。

第二节　应玚的人生经历

应玚的生年，史书没有明确记载。陆侃如《中古文学系年》假定他与徐干、王粲年龄相近，约生于汉灵帝建宁三年（170）前后④；

---

① （南朝宋）范晔撰，（唐）李贤等注：《后汉书》卷四十八，中华书局1965年版，第1614页。

② （南朝宋）范晔撰，（唐）李贤等注：《后汉书》卷四十八，中华书局1965年版，第1614页。

③ 王利器：《风俗通义校注》上册，中华书局2010年版，第8页。

④ 陆侃如：《中古文学系年》，人民文学出版社1985年版，第361页。

俞绍初《建安七子集》附《建安七子年谱》则定于汉灵帝熹平四年（175）前后①。尽管说法不同，但可以肯定的是，应场与徐干、王粲、刘桢年龄大体相近，从辈份上看，他们应属于孔融、曹操的晚辈。

应场的人生经历大体可以归附曹操为标志分前后两期。前期的应场和其他建安诸子一样，也有过一段颠沛流离的生活，为躲避战乱，四处漂泊，无所归依，饱经流离之苦。应场曾作有《侍五官中郎将建章台集诗》，是他归附曹操后陪侍曹丕宴集时所作，诗中写道："朝雁鸣云中，音响一何哀。问子游何乡？戢翼正徘徊。言我寒门来，将就衡阳栖。往春翔北土，今冬客南淮。远行蒙霜雪，毛羽日摧颓。常恐伤肌骨，身陨沉黄泥。简珠堕沙石，何能中自谐？"②这是一首以鸟自喻描写其生活经历的诗篇。其中"往春翔北土，今冬客南淮。远行蒙霜雪，毛羽日摧颓"四句，形象地描写了他南北奔投、疲苦劳顿的生活情状，让人不难想象到应场前期生活经历的风霜之苦。

应场何时归附曹操，不得而知。俞绍初《建安七子年谱》根据应场《撰征赋》中"奋皇佐之丰烈，将亲戎乎幽邻。飞龙旗以云曜，披广路而北巡"③的描写，认为这里咏叹的是曹操建安十年（205）北征幽州事，其说可从。如此看来，建安十年前后，应场已经归附曹操，并有从征幽州的经历。谢灵运有《拟魏太子邺中集诗八首》，其中的《应场诗》写道："天下昔未定，托身早得所。官渡厕一卒，乌林预艰阻。"④似乎是说官渡之战时，应场已经在曹操麾下。综合这些材料考虑，应场应该是比较早归附曹操的建安文人，很可能在建安五年（200）官渡之战前即已归附曹操。

刘勰《文心雕龙·才略》曾言："应场学优以得文。"⑤ 由于应

---

① 俞绍初辑校：《建安七子集》（修订本），中华书局2016年版，第400页。
② 俞绍初辑校：《建安七子集》（修订本），中华书局2016年版，第198页。
③ 俞绍初辑校：《建安七子集》（修订本），中华书局2016年版，第204页。
④ （梁）萧统编，（唐）李善注：《文选》，中华书局1977年版，第439页。
⑤ （南朝梁）刘勰著，范文澜注：《文心雕龙注》卷十，人民文学出版社1958年版，第700页。

场身出名门，才学深厚，所以，他归附曹操后，颇得曹操赏识，被曹操辟为司空、丞相掾属。从此，应场作为曹操重要的僚属，跟随曹操南征北战，东奔西走。建安十三年（208），应场参加了曹操南征刘表的赤壁之战①；建安十六年（211），应场又跟随曹操西征马超；建安十八年（213），他参加曹操组织的校猎活动，创作《西狩赋》。应场与曹丕、曹植兄弟都亲善友好。建安十六年，曹植被封为平原侯，应场任平原侯庶子，他与曹植一起随曹操西征马超，至洛阳，应场可能因其他公事要到"朔方"，曹植作《送应氏》二首与其话别，表达他们之间的深厚友情。据徐公持先生考证，应场的《别诗二首》很可能就是应场对曹植赠答的回应②。后来，应场又由曹植的平原侯庶子转任曹丕的五官中郎将文学。曹丕在《典论·论文》中曾将自己前后两任五官将文学作对比，说"应场和而不壮，刘桢壮而不密"③，认为应场具有平和婉顺的性格；在《又与吴质书》中，曹丕又说："德琏常斐然有述作意，其才学足以著书，美志不遂，良可痛惜。"④ 对其逝世表达了无限的惋惜。可以说，无论是为人还是为文，曹丕、曹植兄弟都称得上是应场的知己。

作为邺下文人集团的重要成员，应场在邺下期间时常参加曹丕兄弟组织的丰富多彩的宴集活动，并在活动中热情参与创作，是邺下文人集团的积极分子。应场的许多诗作记录了他参加的活动盛况。如《斗鸡诗》：

戚戚怀不乐，无以释劳勤。兄弟游戏场，命驾迎众宾。二部分曹伍，群鸡焕以陈。双距解长缳，飞踊超敌伦。芥羽张金距，连战何缤纷。从朝至日夕，胜负尚未分。专场驱众敌，刚捷

---

① 俞绍初辑校：《建安七子集》（修订本）附《建安七子年谱》，中华书局 2016 年版，第 457 页。

② 徐公持：《曹植年谱考证》，社会科学文献出版社 2016 年版，第 138 页。

③ 魏宏灿：《曹丕集校注》，安徽大学出版社 2009 年版，第 313 页。

④ 魏宏灿：《曹丕集校注》，安徽大学出版社 2009 年版，第 313 页。

逸等群。四坐同休赞，宾主怀悦欣。博弈非不乐，此戏世所珍。①

这首诗描写曹丕兄弟带领众宾从进行斗鸡游戏的活动，形象地展示了热闹非凡、兴高采烈的活动场面，给人一种身临其境之感。当然，建安文人的宴集活动并不都是单纯的斗鸡走马、追禽逐兔的感官声色之好，而是具有深刻丰富的文化内涵的。他的《公宴诗》就呈现了这方面的特点：

> 魏巍主人德，嘉会被四方。开馆延群士，置酒于新堂。辨论释郁结，援笔兴文章。穆穆众君子，好合同欢康。②

除诗歌外，应场的《驰射赋》也对建安文人的宴游生活有生动的描写：

> 阳春嘉日，讲肆余暇，将逍遥于郊野，聊娱游于驰射。延宾鞠旅，星言凤驾。树应鞞于路左，建丹旗于表路。③

应场这些作品对建安文人日常生活的真实描写，不仅是研究"邺下风流"的重要史料，而且对了解建安文人的日常生活情态和丰富的精神世界也具有重要的认识价值。

建安二十二年（217），冀州魏郡发生大疫。这场疠疫波及面非常广，曹植《说疫气》描述说："建安二十二年，疠气流行。家家有僵尸之痛，室室有号泣之哀。或阖门而殪，或覆族而丧。"④ 可见当时疠疫的严重。应场与陈琳、徐干、刘桢等建安文人皆在这场疠疫中病卒，而建安另一重要文人王粲也于此年去世。于是，轰轰烈烈、

---

① 俞绍初辑校：《建安七子集》（修订本），中华书局 2016 年版，第 200 页。
② 俞绍初辑校：《建安七子集》（修订本），中华书局 2016 年版，第 198 页。
③ 俞绍初辑校：《建安七子集》（修订本），中华书局 2016 年版，第 206 页。
④ （三国魏）曹植著，赵幼文校注：《曹植集校注》，中华书局 2016 年版，第 262 页。

热热闹闹的建安文坛顿时黯淡无光，走向凋零。随着徐干、刘桢、应玚、陈琳、王粲的去世，建安文人盛极一时的邺下创作高潮也无奈地落下了帷幕。

应玚的作品，在他去世之后，曹丕即开始进行集录。《隋书·经籍志》著录有《应玚集》一卷，后亡佚。明清以来均有辑录。目前收录最详备的通行的是俞绍初先生辑校的《建安七子集》，有诗歌6首，辞赋15篇，散文6篇，可惜多不完整；另有林家骊的《阮瑀应玚刘桢合集校注》，颇方便阅读。

第三节　应玚的文学创作

应玚的文学创作主要分诗、赋、文三大类。

先谈他的诗。从题材内容看，应玚现存诗歌主要是赠别诗和宴游诗。应玚的赠别诗主要是《别诗二首》《报赵淑丽诗》。《报赵淑丽诗》是一首四言诗："朝云不归，久结成阴。离群犹宿，永思长吟。有鸟孤栖，哀鸣北林。嗟我怀矣，感物伤心。"① 从情感表达看，颇有《诗经·国风》的韵味，而且语言也有从《诗经》化出者，体现了应玚高深的文学素养。《别诗二首》写朋友阔别的离情别绪，其中其二以"浩浩长河水，九折东北流"来衬托"远适万里道"的伤别之感②，忧伤之意，哀感真切，富有形象。

应玚的宴游诗主要描写在邺下时期参与曹丕兄弟宴饮斗鸡的娱乐生活。如《斗鸡诗》描写"兄弟游戏场，命驾迎众宾""四坐同休赞，宾主怀悦欣"的热闹场面③；《公宴诗》写邺下文人诗酒游宴的活动，突出其中"辩论释郁结，援笔兴文章"④ 的文化内涵，形象地展现了建安文人慷慨任气、磊落使才的文学精神。其中最著名

---

① 俞绍初辑校：《建安七子集》（修订本），中华书局2016年版，第197页。
② 俞绍初辑校：《建安七子集》（修订本），中华书局2016年版，第199页。
③ 俞绍初辑校：《建安七子集》（修订本），中华书局2016年版，第200页。
④ 俞绍初辑校：《建安七子集》（修订本），中华书局2016年版，第198页。

的是收录在萧统《文选》的《侍五官将建章台集诗》：

> 朝雁鸣云中，音响一何哀！问子游何乡？戢翼正徘徊。言我寒门来，将就衡阳栖。往春翔北土，今冬客南淮。远行蒙霜雪，毛羽日摧颓。常恐伤肌骨，身陨沉黄泥。简珠堕沙石，何能中自谐？欲因云雨会，濯翼陵高梯。良遇不可值，伸眉路何阶？公子敬爱客，乐饮不知疲。和颜既以畅，乃肯顾细微。赠诗见存慰，小子非所宜。为且极欢情，不醉其无归。凡百敬尔位，以副饥渴怀。①

　　这首诗歌虽然是侍宴之作，但无论是描写内容还是表现手法，都与一般的侍宴诗不同。诗歌采用以鸟为喻的手法，形象揭示了诗人归曹前后的心态变化。诗歌前半部分写昔日自己的漂泊艰辛，孤苦无依，"远行蒙霜雪，毛羽日摧颓"的悲苦困顿；后半部分写今日得曹丕爱重后的心存感激，"和颜既以畅，乃肯顾细微"。从情感表达看，诗中不乏对曹丕的奉承之意，但感恩之心出于自然，并无虚情矫饰之态。值得注意的是，他在诗歌中暗示了自己的人生经历，寄寓了自己的人生感慨。整首诗歌波澜反转起伏，抒情婉转低回，颇有情致。许学夷《诗源辩体》评价这首诗"才思逸发而情态不穷"②，陈祚明评价此诗"吞吐低回，宛转深至。意将宣而复顿，情欲尽而终含。务使听者会其无已之衷，达于不言之表。此申诉怀来之妙术也"③，均抓住了此诗情感表达的神韵特征。

　　应场的散文今存 6 篇。《报庞惠恭书》是写给庞惠恭的书信，从现存文字看，应是对故友责问的回答，可以看作一篇驳论文章。《文

---

① 俞绍初辑校：《建安七子集》（修订本），中华书局 2016 年版，第 198—199 页。
② （明）许学夷著，杜维沫点校：《诗源辩体》卷四，人民文学出版社 1987 年版，第83 页。
③ （清）陈祚明评选，李金松点校：《采菽堂古诗选》，上海古籍出版社 2008 年版，第206 页。

质论》论辩文与质的关系，体现了他"斐然有述作意"的论辩说理的特点。应场文章中值得称道的是他的《弈势》。这篇文章采用"以弈喻战，以战证弈"①的写法，铺陈敷衍弈棋阵势的奇妙变化，如其中写道："旌旗既列，权虑蜂起，络绎雨集，鱼鳞雁峙，奋维阐翼，固卫边鄙。或饰遁伪旋，卓轹輷列，赢师延敌，一乘虚绝，归不得合，两见擒灭。淮阴之谟，拔旗之势也。"②描写弈棋布局之妙，谋略之神，行文气势飞动，描写形象传神，很能体现应场的语言驾驭能力。

应场的辞赋今存包括佚文15篇，数量上仅次于七子当中的王粲。从题材内容看，多叙写征战游猎，铺写美女情色，描绘动物、植物和器物等，都是邺下文士同题共作的常见话题。这说明，在邺下文人的集体活动中，应场是一个创作积极的活跃分子。应场的辞赋善于将生活情愫与政治活动结合起来，在描写生活经历的同时表达自己的人生感受，如他的《西狩赋》《撰征赋》就体现了这一特点。应场的辞赋还善于表现建安文人丰富多彩的生活内涵，以铺陈的方法将其和盘托出。如《驰射赋》："阳春嘉日，讲肄余暇，将逍遥于郊野，聊娱游于骋射。延宾鞠旅，星言凤驾。树应鞞于路左，建丹旗于表路。群骏笼茸于衡首，咸皆骙袅与飞兔。拢修勒而容与，并轩翥而厉怒。"③描写建安文人"讲肄余暇"的骋射生活，突出表现骋射场面的声势宏大，气势飞动，意象突出，读之给人一种身临其境之感。

应场赋作中较有个性特色的是《灵河赋》和《愍骥赋》。

《愍骥赋》悲悼千里马不为世人所知，东奔西走，长途跋涉，遭受御者鞭打，饱经世途艰难，渴望"愿浮轩千里兮，曜华轭于天衢""展心力于知己兮，甘迈远而忘劬"④，希望能够得到像古时候善驾

---

① 徐公持：《魏晋文学史》，人民文学出版社1999年版，第129页。
② 俞绍初辑校：《建安七子集》（修订本），中华书局2016年版，第214页。
③ 俞绍初辑校：《建安七子集》（修订本），中华书局2016年版，第206页。
④ 俞绍初辑校：《建安七子集》（修订本），中华书局2016年版，第210页。

驭良马的王良与造父这样的人的赏识。从"愍骥"的题目看，其描写的良骥应该是有寄托的，很可能寄寓了他早年南北漂泊的人生经历和感慨，良骥意象实际就是他当年孤苦无依生活状态的形象写照。这对我们理解应场早年困顿的生活处境和心态具有重要的认识价值。

《灵河赋》的描写对象是黄河，这是我国文学史上第一篇描写黄河的赋作，尽管现存并非完篇，但在赋体文学中意义重大，其曰：

> 咨灵川之遐原兮，于昆仑之神丘。凌增城之阴隅兮，赖后土之潜流。冲积石之重险兮，披山麓而溢浮。蹶龙门而南迈兮，纡鸿体而因流。涉津洛之阪泉兮，播九道乎中州。汾鸿涌而腾骛兮，恒靀靀而徂征。肇乘高而迅逝兮，阳侯沛而振惊。有汉中叶，金堤隤而瓠子倾。兴万乘而亲务，董群后而来营。下淇园之丰筱，投玉璧而沉星。若夫长杉峻槚，茂栝芬橿，扶疏灌列，映水荫防。隆条动而畅清风，白日显而曜殊光。①

赋中描写了黄河出昆仑、冲积石、奔腾流泻的气势，展现了黄河沿途两岸的风光，也叙述了汉武帝瓠子塞河的历史功绩。从现存片段看，应场此赋对黄河的描写，采用的是宏大叙事的方法，如空中俯瞰一样，勾绘了黄河蜿蜒曲折的神姿，颇有汉代大赋的艺术风味。从表现体式看，他又融入了骚体的形式，增加了景物描写的抒情性。要之，《灵河赋》无论是内容表现还是艺术表达，都非常值得我们重视。

总之，应场出身于文化积淀深厚的汝南名族，他自己也具有高深的文学素养。作为建安时期的重要文人，应场积极参与邺下文人的集体活动和创作，为繁荣建安文学作出了重要贡献。曹丕将他列入"建安七子"之中是自有道理的。

---

① 俞绍初辑校：《建安七子集》（修订本），中华书局 2016 年版，第 201—202 页。

第十一章 蔡琰与其他建安文人

　　建安时期名家辈出，除前文已论的"三曹""七子"等人外，蔡琰、邯郸淳、繁钦、吴质等也是这一时期的重要文人。蔡琰作为其中优秀的唯一女作家，在中国古代文学史上占有比较特殊的地位。蔡琰为汉末名士蔡邕之女，自幼便有"才女"之称，"文姬归汉"的故事更是广为流传，她的《悲愤诗》二首以血泪写就，凄婉感人。邯郸淳、繁钦皆博学有才名，归附曹操后为曹氏父子所重，邯郸淳以《笑林》留名后世，繁钦的诗、赋、文皆有传世之作。吴质在曹丕夺嫡过程中起到了重要作用，其最具代表性的传世文学作品是与曹丕的书信文。

第一节 蔡琰的生平与创作

　　蔡琰是中国古代文学史上有名的才女。她生逢乱世，遭遇坎坷，在乱离之间书写了感人至深的凄婉悲歌《悲愤诗》。

一 蔡琰的生平

　　蔡琰，东汉陈留人（今属河南省开封市），生卒年不详，为东汉大文学家蔡邕之女。据《后汉书·列女传·董祀妻传》记载，蔡琰字文姬，故又被称为蔡文姬。蔡琰的父亲蔡邕精通音律，才华横溢，不仅通经史、善辞赋，而且书法造诣很深，他独创的"飞白体"对后世影响深远。蔡邕在文学、音乐甚至书法方面的才华都为女儿蔡琰所继承。蔡琰一生跌宕起伏，作为名士蔡邕之女，其少女时代可谓优游，后来不幸于董卓之乱中被掳掠至匈奴，在匈奴十二年生育二子，又被曹操重金赎回并嫁给董祀。

《后汉书》说蔡琰"博学有才辩，又妙于音律"①。据说蔡琰几岁时，有一次父亲蔡邕夜间弹琴，琴弦中的第二弦断了，蔡琰听到之后就说断的是第二弦，蔡邕觉得这是女儿偶然猜中的，于是又故意弄断了第四弦，然后问断的是哪一弦，蔡琰回答说"第四弦"。这个小故事充分反映了蔡琰在音乐方面的才华。关于蔡琰的"博学有才辩"，《后汉书》记载了这样一件事：

> 祀为屯田都尉，犯法当死，文姬诣曹操请之。时公卿名士及远方使驿坐者满堂，操谓宾客曰："蔡伯喈之女在外，今为诸君见之。"及文姬进，蓬首徒行，叩头请罪，音辞清辩，旨甚酸哀，众皆为改容。操曰："诚实相矜，然文状已去，奈何？"文姬曰："明公厩马万匹，虎士成林，何惜疾足一骑，而不济垂死之命乎！"操感其言，乃追原祀罪。②

蔡琰嫁给董祀之后，董祀因违法被判死罪，蔡琰就去向曹操求情。当时在座的不仅有朝廷官员和曹操门客，还有远方来的使者，曹操特地向满堂宾客介绍蔡琰。及至蔡琰上堂，虽蓬头赤足，但陈述董祀之事言辞条理清晰、情真意切，极其动人。不过曹操听完她的陈情并未直接答应救人，而是说"文状已去"，意思是死刑文书已经发出，再想更改也来不及了。这时蔡琰的应对充分反映了她的

---

① （南朝宋）范晔撰，（唐）李贤等注：《后汉书》卷八十四，中华书局1965年版，第2800页。

② （南朝宋）范晔撰，（唐）李贤等注：《后汉书》卷八十四，中华书局1965年版，第2800—2801页。

"才辩"："明公厩马万匹，虎士成林，何惜疾足一骑，而不济垂死之命乎？"这一问使得曹操无法推脱，只得派人追回成命，救下了董祀。之后，曹操又问蔡琰："闻夫人家先多坟籍，犹能忆识之不？"曹操知道蔡琰之父蔡邕藏书丰富，也知道蔡琰自幼饱读诗书、博学多识，因而有意测试她。蔡琰答道："昔亡父赐书四千许卷，流离涂炭，罔有存者。今所诵忆，才四百余篇耳。"① 父亲留给她的书本来有四千多卷，但因为战乱流离失所，书都丢失了，现在能背诵的不过四百余篇。于是曹操提出派十个人跟着蔡琰去记录她能背诵的这些篇目，但蔡琰以男女有别为由拒绝了，只是让曹操给她纸笔，并说"真草唯命"，"真草唯命"的意思就是让用真书写就用真书写，让用草书写就用草书写，这也表明蔡琰的书法功底是很深厚的。后来蔡琰凭记忆写下了四百多篇文章呈给曹操，而这四百多篇文章完全没有缺漏。这个故事充分展现了蔡琰的"博学有才辩"。

蔡琰作为蔡邕的女儿，一方面天资聪慧，另一方面很明显得到了父亲的精心培养，所以，她在文学、书法、音乐等方面的素养都达到了很高的水平。然而这样一位博学多才的女子却因生逢乱世而命途多舛，颠沛流离，她先后有过三位丈夫，最后落得骨肉分离。

据《后汉书》本传记载，蔡琰"适河东卫仲道，夫亡无子，归宁于家"②。蔡琰的第一任丈夫卫仲道去世之后，蔡琰因为无子便回到了娘家。在汉代，夫亡之后归宁这种情况是很常见的，回到娘家的女子也可以正常再嫁。丈夫亡故虽然不幸，但在当时的社会背景下，如果不是遭遇战乱，蔡琰很可能会再嫁他人，然后相夫教子过完平淡而幸福的后半生。可惜天不遂人愿。时值董卓掌权前后，天下大乱。董卓出身地方豪强家庭，凭借拉拢羌人起家，又在镇压胡羌叛军和黄巾军过程中逐渐壮大势力，掌握了一支以凉州人为主体、

---

① （南朝宋）范晔撰，（唐）李贤等注：《后汉书》卷八十四，中华书局1965年版，第2801页。

② （南朝宋）范晔撰，（唐）李贤等注：《后汉书》卷八十四，中华书局1965年版，第2800—2801页。

兼杂胡人和汉人的强悍军队。后来，董卓借大将军何进之召进京，从而逐步接近权力核心，并通过废少帝、立献帝而独掌大权。他执掌大权之后大肆培植爪牙，排除异己，同时纵容部队烧杀抢掠。初平二年（191），董卓部下李傕、郭汜等被派遣至中牟与河南尹朱俊交战，大破朱俊，进而至陈留、颍川等地劫掠，"杀略男女，所过无复遗类"①。在这场浩劫中，百姓毫无反抗之力，被肆意虐杀，并有大量女子被劫掠。蔡琰其时正在陈留娘家，不幸成了被劫掠的女子之一。蔡琰自己在《悲愤诗》其一中描述此时情景说："汉季失权柄，董卓乱天常。……海内兴义师，欲共讨不祥。卓众来东下，金甲耀日光。平土人脆弱，来兵皆胡羌。……斩截无孑遗，尸骸相撑拒。马边悬男头，马后载妇女。"②关于蔡琰的被劫，《后汉书》的说法是"文姬为胡骑所获，没于南匈奴左贤王"③，因而有学者认为劫掠蔡琰的是匈奴兵。但蔡琰自己在《悲愤诗》中明确说了"卓众来东下""来兵皆胡羌"，也明确说了正是这些属于"卓众"的胡羌兵"马后载妇女"，而且，《悲愤诗》接下来的描述很明显是马后所载妇女之一的亲身经历，可以说，这些都是作者亲眼所见、亲身所历。所以，《后汉书》所谓的"胡骑"指的应该就是董卓部众中的胡羌兵。而就在蔡琰被董卓部下劫掠的同时，其父蔡邕却被董卓奉为座上宾，受到重用。董卓掌权之后，除了排除异己，也着意拉拢有名望之士，蔡邕即因"名高"被征辟。蔡邕在董卓"灭族"威胁之下应召，随即得到重用，《后汉书·蔡邕列传》谓其"甚见敬重""三日之间，周历三台"④。父亲蔡邕深受董卓重用，蔡琰却被董卓部下劫掠，兵

---

① （南朝宋）范晔撰，（唐）李贤等注：《后汉书》卷七十二，中华书局1965年版，第2332页。

② （南朝宋）范晔撰，（唐）李贤等注：《后汉书》卷八十四，中华书局1965年版，第2801页。

③ （南朝宋）范晔撰，（唐）李贤等注：《后汉书》卷八十四，中华书局1965年版，第2800页。

④ （南朝宋）范晔撰，（唐）李贤等注：《后汉书》卷六十下，中华书局1965年版，第2005页。

荒马乱中音信难通，亦是无可奈何。

　　蔡琰被劫之后"没于南匈奴左贤王"，从陈留老家辗转到南匈奴，这之间经历了多少苦难是我们无法想象的，最后通过什么样的方式遇到南匈奴左贤王，我们也无从得知，只知道蔡琰在南匈奴一住就是十二年，并生育了两个孩子。滞留胡地十二年之后，蔡琰又一次迎来了命运的转折。当时曹操已经大权在握，因为他与蔡邕交好，得知蔡琰在南匈奴之后，就派人以重金将她赎回，并将之嫁给了董祀。蔡琰辗转胡地十余年，一朝得以回归，当然是高兴的，但这又意味着新的离别。她要回归中原，而她在匈奴生的两个孩子却只能留在那里。身为人母，要生生跟孩子分离，而且几乎不可能有再见之日，其哀痛可想而知。蔡琰的《悲愤诗》二首都着重书写了母子别离时的场面，可谓催人泪下。

　　回归中原之后，蔡琰在曹操安排下嫁给董祀。汉末时期女子再嫁虽然是非常正常的现象，但考虑到蔡琰夫亡归宁、被胡羌兵劫掠、没于南匈奴左贤王并生育二子这些经历，其归汉后的再婚生活很难说是美满的。蔡琰自己在《悲愤诗》其一中说："托命于新人，竭心自勖励。流离成鄙贱，常恐复捐废。"[①] 曾经的大家闺秀、一代才女因流离而自认"鄙贱"，面对新丈夫无法以平常心视之，只能战战兢兢、竭心尽力。前面提到的蔡琰向曹操为董祀求情之事当然体现了蔡琰的"才辩"，但细思之，着实令人心酸。试想，一介妇人，蓬头赤足，毫无形象地在众人面前抛头露面，以言语动人，最终救得丈夫性命，这中间又有多少无奈与委屈。蔡琰在《后汉书》中被以"董祀妻"的身份立传，但传中所载与董祀相关之事也只有上述救董祀一件，此后蔡琰的生活情况再无记载。蔡琰在《悲愤诗》其一中描述归汉后的心境为"为复强视息，虽生何聊赖"，面对故人不在、儿子远隔、托命新人的现实，也只能是勉强活着而已，谈何幸福？

---

　　① （南朝宋）范晔撰，（唐）李贤等注：《后汉书》卷八十四，中华书局 1965 年版，第2802 页。

纵观蔡琰一生，作为名满天下的大文学家蔡邕之女，她幼承家学，博学多才，堪称才女，但这位才女在乱世之中却完全无法掌握自己的命运。她被时代的洪流裹挟，颠沛流离，远离故土，又因蔡邕之女的特殊身份别离幼子，回归中原。其间无数悲欢，令人唏嘘感喟。

二　蔡琰的创作

蔡琰的一生是不幸的，正是这不幸使得蔡琰留下了不朽的传世名作《悲愤诗》。蔡琰作为才女，理应有不少创作，但由于战乱等原因，所传不多。关于蔡琰的作品，《隋书·经籍志》著录有《蔡文姬集》一卷，今已失传，其中署名蔡琰的只有《悲愤诗》二首和《胡笳十八拍》流传于今。

关于《胡笳十八拍》的作者问题，目前学界争议较大，多数学者认为《胡笳十八拍》并非蔡琰作品。对《胡笳十八拍》的质疑宋代即已产生，此后不断有学者质疑，如胡适、罗根泽、郑振铎等，质疑的重点主要是两方面：一是《胡笳十八拍》不见于唐前文献的著录和征引；二是《胡笳十八拍》的曲辞更接近唐人风格。1959年学界曾就《胡笳十八拍》的作者问题进行过大规模讨论，质疑派学者们又进一步提出了新论据：1. 曲以拍名，起源于唐代；2. 诗中的地理环境与南匈奴地域不合，匈汉关系与史实不符；3. "羯"作族名到晋代才有；4. 内容"重复空泛"，有明显"因文造情"的痕迹；5. 与五言《悲愤诗》风格不符，缺少建安时期的风骨。[①] 整体来看，学界对蔡琰作《胡笳十八拍》持否定态度者多，而且《后汉书》《晋书·乐志》《宋书·乐志》《文选》《玉台新咏》等文献均无《胡笳十八拍》的相关记载，因此我们对《胡笳十八拍》是否为蔡琰作品存疑，不再展开讨论。《悲愤诗》的真伪虽也有争议，但其毕

---

① 相关讨论皆收录于《文学遗产》编辑部编《胡笳十八拍讨论集》，中华书局1959年版。

竟见载于《后汉书》本传，而且其文辞旨意也与蔡琰的遭遇心境相吻合，应当确实为蔡琰所作。

《悲愤诗》共有两首，第一首是五言古诗，第二首是骚体楚歌。《悲愤诗》其一①以描述董卓之乱开篇：

> 汉季失权柄，董卓乱天常。志欲图篡弑，先害诸贤良。逼迫迁旧邦，拥主以自强。海内兴义师，欲共讨不祥。卓众来东下，金甲耀日光。平土人脆弱，来兵皆胡羌。猎野围城邑，所向悉破亡。斩截无孑遗，尸骸相撑拒。马边悬男头，马后载妇女。长驱西入关，迥路险且阻。还顾邈冥冥，肝脾为烂腐。

董卓弑君擅权导致天下义军纷起讨伐，这是蔡琰被劫的背景。"卓众来东下"指的是董卓部下李傕、郭汜率军东出函谷关，这支部队在陈留、颍川等地大肆烧杀抢掠，致使尸横遍野、人骨堆积，与此同时，这些胡羌兵还劫掠了大量妇女，"马后载妇女"一句其实是暗示了蔡琰自身的遭遇，蔡琰即为马后所载妇女之一。

诗歌接着记述被掳后旅途的艰辛与屈辱：

> 所略有万计，不得令屯聚。或有骨肉俱，欲言不敢语。失意机微间，辄言毙降虏。要当以亭刃，我曹不活汝。岂复惜性命，不堪其詈骂。或便加棰杖，毒痛参并下。旦则号泣行，夜则悲吟坐。欲死不能得，欲生无一可。彼苍者何辜，乃遭此厄祸！

这一段细述诗人在俘虏营中的生活。数以万计的俘虏不能随意屯聚，即便是亲人在一起，也不敢相互说一句话，稍不留意，就会遭到臭骂和毒打。这些被俘者日夜号哭悲叹，求死不得，求生不能。

---

① （南朝宋）范晔撰，（唐）李贤等注：《后汉书》卷八十四，中华书局 1965 年版，第 2801—2802 页。

面对此情此景，诗人只能含着满腔的悲愤，呼天而问到底为什么要遭受这样的灾祸？这一段对动辄打骂人的贼兵形象刻画极为生动，尤其"我曹不活汝"一句，再不听话就杀，免得还得养活你，这样的语言非常口语化，生动形象地展现了贼兵的凶恶嘴脸。接下来诗人描述了自己在胡地的生活：

> 边荒与华异，人俗少义理。处所多霜雪，胡风春夏起。翩翩吹我衣，肃肃入我耳。感时念父母，哀叹无穷已。有客从外来，闻之常欢喜。迎问其消息，辄复非乡里。

关于蔡琰如何由董卓部下的胡羌兵手中到了南匈奴左贤王那里，诗中并未明言。据《后汉书·南匈奴列传》记载，安帝永初四年（110）南匈奴单于"还所钞汉民男女及羌所略转卖入匈奴中者计万余人"[①]，由此可见，胡羌人会将自己劫掠的汉民转卖给匈奴，据此推测，或许蔡琰也是以此方式到了南匈奴。无论通过何种方式，从胡羌军队到南匈奴的过程都不会是美好的。南匈奴的生活同样充满煎熬。胡地风土人情都与中原迥异，蔡琰作为一名饱读诗书的才女，情感体验本就敏锐，身处这样的蛮荒之地，内心悲苦可想而知。"人俗少义理"一句暗含了多少屈辱与煎熬，"霜雪"与"胡风"又透露出多少生活的艰辛。她感时伤怀、思念父母，一旦听说有客人来，就欢喜地打听消息，却次次失望。终于，漫长的等待之后，她迎来了转机：

> 邂逅徼时愿，骨肉来迎己。己得自解免，当复弃儿子。天属缀人心，念别无会期。存亡永乖隔，不忍与之辞。儿前抱我颈，问母欲何之。人言母当去，岂复有还时。阿母常仁恻，今何更不慈？我尚未成人，奈何不顾思！见此崩五内，恍惚生狂

---

① （南朝宋）范晔撰，（唐）李贤等注：《后汉书》卷八十九，中华书局1965年版，第2958页。

痴。号泣手抚摩，当发复回疑。

故乡突然有人来接自己回去，这是多么大的惊喜。然而，自己得以回归故乡意味着要抛弃儿子，而且这一别很可能再无相见之日，想到这里怎么忍心离别。尤其临别之际儿子的话更是让为母者五内俱焚：别人说母亲要离开，母亲要去哪里？这一去还能回来吗？我们还没有长大，母亲难道不要我们了吗？抚摸着抱头痛哭的孩子，身为母亲怎能不肝肠寸断？抱头痛哭的不仅有诗人母子，还有一起被劫掠而来却不能同归的其他人：

> 兼有同时辈，相送告离别。慕我独得归，哀叫声摧裂。马为立踟蹰，车为不转辙。观者皆嘘唏，行路亦呜咽。去去割情恋，遄征日遐迈。悠悠三千里，何时复交会？念我出腹子，胸臆为摧败。

看到诗人独自得以归乡，一起被劫掠来的其他人既羡慕又悲伤，哭声哀恸，使得车马都为之驻足不前，看到的人也无不唏嘘动容。然而，再不忍也要离别，此后胡汉千里远隔，再无相见之日，念及母子别离，更是伤心欲绝。

最后描写辗转回到魂牵梦萦的故乡，但现实却并不美好：

> 既至家人尽，又复无中外。城郭为山林，庭宇生荆艾。白骨不知谁，纵横莫覆盖。出门无人声，豺狼号且吠。茕茕对孤景，怛咤糜肝肺。登高远眺望，魂神忽飞逝。奄若寿命尽，旁人相宽大。为复强视息，虽生何聊赖！托命于新人，竭心自勖励。流离成鄙贱，常恐复捐废。人生几何时，怀忧终年岁！

自己家里已经没有什么人了，亲戚也都不在了，战争使得城郭废弃、田园荒芜，到处都是白骨和豺狼。此处"白骨"几句与曹操

《蒿里行》中的"白骨露于野，千里无鸡鸣"可谓异曲同工，生动展现了战争给社会和人民带来的巨大创伤。面对这样的凄凉景象，诗人"登高远眺望，魂神忽飞逝"，自己抛弃幼子回归故乡，却只能独自面对这样的惨淡，活着又有什么意义？然而即便如此，诗人也还要打起精神去面对生活，尤其是面对新丈夫，诗人还要竭心尽力以免遭到嫌弃。如此种种，只能归结到一句叹息："人生几何时，怀忧终年岁！"

《悲愤诗》其一是一首自传体叙事诗。作者将叙事与抒情紧密融合，在叙事中寄寓深情，通过特定场景和细节的刻画抒发强烈的情感。比如俘虏营中非打即骂的生活和母子别离时的场景，仿佛电影中的特写镜头，每个人的表情、神态都生动呈现在眼前。尤其母子别离那一幕，"儿前抱我颈，问母欲何之"，幼儿紧紧抱着母亲，稚声问母亲要到哪里去，这样的场景描写情真意切、催人泪下，非亲历者不能道出。全诗语言明白晓畅，浑然天成，毫无斧凿雕琢痕迹，对自己从被俘到归来再嫁整个过程中的各种不幸遭遇和悲愤情感进行了或详或略的书写，自然动人，令读者感同身受。全诗最突出的特点便是"真"，事真，情更真。诗中描述了诗人被俘之后的各种遭遇与见闻，件件足以令人不忍视、不忍闻，然而诗人最无法释怀、反复悲叹的却是别子之痛。诗人滞留胡地十二年，日夜都在思念故乡亲人，然而当真要抛弃幼子还乡时，身为人母的心痛是无法隐藏的。无论是离别时的"号泣手抚摩，当发复回疑"、还乡途中的"念我出腹子，胸臆为摧败"还是归汉之后的"登高远眺望，魂神忽飞逝"，都是一位被迫抛弃孩子的母亲最真实的写照。这其中不仅有别离之际的进退两难，更有回归之后的失落与悔意，这种面对满目凄然的失落与被迫别子的追悔，尤其痛彻心扉。对于《悲愤诗》的情真意切，后世诗论家也高度评价，如沈德潜说《悲愤诗》之成功"由情真，亦由情深也"①。

---

① （清）沈德潜选：《古诗源》卷三，中华书局 2006 年版，第 58 页。

《悲愤诗》其一深受汉乐府叙事手法影响，同时又糅合了汉代文人五言诗的抒情手法，体现了建安诗歌的精神风貌，在记录蔡琰自身遭遇的同时也真实呈现了当时的历史，属"汉末实录"①。《悲愤诗》其一作为长篇自传体五言叙事诗，对后世诗歌创作影响深远，如杜甫的《北征》与《自京赴奉先县咏怀五百字》等作品即有蔡琰《悲愤诗》的影子。清代诗论家张玉穀曾作诗称赞蔡琰的五言《悲愤诗》："文姬才欲压文君，《悲愤》长篇洵大文。老杜固宗曹七步，瓣香可也及钗裙。"②

《悲愤诗》其二在体式上与前一首不同，是一首骚体楚歌：

> 薄祜兮遭世患，宗族殄兮门户单。身执略兮入西关，历险阻兮之羌蛮。山谷眇兮路漫漫，眷东顾兮但悲叹。冥当寝兮不能安，饥当食兮不能餐，常流涕兮眦不干，薄志节兮念死难，虽苟活兮无形颜。惟彼方兮远阳精，阴气凝兮雪夏零。沙漠壅兮尘冥冥，有草木兮春不荣。人似兽兮食臭腥，言兜离兮状窈停。岁聿暮兮时迈征，夜悠长兮禁门扃。不能寝兮起屏营，登胡殿兮临广庭。玄云合兮翳月星，北风厉兮肃泠泠。胡笳动兮边马鸣，孤雁归兮声嘤嘤。乐人兴兮弹琴筝，音相和兮悲且清。心吐思兮胸愤盈，欲舒气兮恐彼惊，含哀咽兮涕沾颈。家既迎兮当归宁，临长路兮捐所生。儿呼母兮号失声，我掩耳兮不忍听。追持我兮走茕茕，顿复起兮毁颜形。还顾之兮破人情，心怛绝兮死复生。③

论者大都认为这首骚体《悲愤诗》艺术价值不及前一首，整体来说，这首诗抒发的情感与前一首确实没有太大区别。从内容上来讲，这

---

① （明）钟惺、谭元春选评：《诗归》卷七，湖北人民出版社 1985 年版，第 124 页。
② （清）张玉穀注，许逸民点校：《古诗赏析》，上海古籍出版社 2002 年版，第 2 页。
③ （南朝宋）范晔撰，（唐）李贤等注：《后汉书》卷八十四，中华书局 1965 年版，第 2802—2803 页。

首诗没有涉及回归之后的情况，对被俘的过程也一笔带过，而是着重书写了作者在胡地生活的所见所感。《悲愤诗》其一对胡地生活的描述只有寥寥数语，《悲愤诗》其二则详细介绍了胡地风貌，如"惟彼方兮远阳精，阴气凝兮雪夏零。沙漠壅兮尘冥冥，有草木兮春不荣。人似兽兮食臭腥，言兜离兮状窈停"几句，描绘了胡地夏日都可能降雪的恶劣气候、黄沙漫漫草木不荣的地貌以及匈奴人野蛮的生活方式、奇异的语言外貌等。这些描述完全从一个中原人的视角展开，充分展现了蔡琰初到胡地时内心的凄惶绝望。及至在胡地安顿下来，看似生活逐渐平和，但夜深人静之时，满腔的思乡之情却是难以抑制："不能寝兮起屏营，登胡殿兮临广庭。玄云合兮翳月星，北风厉兮肃泠泠。胡笳动兮边马鸣，孤雁归兮声嘤嘤。乐人兴兮弹琴筝，音相和兮悲且清。"诗人用大量具有胡地特色的景物描写渲染自己身处蛮荒之地的悲凉思归之情，而自己的感伤让眼前的景物也都带上了悲情。"北风""胡笳""边马""孤雁"，再加上乐人"悲且清"的琴筝之声，目中所见皆凄色、耳中所闻尽悲音。面对此情此景，诗人胸中满是悲愤，可是所处的环境又让她大气不敢出。"心吐思兮胸愤盈，欲舒气兮恐彼惊，含哀咽兮涕沾颈"，不能抱怨、不敢哀叹，唯有暗暗垂泪，这几句将诗人在胡地生活时的卑微与屈辱展示得淋漓尽致。此诗的最后一部分还是书写自己别子归汉的悲伤欲绝。"儿呼母兮号失声，我掩耳兮不忍听。追持我兮走茕茕，顿复起兮毁颜形。"儿子面对母亲的离去号哭到失声，身为母亲的诗人只能狠心捂住耳朵，可是掩耳又有什么用，诗人还是忍不住一直望着边号哭边追赶自己的孩子，眼看着孩子跑着跑着摔倒在地，然后顾不得鼻青脸肿爬起来继续追，直到载着母亲的马车再也看不见……这一幕幕读来都让人痛彻心扉，更何况亲历者？蔡琰三言两语间就将母子别离的场景真切地呈现出来，细节处更是令人直如亲见。这首骚体《悲愤诗》将自己被俘之后的艰辛悲苦、在匈奴生活期间的所见所感以及别子归汉的痛苦忧伤进行了另一种形式的书写，同样感人至深。

总之，《悲愤诗》二首以不同的诗体从不同的角度为我们呈现了蔡琰从被俘到归汉整个过程中的所见、所历、所思、所感。诗人以平实的语言呈现出了震撼人心的人生遭遇，尤其对于母子别离之痛的书写，更是摧人心肝。蔡琰的人生是不幸的，《悲愤诗》以饱蘸血泪的笔墨书写了她人生的不幸，感人肺腑，力透纸背，使她成为建安时期堪与"三曹""七子"并称的优秀诗人。

第二节　邯郸淳的生平与创作

邯郸淳也是建安时期比较重要的文人，他擅长书法，尤为曹氏父子所推重。邯郸淳为人滑稽又博学多才，他的《笑林》一书作为魏晋时期志人小说的代表作之一，在中国古代文学史上具有重要地位。

一　邯郸淳的生平

邯郸淳，一名竺，字子叔，颍川（今河南省禹州市）人，生卒年不详。邯郸淳是三国时期著名的书法家，青年时期曾游学洛阳，拜大书法家曹喜为师，后来学成，名震书坛。据《三国志·魏书·王粲传》注引《魏略》记载，他"博学有才章，又善《苍》《雅》、虫、篆、许氏字指"①。汉献帝初平年间，邯郸淳因避乱客居荆州，为刘表门客，后来曹操征荆州，刘表之子刘琮举州投降，因为曹操也颇知书法，素闻邯郸淳之名，于是"召与相见，甚敬异之"。邯郸淳归附曹操之后，随曹操到邺城，曾为曹植临淄侯文学，曹丕登基后，任命他为博士、给事中。

邯郸淳是一个颇具传奇色彩的人。他初到曹操门下时，曹丕、曹植兄弟争相与之交往。据《三国志·王粲传》裴松之注载："时五

---

① （晋）陈寿撰，（南朝宋）裴松之注：《三国志》卷二十一，中华书局 1982 年版，第 603 页。

官将博延英儒，亦宿闻淳名，因启淳欲使在文学官属中。会临淄侯植亦求淳，太祖遣淳诣植。……而于时世子未立。太祖俄有意于植，而淳屡称植材。由是五官将颇不悦。"① 曹丕与曹植都想让邯郸淳成为自己的部属，而因为当时曹操正偏爱曹植，所以把邯郸淳派到了曹植那里，邯郸淳也对曹植极为赞赏，这甚至招致曹丕的不满。关于曹植与邯郸淳的初次相见，鱼豢在《魏略》中进行了富有传奇性和浪漫性的描述与渲染：

> 植初得淳甚喜，延入坐，不先与谈。时天暑热，植因呼常从取水自澡讫，傅粉。遂科头拍袒，胡舞五椎锻，跳丸击剑，诵俳优小说数千言讫，谓淳曰："邯郸生何如邪？"于是乃更著衣帻，整仪容，与淳评说混元造化之端，品物区别之意，然后论羲皇以来贤圣名臣烈士优劣之差，次颂古今文章赋诔及当官政事宜所先后，又论用武行兵倚伏之势。乃命厨宰，酒炙交至，坐席默然，无与伉者。及暮，淳归，对其所知叹植之材，谓之"天人"。②

这段描写是否符合历史事实，今已不可确考，但它传递的文化信息则是丰富的。首先，提出了"俳优小说"这个概念。"小说"一词最早见于《庄子·外物》篇，但《庄子》中的"小说"并不同于后世所说的小说，还不具有文体的意义。班固《汉书·艺文志》"诸子略"中特立"小说家"，著录小说"十五家，千三百八十篇"，并认为"小说家者流，盖出于稗官"③。而鱼豢的记述则说明古代小说与"俳优"这一特殊群体也具有甚大关系。其次，从曹植"诵俳

① （晋）陈寿撰，（南朝宋）裴松之注：《三国志》卷二十一，中华书局 1982 年版，第603 页。

② （晋）陈寿撰，（南朝宋）裴松之注：《三国志》卷二十一，中华书局 1982 年版，第603 页。

③ （汉）班固撰，（唐）颜师古注：《汉书》卷三十，中华书局 1962 年版，第 1745 页。

优小说数千言讫"的话来看，"俳优小说"在建安时期不仅有大量流传，而且也是当时文人喜闻乐见的一种新的文学样式。最后，曹植向邯郸淳"诵俳优小说"，除了炫耀自己的才华外，说明曹植也是这一新文学样式的喜爱者，而且对邯郸淳而言，也有投其所好的意思，就此而言，曹植与邯郸淳两人也称得上是相得相知。

作为曹植的文学侍从、与曹植相知相善的邯郸淳虽因多次称赞曹植之才而令曹丕"颇不悦"，但他却没有因此得祸。曹操去世之后，曹丕继承魏王之位，不久又登基为帝，此后曹植一党广遭打压，而邯郸淳则在建安二十五年（220）便被任命为博士、给事中。邯郸淳与丁仪、丁廙、杨修同为曹植"四友"，其他三人都因参与曹丕、曹植兄弟夺嫡之争而被杀，邯郸淳则不仅能够保全自己，还在曹丕即位之后得到重用，不可不谓传奇。邯郸淳被曹丕任用之后，立刻作了《投壶赋》献给曹丕，报答曹丕的不计前嫌和赏识，由此可见出邯郸淳为人不拘泥、比较通脱，这或许也正是他能善处曹丕、曹植两兄弟之间的原因。

邯郸淳作为"建安七子"之外比较重要的文人之一，生平事迹多不详，仅有的史料也是依存于他人传记，但他的《笑林》一书却为他在文学史上争得一席之地，使他得以闪耀在建安群星之中。

二 邯郸淳的创作

关于邯郸淳的创作，《隋书·经籍志》录有《邯郸淳集》二卷，今仅存诗1首、赋文5篇。邯郸淳仅存的诗是一首四言诗《赠吴处玄》，诗中随处可见表白主上之句，如"见养贤侯，于今四祀。既庇西伯，永誓没齿""圣主受命，千载一遇。攀龙附凤，必在初举"①等，借临别赠言之机书写了自己对曹氏父子知遇之恩的感激之情。

---

① 张兰花、程晓菡校注：《三曹七子之外建安作家合集校注》，河北教育出版社2003年版，第113页。

他的《投壶赋》也是为报曹丕恩遇而作。《汉鸿胪陈纪碑》则记述汉魏名臣陈寔之子陈纪的生平，文风朴雅，有汉碑气象。《孝女曹娥碑》流传甚广，但有学者认为未必为邯郸淳所作。真正为邯郸淳争得英名、且为建安文坛增光添彩的是他的《笑林》一书。据《隋书·经籍志》记载，《笑林》共三卷，可惜今已亡佚。鲁迅先生《古小说钩沉》辑得二十九条，大致可见此书的面貌。

《笑林》是我国最早的一部笑话故事集，多用夸张的手法和诙谐幽默的语调记述民间的笑话故事，读之令人忍俊不禁。如《截竿入城》：

> 鲁有执长竿入城门者，初竖执之，不可入；横执之，亦不可入。计无所出。俄有老父至，曰："吾非圣人，但见事多矣！何不以锯中截而入？"遂依而截之。[1]

老父与执竿者明明半斤八两，却以见多识广的姿态出谋划策，结果只是徒增笑料。

《楚人居贫》：

> 楚人居贫，读《淮南方》"得螳螂伺蝉自障叶，可以隐形"。遂于树下仰取叶。螳螂执叶伺蝉，以摘之，叶落树下；树下先有落叶，不能复分别，扫取数斗归。——以叶自障，问其妻曰："汝见我不？"妻始时恒答言"见"，经日乃厌倦不堪，绐云："不见。"嘿然大喜，赍叶入市，对面取人物，吏遂缚诣县。县官受辞，自说本末。官大笑，放而不治。[2]

这个楚国人家里贫穷，不想着脚踏实地改善家境，却投机取巧，试

---

① 鲁迅：《古小说钩沉》，《鲁迅全集》卷八，人民文学出版社 1973 年版，第 181 页。
② 鲁迅：《古小说钩沉》，《鲁迅全集》卷八，人民文学出版社 1973 年版，第 182 页。

图凭借方术不劳而获，结果闹出以一片树叶遮着自己拿别人东西的笑话，还差点因此受到刑罚。

《抄人留名》：

> 桓帝时，有人辟公府掾者，倩人作奏记文；人不能为作，因语曰："梁国葛龚先善为记文，自可写用，不烦更作。"遂从人言写记文，不去葛龚名姓。府君大惊，不答而罢。故时人语曰："作奏虽工，宜去葛龚。"①

这个人被征辟为公府掾，居然要抄袭别人的感谢信，抄袭别人的感谢信也就罢了，居然连原作者的名字一起抄了进去。

《汉世老人》：

> 汉世有人年老无子，家富，性俭啬，恶衣蔬食，侵晨而起，侵夜而息；管理产业，聚敛无厌，而不敢自用。或人从之求丐者，不得已而入内取钱十，自堂而出，随步辄减，比至于外，才余半在，闭目以授乞者。寻复嘱云："我倾家赡君，慎勿他说，复相效而来！"老人俄死，田宅没官，货财充于内帑矣。②

汉世老人虽然富有，但过于节俭吝啬，自己天天粗茶淡饭，省吃俭用，好不容易施舍给乞丐五文钱，还拼命嘱咐他不要乱说，就怕其他人也来找他要。结果，他千方百计积累下来的万贯家产最后全部充公。

《甲与乙斗争》：

> 甲与乙斗争，甲啮下乙鼻。官吏欲断之，甲称乙自啮落。吏曰："夫人鼻高耳口低，岂能就啮之乎？"甲曰："他踏床子就

---

① 鲁迅：《古小说钩沉》，《鲁迅全集》卷八，人民文学出版社 1973 年版，第 182 页。
② 鲁迅：《古小说钩沉》，《鲁迅全集》卷八，人民文学出版社 1973 年版，第 183 页。

啮之。"①

甲把乙的鼻子咬下来了，还说是乙自己咬掉的。面对官吏"人的嘴在低处，鼻子在高处，怎能自己咬掉自己鼻子"这样的质问，甲竟然能大言不惭地说："他站在凳子上咬掉的。"

总之，《笑林》中的故事主要针对社会上存在的一些荒唐现象进行嘲讽，诙谐调笑的背后，蕴含着启迪和教育意义。古代文人生活不乏诙谐之风，建安文人本就通脱，此风更盛。《笑林》一书在当时应具有调笑娱乐、以为谈助的性质，它也让我们看到了建安文人的另一面，对我们理解建安文人的生活性格和生活情状具有重要的认识价值。

《笑林》在中国古代文学史上具有比较重要的地位。首先，《笑林》的成书体现了小说文体在建安时期的丰富与发展。依据鲁迅先生的说法，先唐古小说主要分为志人与志怪两大类。汉代刘向的《列女传》《说苑》等著作中的故事，已具有鲜明的志人小说的意味，但这些故事在内容选择上仍以教化说理为主。邯郸淳的《笑林》则不同。《笑林》中的故事大多以民间笑话为主体，以诙谐嘲讽为旨归，其中虽不乏启迪、教育意味，但更直接的目的则是娱乐调笑。可以这样说，邯郸淳《笑林》的出现，标志着志人小说开始发生由教化功能向娱乐功能的转移，这在文学史上是具有重要意义的。《隋书·经籍志》曾著录有魏文帝曹丕撰《列异传》三卷。《列异传》是否曹丕所撰，学界有不同看法，但这一说法应该不是空穴来风。值得注意的是，曹丕《列异传》与邯郸淳《笑林》均产生于建安时期，前者以鬼怪故事为主，后者以民间笑话为本，目的都在猎奇娱乐，这充分展现了建安文人对小说这一新文学样式的喜爱。可以说，小说文体在建安时期开始由幕后走向前台，得到了极大的丰富与发展，是我国古小说创作的重要转向。其次，作为一部笑话集，《笑

① 鲁迅：《古小说钩沉》，《鲁迅全集》卷八，人民文学出版社1973年版，第186—187页。

林》的成书标志着笑话文体的成熟，并对其后诙谐幽默类小说的创作产生了深远影响。先秦两汉诸子百家著述中也多有幽默诙谐故事，但那些故事多以说理警喻为主要目的，至魏晋时期，借由清谈之风的盛行，以调笑娱乐为主要目的的笑话逐渐成熟，并成为独立的文体。《笑林》以简短凝练的语言、旁观式叙事视角、典型故事片段的选择、突出的戏剧效果等确立了笑话文体的体式规范。此后，《世说新语》专列《排调》一门，隋有《启颜录》，唐有《谐谑录》，宋有《群居解颐》《善谑录》《籍川笑林》《艾子杂说》，元有《拊掌录》，明有《雪涛谐史》《古今谭概》，清有《笑倒》《笑笑录》《笑林广记》等，莫不以《笑林》为典范。总之，邯郸淳《笑林》一书在我国文学史上具有重要的历史贡献，它为志人小说尤其是笑话故事类小说的创作开辟了新的途径，丰富了志人小说的社会文化内涵，值得特别关注。

第三节　繁钦、吴质的生平与创作

建安文人中比较重要的还有繁钦与吴质。繁钦长于书记又善为诗赋，吴质则与曹丕关系密切，是他夺嫡过程中的重要谋士。

一　繁钦的生平与创作

繁钦（？—218）字休伯，颍川（今河南省禹州市）人。少有文名，称誉于家乡汝颍之间。关于繁钦的生平行实，材料很少，记述也非常简略。《三国志·魏书·王粲传》裴松之注引《典略》曰："钦字休伯，以文才机辩，少得名于汝颍。钦既长于书记，又善为诗赋。其所与太子书，记喉转意，率皆巧丽。为丞相主簿。建安二十三年卒。"①

---

① （晋）陈寿撰，（南朝宋）裴松之注：《三国志》卷二十一，中华书局 1982 年版，第 603 页。

汉末社会动荡之时，他和其他中原士人一样，曾避乱荆州，依附刘表，并得到刘表的赏识。建安初，投奔曹操，曾官至丞相主簿。繁钦长于书记之任，也善为诗赋，所作巧丽，为时人所称道，现存诗歌8首，文22篇。

　　繁钦的诗歌多咏物之作。其咏物诗写物形象生动，有的颇有比兴寄寓，蕴含着作者对自己处境的感慨等。如《槐树诗》①："嘉树吐翠叶，列在双阙涯。旖旎随风动，柔色纷陆离。"描写槐树婆娑曼妙的姿态。再如《咏蕙诗》②描写蕙草"植根阴崖侧，夙夜惧危颓。寒泉浸我根，凄风常徘徊"，对"百卉皆含荣，己独失时姿"的蕙草的处境表示了同情。繁钦诗歌中最为后人称道的是《定情诗》③。这首诗写一对男女路上"邂逅"，一见钟情，两情相悦，"我即媚君姿，君亦悦我颜"，女子更是无法抑制自己的情感，百般表现自己。诗歌以十二联的铺排手法，描写女子的拳拳殷勤、投情送物："何以致拳拳？绾臂双金环。何以致殷勤？约指一双银。何以致区区？耳中双明珠。何以致叩叩？香囊系肘后。何以致契阔？绕腕双跳脱。何以结恩情？佩玉缀罗缨。何以结中心？素缕连双针。何以结相于？金薄画搔头。何以慰别离？耳后瑇瑁钗。何以答欢悦？纨素三条裙。何以结愁悲？白绢双中衣。"但遗憾的是，"与我期何所？乃期东山隅。日旰兮不至，谷风吹我襦"，"与我期何所？乃期山南阳。日中兮不来，凯风吹我裳"，"与我期何所？乃期西山侧。日夕兮不来，踟蹰长叹息"，"与我期何所？乃期山北岑。日暮兮不来，凄风吹我衿"。心心念念的男子没有赴约，女子只能"望君不能坐，悲苦愁我心"，"自伤失所欲，泪下如连丝"。诗歌采用民间歌谣体的形式，重章叠句，千回百转，细腻形象地刻画了女子的情感心理，是建安时期一篇富有特色的佳作。

---

　　① 张兰花、程晓菡校注：《三曹七子之外建安作家合集校注》，河北教育出版社2003年版，第42页。

　　② 张兰花、程晓菡校注：《三曹七子之外建安作家合集校注》，河北教育出版社2003年版，第35页。

　　③ 张兰花、程晓菡校注：《三曹七子之外建安作家合集校注》，河北教育出版社2003年版，第37页。

繁钦的辞赋多以咏物抒情为主。从题材看，要么是从军出征的奉命之作，要么与建安文人的游宴生活关系密切，尽管所存多为残篇，但仍然可以从中感受到其文辞巧丽形似的特点。如《三胡赋》①描写西域三地胡人的相貌，能够抓住他们独特的典型特征，谓"莎车之胡，黄目深精，员耳狭颐"，谓"康居之胡，焦头折颏，高辅陷口，眼无黑眸，颊无余肉"，谓"罽宾之胡，面象炙猬，顶如持囊。隈目赤眦，洞颏仰鼻"，文笔巧丽，情趣幽默，寥寥几笔，神态毕现。

繁钦的文章以萧统《文选》收录的《与魏文帝笺》最著名。《文选》李善注引《魏文帝集序》提到此文的写作情况："上（曹操）西征，余（曹丕）守谯，繁钦从。时薛访车子能喉啭，与笳同音。钦笺还与余，而盛叹之。虽过其实，而其文甚丽。"② 繁钦在给曹丕的书信中向曹丕盛赞了歌者薛访的高超技艺"喉啭"，称赞他唱歌时"潜气内转，哀音外激，大不抗越，细不幽散，声悲旧笳，曲美常均"③，音声悠扬，富有自然之妙，给人一种"背山临溪，流泉东逝"④ 的美感。这是建安文人作品中描写音乐歌声的名段，不仅文笔描述生动细腻，仿佛身临其境，而且对了解当时乐坛的演唱情况也具有重要的文献价值。范子烨的《呼麦与胡笳：中古时代的喉音艺术——对繁钦〈与魏文帝笺〉的音乐学阐释》一文就对"喉啭引声"的歌唱艺术进行了新的解读，认为这种具有长啸特点的唱法，就是内蒙古的浩林·潮尔即呼麦⑤。

二　吴质的生平与创作

吴质（177—230）字季重，济阴（今山东省定陶县）人。据

---

① 张兰花、程晓菡校注：《三曹七子之外建安作家合集校注》，河北教育出版社 2003 年版，第 54 页。

② （梁）萧统编，（唐）李善注：《文选》，上海古籍出版社 1986 年版，第 1821 页。

③ （梁）萧统编，（唐）李善注：《文选》，上海古籍出版社 1986 年版，第 1821 页。

④ （梁）萧统编，（唐）李善注：《文选》，上海古籍出版社 1986 年版，第 1822 页。

⑤ 文见刘梦溪主编《中国文化》2009 年春季号。

《三国志·吴质传》裴松之注引《魏略》记载，他"才学通博"，深得曹丕、曹植兄弟礼爱，吴质也"善处其兄弟之间"①。建安后期，曾任朝歌长、元城令等职。曹丕即位，官至奋威将军，封列侯。后入朝为侍中，曾向曹叡举荐司马懿。太和四年（230）病卒。吴质为人放荡不羁，怙威肆行，飞扬跋扈，死后曾被谥为"丑"，后其子数次上疏申辩称枉，才于正元年间改谥为"威"。

吴质虽然与曹丕曹植兄弟关系都不错，但在政治倾向上亲附曹丕，是曹丕夺嫡过程中的重要谋士。在曹丕、曹植兄弟的较量中，时时有吴质的影子。如《三国志·魏书·曹植传》裴松之注引《世语》记载：

> 杨修……丁仪兄弟，皆欲以植为嗣。太子患之，以车载废簏，内朝歌长吴质与谋。修以白太祖，未及推验。太子惧，告质，质曰："何患？明日复以簏受绢车内以惑之，修必复重白，重白必推，而无验，则彼受罪矣。"太子从之，修果白，而无人，太祖由是疑。②

又《三国志·魏书·吴质传》裴松之注引《世语》记载：

> 魏王尝出征，世子（曹丕）及临淄侯植并送路侧。植称述功德，发言有章，左右属目，王亦悦焉。世子怅然自失，吴质耳曰："王当行，流涕可也。"及辞，世子泣而拜，王及左右咸唏嘘，于是皆以植辞多华，而诚心不及也。③

---

① （晋）陈寿撰，（南朝宋）裴松之注：《三国志》卷二十一，中华书局1982年版，第607—608页。

② （晋）陈寿撰，（南朝宋）裴松之注：《三国志》卷十九，中华书局1982年版，第560—561页。

③ （晋）陈寿撰，（南朝宋）裴松之注：《三国志》卷二十一，中华书局1982年版，第609页。

由以上记载可以看出，吴质确实在曹丕夺嫡过程中发挥了重要的谋士作用。

从文学角度看，吴质最值得称道的是他的书信文。吴质与曹丕之间经常有书信往来。建安十六年（211），吴质出为朝歌长，建安二十年（215），转为元城令。其间，曹丕都曾给吴质写信，叙说思念之情，吴质也有书信报答。建安二十二年（217），魏郡爆发大瘟疫，建安诸子中的徐干、刘桢、应玚、陈琳都在此疫中病逝。曹丕给他们分别编辑文集，编完之后，感慨万千，忍不住给吴质写信，抒发自己的哀叹之情。在《答魏太子笺》①中，吴质与曹丕一样，也首先对昔日生活进行了回顾，对朋友的凋零表示了悲哀：

> 日月冉冉，岁不我与。昔侍左右，厕坐众贤，出有微行之游，入有管弦之欢，置酒乐饮，赋诗称寿。自谓可终始相保，并骋才力，效节明主。何意数年之间，死丧略尽。臣独何德，以堪久长。

想当年，大家一起流连山水、把酒言欢、歌颂赋诗，以为能永远互相陪伴，一起效力明主，谁曾想，几年之间众人凋零，只剩自己，岂不令人悲叹？继而写道：

> 然年岁若坠，今质已四十二矣。白发生鬓，所虑日深，实不复若平日之时也。但欲保身敕行，不蹈有过之地，以为知己之累耳。游宴之欢，难可再遇；盛年一过，实不可追。

进一步表达了自己对人生的无限悲慨，抒情淋漓沉痛，写心凄然伤怀。

---

① 张兰花、程晓菡校注：《三曹七子之外建安作家合集校注》，河北教育出版社2003年版，第145—146页。

吴质的书信文与曹丕的书信文具有异曲同工之妙，充分体现了他"才学通博"的特点。首先，写情真挚，意悲而远。书信是朋友之间的倾情之诉，要求双方都诚恳相待。阅读曹丕、吴质的书信文，我们可以真切地感受到这一点。他们真诚坦露，写心述怀，毫不保留，体现了朋友之间真切的情谊。其次，语言骈散相间，形象生动。吴质书信文特别重视情感表达的辞章之美，情事兼备，意随情迁，叙事状物，情态毕现，朴质之内蕴含修辞之巧，散行之中不乏骈俪之气。可以毫不夸张地说，吴质与曹丕、曹植、杨修等都是建安时期书信文写作的佼佼者。

吴质、曹丕的往来书信，多被萧统《文选》收录。这些书信不仅表现了他们之间真挚的朋友之情、思念之意，而且展现的日常生活情致也具体生动，是研究建安文人生活情感的重要史料。

本章主要介绍了蔡琰、邯郸淳、繁钦、吴质四位建安作家，四人虽不在建安七子之列，但也都是在当时文坛占据一定地位的文人。他们的创作展现了建安时期的时代风貌、书写了属于建安文人的生命体验，同样彰显了彪炳千古的"建安风骨"。

第十二章 "建安风骨"

以"三曹""建安七子"等为代表的建安文人共同创造了极具时代特色的文学风貌，锻造了在中国传统诗学领域举足轻重的"建安风骨"美学范畴。"建安风骨"是学习魏晋文学所无法绕开的一个话题，也是魏晋文学研究领域的一个热点。"建安风骨"作为对汉末建安时期文人诗歌创作风格的概括，在中国古代文学史和诗歌史上都具有重要地位，对后世诗人产生了极为深远的影响。本章主要围绕"建安风骨"的具体内涵、形成背景及其对后世的影响展开，以期能够对"建安风骨"作比较深入、全面的了解。

第一节 "建安风骨"的内涵

对某一个文学史概念或者文学现象的了解，首先要从"是什么"入手，即首先要明确这个概念或现象到底指什么，"建安风骨"也不例外。"建安风骨"，又称"汉魏风骨"，简单来说就是汉魏之际建安时期的诗歌风格。具体来看，其由两部分组成，一是"建安"，二是"风骨"。此"建安"与"绪论"部分讨论过的"建安文学"之"建安"是一个概念，其范围实际超出了汉献帝"建安"这个年号，是指从汉献帝即位的初平元年（190）到魏明帝太和六年（232）曹植去世这一时间段。"建安风骨"作为一个诗学概念虽有时被特指建安前期即建安十三年（208）之前的文人诗歌创作风貌，但更多情况下还是被用来概括整个建安时期的诗歌风格。

一　"风骨"

讨论"建安风骨"的内涵，关键在于"风骨"。"风骨"最初常见于人物品评，如《世说新语·轻诋》言："旧目韩康伯：将肘无风骨。"注引《说林》曰："范启云：'韩康伯似肉鸭。'"① 可见这则记载主要是讥讽韩康伯胖，说他胖得抓着胳膊肘都摸不到骨头。同时，《世说新语·品藻》对韩康伯还有一条记载："韩康伯虽无骨干，然亦肤立。"② 从这一记载来看，此处"风骨"确实是对人物身材体貌的形容。此外，《宋书·武帝纪》说宋武帝刘裕："身长七尺六寸，风骨奇特。"③《南史·蔡撙传》说："撙风骨鲠正，气调英嶷，当朝无所曲让。"④ 可以看出，"风骨"的含义逐渐由形容人物外在体貌变为形容人物的精神气质，即由具象的形容变为了抽象的形容。而这种人物品评中的"风骨"也成为六朝时期人物绘画的品评标准，如东晋大画家顾恺之即在他的画论中多次用到"天骨""奇骨""骨法"等词语。后来，"风骨"逐渐由论人、论画转而涉及对文章风格的评价。廖仲安、刘国盈先生认为"风骨"在论人、论画、论文等不同领域中的含义是一脉相承的，他们在《释风骨》中写道："从论人、论画到论文，风和骨的观念都有它一脉相贯的继承性，这就是风近于形而上的道，骨近于形而下的器。"⑤ "风骨"在论人、论画、论文中的运用确实有继承性，但具体内涵却发生了明显的演变，尤其论文中的"风骨"。

目前所见最早将抽象的"风骨"与文学创作风格联系起来的批

---

① （南朝宋）刘义庆著，（南朝梁）刘孝标注，余嘉锡笺疏：《世说新语笺疏》，中华书局 2007 年版，第 994 页。

② （南朝宋）刘义庆著，（南朝梁）刘孝标注，余嘉锡笺疏：《世说新语笺疏》，中华书局 2007 年版，第 632 页。

③ （梁）沈约撰：《宋书》卷一，中华书局 1974 年版，第 1 页。

④ （唐）李延寿撰：《南史》卷二十九，中华书局 1975 年版，第 775 页。

⑤ 廖仲安、刘国盈：《释风骨》，《文学评论》1962 年第 1 期。

评家是刘勰。刘勰《文心雕龙·风骨》篇云：

> 《诗》总六义，风冠其首，斯乃化感之本源，志气之符契也。
> 是以怊怅述情，必始乎风；沉吟铺辞，莫先于骨。故辞之待骨，如
> 体之树骸；情之含风，犹形之包气。结言端直，则文骨成焉；意
> 气骏爽，则文风清焉。若丰藻克赡，风骨不飞，则振采失鲜，负
> 声无力。……故练于骨者，析辞必精；深乎风者，述情必显。捶
> 字坚而难移，结响凝而不滞，此风骨之力也。若瘠义肥辞，繁杂
> 失统，则无骨之征也。思不环周，索莫乏气，则无风之验也。①

关于这段话中的"风骨"，学者们有各种各样的解释。黄侃先生
《文心雕龙札记》认为："二者（风骨）皆假于物以为喻。文之有
意，所以宣达思想，纲维全篇，譬之于物，则犹风也。文之有辞，
所以摅写中怀，显明条贯，譬之于物，则犹骨也。必知风即文意，
骨即文辞，然后不蹈空虚之弊。"② 罗宗强先生认为"风骨"是感情
与理性、思想与逻辑的辩证结合；王运熙先生认为"风"是文学作
品中表现出来的强烈的思想感情，"骨"是作品中质朴有力的、极富
感染力的语言表达；周振甫先生认为"风"指气韵生动，"骨"指
文辞有力。总之众说纷纭，至今没有定论。

刘勰这段话的核心是论述"风"与"骨"在创作中的重要性。
首先，他提出"风"是《诗》六义之首。《毛诗序》说："诗有六义
焉：一曰风、二曰赋、三曰比、四曰兴、五曰雅、六曰颂。"并解释
"风"说："上以风化下，下以风刺上，主文而谲谏，言之者无罪，
闻之者足以戒，故曰风。"③ 此"风"，无论是上对下的教化还是下

---

① （南朝梁）刘勰著，范文澜注：《文心雕龙注》卷六，人民文学出版社 1958 年版，第
513 页。

② 黄侃撰，周勋初导读：《文心雕龙札记》，上海古籍出版社 2000 年版，第 101 页。

③ （汉）毛亨传，（汉）郑玄笺，（唐）孔颖达疏：《毛诗注疏》，上海古籍出版社 2013
年版，第 13 页。

对上的讽谏，都偏重于感化、动人之义，也就是感染人、打动人，那么刘勰据此而提出的"怊怅述情，必始乎风"，很明显是在强调文学创作中情感抒发最重要的就是具有感染力。中国传统诗学范畴里，诗本就是书写情志的，无论"言志"还是"缘情"，归根结底都是要表达自己的情志，而表达的最理想境界则是使人能通过作品领会作者的情志，并进而受到感染、触动，引起共鸣。刘勰所谓"深乎风者，述情必显"，意思便是具备"风"这一特色者，情志抒发一定更明晰到位。作者的情志抒发明晰到位，自然更容易感染、打动人。"风"是对"述情"的要求，"骨"则是对"铺辞"的要求。所谓"辞之待骨，如体之树骸"，可见文章之"骨"就相当于身体之"骸"。那么这个"骨"在文章中到底体现为什么呢？刘勰说"结言端直，则文骨成焉""练于骨者，析辞必精"，并认为"无骨"的特点是"丰藻克赡""瘠义肥辞，繁杂失统"，意思是"有骨"的文章在结撰文字时要文辞精当、条理清晰、表意准确，不能辞藻华丽、语言臃肿、内容贫乏。其实这个"骨"更多地继承了人物品评中"风骨"的本义，其所谓"丰藻""肥辞"等"无骨"的特征其实就相当于人物品评中说的人肥胖无风骨。

　　总之，刘勰在《风骨》篇中所论"风骨"，主要具备两方面的内涵：一是内在情志的抒发要明晰到位、具备感动人心的力量；二是外在文辞的结撰要精当条理、表意准确。刘勰的这一论断主要针对的是文章写作，并未直接与建安时期的诗歌创作相联系，但对我们理解"建安风骨"的内涵依然具有重要意义。

二 "建安风骨"

　　钟嵘《诗品序》评价东晋玄言诗风为"建安风力尽矣"①，首次提出了"建安风力"这一概念，周振甫先生在《诗品译注》中直接

---

　　① （南朝梁）钟嵘著，曹旭笺注：《诗品笺注》，人民文学出版社 2009 年版，第 15 页。

将"建安风力"解释为了"建安风骨"。"建安风力"与"建安风骨"虽然表述并不完全一样，但其内涵应该相差不大。钟嵘评玄言诗为："理过其辞，淡乎寡味。"然后说这样的诗属于"建安风力尽矣"，那么他认为的"建安风力"是什么样的呢？钟嵘对此没有直接论述，但是他对建安文人最具代表之一曹植的诗评价为"骨气奇高，词采华茂，情兼雅怨，体被文质"，这样的评价大概是符合他所谓"建安风力"之标准的。后来初唐陈子昂在《与东方左史虬修竹篇序》中批评南朝以来的绮靡文风时，将"风骨"与"建安"联系起来，他说："文章道弊五百年矣。汉魏风骨，晋宋莫传，然而文献有可征者。仆尝暇时观齐、梁间诗，彩丽竞繁，而兴寄都绝，每以永叹。……见明公《咏孤桐篇》，骨气端翔，音情顿挫，光英朗练，有金石声。遂用洗心饰视，发挥幽郁。不图正始之音复睹于兹，可使建安作者相视而笑。"① 意思是说晋宋以来，尤其齐梁时期的诗作完全失掉了"汉魏风骨"，但《咏孤桐篇》是个特例。而由他"不图正始之音复睹于兹，可使建安作者相视而笑"这句话来看，陈子昂所谓的"汉魏风骨"包括了"建安风骨"和"正始之音"两部分，即正始之音与建安文学同属具有"风骨"之列，所以他所认为的"汉魏风骨"之特色，即"骨气端翔，音情顿挫，光英朗练，有金石声"，并且要有"兴寄"，大概也是他对建安文人、建安文士创作特色的认识，我们可以认为是他心目中的"建安风骨"。

以上这些是比较早且比较具有代表性的对"建安风骨"相关概念的论述，这些论述对于我们正确理解"建安风骨"的内涵都有重要意义。接下来，我们就进一步来了解"建安风骨"的具体内涵，即这个概念所涵盖的建安文人的诗歌风貌。

"建安风骨"是对建安文人诗歌创作整体风貌的概括，其所反映的是特定时代背景下，不同文人书写的具有相同时代特色的思想情志、悲欢离合。而由我们前面所了解的建安文人创作情况来看，无

---

① （唐）陈子昂：《陈子昂集》，中华书局1962年版，第15页。

论"三曹""建安七子"还是蔡琰等人，每位作家都有其独特的风格特色，所以，作为一个概括如此众多诗人创作风格的概念，"建安风骨"的内涵又必然是极其丰富的。

历来学界习惯以"慷慨悲凉"四个字概括建安诗歌的整体风格，这也大致代表了大家对"建安风骨"的认识。首先，"慷慨"是"建安风骨"的核心之一。刘勰在《文心雕龙》中便多次以"慷慨"概括建安文人、建安文士的创作风格，如《时序》篇说："自献帝播迁，文学蓬转，建安之末，区宇方辑。……观其时文，雅好慷慨，良由世积乱离，风衰俗怨，并志深而笔长，故梗概而多气也。"①《明诗》篇说："暨建安之初，五言腾踊，文帝陈思，纵辔以骋节；王徐应刘，望路而争驱；……慷慨以任气，磊落以使才；造怀指事，不求纤密之巧，驱辞逐貌，唯取昭晰之能。"② 建安文人、建安文士在其诗歌创作中也频繁用到"慷慨"一词，如"慨当以慷，忧思难忘"③（曹操《短歌行》），"余音赴迅节，慷慨时激扬"④（曹丕《于谯作诗》），"怀此王佐才，慷慨独不群"⑤（曹植《薤露行》），"慷慨有悲心，兴文自成篇"⑥（曹植《赠徐干》），"慷慨有余音，要妙悲且清"⑦（曹植《弃妇篇》）等。"慷慨"本义是充满正气、情绪激昂，上面所引刘勰《文心雕龙》及建安文人、建安文士们所用的"慷慨"都是取其本义。而这充满正气、情绪激昂的慷慨之音背后，反映的正是建安文人、建安文士们昂扬的政治热情、积极进取的精神面貌和踌躇满志的济世情怀。建安时期天下纷乱，生灵涂炭，建安文人们在饱受乱离之苦的同时，也激起了高昂的政治理想。曹操"挟天子以

---

① （南朝梁）刘勰著，范文澜注：《文心雕龙注》卷九，人民文学出版社 1958 年版，第673—674 页。

② （南朝梁）刘勰著，范文澜注：《文心雕龙注》卷一，人民文学出版社 1958 年版，第66—67 页。

③ 中华书局编辑部编：《曹操集》，中华书局 2018 年版，第 5 页。

④ 魏宏灿：《曹丕集校注》，安徽大学出版社 2009 年版，第 57 页。

⑤ （三国魏）曹植著，赵幼文校注：《曹植集校注》，中华书局 2016 年版，第 645 页。

⑥ （三国魏）曹植著，赵幼文校注：《曹植集校注》，中华书局 2016 年版，第 63 页。

⑦ （三国魏）曹植著，赵幼文校注：《曹植集校注》，中华书局 2016 年版，第 50 页。

令诸侯"，以天下为己任，他试图平定天下的政治追求符合时人普遍的理想，对于积极进取的文人产生了非常重要的影响。以"建安七子"为代表的建安文人依附曹操的一个重要目的便是参与平定天下、救民水火的事业，从而成就功名。所以，建安文人、建安文士在自己的创作中屡屡发出踌躇满志的慷慨之音，如王粲《从军诗》谓"被羽在先登，甘心除国疾"①，陈琳《游览》谓"庶几及君在，立德垂功名"②，刘桢《赠从弟》谓"何时当来仪？将须圣明君"③ 等。其次，"慷慨"一词从艺术表达的角度来看，反映的是建安文人在诗歌创作中情志书写的饱满充沛，即刘勰所谓的"志深笔长""梗概多气"，而这样"志深笔长""梗概多气"的慷慨之音很显然更具感染人的力量，这也就是我们前面所讲"风骨"的内涵之一，即内在情志的抒发要明晰到位、具备感动人心的力量。从这个角度来讲，"建安风骨"首先包含以下内涵：满怀热情书写个人的理想抱负和济世情怀。

个人理想抱负在群雄并起的乱世既有更多实现机会又处处充满变数。建安时期诸侯割据、战火频仍，再加上时起的大瘟疫，人命轻如草芥。建安文人大多寿命不长，如曹丕只活了40岁，曹植41岁，徐干、应玚、刘桢、陈琳等死于建安二十二年（217）的瘟疫，孔融、杨修等被曹操所杀。在这种背景下，建安文人、建安文士多有人生苦短的悲凉哀叹。这些哀叹或是单纯感慨生命的易逝，如刘桢《失题诗》"天地无期竟，民生甚局促"④，徐干《室思诗》"人生一世间，忽若暮春草"⑤；或是在感慨人生短促的同时重申建功立业的壮志，如曹操的《短歌行》之类。这种对生命易逝、功业难成的感慨是"建安风骨""悲凉"风格的重要内涵。

"建安风骨"的"悲凉"还体现在对当时社会苦难的书写上。

---

① 俞绍初辑校：《建安七子集》（修订本），中华书局2016年版，第102页。
② 俞绍初辑校：《建安七子集》（修订本），中华书局2016年版，第39页。
③ 俞绍初辑校：《建安七子集》（修订本），中华书局2016年版，第221页。
④ 俞绍初辑校：《建安七子集》（修订本），中华书局2016年版，第224页。
⑤ 俞绍初辑校：《建安七子集》（修订本），中华书局2016年版，第165页。

许多建安文人、建安文士都曾跟随曹操征战南北或者被卷入战争洪流，亲眼目睹甚至亲身经历了战争带来的惨烈伤痛。他们对战争苦难、社会现实的书写堪称汉末实录，如曹操的《薤露行》《蒿里行》、王粲的《七哀诗》、蔡琰的《悲愤诗》等。曹操《蒿里行》云"白骨露于野，千里无鸡鸣"，王粲《七哀诗》其一云"出门无所见，白骨蔽平原"，蔡琰《悲愤诗》云"白骨不知谁，纵横莫覆盖"，这些描述深刻展现了战争带给社会、人民的苦难。此外，陈琳的《饮马长城窟行》描写了繁重徭役给人民带来的痛苦与灾难，阮瑀的《驾出北郭门行》描写了孤儿遭受后母虐待的情景，这些作品延续汉乐府"感于哀乐，缘事而发"的传统，揭露社会苦难，颇具现实意义。这些对社会苦难的描述真切感人，是"建安风骨""悲凉"风格的又一内涵。

无论"慷慨"还是"悲凉"，从内容上来讲，都注重书写真切感人的情志，从艺术技巧上来讲，都偏重质朴写实，而不追求华丽纤巧。即便是"词采华茂""体被文质"的曹植，也首先是"骨气奇高"并"情兼雅怨"。刘勰整体评价建安文人、建安文士风格为"造怀指事，不求纤密之巧，驱辞逐貌，唯取昭晰之能"，便是说建安文人、建安文士在遣词造句方面追求表情达意的精准效果，而不过多追求华丽辞藻和繁缛技巧，这与他在《风骨》篇所论的"练于骨者，析辞必精；深乎风者，述情必显"是一致的。建安文人、建安文士的创作整体风格是古直质朴、刚健有力的，这也是"建安风骨""慷慨悲凉"的重要内涵。

除"慷慨悲凉"这样的整体风貌外，"建安风骨"还有另一层内涵，即建安文人、建安文士在创作中积极展现了个性风采。在汉末乱世之中，群雄并起，各方诸侯对人才的渴求更甚以往，而当时获取人才的方式主要是依靠举荐或者听闻名声，有进取心的文人在这样的时代背景下，自然会更加注重高标自己的个性，只有这样才能获得更令人瞩目的名声，从而更有可能被明主接纳。同时，混乱的社会相比于统一安定的社会更容易激发人的个性，所谓乱世出英雄。另外，建安文人最重要的核心人物是曹操，曹操对建安文人集团的形成、对建安文学的发展都发挥了极为重要的推动作用。曹操是一个不拘一格、张扬个性的人，在他的引领之下，建安文人更加不甘于蹈武前贤或效法同辈，而是努力展现自己的独特风貌。建安文人、建安文士们的个性风采体现在诗歌创作上便是形成了不同的诗歌风格，比如曹操的诗古直悲凉、气韵沉雄，曹丕的诗"便娟婉约""有文士气"①，曹植的诗"骨气奇高，词采华茂，情兼雅怨，体被文质"②，刘桢的诗"仗气爱奇，动多振绝"③，王粲的诗"发愀怆之词，文秀而质羸"④。建安文人、建安文士就是在高标个性、书写自我的过程中确立了彪炳千古的"建安风骨"。

综合来看，"建安风骨"的内涵可以这样理解："建安风骨"最显著的特色是"慷慨悲凉"，它全面展现了建安文人、建安文士对个人理想抱负和济世情怀的书写、对生命易逝和功业难成的感慨、对社会苦难和人生悲剧的记录，情感书写真挚动人，语言风格质朴刚健，是对建安文人、建安文士诗歌创作整体风貌的概括。

第二节 "建安风骨"的产生原因

"建安风骨"整体展示了建安文人、建安文士诗歌创作的风貌。那么，"建安风骨"为什么会在建安时期产生？它的产生有着怎样的时代背景和历史渊源？"建安风骨"是特殊时代背景与文学发展进程共同作用下的产物，既有时代的特殊性，也有历史延续的必然性。

一 "世积乱离"的特殊时代

建安文学产生的时代背景，主要有两方面的内容，一是大环境方

---

① （清）沈德潜选：《古诗源》卷五，中华书局1963年版，第107页。
② （南朝梁）钟嵘著，曹旭笺注：《诗品笺注》，人民文学出版社2009年版，第56页。
③ （南朝梁）钟嵘著，曹旭笺注：《诗品笺注》，人民文学出版社2009年版，第63页。
④ （南朝梁）钟嵘著，曹旭笺注：《诗品笺注》，人民文学出版社2009年版，第66页。

面"世积乱离，风衰俗怨"，二是个人遭遇方面命运多舛、祸福无常。

"世积乱离，风衰俗怨"是刘勰《文心雕龙·时序》篇之言，通俗来讲就是社会长时间动荡战乱，传统伦常秩序遭到破坏。汉末自黄巾起义起，天下纷然，再经历过董卓的倒行逆施，到曹操的"挟天子以令诸侯"，大汉的大一统早已一去不复返，地方群雄并起，诸侯割据，各自为政。天下失去大一统中央政权的同时，也失去了大一统的意识形态，进入了一个人心思动的混乱时代。不同武装势力之间互相争权夺利、攻伐征战，整个天下战乱频繁。在这样的混乱时代下，越是离经叛道、不拘一格的人，越能获得成功的机会。其中最典型的代表就是曹操。曹操是一个复杂的人，他出身宦官家族，但为了获取清流名士的认可，公然反叛自己的家族阵营；他一方面对平民百姓在战乱中的不幸遭遇心怀悲悯，采取了很多措施与民休养生息，另一方面又杀伐果断，对反对自己的人毫不留情；他爱惜人才，有识人慧眼，但他对人才的评判标准是"唯才不唯德"。就是这样一位以传统人物评价体系来看毁誉参半的人，最终统一了北方，为结束割据纷乱的局面奠定了坚实基础。而曹操是邺下文人集团形成的核心推动者，他的人才选拔标准、他的个人喜好取向，都鲜明影响了以邺下文人集团为代表的建安文人。曹丕、曹植兄弟直接接受曹操的精心培养与教育自不必说。大部分被曹操收拢的文人，能够选择在乱世中博取功名，并甘心追随当时已然有"汉贼"之名的曹操，本身就非墨守成规、甘心平庸之辈，在曹操的影响下，更是勇于张扬个性、追求建功立业。可以说，正是乱世造就了那一批理想高昂、个性张扬的建安文人。

建安文人又大都是命运多舛的。如被杀的孔融、杨修，被猜忌压迫的曹植，先是颠沛流离、后又病死于行军途中的王粲，以及被劫掠至胡地十余年、受尽屈辱艰辛又被迫别子归汉的蔡琰等。这些命运多舛的文人对自己不幸人生的歌唱成为"建安风骨"的重要内容。比如曹植《野田黄雀行》抒发对自己和朋友遭受迫害的愤懑之情，《赠白马王彪》集中表达了自己数年间遭受迫害的愤慨，《七哀》则委婉表达自己的不得志，正可谓"情兼雅怨"。再比如王粲，以贵公子孙之身份经历乱世的漂泊流寓，颇多自伤之辞，谢灵运说他"自伤情多"，钟嵘说他"发愀怆之词"，刘熙载说他"悲而不壮"，方东树说他"苍凉悲慨"，可见"悲"是王粲作品的主基调，而这主要就是源于其个人的不幸遭遇。蔡琰也是如此。蔡琰父亲为汉末名士蔡邕，这使得蔡琰自小接受了良好的教育，可以说是一位养尊处优的才女。然而这位才女却在汉末的战乱中直接被卷入战火，沦为俘虏，在打骂中颠沛流离，先是远离故土稽留胡地十余年，后又被迫抛下儿子回归中原。其间直面战争的冲击、沦为俘虏的屈辱、稽留胡地的悲苦、骨肉分离的哀伤，每一种感受都痛彻心扉，这些都被她的《悲愤诗》展示得淋漓尽致。除了直接书写个人的不幸遭遇，亲眼目睹的他人之不幸也往往对建安文人、建安文士的心灵造成冲击，战乱和疾疫导致的死亡被建安文人、建安文士看在眼里，身边人的动辄获罪被杀更是令他们胆寒，因而感慨祸福无常、悲叹生命易逝也就自然成了他们创作中的应有之义。

所以，建安时期混乱动荡的社会背景和此背景下建安文人、建安文士的多舛命运是"建安风骨"产生的重要前提。

二 文学发展的必然结果

任何一种文学现象都不是凭空出现的，"建安风骨"的产生也是诗歌创作发展到特定历史阶段的必然结果。

首先，"建安风骨"是"诗骚"精神的延续。《诗经》在汉代被奉为经典，凡是接受儒家传统教育的文人都会学《诗》，而汉儒解诗尤其注重比附兴寄，所以《诗经》的"风雅兴寄"对东汉以后的文人影响深远。楚辞在汉代地位极高，楚歌和骚体赋在西汉盛极一时，东汉时骚体诗赋创作虽不及西汉，但以《离骚》为代表的骚体作品依然对士人产生着深远影响，现存最早的《楚辞》注本便是东汉王逸的《楚辞章句》。从这个角度来讲，汉末文人的诗歌创作受"诗骚"影响是很自然的事情。曹操创作了许多四言诗，虽然有明显创新，但无论形式还是内容依然受《诗经》影响。前文所论邯郸淳，仅存的一首诗作即为四言诗，且词句之间处处有《雅》《颂》的影子。即便其他基本不以四言诗体进行创作的曹植等人，实际也深受《诗经》影响。钟嵘《诗品》即直言曹植之诗"源出于《国风》"，认为其"情兼雅怨"，又说刘桢之诗"源出于《古诗》"，钟嵘说的这个《古诗》是指《古诗十九首》，钟嵘在《诗品》中将《古诗十九首》列为上品第一条，并说"其体源出于《国风》"，《古诗十九首》源出于《国风》，刘桢之诗又"源出于《古诗》"，可见刘桢之诗与《国风》也有渊源。《国风》在传统诗说中被认为是"讽上化下""主文而谲谏"的，曹植等人之诗多委婉抒怀、讽喻写志，故认为其"源出于《国风》"不为无见。另外，钟嵘《诗品》说王粲诗"源出于李陵"，说曹丕诗"源出于李陵，颇有仲宣之体"，仲宣就是王粲，所以钟嵘认为曹丕与王粲类似，都是源出于李陵，而对于李陵，钟嵘的看法是"其源出于《楚辞》"。李陵的作品主要是《汉书·苏武传》记载的楚歌，另有三首五言诗被认为是伪作。不管是楚歌还是五言诗，也不管到底是不是李陵所作，这几首作品展现出的凄怆幽怨风格确实与楚辞相近。所以，从这个角度来说，钟嵘认为王粲、曹丕的诗歌都与《楚辞》有渊源。

"诗骚"精神之外，影响建安文人诗歌创作风格的另一重要因素是汉乐府。汉代是一个诗歌创作非常繁荣的时代，汉乐府歌诗是继《诗经》之后的又一诗歌创作高峰。汉乐府歌诗中"感于哀乐，缘事而发"的创作真实而深刻地反映了汉代广阔的社会现实和人民生活百态。汉乐府对战争、徭役、百姓悲惨生活的描述也是建安诗歌的重要内容。汉代文人五言诗本就是自乐府歌诗中汲取营养发展而来，无论诗歌内容、情感表达还是写作手法，汉乐府歌诗全面影响了汉代文人五言诗的创作，建安文人的五言诗作自然也带着乐府歌诗的基因。建安文人、建安文士创作了许多乐府歌诗，如前文提及的陈琳《饮马长城窟行》、阮瑀《驾出北郭门行》等，其中最具代表性的是曹操。曹操的乐府诗一方面延续了汉乐府"感于哀乐，缘事而发"的创作传统，反映汉末战乱的现实和人民遭受的苦难，另一方面以古题写时事，直接书写个人的政治主张和雄心壮志，风格既古直悲凉又跌宕慷慨。曹操延续汉乐府创作传统而形成的诗歌风格成为"建安风骨"内涵中的核心部分，并直接影响了其他建安文人的创作，这种影响不仅体现在乐府歌诗的创作方面，也体现在文人五言诗的创作上。前文所论蔡琰的五言《悲愤诗》便完美融合了汉乐府歌诗的叙事特色和文人五言诗的细腻手法，风格古朴哀婉，堪称汉乐府影响建安诗歌的典范。

《古诗十九首》也对"建安风骨"的产生有一定影响。《古诗十九首》一般被认为是汉末桓帝、灵帝时期的作品，也有学者认为其时代可能还要更早一些，至少是东汉中期的作品，无论如何，其创作时间应该是早于建安时期的。《古诗十九首》只是后世保留下来的十九首古诗，其本来并非一个整体，其产生之时也绝对不是只有这十九首，所以确切来说，是以《古诗十九首》为代表的东汉文人五言诗影响了建安文人的诗歌创作。《古诗十九首》中的游子思妇、仕途失意、生死感怀等也都是建安文人、建安文士着力书写的内容，《古诗十九首》"文温以丽，意悲而远"①"深衷浅貌，短语长情"②的艺术风格也为很多建安文人、建安文士所继承。

可以说，正是在前代诗歌艺术长久积累的基础上，量变带来质变，使汉末建安时期这个特殊背景下诞生了"建安风骨"这样彪炳千古的艺术典范。

三　邺下文人集团的推动

"建安风骨"的产生还与以"三曹""建安七子"为代表的建安

---

① （南朝梁）钟嵘著，曹旭笺注：《诗品笺注》，人民文学出版社 2009 年版，第 45 页。
② （明）陆时雍选评，任文京、赵东岚点校：《诗镜》，河北大学出版社 2010 年版，第 14 页。

文人的共同创作实践密切相关。建安九年（204），曹操攻破袁绍根据地邺城，并将之作为自己的大本营，其笼络的各路人才也都会聚于此。聚居在邺城的文人经常诗酒唱和，逐渐形成了以曹操、曹丕、曹植父子和"建安七子"（孔融于建安十三年（208）被杀，参与邺下文学活动的主要是陈琳、王粲、徐干、阮瑀、应玚、刘桢六人）为骨干力量的文人团体，即邺下文人集团。正是邺下文人的诗酒唱和推动了"建安风骨"的最终形成。

邺下文人集团的文学活动频繁，并以建安十六年（211）为界分为前后两个时期，前期以曹操为核心，后期则以曹丕为核心。曹操广纳天下英才，会聚在邺城的文人都由曹操招至麾下，而且邺城初期的文学活动也主要由曹操组织，同时曹操也是这一时期文学活动中的核心创作者，《步出夏门行》《短歌行》等具有鲜明曹操风格的作品都创作于这一时期。可以说，这一时期的邺下文人活动奠定了曹操慷慨悲凉诗风在建安诗风中的砥柱地位，确立了"建安风骨"的基调。建安十六年起，曹丕任五官中郎将、副丞相，成为曹操副手和继承人，经常在曹操征战期间留守邺城，成为邺下文人活动的主要组织者。这一时期，曹丕、曹植兄弟与王粲、徐干、陈琳、阮瑀、应玚、刘桢等文士交游赠答、诗酒唱和，形成建安文学创作的高潮。这一文学繁盛局面一直持续到建安二十二年（217），随着王粲、徐干、陈琳、应玚、刘桢等人相继去世而逐渐消歇。这一时期的邺下文人活动在延续前期曹操诗风的同时，开始注重展现个性风采。曹丕在鼓励创作的同时还组织文学品评，诗人们同台竞技、切磋诗艺，逐渐形成了相对统一的文学评价体系，尤以曹丕《典论·论文》为代表。这些对文学规律的探索既是对建安文学创作实践的归纳，又进一步促进了建安文学创作的发展，鼓励了建安文人个性风采的张扬，丰富了"建安风骨"的内涵。

总之，"建安风骨"的产生背后有着复杂的因素，既离不开当时特殊的社会背景，也离不开诗歌艺术发展的长久积累，更离不开建安文人们的共同努力。

第三节 "建安风骨"的意义与影响

"建安风骨"作为中国古代文学史中的一个概念，具有重要的文学史意义和诗学理论价值，对后世产生了极为深远的影响。整体来看，"建安风骨"的意义与影响可以从两个角度来认识：一是作为一个诗学概念成为后世诗歌批评的重要参照；二是直接影响了后世诗人的创作，为后世诗歌确立了标杆。

一 后世诗歌批评的重要参照

"建安风骨"作为建安文人诗歌创作风格的整体概括，在中国传统诗学理论体系中占有重要地位。建安之后的文学批评家不再仅仅以"建安风骨"来评价建安诗歌，而是以是否符合"建安风骨"为标准来评判后世诗歌的优劣。"建安风骨"成为后世诗歌批评的重要参照。

魏晋南北朝是文学批评蓬勃兴起的时期，这一时期重要的文学批评家如刘勰、钟嵘等即都对"建安风骨"极为推崇。如刘勰《文心雕龙·时序》篇说："自献帝播迁，文学蓬转，建安之末，区宇方辑。魏武以相王之尊，雅爱诗章；文帝以副君之重，妙善辞赋；陈思以公子之豪，下笔琳琅；并体貌英逸，故俊才云蒸。……观其时文，雅好慷慨，良由世积乱离，风衰俗怨，并志深而笔长，故梗概而多气也。"① 《明诗》篇说："暨建安之初，五言腾踊，文帝陈思，纵辔以骋节；王徐应刘，望路而争驱；并怜风月，狎池苑，述恩荣，叙酣宴，慷慨以任气，磊落以使才；造怀指事，不求纤密之巧，驱辞逐貌，唯取昭晰之能。"② 钟嵘

---

① （南朝梁）刘勰著，范文澜注：《文心雕龙》卷九，人民文学出版社 1958 年版，第 673—674 页。

② （南朝梁）刘勰著，范文澜注：《文心雕龙》卷九，人民文学出版社 1958 年版，第 66—67 页。

《诗品序》先是称赞建安诗坛的"彬彬之盛",接着说"尔后陵迟衰微,迄于有晋",继而又批评玄言诗说:"永嘉时,贵黄、老,稍尚虚谈,于时篇什,理过其辞,淡乎寡味。爰及江表,微波尚传,孙绰、许询、桓、庾诸公诗,皆平典似《道德论》,建安风力尽矣。"① 很明显,刘勰对"雅好慷慨""俊才云蒸"的建安诗坛是非常欣赏的,钟嵘更是明确表示"建安风力"的逐渐减弱直至消失是诗坛的衰微。南朝诗风渐趋绮靡,齐梁宫体诗直至初唐余韵尚存。面对这样的风气,有识之士便提出变革。首先值得关注的是"初唐四杰",即王勃、杨炯、卢照邻、骆宾王。他们胸怀博取功名的激情和不甘于居人之下的雄杰之气,自觉进行变革诗风的努力,反对纤巧绮靡,提出作诗要有刚健骨气。如杨炯在《王勃集序》中说:"尝以龙朔初载,文场变体,争构纤微,竞为雕刻。糅之金玉龙凤,乱之朱紫青黄,影带以徇其功,假对以称其美,骨气都尽,刚健不闻。思革其弊,用光志业。"② 杨炯的批评针对的主要是以"绮错婉媚"为特色的"上官体",而他对这一诗风的批评主要是"骨气都尽,刚健不闻",虽没有直接提及"建安风骨",但却表明了其追求的诗风是刚健有风骨的,这个标准实际就是"建安风骨"。再比如陈子昂直接在《修竹篇序》中提出了"文章道弊五百年",而他所认为的变革之道就是"汉魏风骨""风雅兴寄"。此外,李白提倡诗歌创作革新时也以"建安风骨"为榜样来批判齐梁及初唐的诗风,他说:"自从建安来,绮丽不足珍。"③ 又说:"蓬莱文章建安骨。"④ 由以上所论来看,建安之后的几百年间,文学批评家基本都是以"建安风骨"为标准来评判诗风之优劣的,有志者对诗风的变革标准也是"建安风骨"。

---

① (南朝梁)钟嵘著,曹旭笺注:《诗品笺注》,人民文学出版社 2009 年版,第 14—15 页。

② (唐)杨炯著,徐明霞点校:《杨炯集》,中华书局 1980 年版,第 36 页。

③ (唐)李白著,(清)王琦注:《李太白全集》,中华书局 1977 年版,第 87 页。

④ (唐)李白著,(清)王琦注:《李太白全集》,中华书局 1977 年版,第 861 页。

二 后世诗歌创作的重要标杆

"建安风骨"作为一个诗学概念成为诗歌优劣评判标准的同时，也直接对后世诗歌创作产生了重要影响。

建安之前诗赋创作是很繁盛的，先秦有《诗经》"楚辞"，两汉有乐府、辞赋，但就文人五言诗的创作来看，建安时代是第一个辉煌巅峰时期。钟嵘在《诗品序》中说："自王、扬、枚、马之徒，词赋竞爽，而吟咏靡闻。从李都尉迄班婕妤，将百年间，有妇人焉，一人而已。诗人之风，顿已缺丧。东京二百载中，惟有班固《咏史》，质木无文。降及建安，曹公父子，笃好斯文；平原兄弟，郁为文栋；刘桢、王粲，为其羽翼。次有攀龙托凤，自致于属车者，盖将百计。彬彬之盛，大备于时矣。"① 钟嵘认为整个汉代主要以辞赋创作为主，没有值得称道的文人五言诗作，文人五言诗直到建安时期才蓬勃发展，他这样说当然不够严谨，毕竟没有提及《古诗十九首》，但即便算上《古诗十九首》，建安诗坛依然是文人五言诗创作的辉煌巅峰时期。因为虽然此前的《古诗十九首》已经达到了极高的艺术水平，甚至被称为"五言之冠冕"，但其只有十九首，时代作者都不详，从影响力来讲，肯定不及"五言腾踊"的建安时代。毕竟，文人五言诗以抒情为主，情之动人很多时候不仅靠言辞，还要结合社会背景、作者身世等相关因素，在这一点上，建安文人五言诗很明显更具优势。刘勰《文心雕龙·才略》篇说"文帝以位尊减才，思王以势窘益价"② 就反映了这种情况。曹植的文学史地位远高于曹丕，这一方面当然是由于曹植才华确实高，另一方面不得不承认也有个人遭遇的加分，毕竟历代诗人骚客不得志者居多，他们更容易与曹植产生共鸣。建安文人、建安文士在乱世之中的书写同样

---

① （南朝梁）钟嵘著，曹旭笺注：《诗品笺注》，人民文学出版社 2009 年版，第 8—12 页。
② （南朝梁）刘勰著，范文澜注：《文心雕龙注》卷十，人民文学出版社 1958 年版，第 700 页。

也因历史背景和个人经历的真实感而更具感染力。同时，建安时代的文人五言诗不仅数量多，而且内容丰富、风格多样，全面促进了五言诗创作的繁荣，其中以"三曹""建安七子"为代表的典型作家，俨然成为后世竞相追捧的对象。单就钟嵘在《诗品》中所论来看，他认为陆机、谢灵运源出于曹植，潘岳、张协、张华等源出于王粲，左思源出于刘桢，嵇康、应璩源出于曹丕等。所谓"源出"之说当然不一定准确，但建安文人、建安文士在后世诗坛具有很强的标杆作用这一点是毋庸置疑的。南朝很多作家便有直接模仿建安文人、建安文士的作品，如江淹有《学魏文帝》、鲍照有《学刘公干体》等，拟曹植的更是不可枚举。谢灵运对曹植推崇备至，曾说"天下才共一石，曹子建独得八斗"。谢灵运自恃才高又郁郁不得志，个性、遭遇都与曹植相近，故而在创作方面不可避免受到曹植影响，但同时谢灵运又有《拟魏太子邺中集诗八首》，可见影响到谢灵运的建安文人并不仅限于曹植。我们前面提到的试图以"建安风骨"为榜样来变革诗风的"初唐四杰"、李白等人在自己的实际创作中也不可避免地受到"建安风骨"的影响。即便没有直接标榜"建安风骨"的杜甫，也在自己的创作中明显体现了建安文人、建安文士的精神风貌和创作风格，如《北征》等明显有蔡琰《悲愤诗》的影子。

除了直接影响某些具体诗人的创作之外，"建安风骨"在创作方面对后世最大的影响还展现了诗歌在书写情志方面的巨大力量。"建安风骨"的存在使后人直观感受到了诗歌所具有的强大表现力、感染力和生命力。"建安风骨"背后的诗歌不是被奉为经典的《诗经》，也不是鸿篇巨制的汉赋，更不是泛泛而论的道德文章，而是一位又一位鲜活个体的所见、所闻、所思、所感，是千百年后依然能引起共鸣的生命体验。可以说，正是"建安风骨"指引了其后的文人诗歌创作风潮，使诗歌真正成为文人书写情志的普遍选择。"建安风骨"在中国文学史上的价值，正如刘跃进先生在《"建安风骨"的历史内涵及其意义》一文中所说：

建安文学的价值，不仅仅是真实地描绘了那个"风衰俗怨"的时代变乱，也不仅仅是强烈地抒发了诗人们感时叹世的情怀，更重要的是，"建安风骨"在中国文学史上树立起了一座历史丰碑，让世人看到了文学存在的生命力和价值，而这种生命力与价值，存在于广大读者的共鸣中。要唤醒这种共鸣，就要求作者必须抒发真实的情感，表达善良的愿望，展现美好的希望。……这是"建安风骨"，乃至中国所有优秀古典文学作品留给我们最深刻的启迪。①

可以说，"建安风骨"自产生之后就成为中国古代诗歌史上的一座丰碑，它与以《诗经》"楚辞"为代表的"风雅兴寄"精神一起，成为中国古代诗歌史上永远矗立的标杆，其后任何一个时代的诗人都无法忽视它的存在。

---

① 刘跃进：《"建安风骨"的历史内涵及其意义》，《杜甫研究学刊》2016 年第 3 期。

参考文献

一 古籍

安徽亳县《曹操集》译注小组：《曹操集译注》，中华书局 1979 年版。

（汉）班固撰，（唐）颜师古注：《汉书》，中华书局 1962 年版。

（三国魏）曹植著，赵幼文：《曹植集校注》，中华书局 2016 年版。

（晋）陈寿撰，（南朝宋）裴松之注，卢弼集解，钱剑夫整理：《三
国志集解》，上海古籍出版社 2012 年版。

（晋）陈寿撰，（南朝宋）裴松之注：《三国志》，中华书局 1982 年版。

（唐）陈子昂：《陈子昂集》，中华书局 1962 年版。

（清）陈祚明评选，李金松点校：《采菽堂古诗选》，上海古籍出版
社 2008 年版。

成林、程章灿：《西京杂记全译》，贵州人民出版社 1993 年版。

程树德撰，程俊英、蒋见元点校：《论语集释》，中华书局 1990 年版。

张兰花、程晓菡校注：《三曹七子之外建安作家合集校注》，河北教
育出版社 2003 年版。

（清）丁晏纂，叶菊生校订：《曹集铨评》，文学古籍刊行社 1957
年版。

（唐）杜佑撰，王文锦等点校：《通典》，中华书局 2016 年版。

（南朝宋）范晔撰，（唐）李贤等注：《后汉书》，中华书局 1965 年版。

（唐）房玄龄等撰：《晋书》，中华书局 1974 年版。

（宋）郭茂倩：《乐府诗集》，中华书局 1979 年版。

（清）郭庆藩撰，王孝鱼点校：《庄子集释》，中华书局 1961 年版。

郭绍虞：《元好问论诗三十首小笺》，人民文学出版社 1978 年版。

（清）何焯著，崔高维点校：《义门读书记》，中华书局 1987 年版。

（明）胡应麟撰：《诗薮》，上海古籍出版社 1979 年版。

（南朝梁）江淹著，丁福林、杨胜朋校注：《江文通集校注》，上海
　　古籍出版社 2017 年版。

（唐）李白著，（清）王琦注：《李太白全集》，中华书局 1977 年版。

（宋）李昉等撰：《太平御览》，中华书局 1960 年版。

（唐）李延寿撰：《南史》，中华书局 1975 年版。

（北魏）郦道元注，陈桥驿校证：《水经注校证》，中华书局 2007
　　年版。

（清）梁章钜：《三国志旁证》，福建人民出版社 2000 年版。

（宋）刘克庄撰，王秀梅点校：《后村诗话》，中华书局 1983 年版。

（三国魏）刘劭撰，李崇智校笺：《人物志校笺》，巴蜀书社 2001
　　年版。

（清）刘熙载撰，袁津琥校注：《艺概校注》，中华书局 2009 年版。

（南朝梁）刘勰著，范文澜注：《文心雕龙》，人民文学出版社 1958
　　年版。

（南朝宋）刘义庆著，（南朝梁）刘孝标注，余嘉锡笺疏：《世说新
　　语笺疏》，上海古籍出版社 1993 年版。

（明）陆时雍选评，任文京、赵东岚点校：《诗镜》，河北大学出版
　　社 2010 年版。

逯钦立：《先秦汉魏晋南北朝诗》，中华书局 1983 年版。

（明）罗贯中：《三国演义》，人民文学出版社 2019 年版。

（汉）毛亨传，（汉）郑玄笺，（唐）孔颖达疏：《毛诗注疏》，上海
　　古籍出版社 2013 年版。

（汉）毛亨传，（汉）郑玄笺，（唐）陆德明音义，孔祥军点校：《毛

诗传笺》,中华书局 2018 年版。

（唐）欧阳询撰,汪绍楹校:《艺文类聚》,上海古籍出版社 1999 年版。

（清）钱仪吉:《三国会要》,上海古籍出版社 1991 年版。

（清）沈德潜选:《古诗源》,中华书局 2006 年版。

（梁）沈约:《宋书》,中华书局 1974 年版。

（宋）司马光编著,（元）胡三省音注:《资治通鉴》,中华书局 1956 年版。

（汉）司马迁撰:《史记》,中华书局 1982 年版。

（宋）苏轼著,孔凡礼点校:《苏轼文集》,中华书局 1986 年版。

（清）孙星衍等辑,周天游点校:《汉官六种》,中华书局 1990 年版。

（明）王夫之选:《古诗评选》,《船山全书》第十四册,岳麓书社 2011 年版。

王根林等点校:《汉魏六朝笔记小说大观》,上海古籍出版社 1999 年版。

王利器:《风俗通义校注》,中华书局 2010 年版。

（清）王士禛著,张宗柟纂集,戴鸿森点校:《带经堂诗话》,人民文学出版社 1963 年版。

（明）王世贞著,陈洁栋、周明初批注:《艺苑卮言》,凤凰出版社 2009 年版。

魏宏灿:《曹丕集校注》,安徽大学出版社 2009 年版。

（唐）魏征等撰:《隋书》,中华书局 1973 年版。

（清）吴淇著,汪俊、黄进德点校:《六朝选诗定论》,广陵书社 2009 年版。

（宋）吴棫撰:《宋本韵补》,中华书局 1987 年版。

吴云:《建安七子集校注》,天津古籍出版社 2005 年版。

夏传才:《曹操集校注》,河北教育出版社 2013 年版。

夏传才、唐绍忠:《曹丕集校注》,河北教育出版社 2013 年版。

（梁）萧统编,（唐）李善等注:《六臣注文选》,中华书局 2012 年版。

（梁）萧统编，（唐）李善注：《文选》，中华书局 1977 年版。

（梁）萧绎撰，许逸民校笺：《金楼子校笺》，中华书局 2011 年版。

（南朝梁）萧子显撰：《南齐书》，中华书局 1972 年版。

（南朝梁）谢灵运著，顾绍柏校注：《谢灵运集校注》，中州古籍出
　　版社 1987 年版。

（宋）徐天麟撰：《东汉会要》，上海古籍出版社 2006 年版。

（明）许学夷著，杜维沫点校：《诗源辩体》，人民文学出版社 1987
　　年版。

（清）严可均辑：《全上古三代秦汉三国六朝文》，中华书局 1958
　　年版。

（宋）严羽著，张健校笺：《沧浪诗话校笺》，上海古籍出版社 2012
　　年版。

杨伯峻：《论语译注》，中华书局 1980 年版。

（唐）杨炯著，徐明霞点校：《杨炯集》，中华书局 1980 年版。

杨明照：《抱朴子外篇校笺》上册，中华书局 1991 年版。

杨明照：《抱朴子外篇校笺》下册，中华书局 1997 年版。

俞绍初辑校：《建安七子集》（修订本），中华书局 2016 年版。

郁贤皓、张采民：《建安七子诗笺注》，巴蜀书社 1990 年版。

（晋）袁宏著，周天游校注：《后汉纪校注》，天津古籍出版社 1987
　　年版。

袁珂校注：《山海经校注》，上海古籍出版社 1980 年版。

袁行霈撰：《陶渊明集笺注》，中华书局 2003 年版。

（宋）曾巩撰，陈杏珍、晁继周点校：《曾巩集》，中华书局 1984
　　年版。

（宋）曾慥编纂，王汝涛等校注：《类说校注》，福建人民出版社 1996
　　年版。

（宋）张戒著，陈应鸾校笺：《岁寒堂诗话校笺》，巴蜀书社 2000
　　年版。

（明）张溥著，殷孟伦注：《汉魏六朝百三家集题辞注》，中华书局

2007 年版。

（明）张燮著，王京州笺注：《七十二家集题辞笺注》，上海古籍出版社 2016 年版。

（清）张玉縠注，许逸民点校：《古诗赏析》，上海古籍出版社 2002 年版。

（清）赵翼：《廿二史札记》，上海古籍出版社 2011 年版。

中华书局编辑部编：《曹操集》，中华书局 2018 年版。

（南朝梁）钟嵘著，曹旭笺注：《诗品笺注》，人民文学出版社 2009 年版。

（明）钟惺、谭元春选评：《诗归》，湖北人民出版社 1985 年版。

二 专著

曹道衡、沈玉成：《中古文学史料丛考》，中华书局 2013 年版。

程章灿：《魏晋南北朝赋史》，江苏古籍出版社 2001 年版。

冯友兰：《三松堂学术文集》，北京大学出版社 1984 年版。

傅亚庶：《三曹诗文全集译注》，吉林文史出版社 1997 年版。

葛晓音：《八代诗史》，中华书局 2007 年版。

龚克昌等：《全三国赋评注》，齐鲁书社 2013 年版。

顾农：《建安文学史》，湖南教育出版社 2000 年版。

韩格平：《建安七子综论》，东北师范大学出版社 1998 年版。

河北师范学院中文系古典文学教研组编：《三曹资料汇编》，中华书局 1980 年版。

胡大雷：《中古文学集团》，广西师范大学出版社 1996 年版。

胡世厚等主编：《建安文学新论》，中州古籍出版社 1992 年版。

黄节注：《汉魏六朝诗六种》，人民文学出版社 2008 年版。

黄侃：《文心雕龙札记》，中国人民大学出版社 2012 年版。

黄侃著，黄延祖重辑：《文选平点》，中华书局 2006 年版。

黄侃撰，周勋初导读：《文心雕龙札记》，上海古籍出版社 2000 年版。

刘知渐：《建安文学编年史》，重庆出版社 1985 年版。

鲁迅：《鲁迅全集》，人民文学出版社 1981 年版。

陆侃如：《中古文学系年》，人民文学出版社 1985 年版。

陆侃如、龚克昌选译：《楚辞选》，人民文学出版社 2014 年版。

木斋：《古诗十九首与建安诗歌研究》，人民出版社 2009 年版。

孙明君：《三曹与中国诗史》，清华大学出版社 1999 年版。

唐长孺：《魏晋南北朝史论丛》，中华书局 2011 年版。

田汉云、秦跃宇：《汉晋高平王氏家族文化研究》，中华书局 2013 年版。

田余庆撰：《秦汉魏晋史探微》，中华书局 2004 年版。

王玫：《建安文学接受史论》，上海古籍出版社 2005 年版。

王鹏廷：《建安七子研究》，北京大学出版社 2004 年版。

王巍：《曹氏父子与建安文学》，辽海出版社 2011 年版。

王巍：《建安文学概论》，辽宁教育出版社 2000 年版。

魏宏灿、杨素萍：《曹魏文学论》，合肥工业大学出版社 2013 年版。

《文学遗产》编辑部编：《胡笳十八拍讨论集》，中华书局 1959 年版。

吴世常：《论诗绝句二十种辑注》，陕西人民出版社 1984 年版。

邢培顺：《曹植文学研究》，中国社会科学出版社 2014 年版。

徐公持：《曹植年谱考证》，社会科学文献出版社 2016 年版。

徐公持：《魏晋文学史》，人民文学出版社 1999 年版。

徐俊祥：《建安学术史大纲》，广陵书社 2009 年版。

严耕望撰：《两汉太守刺史表》，上海古籍出版社 2007 年版。

《艺谭》编辑部编：《建安文学研究文集》，黄山书社 1984 年版。

余冠英：《三曹诗选》，人民文学出版社 1979 年版。

张可礼：《建安文学论稿》，山东教育出版社 1986 年版。

张可礼：《三曹年谱》，齐鲁书社 1983 年版。

张明华等：《曹氏文学家族研究》，安徽教育出版社 2009 年版。

张作耀：《曹操传》，人民出版社 2000 年版。

章炳麟：《国故论衡》，商务印书馆 2017 年版。

赵俊玲辑著：《文选汇评》，凤凰出版社 2017 年版。

钟优民：《曹植新探》，黄山书社1984年版。

周天游辑注：《八家后汉书辑注》，上海古籍出版社1986年版。

周勋初：《张骘〈文士传〉辑本》，《周勋初文集》（2），江苏古籍出版社2000年版。

后　记

　　河南大学文学院汉魏六朝文学教学团队继承了百年文学院的优良传统，非常重视教学与科研的有机结合，曾先后获批河南大学多项全称项目，如"汉魏六朝文学教学新课件研究""汉魏六朝文学教学团队的整合与建设研究""汉魏六朝文学精品课程"等。团队成员重视教学理念的革新，相互交流，共同进步，其合作项目"中国古代文学课程体系建设与内容改革研究"获批2014年河南省高等教育全称项目，该项成果荣获2016年河南省高等教育教学成果二等奖。在此过程中，团队积累了诸多实践经验。

　　近年来，随着网络平台的建设，在线课程逐渐兴起。团队成员结合汉魏六朝文学的发展特点，设计了"乱世长歌——建安文人与文学"这一课题，力图展现建安文人的家国情怀，达到弘扬优秀传统文化的教育目的。该课题成功获批2016年河南大学慕课立项。老师们互相审校底稿，就结构、内容及相关细节问题多次展开讨论。经过长时间的准备，2021年10—12月，团队成员完成了课程的录制，共53个视频，合计706分钟。2022年3月，慕课"乱世长歌——建安文人与文学"在智慧树平台上线，后又在国家高等教育智慧教育平台上线。同学们在观看视频、回答问题的同时，还积极参与"我看曹操"的讨论，立论创新，成效显著。目前，已有多所院校加入了该慕课的学习和交流中。

　　结合在线课程的实际效果，团队成员多次商议，认为有必要进一步补充和丰富资料，在原来的基础上进行修改完善，使其成为与慕课教学配套的教材，可供大学生、研究生和其他古代文学爱好者阅读参考。从课程的创建、录像的制作以及书稿的审校等一路走来，老师们集思广益、团结合作，态度认真而又富有热忱。本书的撰写安排分工如下。

王利锁：绪论、第一章、第四章、第九章、第十章

王宏林：第二章、第六章

张亚军：第三章

马予静：第五章、第七章、第八章

亓晴：第十一章、第十二章

本书交付出版之际，恰逢河南大学 110 周年校庆，河南大学文学院也将迎来百年华诞。薪火传承，文脉赓续。我们汉魏六朝文学教学团队以此书作为向百年文学院敬献的最诚挚的贺礼！

本书的出版得到了河南大学文学院学术出版基金和河南大学教材建设基金的资助，王立群老师作为团队的前辈，百忙之中拨冗为本书作序，关怀和激励着汉魏六朝文学教学团队的成长，在此表示衷心的感谢！中国社会科学出版社的郭晓鸿女士审校全书，付出很多劳动，在此深表谢忱。本书在编写过程中，参考了学者前辈和时贤的诸多研究成果，未能一一标出，在此特予说明并表示谢忱。书中有疏漏之处，祈请方家批评指正，非常感谢！

编 者

2022 年 10 月